通往涓涓细流之路

The Road to Little Dribbling

Bill Bryson

[美] 比尔·布莱森 著 吴杨 译

上海译文出版社

Bill Bryson
THE ROAD TO LITTLE DRIBBLING
Copyright@2016 Bill Bryson
This edition arranged with JED MATTES INC
Through BIG APPLE TUTILE-MORI AGENCY，LABUAN，MALAYSIA
Simplified Chinese translation copyright © 2020
By SHANGHAI TRANSLATION PUBLISHING HOUSE
All rights reserved.

图字：09－2016－534 号

图书在版编目（CIP）数据

通往涓涓细流之路/（美）比尔·布莱森
（Bill Bryson）著；吴杨译. —上海：上海译文出版
社，2020.7
　书名原文：The Road to Little Dribbling
　ISBN 978－7－5327－8469－1

　Ⅰ.①通… Ⅱ.①比…②吴… Ⅲ.①游记一作品集
一美国一现代 Ⅳ.①I712.65

中国版本图书馆 CIP 数据核字（2020）第 108754 号

通往涓涓细流之路
［美］比尔·布莱森 著 吴杨 译
责任编辑/杨懿晶 装帧设计/胡枫

上海译文出版社有限公司出版、发行
网址：www. yiwen. com. cn
200001 上海福建中路 193 号
上海信老印刷厂印刷

开本 890×1240 1/32 印张 13 插页 2 字数 231,000
2020 年 10 月第 1 版 2020 年 10 月第 1 次印刷
印数：0,001—6,000 册

ISBN 978－7－5327－8469－1/I·5203
定价：79.00 元

本书中文简体字专有出版权归本社独家所有，非经本社同意不得转载、摘编或复制
如有质量问题，请与承印厂质量科联系。T: 021－39907745

目录

献给詹姆斯、罗斯、达芙妮。欢迎你们。

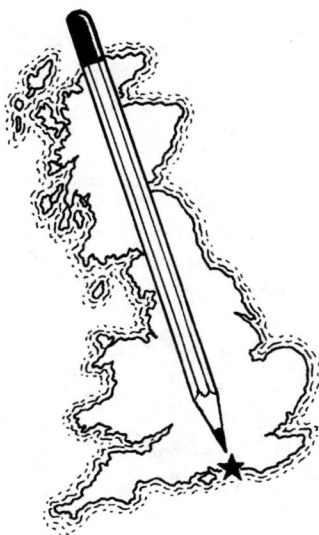

序章

I

有些事会随着年龄渐长变得无可避免，其中之一便是你会发明很多新的方法来弄伤自己。

想要被停车杆击中，只有两种方法。其一是站在升上去的停车杆下方，然后故意让它落下来打着你。显然这是更为简单的方法。而另一种——大脑功能略微下降有助于促成此事——便是亲眼见着停车杆升上去，之后全然将之抛诸脑后，然后走到其下方站定，张着嘴考虑自己下一步该如何行动，等到停车杆宛如大锤敲尖钉那般砸在你的头上，把你惊得目瞪口呆。后一种就是我所选择的方法。

我必须指出，这道停车杆可不是开玩笑的——仿佛动力十足的脚手架支柱——与其说是落回到原位，不如说是砸回到原位。我的头盖骨遭此重击的这趟大冒险，发生在法国诺曼底（Normandy）离多维尔（Deauville）不远的埃特勒塔（Etretat）一处怡人海滨胜地的露天停车场上，我和妻子在那一带游玩了几天。然而事发当时我正独自一人，想要找到停车场另一头通往山顶的路径，但眼前的路被这道停车杆给挡了，它的高度以我这样的个头无法从底下钻过去，也无法从其上一跃而过。正当我站在那里犹豫时，一辆车开了过来，司机取了张停车券，停车杆自动抬起，车子驶了过去。此时，我选择向前一迈，然后站着考虑下一步该怎么走，却完全没想到它还会放下来。

好吧，我此生从来没有受过如此惊魂一击，还如此严重。转眼间我成了法国境内头脑最晕眩、浑身最放松的人。我双腿打弯，交叠在一起，双臂不受控制地乱晃，竟然用肘部打中了自己的脸。接下来几分钟，我连走路都有点不由自主地歪斜。一位好心的女士扶着我走到一张长椅跟前，还给了我一小块巧克力，这巧克力直到第二天早上还握在我手里。我坐着的时候，又有一辆车经由停车杆驶过，停车杆回归原位时发出"铛"的一声回响。遭到如此利器暴击，我居然还一息尚存，简直不可思议。但因为我天生爱妄想，内心又容易矫情，当时就坚信自己一定内伤严重，只是尚未表现出来而已。我感觉脑内必定流血不止，像一口渐渐注满水的浴缸，并且很快我将双眼一翻，发出一声闷哼，无声地翻倒在一边，就此一命呜呼了。

想到自己将不久于人世，也有好的一面，就是你会为自己所剩无几的人生感到快乐。接下去的三天里我痴迷地凝望着多维尔，感叹其整洁和富庶，沿着它的海滩或滨海步道长时间散步，或者就只是坐在那里，盯着涌动的大海或蔚蓝的天空看。多维尔真是个优美的城市，在这里告别人世还是相当不错的。

有天下午我和我妻子坐在长椅上，面对英吉利海峡。本着这新生的内省的心绪，我对她说："我肯定，不管海的那边对着的是哪个英国小镇，将来肯定是一片萧条没落，举步维艰，而这头的多维尔还会这么一直富足又可爱。你猜为什么会这样？"

"不知道啊。"我妻子说。她正读着本小说，还没接受我将不久于人世这一事实。

"我们对面是哪里呢？"我问。

"不知道。"她说着，翻了一页书。

"威茅斯（Weymouth）？"

"不知道。"

"可能是霍夫（Hove）吧？"

"我说了我不知道啊，你听不懂我的话吗？"

我拿起她的智能手机查询了一下（我自己没有，因为一有就会弄丢）。我不知道她手机里的地图有多精准——这些地图往往会在我们想寻找英国伍斯特郡某处时，督促我们去往美国密歇根或者加利福尼亚——但当时屏幕上显示出来的地名是博格诺里吉斯（Bongor Regis）。

我当时并没有多想这事，但不久以后就感觉到冥冥中的预示性。

II

我初次来到英国时还处在我生命的初期，当时很年轻，不过二十岁。

在那个时代，有那么一段短暂却很集中的时期，全世界最令人瞩目的事物几乎都出自英国。披头士乐队，詹姆斯·邦德，玛丽官与迷你裙①，名模崔姬与男友贾斯汀·德·维勒讷夫，大明星理查德·波顿与伊丽莎白·泰勒的情史，玛格丽特公主的感情生活，滚石乐团，奇想乐队，无领西装外套，《复仇者》和《六号特殊犯人》那样的电视剧，约翰·勒卡雷和连·戴登的间谍小说，女星玛丽安·菲斯福尔和达斯蒂·斯普林菲尔德，还有身处艾奥瓦州的我们不太看得明白的戴维·海明斯和特伦斯·斯坦普的电影，以及我们压根看不明白的哈罗德·品特的话剧，彼得·库克和达德利·摩尔，《过去那一周》节目，普罗富莫事件②——说实话，几乎包括所有的事物了。

类似《纽约客》或《时尚先生》这样的杂志里，充满了英国产品的广告，或许今后再也看不到这样的景象了。杰彼斯和添加利金酒，哈里斯花呢，英国海外航空公司，雅格狮丹套装和维耶勒衬衫，金斯羊毛毡帽，阿兰·佩恩毛衣，达克斯裤子，名爵与奥斯丁·希利运动跑车，还有上百种的苏格兰威士忌。很明显，假如你想让生活更有品质、更为温雅，很大程度上就得靠使用英国产品以达到这个层次。但我们必须指出，哪怕是在当初，也并不是所有的英国货都是有理可循的。当年非常流行的一款古龙水名唤"酒吧"。我并不清楚这样一个名称是想激起何种回想和共鸣。我在英

格兰的酒龄已有四十年，但我没觉得我在酒吧里遇到过任何一种气味是我想往自己脸上抹的。

因为当时非常关注英国，所以我自认对这个国家还是十分了解的，但当我踏上这片国土后，立即发现自己错得离谱。我甚至都不会说自己的母语了。在最初的日子里，我分不清别人说的是袖子（collar）还是色彩（color），卡其色（khaki）还是车钥匙（carkey），信件（letters）还是生菜（lettuce），床铺（bed）还是脱光（bared），报应（karma）还是冷静（calmer）。

有次我需要理个发，就跑去牛津一家不分男女客的理发店冒险，店主是一位体型巨大、有点让人望而生畏的女士，她带我走到一把椅子跟前，干净利落地说："今天由'兽医'为你理发。"

我被吓到了。"兽医？就是给动物治病的医生吗？"我说道，表面冷静，内心惊恐。

"不是，理发师的名字叫首伊（Yvette）。[①]"她答道，同时迅速盯了我的脸一下，直白地表明，像我这种超级讨人烦的傻瓜，她也算有阵子没见过了。

在一间酒吧里，我问他们都有些什么三明治供应。

"火腿和芝士。"酒吧里的人答道。

"哦，好的，请给我来一份吧。"我说。

---

① 与兽医（vet）的发音相似。

"好，来一份什么？"他说。

"来一份火腿和芝士的。"我说道，但话语中已经不那么自信了。

"您是要火腿三明治还是芝士三明治？"他解释道。

"就是说你们不做火腿加芝士的三明治吗？"

"不做。"

"哦，"我非常吃惊地说，然后朝他靠近了一些，用我友好但充满自信的语调对他说，"为什么不做呢？因为这样显得味道太丰富了吗？"

他吃惊地瞪着我。

"我就要芝士三明治好了，谢谢。"我后悔不已地说。

当三明治被送到我面前时，其中的芝士简直碎得不成样子——我从没见过乳制品被折磨成这样，三明治也同时搭配了布兰斯顿腌菜，但它看上去就像在脏泥塘里插过的手指一样。

我小心地拈了一个，高兴地发现其实味道很不错。渐渐地我开始明白，这个国家对我来说是全然的陌生，然而却是处处精彩的。这感觉直到今天依然伴随着我。

———

我在英国的岁月可以用一条曲线来描绘，从左边最底下的"对英国一无所知"区间开始，逐渐曲线上升至代表"了如指掌"的顶端。既然已经抵达了这道巅峰，我自认为自己可以永远停留在那了，但最近我发现自己又逐渐朝着无知与困惑的另一边底端滑动，因为我日益觉得自己生活在一个我完全看不懂的国家里。此地满是我叫不上名字的名人，还有很多我分辨不出的杰出人士，很多首字母缩略词（BFF，TMI，TOWIE）① 必须有人解释给我听我才会明白，而有些人貌似同我生活在两个不同的现实空间中。

面对这样一个新世界我时常感到不知所措。最近我把一名访客关在门外，因为我也不知道该怎么对付他。他是来查水表的。一开始见到他时我挺开心的，自从爱德华·希思②当首相之后，我们还从没接待过查表员呢。因此我很高兴地将他迎进屋，甚至还帮他搬来把折叠式的四角工作梯，便于他爬高清晰地读表。直到他在离开一分钟后又折回，我才开始后悔不该与他这样深入地接触。

"对不起，我还得查一下男厕所里的水表。"他对我说。

"什么意思？"

"这上头说，男厕所里还有另外一个水表。"

"哦，但你看，这里是一幢民宅啊，这里没有男厕所。"

"我的资料上说，这里是所学校。"

"并不是啊。这是一幢民宅啊。你刚刚进来过的。你看见一屋子一屋子的学生了吗？"

他认真思考了一分钟。

"你介意我再四处看一眼吗？"

"请问你这是什么意思？"

---

① BFF（best friend forever），TMI（too much information）均为网络用语。TOWIE（The Only Way is Essex）是英国的一档真人秀节目。
② 爱德华·希思（Edward Heath），英国前首相，1970 年至 1974 年在任。

"就看一眼。花不了五分钟的。"

"你觉得在这房子里能找出一间刚刚被我们忽略的男厕所吗？"

"凡事都有可能！"他兴奋地说。

"我要关门了，因为我不知道除了关门我还能怎样。"我一边说着一边关上了门。我可以听到他穿过树林发出的低低的抱怨声。"另外，我还有个重要约会呢。"我冲着树林喊道。的确如此。我有个重要的约会——这个约会和这本书接下去要讲的内容有直接联系。

我正要去伊斯特利（Eastleigh）参加英国入籍测试。

这事在我看来也算颇具反讽意味。正当我为现代不列颠生活的种种再次感到困惑不已时，我竟被召唤去证明我对这个国家有深刻了解。

III

长久以来，要成为一个英国公民，可以通过两种途径实现。第一种难度较高，然而讽刺的是，这是更为常见的方法，就是由英国女子生养：在其子宫里待上九个月出世。第二种方法则是填表加宣誓。而在 2005 年之后，采用第二种方法的人们还需要额外证明自己的英语熟练度，同时必须通过一个知识考试。

我可以免试语言，因为英语是我的母语，但知识考试却是人人都必须参加的，而且它难度非常高。无论你自觉对英国有多了解，你依然不会知道到底要考些什么才能通过"英国生活知识考试"。比如说，你得知道萨基·迪恩·马霍迈特是谁。（他是首位将洗发水带入英国的人。我没在开玩笑。）你得知道《1944年教育法案》又叫什么。（《巴特勒法案》。）你得知道非世袭贵族制度是哪年问世的（1958年），也必须知道妇女和儿童每日的最长工作时间被削减到十小时是在哪一年（1847年）。你得认得出赛车手詹森·巴顿（没必要问为什么）。假如你不知道英联邦国家的总数，或是英国在克里米亚战争中的敌人是谁，或是锡克教徒、伊斯兰教徒、印度教徒及天主教徒分别占人口总数的百分之几，或是大本钟的真名（叫伊丽莎白塔），你就可能无法拿到英国国籍。你甚至得掌握一些其实有误的知识。比如说，当你被问到："大不列颠岛最远的两点是何处？"你必须回答："兰兹角（Land's End）和约翰奥格罗茨村（John o'Groats）。"虽然这样说其实不准确。这考试未免太难了。

为了应试，我订购了全套的学习指导书，包括一本封面闪闪发亮的《生活在英国：新公民指南》以及两册相关读物：一本《官方学习指南》，基本上就是告诉你该怎么使用第一本书（简而言之，便是从第一页开始学，按照顺序一页页往下翻），还有一本《官方练习及答案》，包括十七套练习题。很自然地，我在翻开指导书前先做了几套题，然后立即惊讶地发现自己做得有多差。（比如如果你遇到"威尔士的议员叫什么？"这样的问题，答案就不是我们常说的"杰克、大卫"等。）

学习指南是本非常有趣的书，装帧漂亮、薄厚适中，有时显出几分无聊，但核心还是相当到位的。你可以从中了解到，不列颠是一个珍视公平观念的国家，擅长艺术、文学，重视举止礼仪，并且经常在创新发明方面显出令人称道的天赋，尤其在蒸汽动力设备方面。国民通常而言体面、正派，热爱园艺，也喜欢在乡间漫步，星期天爱吃烤牛肉和约克郡布丁（除了苏格兰人，苏格兰人或许会选择羊杂布丁）。他们习惯去海边度假，遵守交通安全规则①，耐心地排队，明智地投票，尊重警察，崇敬王室，温和节制地对待一切事物。他们时不时去酒吧喝上一两杯可口的英格兰麦芽啤酒，玩上几局撞球或者撞柱游戏。（你会时不时感觉到编写该指南书的人真该多出门走走。）

有时这本指南过于小心翼翼，就怕冒犯到谁，因此反而显得像什么都没说似的。比如以下我原文引用的、关于当代音乐近况的一段："全英上下有各种不同的音乐场馆及音乐活动发生"。真感谢作者提供了如此丰富的洞见。（我并不是要自作聪明，然而音乐场馆并不会发生，它们仅仅存在而已。）有时指南里的内容干脆就是错的，比如它说兰兹角和约翰奥格罗茨村是英国最远的两个点；有时内容则存疑并且错误，它指出，安东尼·霍普金斯②是英国人引以为傲的公民，却丝毫没有考虑到安东尼·霍普金斯已经成为美国公民了，现在住在加利福尼亚州。同时，指南还把他的名字拼错了。书中还将威斯敏斯特大教堂的文学墓地专区"诗人角"（Poets' Corner）误称为"一个诗人角"（Poet's Corner），可能以为那边一次只容得下一位诗人安息吧。通常来说我不爱吹毛求疵，但假如要求参加考试的人英语都能达

---

① 英国行人交通安全法规（Green Cross Code），最早应用于 1971 年，后几经修订，沿用至今，尤其针对儿童行路安全。

② 安东尼·霍普金斯（Anthony Hopkins, 1937— ），出生于英国的著名演员，1991 年主演《沉默的羔羊》获得第 64 届奥斯卡金像奖最佳男主角奖，后获得美国国籍。

标，那至少应该保证考试的负责人们也具有相当的英语水平才是。

———

在勤奋学习一个月之后，终于等来了考试的那天。按照指示，我应该在指定时间到达汉普郡（Hampshire）伊斯特利的维塞克斯大楼，这是离我住处最近的测试中心。伊斯特利是南安普顿的一个卫星城，看着就是在二战中被狂轰滥炸过的样子，其实也许该被炸得更彻底一点。这是一个无法让人留下任何印象的地方——既没有丑陋到令人发指，也不具备什么美感；既没有贫穷潦倒，也不繁荣发达；市中心不能说是死气沉沉，却也无甚生机。巴士站其实就是赛恩斯伯里超市的一面外墙，上面有个玻璃顶棚，明显是为了留出一片干燥的地面，方便鸽子们拉屎。

正如不少英国小城一样，伊斯特利地区也关闭了各种工厂和作坊，将所有的经济能量投入到煮咖啡和喝咖啡上。城里基本就两种商铺：空荡荡的店铺和咖啡馆。一些空荡荡的店铺橱窗上挂着告示，说本店即将改造为咖啡馆。而从那些咖啡馆的客户数量来看，很多店离再次关门也不远了。我并非经济学家，但我猜这就是所谓的良性循环吧。有一两位比较富有冒险精神的企业家也开出了一镑店或博彩店，也有一些慈善机构接手了此前歇业的商铺，但总体来说，到伊斯特利，你要么坐着喝喝咖啡、要么坐着看鸽子排便，仅此而已。为了经济发展，我喝了一杯咖啡，看着一只鸽子边走边拉屎，随后起身来到维塞克斯大楼参加考试。

当天早上包括我有五人应试。我们被带入一间摆满桌子的房间，每张桌上有个电脑屏，一个鼠标，摆在素色鼠标垫上。坐下后就看不见彼此的电脑屏了。入座后，先给我们做四题，以便我们能习惯鼠标和鼠标垫的使用。因为是练习题，因此题目很简单，类似于：

曼联是：

(a) 一个政党

(b) 一个舞蹈乐团

(c) 一支英格兰足球队

我们五人中的四人大概花十五秒便解答完了这几道练习题，但有一名看着和蔼、略显丰满的中年女性，估计是来自中东国家，那里的人比较爱吃黏糊糊的糖果甜食——花了相当长的时间才做好。为了消磨时间我偷偷打开了我写字桌的抽屉——它们没上锁，但空空如也——也尝试着在空屏上移动鼠标，看看能否寻点开心，然而却是毫无乐趣可寻。

过了许久那位女士宣布她完成了。监考官走过去检查她的答案。他俯身看向屏幕，很惊讶地说："你都没有答上啊。"

她露出一个吃不准的笑容，不确定这算不算一种成就。

"你想再尝试一下吗？"监考官热心地问道，"你有权再试一次的。"

那位女士露出不知所措的神情，仿佛根本搞不清状况，但她勇敢地选择了直接开始测试，因此考试便开始了。

第一道题是："你刚刚领略了伊斯特利的风土人情。你确定你想留在英国吗？"事实上我已经想不起第一题或是之后的考题的内容了。我们被禁止带任何物品进入考场，因此我没办法做笔记，也没法在思考时用铅笔轻敲牙齿。测试包括二十四道多选题，我花了大约三分钟做完。你要么知道答案，要么不知道，就这么简单。做完测试题后我就走到监考官的桌子边，同他一起等待电脑检测我的答案，整个过程跟我答题所花的时间相当，最后监考官微笑着告诉我我通过了考试，但他不能告诉我得分。电脑仅仅给出"通过"或"没有通过"的成绩。

"我来将你的考试结果打印出来。"监考官说。这又让我多等了好一会儿。我本来期待着可以拿到一张羊皮纸质感的精美证书，就像那种成功攀上悉尼大桥顶端或是完成了威特罗斯超市①烹饪课程后会获得的证书。但最后拿到手的只是一纸暗淡的打印信件，确认我通过了考试，具有足够的智力水平，能在当代英国社会生活。

像那位来自中东的女士（我最后朝她瞥去时，她貌似正试图寻找键盘）那样，我脸含笑意地走出大楼，心情愉悦，甚至有点欢欣鼓舞。阳光灿烂。对面的巴士站那里，两名穿着飞行员夹克的男子正举着一样的拉格啤酒罐喝着晨间开胃酒。一只鸽子啄着烟头，一边拉出一点屎。就我看来，生活在当代英国社会，貌似还不错哦。

IV

一两天之后，我同我的出版商见面，在伦敦共进午餐，讨论一下我下本书的主题。他名叫拉里·芬利，和蔼可亲，颇受欢迎。他心里一定默默恐慌，生

---

① Waitrose，英国知名连锁超市，主要针对中产及以上的消费者。

怕我会提出那种极荒唐而且不卖座的主题——比如玛米·艾森豪威尔的传记，或是关于加拿大的什么——因此他总是在我开口之前就先提个他的建议给我。

"你知道吗，"他说，"你的《"小不列颠"札记》问世距今已有二十年了。"

"真的？"我答道，惊讶于时光涓涓滴滴的累积，其实并不用花什么功夫。

"你有没有想过写一部续集？"他的语气貌似漫不经心，然而我却从他眼中看到有英镑符号在虹膜里闪闪发光。

我想了一下。"事实上，正是好时候呢，"我说，"你知道吗，我马上将获得英国国籍了。"

"真的？"拉里说。他眼中的英镑符号愈发闪亮，几乎都轻微脉动起来。"你要放弃你的美国身份吗？"

"不会，我会保留美国国籍。今后我将拥有英美双重国籍。"

拉里于是思路奔腾。营销计划在他脑中快速成形。地铁海报——并不是那种很大的海报，更小型的那种——也已开始构思。"你可以好好评价一下你的新国家。"

"我不想再回到相同的地方，写相同的那些话题了。"

"那就去些别的地方啊，"拉里认同我的想法，"比如去——"他脑海里搜寻着某个不太有人光顾的地方——"博格诺里吉斯。"

我兴致盎然地看着他。"这是本周我第二次听到有人提博格诺里吉斯了。"我说。

"这是个好兆头啊。"拉里说道。

那天下午，我在家打开了我那古董般几乎掉页的《AA 英国全境地图》（版本古老到 M25 号公路还是用虚线表示的计划状态），随便翻看。我主要是想看看英国最长的直线距离是从哪到哪。肯定不会是兰兹角到约翰奥格罗茨村，虽然那本学习指南里是这么说的。（那书里的原话是："大不列颠岛两点间最长的距离，位于苏格兰北部海岸的约翰奥格罗茨村至英格兰西南角的兰兹角之间。总长大约 870 英里。"）首先，英国大陆最北点并非约翰奥格罗茨村，而应该是位于该村西部 8 英里开外的邓尼特角（Dunnet Head），另外那一带沿海地区起码有六个角比约翰奥格罗茨村要更往北。但最重要的一点在于，从兰兹角到约翰奥格罗茨村，沿途不可能是直线走，必须有几段得绕行。但假如允许走弯路，那在全国任意两点间不就可以随意行走，从而走出无限远的距离了？我是想找出一条路线，可以沿直线进行得最远，同时也不必渡过咸水区（海）。我拿了一把尺子在地图上比划，惊讶地发现尺子根本不落在兰兹角和约翰奥格罗茨村，就像偏离的指南针指针一样。最长的直线其实始于地图左上角苏格兰的一处孤远海角拉斯角（Cape Wrath），更有趣的事，其南部终点正好穿过博格诺里吉斯。

拉里说得对，这真是个好兆头。

有一瞬间，我考虑着能不能沿着这条新发现的路线游历大不列颠（"布莱森线路"是个不错的名字，我希望它能家喻户晓，毕竟我是它的发现者嘛），但是我马上就意识到这不太实际，也并不令人向往。假如我真要这么做，那就意味着我要穿墙经过人们的房屋和花园，走过荒无人迹的野郊，在河里涉水而行，这样做的话明显太疯狂；而假如我尽可能贴近这条线路走的话，就意味着我要在例如麦克莱斯菲尔德（Macclesfield）或伍尔弗汉普顿（Wolverhampton）郊区的街道上无止境地寻找出路，而这听起来似乎也没有多少意义。但我当然愿意将布莱森线路视作灯塔般的存在，指引我前行。我决定将该线路的两端作为我的起点和终点，旅行途中也会在方便时或我能想起来的时候参考一下这条路线，但我不会逼迫自己非要一丝不苟地严格按照它行进。它将是我的 terminus ad quem①，无论这个词意味着什么。在行程中，我也会尽可能避开上一次做全英旅行时走过的地方（一不小心就容易站在某个街角，哀叹起自上次到访后那里衰落成什么样），而会更关注于那些从未经过的去处，希望可以用新鲜的、不带偏见的眼光去观察它们。

我尤其对拉斯角兴致盎然。对于此处我一无所知——它有可能是个房车扎营地——但从名字看来，它想必是个山石崎岖、巨浪拍岸、也不容易抵达的目的地，适合那些认真的旅行者。若有人问我正朝向哪里去时，我就能一脸果决地凝视着北方的地平线，说："拉斯角，假如上帝允许的话。"我想象着听者会低声吹一记羡慕的口哨，然后回答说："天啊，那可老远了。"我会坚定地点点头表示同意，还会添上一句："都不知道那里是否有茶室。"

但在抵达那遥远的冒险地之前，我还有几百英里的路要走，会经过历史小镇以及美丽的乡间，也会探访博格诺那闻名遐迩的英国海滩。

---

① 拉丁文，意为归结点、目标。

第一章
该死的博格诺！

第一次去博格诺里吉斯之前，对于这里，我仅知道怎么拼写，此外就是在过去的某个时间点，某位英国君主在临终前，突然喊出了"该死的博格诺！"这样刻薄的字眼，随即就一命呜呼了，至于这话是出自哪位君主之口，以及为什么他的临终愿望是诅咒一个中等大小的英国海岸度假胜地，这我就不清楚了。

后来我才知道，那位君主是国王乔治五世，有这样一个故事：1929年，国王听取了他的医生佩恩的道森爵士的建议，去博格诺旅行。因为医生提议，呼吸一段时间海边的新鲜空气，可能有助于缓解国王严重的肺病。那个道森，除了让国王换个环境外，再想不出什么更好的疗法，或许这正反映了他作为医生最突出的特点：无能。实际上，道森是出了名的庸医，所以人们还为他编了一首小调：

佩恩的道森爵士，

医死过无数人士。

为此世人都在唱，

上帝救一救国王。

　　国王选择去博格诺旅行，并不是因为他对那里有什么特别的好感，而是因为国王有一位富豪朋友，亚瑟·杜克洛爵士，他在那儿有一处府邸，叫克雷维尔宫（Craigweil House），他把府邸拿出来供给国王私用。人们都说，克雷维尔宫又丑又不舒适，国王一点儿也不喜欢那里，只是海边的空气确实对他有益，因为几个月后，国王就恢复健康，回伦敦了。估计国王对博格诺没有任何美好回忆，就是有，他也没讲出来。

　　六年后，国王旧病复发，奄奄一息躺在床上，道森还向国王献殷勤，信誓旦旦地向国王保证，他很快就能恢复，还能再去博格诺度个假。"该死的博格诺！"据说国王说完这句话，随即便离世了。人们总以为这个故事是杜撰的，但是乔治五世的一个传记作家——肯尼斯·罗斯坚信它很有可能是真的，因为这太符合国王的个性了。

　　由于国王曾在此处短暂停留过，因此博格诺请求在名称上加上"里吉斯"（表示"皇家的"）封号，并在1929年得到许可。有趣的是，这封号地位的提升与它走向最终没落竟是同时开始的。

——

　　像很多英国沿海地区一样，博格诺也已经风光不再。曾几何时，快乐、优雅的人们蜂拥至此，无忧无虑地度过假日。博格诺有一座皇家剧院，一个豪华舞厅，据说那里的舞池是英格兰南部最好的，还有一个深受欢迎的温泉疗养院，可是名字起的并不准确，因为没人在那里治好过病，客人们随着驻场管弦乐队的音乐滑着旱冰，然后在高大的棕榈树下进餐。如今那一切都已成为遥远的历史。

博格诺的码头虽然幸存，也不过是半死不活的状态。码头曾经有一千英尺长，但是在火灾或暴风雨的破坏后，管理者们都喜欢直接截短它，以至于如今只剩三百英尺那么一截，都不足以延伸到海里。多年来，博格诺每年都会举办"鸟人飞行大赛"，参赛者们使用各种自制的装置——两边绑着火箭烟花的自行车之类的，尝试从码头的末端起飞。无一例外地，参赛者们都是先飞出短得滑稽的一小段，然后扑通一声落入水中，把观众逗乐，但是最终，截短的码头意味着参赛者们要摔在沙子和碎石上，那场面与其说是逗乐，不如说是触目惊心。因此，这项竞赛 2014 年被取消，现在好像已经永久地移到了沿着海岸线几英里远的沃辛（Worthing），那儿的奖品更丰厚，码头也确实是建在水上的。

为了扭转博格诺长期衰落的颓势，阿伦区议会在 2005 年成立了博格诺里吉斯重振委员会，计划吸引 5 亿英镑投资到小镇建设中。慢慢地，人们意识到这目标永远也不会实现，于是当局就悄悄地把投资目标先降低到 1 亿英镑，然后又降低到 2,500 万英镑。实际证明，这些目标都太不现实了。最终委员会决定，真正可实现的目标就是 0。当委员会发现这个目标早已实现时，就解散了委员会，因为任务完成了。如今，据我所知，当局对博格诺的政策就是让它怠速空转，就像一个靠呼吸机维持的临终病人一样。

若非如此，博格诺真算不上个糟糕的地方。它有长长的海滩，一条蜿蜒的混凝土滨海步道，市中心虽算不上繁荣兴旺，但密集又整洁。紧邻海岸的是一个叫做霍瑟姆公园（Hotham Park）的林区，里边曲径通幽，可以池塘荡舟，还有一条小铁路。不过，必须得说，这里也就这样了。如果你在网上搜索博格诺的旅游景点，第一个推荐的就是霍瑟姆公园。第二个弹出的链接就是一家出售老年代步车的商店了。

我走到海边。很多人在散步，沐浴着阳光。我们即将度过一个愉快的夏天，即使现在只是上午十点半，你都能猜到，按英国的标准，今天一定是个大热天。我原本计划沿着海滨，向西去克雷维尔，看看国王曾经住过的地方。结果却得知克雷维尔在 1939 年就已经被拆毁，它的遗址如今不知埋在哪个住宅区下面呢，于是我的希望破灭了。所以，我沿着滨海步道，转而向东朝着费尔巴姆（Felpham）走去，因为其他步行者几乎都朝那个方向走，我猜想那里或许有些看头。

步道一边是海滩和波光粼粼的大海，另一边是一排整洁的现代住宅，每处住宅都建有高高的围墙来保护他们的隐私，免得被我们这些在步道上的行人看到。然而，有个明显的问题房主们没法解决，那堵墙固然是为了挡住路人的窥视，但也阻挡了他们向外看的视野。如果这些时髦建筑里的住户想看海，他们就得上楼坐在阳台上看，但这也就意味着我们能清楚地看到他们，而最让英国人痛苦的，莫过于牺牲他们的隐私了。我们能看到他们的一举一动——晒黑的还是惨白的，喝的是冷饮还是热饮，看的是平板电脑还是报纸。阳台上的人假装不受干扰，但谁都能看出来他们备受侵扰。谁让他们要求那么多呢。首先，他们得假装坐在阳台上不被我们看到，此外还要假装我们其实只是全景中偶然出现的一部分，假装他们从未注意到我们这些在下边的人正仰头看着他们。他们需要假装的事可真不少呢。

于是我做了个测试，试着和阳台上的人进行眼神交流。我冲他们微笑，好像在说："你好，我看见你了！"但他们总是快速地看一眼就把眼神移开，或者装作根本没有看见我，而是被远处地平线上的什么东西吸引住了，朝着迪埃普（Dieppe）或者多维尔大致的方向看去。有时候我觉得当英国人一定很累。无论如何，于我而言，明摆着我们在步行道上的人更划算，因为我们不必爬到楼上，也不必假装别人都看不到我们，就能随时看到海。最重要的是，一天结束之后，我们可以钻进车里开车回家，离开博格诺里吉斯。

———

去过博格诺之后，我计划坐公交车沿着海岸线前往布莱顿（Brighton），我心里暗自为此兴奋不已。我从来没有走过这条海岸线，所以特别期待。我打印了一张班车时刻表，并精心挑选了十二点十九分那趟，最适合我的计划。我以为还有几分钟时间，就悠哉游哉地来到公交站，结果有点沮丧地看着我的那趟公交车在一团黑烟中绝尘而去。想了一分钟，我才发现是我的表出问题了，显然是电池没电了。下一趟班车半个小时之后才能到，我便走进一家珠宝店，里边一个阴郁的店员看了看我的表，跟我说，换块电池要 30 英镑。

"可是我买这块表也没花上 30 英镑。"我气冲冲地说。

"所以你的表不走了。"他说着，把表递回来，神情庄重冷漠。

我等着看他是否还有什么话要说，看他内心是否有一丁点转机，愿意帮助我把手表修好，同时也能做做生意嘛。但看起来毫无转机。

"那好吧，算了吧，"我说，"看得出来你很忙。"

不知道他是否看得出来我丰富的幽默天赋，反正他没有表现出来。他只是耸了耸肩，对话就此结束了。

我很饿，但现在离下一趟公交车只有二十分钟了，所以，为了赶时间，我走进了一家麦当劳。我不该这么做的。我曾经和麦当劳有过些过节。几年前的一天，我们一大家人外出游玩一天后，后座的小孩子们大叫着要吃垃圾食品，所以我们就去了麦当劳，我被派去点餐。我认真问了每一个人的要求——两辆车，大概有十个人——并一一记在了一个旧信封的背面，然后走向了柜台。

"你好，"轮到我的时候，我果断地对服务员说，"我要五个巨无霸汉堡，四个四分之一磅的芝士汉堡，两个巧克力奶昔——"

这时候，有个人走过来告诉我，有个孩子不想吃巨无霸汉堡了，想吃鸡块。

"抱歉，"我说，然后又重说了一遍，"要四个巨无霸汉堡，四个四分之一磅的芝士汉堡，两个巧克力奶昔——"

这时，一个小孩儿拽着我的袖子告诉我他要的是草莓奶昔，不是巧克力奶昔。"好的，"我说着，转向年轻服务员，"要四个巨无霸，四个四分之一磅的芝士汉堡，一个巧克力奶昔，一个草莓奶昔，三份鸡块……"

就这样周而复始，我好不容易才点完，不断修正着一群人又长又复杂的菜单。

食物上来的时候，那位年轻的服务员端出来十一个托盘，摆着三四十袋食物。

"怎么回事？"我问他。

"这是你点的餐，"他答道，还照着收银机把我点的餐全部读了一遍，"三十四个巨无霸汉堡，二十个四分之一磅芝士汉堡，十二个巧克力奶昔……"原来他并没有按照我每次说的修改订单，而是把它们都加在了一起。

"我没要二十个四分之一芝士汉堡，我要的是四个四分之一芝士汉堡，要了五遍。"

"一样的。"他说。

"一点都不一样。你不会这么蠢吧。"

排在我后面的两个人开始替年轻服务员说话。

"这些的确都是你点的。"其中一个人说。

值班经理走了过来，看着收银机。"上面写的二十个四分之一磅芝士汉堡。"他说，好像它就是一把带有我指纹的枪。

"我知道那上面写的什么，但那不是我点的餐。"

一个成年的孩子走过来看看发生了什么。我向他解释了事情的原委，他慎重权衡一番后，认为总的来说还是我的错。

"简直不敢相信你们竟然都这么傻。"我对此时在场的十六个人说，虽然有些人刚进来，但也已经在反对我了。最后，我妻子走过来，拽着胳膊肘把我拉走了，我以前经常看到她这样把叽叽喳喳的精神病患者领到一个安静的房间。她友善地和经理及服务员解决了这乱事，瞬间端来了两盘食物，她告诉我，不管有没有人陪伴，以后不允许我再进麦当劳了。

自那次闹剧之后，这还是我第一次走进麦当劳。我发誓要守规矩，但麦当劳还是让我受不了。我点了鸡肉三明治和健怡可乐。

"需要配薯条吗？"年轻的服务员问我。

我犹豫了一下，然后用痛苦却耐心的语气对他说："不需要。所以我没有点薯条。"

"我们只是被要求这样问问。"他说。

"如果我想要薯条，我一般会这样说，'再要一份薯条'。这才是我的方式。"

"我们只是被要求这样问问。"他又说了一遍。

"还有别的我不想点的，你要知道吗？那可就多了。实际上，除了我点的这两样以外，你这里卖的我都不想要。"

"我们只是被要求这样问问。"他又重复了一遍，只是声音更低沉了。他把我点的两样东西放在托盘上，祝我一天愉快，语气中没有一丝诚意。

我才意识到，自己可能还没做好再去麦当劳的准备。

———

有一趟从博格诺里吉斯出发、途经利特尔汉普顿（Littlehampton）、开往布莱顿的巴士，广告上称这趟巴士为"海岸700号"，这听起来既有格调又时尚，可能是涡轮增压的。我想象着自己坐在舒适的空调巴士上层，有豪华的平绒座椅，透过柔和的浅色玻璃车窗，欣赏着波光粼粼的大海和延绵起伏的乡村景色，那种颜色如此微妙，让你不禁想对坐在旁边的人说："是浅色车窗的缘故，还是说利特尔汉普顿总是这样淡蓝色的呢？"

但实际上，巴士呼哧呼哧地开进站后，我才发现跟我想象中的完全不同。这是一辆狭窄的、不透气的单层汽车，到处是坚硬的金属棱角和模塑成型的塑料座椅。说它是那种把犯人从一个监狱转到另一个监狱时的押运车也不为过。但好的一面是，票价便宜——去霍夫全程只需4.4英镑，比不上我前一晚在伦敦喝一扎啤酒的钱。

我又忐忑又兴奋，因为我即将游览一系列小度假胜地：利特尔汉普顿、海旁戈林（Goring-by-Sea）、昂姆林（Angmering）、沃辛、肖勒姆（Shoreham），但愿它们也能迷人吧。我把它们想象成20世纪50年代的儿童绘本中那种快乐的村庄——大街上有宜人的茶馆，有着明艳条纹的遮阳篷的商铺，售卖风车和沙滩球，行人们拿着盛有黄色的冰淇淋球的甜筒。但是过了很长一段时间——一个小时或更久——我们还没靠近海边，甚至没有靠近任何能辨认出来的地方。相反，我们穿行在一片片杂乱的城郊住宅区，这些都建在岔路和纵横交错的高速公路边，除了量贩超市、加油站、汽车经销店以及我们这个时代所有其他极其丑陋的东西外，什么也没看到。之前一位乘客在我旁边的座位口袋里留下了两本精美的杂志，出于无聊和好奇心，我拿了一本出来。这种杂志好用特别强调的标题——**你好！好吧！现在！现在什么！不是现在！**——封面文字似乎都在讲最近发胖了的女明星们，可是我觉得我翻看过的明星，打从第一个开始就没那么时髦。这些女星我一个也不认识，但她们的生活读起来很吸引人。我最喜欢的这篇文章——可能是我读过的所有印制品中最喜欢的——讲的是一位女演员为了报复她不负责任的男友，向他索取了 7,500 英镑用于修补阴道。这就是我所说的报复。但是，请问，即便修补了阴道又能得到什么呢？买无线网络吗？做桑拿吗？遗憾的是，文章没有具体说明。

我被迷住了。我发现自己沉浸在那些不起眼的小名人的奢华生活中，她们的共同点都是胸大、无脑、总会陷入可悲的男女关系。后来在这本杂志中，我发现了一个博人眼球的标题"不要为了出名而杀死你的孩子！"，原来这是凯蒂·普莱斯向一个同样美丽的新起之秀——乔西提出的一条忠告。凯蒂·普莱斯曾是一名半裸上身、胸部丰满的模特，后来摇身一变成了一名思想家和杂志专栏作家。普莱斯女士是一个说话不会拐弯抹角的作家。"听着，乔西，"她写道，"我觉得你太恶心了。隆胸和堕胎是不会让你出名的！"虽然站在理智和情感层面，我偏向于赞同凯蒂的说法，但从文章内容来看，乔西就是活生生的反例。

乔西的照片展现的是一个年轻女人，胸部丰满得像派对上的气球，嘴唇让人想起海上吸浮油的管子。文章中说，她怀着"第三个儿子，两个月后就要生产了"。我们都得承认，这生育率也是相当高了。文章接着说，乔西非常失望，因为她一直渴望有个女孩，但怀的又是一个男孩，于是她又开始抽烟、喝酒，以示对自己生殖系统的不满。她甚至考虑过堕胎，所以普莱斯女士才如此情绪化地介入这场争论。文章顺便提到，年轻的乔西正在考虑与两家出版社的出书意向。如果我自己的出版商是其中之一，我就亲自烧了他的办公室。

我不想让自己显得迂腐，但是这些人凭什么出名呢？他们身上有什么品质能让他们获得万众瞩目呢？我们可能立马能从原因里排除掉天资、智慧、迷人和魅力，那这样的话，还剩下什么呢？美丽的双脚？带有薄荷味的清新口气？我真不知道说他们什么好了。从解剖学来看，他们中的很多人看起来都不像人类。很多名字比如日日、图丽萨、那亚、贾伊、 K‑沥青、衣原体属、墨龙（有些可能是我杜撰的），表明了他们来自一个遥远的星系。在读着杂志的时候，我不断听到脑海里有个声音，就像20世纪50年代劣质电影预告片里的声音，说着："他们都来自低能星球！"

不管他们来自哪儿，现在他们都成群结队地存在着。似乎是为了说明我的观点，正好在利特尔汉普顿出现了一个穿着宽松短裤、漫不经心而又懒洋洋的年轻人，他上了车，坐在我对面的座位上。他戴着一顶棒球帽，但这个帽子对他的头来说实在是太大了。只得依靠他那对大耳朵支撑才不会让帽子滑落盖住眼睛。帽檐是扁平的，上面还贴着一个闪闪发光、全息图一样的价格标签。帽子贴眉毛的帽檐处印着"OBEY"字样。耳机输送着巨大的声波穿越他头颅内宏大的星际空间，一路寻找着那个遥远、贫瘠的微粒——他的脑子。那一定和寻找希格斯玻色子①有点像。如果你把英国南部所有戴帽子又懒散的年轻人都聚在一个房间里，恐怕他们的智商加一起依然达不到弱智的水准。

我又翻看了第二本杂志《他妈的闭嘴！》。在这本杂志里，我了解到凯蒂·普莱斯可能和我以前想的不一样，算不上一个智慧的楷模。杂志里图文并茂地介绍了凯蒂女士令人眼花缭乱的爱情生活。其中包括三次婚姻，两次订婚失败，生了好几个孩子，另外七次短暂的真情投入——这还只是她繁忙生活中最近的片段。普莱斯女士的所有伴侣都让人大跌眼镜，最近的一个更是如此。她嫁给了一个叫基兰的人，我想这个人最大的本事，就是能让他的头发以各种有趣的方式竖起来。他们住进了凯蒂那有着一千一百个房间的豪宅，不久，凯蒂就发现基兰一直和她的闺蜜（现在可以说是前闺蜜了）偷情。似乎这还不够（在普莱斯的世界里，这真的不算什么），她发现她另一个闺蜜也和基兰有染。可以理解普莱斯非常生气。这可能就是阴道整形的白金版吧！

翻过这一页，我发现了一段温暖人心的介绍，一对叫山姆和乔伊的夫妇，我是真的看不出他们到底有什么本事，我倒很想知道谁能看出来。山姆和乔伊显然都是成功人士，因为他们正在艾塞克斯寻找一处大房产，据一个朋友说，"最好是一座城堡"。直到此刻，我才意识到我的头脑都被书页占满了，所以我放下杂志，转而看向了窗外掠过的郊区景色。

———————————

① 希格斯玻色子是粒子物理标准模型中的基本粒子，由希格斯场的量子激发产生，是粒子物理理论中的一个场。它以物理学家彼得·希格斯（Peter Higgs）的名字命名。

渐渐地，无可奈何地，伴随着头部阵阵抽搐，我陷入了深度睡眠。

———

　　我一下惊醒了，发现自己在一个我不认识的地方。车子停在了一个城市公园旁边，一个长方形的绿色大公园，人也很多。公园的三面都是一些小旅馆和公寓楼，另一面朝向大海，景色非常迷人。就在我的窗外，从公园延伸出来的一条人行小道看起来也很吸引人。这里也许是霍夫吧。我以前就听说过霍夫这个地方很美。我跌跌撞撞地匆忙下了车，四处游荡了一会儿，想着怎样才能弄清楚我是在哪儿。我实在不想走到人前问："打扰一下，请问我现在是在哪儿？"所以，我就继续闲逛，最后走到一块信息板前，才得知我现在是在沃辛。

　　我走上了那条称作沃里克大街的人行道，喝了杯茶，接着漫步到了海边，那儿的主要建筑就是一个极其丑陋的多层停车场。真不知道规划官员到底是怎么想的。"嘿，我想到一个主意。与其在海边建造一些漂亮的宾馆和公寓楼，不如建一个没有窗户的巨型停车场。这可以把游客减少！"我想一路走到布莱顿去，但是紧接着我就意识到，我在薄雾中看到的最远处就是布莱顿，很明显，那可太远了，根据我可靠的英国地形测量地图，远不止8英里，我现在可不想走这么远。所以我坐上了另一辆车，和第一辆车几乎一模一样，我又开始了公路之旅。这趟旅行开始时还充满希望，但是随着我们驶近肖勒姆，滨海公路就变成了一连串的废品场、建筑材料工厂店、汽车修理店，最后还出现了一个巨大的发电站。因为道路施工，我们遇上了堵车，我又睡着了。

———

　　我在霍夫醒来，正是我刚才想到的地方，像往常一样，我跌跌撞撞地匆忙下了车。我最近偶然读到了乔治·埃佛勒斯[①]的事迹，埃佛勒斯峰（即珠穆朗玛峰）便是以他命名的，得知他被葬在霍夫的圣安德鲁教堂墓地，我想我可以去看看他的坟墓。不读不知道，这一读我才开始琢磨这座山的名字是怎么来的。其实，它本就不该以他的名字命名。首先，他从来没有见过这座山。无论是在印度还是任何其他地方，山脉几乎都没有进入过他的生活。

　　埃佛勒斯于 1970 年出生在格林威治或者威尔士（取决于你相信哪个消息来源）。他是一名律师的儿子，在马洛和伍尔维奇军事学校接受教育之后被送往远东，在那里他成了一名测量员。 1817 年，他被派遣到印度的海德拉巴（Hyderabad），担任大三角测量企业的首席助理。这个项目的目的是测量横跨印度的经线，以确定地球周长。这其实是威廉·兰姆顿，一位有趣而又默默无闻的家伙的毕生心血。和兰姆顿有关的一切几乎都是不确定的。《牛津国家人物传记辞典》记载他出生在 1753 到 1769 年之间的某个时间——跨度之长令人咋舌。他在哪里长大以及早年生活和教育的细节都无从知晓。只知道他在 1781 年参了军，前往加拿大测量与新美国的边界，紧接着又被派往印度。在那儿，他想到了测量经线的方法。他为此耗费了大约二十年的时间，在 1823 年于印度突然去世，逝世的确切地点、时间等细节

———

① 乔治·埃佛勒斯（George Everest，1790—1866），威尔士测量师和地理学家。

都不清楚。乔治·埃佛勒斯只是完成了这个项目。这是一项重要的工作，但和珠峰却是八竿子都打不着的。

埃佛勒斯晚年的照片透露着阴郁的神情，一张脸几乎完全被白发和胡子包围着。印度的生活并不适合他。他在那儿度过了二十年，因为患有斑疹伤寒、慢性黄热病和腹泻，身体总是不舒服。他长期请病假在家。1843年，他终于回到英国，而珠峰以他命名还是很久以后的事呢。这可能是亚洲唯一一座有英文名字的山脉。英国地图制作师一般会相当谨慎地沿用当地名称，然而埃弗勒斯峰在当地有一连串名字——Deodhunga, Devadhunga, Bairavathan, Bhairavlangur, Gnalthamthangla, Chomolungma，还有其他几个，因此没有确定的名称。英国人通常把它叫做第十五号峰。那个时候，没有人知道它是世界上最高的山峰，也不值得人们特别的关注，所以，当有人把埃佛勒斯的名字写在地图上的时候，也算不上什么重大举措。最后人们发现三角测量结果非常不准确，因此兰姆顿和埃佛勒斯并非死得其所。

顺便说一下，乔治·埃佛勒斯的名字并不像今天这样读成埃-佛-勒-斯（Ev-er-rest），而是读成伊弗-瑞斯（Eve-rest），只有两个音节，所以，这座山不仅命名错误，而且读音也是错的。埃佛勒斯七十六岁时在伦敦海德公园（Hyde Park）去世，之后却被运到霍夫安葬。没有人知道原因，他和这个城镇以及苏塞克斯（Sussex）的任何地方都没有任何联系。世界上最著名的山，以一个和它没有任何关系的人而命名，连名字我们都不能读对，我被这个事实深深吸引住了。感觉真是精彩。

圣安德鲁教堂是一个很醒目的大教堂，宏大、灰色的外表，有一座黑色的正方形塔楼。在教堂的门口竖着一块巨大的牌子，上面写着"圣安德鲁教堂欢迎您"，但是应该写着牧师的名字、开放时间，以及教堂执事的电话号码的地方却是空白的。三群流浪汉占据了教堂墓地，他们在那儿喝着酒，享受着阳光。离我最近的一群流浪汉中有两个家伙正在激烈地争论着什么，但我听不清。我在墓碑间找来找去，但是大多数碑文已经风化得难以辨认了。埃佛勒斯的坟墓在霍夫咸咸的海风中暴露了一百五十来年，估计已经不剩什么了。两个争吵的家伙中有一个站起来了，对着外墙撒尿。他撒着尿，同时注意到了我，回头略带敌意似的朝我大声喊着，问我在找什么。

我告诉他我在找一个叫做乔治·埃佛勒斯的人的坟墓。令我惊讶的是，他用一种颇有教养的口吻回我："哦，就在那边。"然后他朝着离我几步远的墓碑点点头，"人们以他的名字命名埃佛勒斯峰，但是，你知道的，他从未真正见过它。"

"书里也这么说。"

"愚蠢的笨蛋。"他说着，不知道说的是谁，然后满意地把裤子穿好。就这样，我结束了在英国的第一天旅程，我想至少接下来的旅途会更好一些。

第二章

七姐妹山（Seven Sisters）

一个素未谋面的女人总会定期发邮件给我，告诉我怎样判断自己是否即将中风。

"如果你感觉手指刺痛，"其中一封写道，"那你可能已经中风了，请火速就医。"（邮件里有很多斜体字，还会突然大写单词，以引起读信人的重视。）另一封写道，"如果你曾在多层停车场里怎么也想不起把车停在哪儿了，你可能得了中风。马上挂急诊！"

离奇的是，这些症状都能和我精准对上号。每一个症状我都有，竟然有几百条。每隔几天我就能学得一条新的症状。

"如果你耳屎比平常多……"

"如果你突然打喷嚏……"

"如果你这半年来吃过吐司……"

"如果你每年同一天过生日……"

"如果你读了这些中风预警后感到焦虑……"

"如果你有上述任一一种症状或其他症状——立即就医。一个鸭蛋大小的血栓正在向你的**大脑皮层挺进**！"

总而言之，这些邮件让我明白了一个道理：你在中风之前做的任何一件事都可能是中风的最佳前兆。最近，邮件还附上耸人听闻的实例，说某某某未能注意到这些前兆的后果。"多琳的丈夫哈罗德洗完澡后发现自己的耳朵发红，"一封信里说道，"他们没把这当一回事。现在他们可后悔了。不久后多林发现哈罗德脸朝下一头栽在一碗可米脆里。*他中风了！*哈罗德被立即送往医院，但错过了最佳抢救时间，现在成了**植物人**，一下午一下午地看《法官朱迪》①。不要让此事在你身上重演！！！"

事实上，不用提醒我也知道自己的身体不大对劲。我的方法很简单：站在镜子前仰起头，朝鼻子里看看。你要明白，这事我并不常做，可是以前只看到两个小黑洞，现在却出现了隐秘的雨林。我的鼻腔内长满了纤维状的物质——不能叫做鼻毛——是那种厚厚的椰棕地垫上的材料。真的，如果你小心地把椰棕地垫一点一点分解成一团大小粗细一致的棕纤维，把四成塞进左鼻孔，四成塞进右鼻孔，剩下的塞进耳朵眼里，每个孔里再冒出来几根的话，你就是我现在的样子！

我希望有人能告诉我，为什么人一上了年纪，身体就突然产生个新功能，在鼻孔和耳朵眼里长满毛。就像上帝对你开了一个可怕的、残忍的玩

---

① 《法官朱迪》（*Countdown*），美国仲裁法庭模拟真实庭审节目，主人公是曼哈顿退休家庭法庭法官朱迪。该节目 1996 年在 CBC 电视台首播，到 2018 年为止已有 23 季。

笑，他好像在说："比尔，坏消息是，你即将大小便失禁，身体机能也会日渐衰退，做爱的频率和月食出现的频率一样，不过好消息是，你可以编鼻毛辫子。"

上了年纪后还会有另一个特长，长脚指甲。我也不知道为什么。我的脚指甲可以跟钢铁比硬度。剪指甲时甚至会冒火花。要是敌人愿意朝我的脚射击，我完全可以拿脚指甲当护甲。

上了岁数后最可怕的是你明白了一件事，从此你的未来就是日落西山。虽然我今天很糟，但同下周或者下下周比，我现在就是巅峰状态。近来我无比悲哀地发现自己已经老得不上初期老年痴呆了。我的任何老年痴呆症状都将会是正当时。未来总是属于疾病的，肺部长斑、秃顶、老糊涂，小便失禁，手上头上遍布老年斑，就像我老婆总用木勺打我似的（这事有可能发生），还总觉得整个世界没一个人说话声音够大。而这还是最好的情况，是在一切都绝对顺利的情况下。另外一种可能是插着导尿管，躺在有护栏的床上，往外抽我的血，住在养老院，被人抬着上厕所，不知外边是何季节——这些也还是属于最好的情形。

我被这些中风前兆的邮件搞得坐立不安，于是我上网搜索了一下，发现有两种基本方法可以避免中风：一是在中风前得别的什么病挂掉，二是加强锻炼。为了活下去，我决定开始多走路。所以我从博格诺到达霍夫的第二天就到霍夫以东约 15 英里那座陡峭的小山爬了起来，一路气喘吁吁地爬到山风轻拂的峰顶黑文峰（Haven Brow），那是苏塞克斯海岸久负盛名的七姐妹山的第一峰。

七姐妹山是英国最适合散步的地方之一。从黑文峰往下望，景色美得惊心动魄：远山雾霭连绵，层峦起伏，每一座山在近海的那一侧都戛然而止，露出刀切一般的白垩峭壁。在今天这样阳光明媚的日子里，这里充满了简单、明快的元素：绿色的大地、白色的悬崖、深蓝色的海、同样蔚蓝的天空。

英国没有任何事物——我并没有虚夸——能比得上乡村的美。世界上没有哪个国家像英国这样被集中开发的——开矿、农耕、开采、兴建城市、工厂轰鸣、高速公路和火车交通纵横交错——然而它却依然保有着原来的魅力，处处动人，始终如一。这是人类历史上最美好的一个偶然。说到自然奇迹，英国实在没有什么特殊之处。它没有高山险壑，也没有宽阔峡谷，更没有宏大山川，飞流瀑布。它的景观貌不惊人。然而虽然只有普通的自然景观，英国人却年复一年地投入无尽的创造力来改善环境，在这 50,318 平方英里的土地上，创造出最超凡脱俗的如同大花园般的景色，最有秩序的城市、最精美的城镇、最轻松活泼的海滨和最庄严的城堡，最梦幻的尖塔、大教堂、城堡、修道院，怪异建筑随处散落、绿树葱郁、曲径通幽、白羊点缀、树篱井然，一切都被英国人照顾得无微不至，建筑装饰巧夺天工——没有一处是刻意求美，却总能不断累加达到如今的极致。这是何等的成就啊！

漫步乡野是何等的惬意啊！英格兰和威尔士的公共步道有 130,000 英里长，平均每平方英里土地就有 2.2 英里步道。英国人自己对此可能不以为然，但如果你跟一个我家乡美国中西部的人说你周末打算徒步穿过农田，他一定会觉得你疯了。这根本就做不到。因为你穿过田地之后会被田地周围带尖刺的铁丝网拦住。你找不到帮你前进的台阶、让你通过的窄门，更找不到欢迎你的木栈道柱子来指引你前进的方向。在那里你只会遇到端着猎枪的农夫，喝问你在他的苜蓿地里瞎转悠什么。

所以如果要问我在英国最喜欢最留恋的是什么，那就是在大自然中徒步的快乐。我走在南草丘路（SouthDowns Way）上，这条小道沿着英国南海岸连绵起伏的白垩丘陵，从温彻斯特（Winchester）到伊斯特本（Eastbourne）绵延 100 英里长。这些年来我走过好多好多步道，但最钟爱的还是这一段。漫步其间，左边是圆鼓鼓的丘陵，叠翠流金，右边是波光粼粼的碧海，中间是亮晃晃的白色悬崖。如果你有胆量的话，还可以爬上悬崖边，回头俯瞰。总计两百英尺垂直向下，下边就是乱石海滩。几乎没有人爬过，太吓人，也太危险了。悬崖边缘十分脆弱，人们一般都不敢靠近，即使是欢蹦乱跳的狗儿看到这样的高度也会举步不前，向后退去。海边是一马平川的绿草坪，草的高度由羊控制，有的地方有上百码宽，所以即便是最不看路的散步者——比如在自动停车杆附近就会有危险的人——都可以大步前行，轻松愉快地信马由缰，毫无危险。

南草丘路不仅美丽，而且环境越变越好。七姐妹山和伊斯特本中间夹着一个名叫柏令盖普（Birling Gap）的地方，那儿以前有一家极可怕的咖啡馆，所幸国民信托组织将其接管，按照自己的品味将其改造，这里是穿着巴伯尔邮购服装①的有钱人的天堂。如今咖啡馆被改成了一家小型自助餐

---

① Barbour，英国老牌贵族时装公司巴伯尔公司，该公司以生产结实耐用的户外服装而享誉欧洲，颇受欧洲上流社会青睐。

厅，里头摆满了擦得锃亮的木桌，可以欣赏到美丽的海景，卫生间也干干净净。一个小礼品店，你要是不嫌贵的话，可以花10英镑买到六块装在铁盒子里的姜饼，还有一间很有意思的小型展览厅。我先到展览厅里转了转，非常欣赏它的知性与感性。展览厅里头有大量关于苏塞克斯海岸地质情况的信息，例如它每年都会被海水侵蚀掉大约五分之二米，而柏令盖普被海水侵蚀的速率是这个的两倍。这家国民信托组织的自助餐厅对面以前是一整排山顶别墅，现在只剩下四座了，第四座看着很快就要叫"海滩别墅"了。

我还发现一件很有意思的事情，七姐妹山——依次是黑文峰、肖特峰（Short Brow），拉夫峰（Rough Brow），布拉斯角（Brass Point），弗莱特丘（Flat Hill），贝利丘（Bailey's Hill），温特丘（Went Hill）——竟然不包括贝勒陶特灯塔（Belle Tout）和比奇峭壁（Beachy Head）这两处本地区的最高峰。这样一来，我要翻的不是七座，而是九座小山，怪不得我觉得这么累了。想明白这个道理后，我去国民信托组织自助餐厅买了个豪华三明治和一瓶有机汽水来补充体力，然后继续漫长而孤单的跋涉。

柏令盖普过去不远处，步行道就豁然开朗，大片丘陵尽收眼底，每个到此的人甭管来没来过，都会有种似曾相识的感觉。这里的景象被一位名叫弗兰克·纽博尔德的艺术家绘成了二战宣传海报，因而成为永恒的印象。海报上有一个牧羊人赶着一群羊走过丘陵，画的下方正中间远远地画着一间漂亮的农舍，对面的山上是标志性建筑物贝勒陶特灯塔。大海只是远处山谷外隐约可见的一线。海报的标题是："这是你的英国——为她而战！" 1939 年有那么多值得誓死捍卫的东西，而英国乡村却脱颖而出，这多么耐人寻味啊！我不知道现在有多少英国人会作此感想。纽博尔德画海报时进行了一些艺术加工——山丘的轮廓更好看了，农场更整洁了，小路的走向也有微小的变化——但大体上还是写实的。它是英国的见证，在纽博尔德创作了这幅壮美景色七十年后，这片乡野依然美丽如昔。

如果想当然地享受着英国乡村美景，以为它始终会如此美丽，这种想法注定是对它的最大威胁。既悲哀又讽刺的事实是，那些令英国风光具有独特魅力的事物，如今都几乎完全失去了存在价值。低矮树篱，乡村教堂，石制谷仓，野花娇媚、鸟儿娇啼的绿地，海风轻拂的荒原上漫步的羊群，乡村小店和邮局等等的一切，如果按照经济价值来衡量很难有存在的意义，而对于大多数当权者而言，这又是唯一的衡量标准。如果从经济上讲，我们压根就不需要农民。农业仅占国民生产总值的 0.7%，因此就算明天全英国的农业都停止了，英国经济也压根注意不到。历届英国政府几乎没有采取过任何措施来保护英国乡村。人们想当然地有一种奇怪、盲目而又愚蠢的念头，认为造就了英国乡村特色的东西是永远自给自足的，它们会永远延续下去，为英国增加美丽和优雅。这逻辑太不靠谱了。

贝勒陶特灯塔就差点未能幸免。早在 20 年代初期该灯塔就废弃不用了，二战时期加拿大士兵拿它当训练的靶子，幸好没有将其摧毁。战后灯塔被修复如初，但在 20 世纪末，它又因为海水侵蚀而有落入海中的危险，因此一个好心人慷慨解囊，用大型吊车将灯塔移到离崖边较远的安全地带。所以现在它还能安全地再撑上几十年，直到某一天坍塌的悬崖再次危及到它。

走过贝勒陶特灯塔，又一路下坡，几乎下降到海平面了，再慢慢爬坡，朝比奇峭壁顶端进发。那是座又长又宽又陡的草坡，走上去很像高尔夫球场上的球道，然而一路跋涉后站在峰顶，看到著名的比奇峭壁灯塔矗立在崖底海水中，那红白相间的活泼色彩令人心旷神怡，顿时觉得之前的辛苦都是值得的。

山顶地势平坦处是一个停车场，里头停着许多校车，小鬼头们一拥而下，把垃圾丢得到处都是——我想这大概可以算是某种传统，全国各地的学校组织小学生来到这里，把薯片袋、巧克力包装纸丢在金雀花和凤尾草丛里，上帝保佑这些可爱又没教养的小家伙吧——我很庆幸一路上只有这里垃圾遍地。

过了比奇峭壁峰顶是一片宽阔的、公园一般的地方，有多条小路下山通向那古老的海滨小镇伊斯特本。一路下行，伊斯特本绵长的金色海滩和欢腾的白浪逐渐在眼前铺展开来，美不胜收，只是有一栋孤零零的名叫"南崖塔"的高层公寓矗立在最险要的位置，很是碍眼，有点大煞风景。这栋楼房奇丑无比，根本不该建在这里，不过世事就是如此。世界上到处都是不该发生的破烂事。看看埃里克·皮克斯①你就明白了。

除此之外，在其他方面，伊斯特本是一个好地方。海滨步道保养得很

---

① 埃里克·皮克斯（Eric Pickles），英国保守党政客。

好，一边是豪宅和时尚旅馆，另一边是宽阔的海滩——最终都通往一个不错的老式码头，是仅有的几座真正意义上的古典码头之一。就在我造访之后不久这座码头就起了大火，损毁严重——英国海边的码头似乎总是格外容易起火，我也没想明白原因——但报纸上说它会被悉心修复的。但愿如此吧。让这样的码头从此消失，那可太悲哀了。

伊斯特本的独特魅力在于它如此古老却又如此舒适，最能体现这一点的莫过于一家名叫"法沃罗索"的小餐馆，我每次来必定光顾的地方。这是一个真正的神奇地方。一走进这里，一切就好像定格在了 1957 年。仿佛走进了一部上世纪 50 年代克里夫·理查德主演的老电影，叫《夏日奶昔》或《冰淇淋假日》① 什么的。"法沃罗索"里的一切都一尘不染，闪闪发亮。这里食物可口，服务员利落周到，价格公道，简直无可挑剔。"法沃罗索"餐厅是我在东苏塞克斯甚至英国南部海岸最喜欢的去处。我开始此次旅程的前两天在谷歌上搜索"法沃罗索"的位置，自然而然被导进了"猫途鹰"② 的网页。让我惊讶的是大部分人居然都给"法沃罗索"打了差评，最新的一条评论说他对此次用餐经历"很矢望"。好吧，我得立条新规矩了：如果你蠢到连"失望"都能写错，还是不要参与各种公共网评吧。

---

① 克里夫·理查德（Cliff Richard，1940—　），英国演员、歌手，有"英国猫王"之称。1963 年他主演电影《夏天假日》（Summer holiday）并演唱同名主题曲。
② 猫途鹰（TripAdvisor）是全球领先的旅游网站，收录逾 5 亿条全球旅行者的点评及建议，覆盖超过 190 个国家的 700 万个酒店、餐厅和景点，并提供丰富的旅行规划和预订功能。

我浏览了所有的网评，发现几乎没有人欣赏"法沃罗索"精心营造的怀旧氛围。大多数人都批判它装潢老土，说它过时陈旧，亟待翻新。我真的感到心凉。我们这个世界对品质、传统和经典毫不在意，由着那些错字连篇的人来决定它们的生死去留。这是大错特错，这一点不可否认。借用"猫途鹰"网的客户的评价，我此时"身（深）感不安"。

第三章
多佛（Dover）

有一个问题比你想象的要难回答：英国是一个大国还是一个小国？

从某种角度来看，很明显，它是很小的，只是欧洲西北部海外的冰冷海水上漂浮的一小块土地。英国只占据了地球总面积的 0.017,406,9%。（我需要说明的是，我不能绝对保证这个数字的准确度。这是几年前我为一家报纸写文章时让儿子算出来的。那时候他才十三岁，但是他有一个计算器，上面带有两百多个按钮，他也很在行的样子。）然而，换个角度来看，英国又是个无可置疑的大国。令人惊讶的是，它是地球上第十三大陆地，包括四个大洲——澳大利亚、南极洲、美洲和欧亚非大陆（地理学家都是用脚后跟思考的，还缺乏想象力，偏要将这些地方归为一整块）。地球上只有八个岛屿比英国大：格陵兰岛、新几内亚岛、婆罗洲岛、马达加斯加岛、巴芬岛、苏门答腊岛、本州岛和维多利亚岛。按人口计算，英国是第四大岛国，仅次于印度尼西亚、日本和菲律宾。就财富而言，英国位居第二。

以优美的音乐、古老的石质建筑、各种硬糖，以及因为天气原因而取消上班的概率来衡量的话，它以绝对优势排名第一。然而这个国家从上到下只有 700 英里，纤细的轮廓，周围的海域也不过 70 英里的范围。

总的来说，我一直都觉得英国的国土面积对于一个国家来说是再合适不过了——小到足以让人感到舒适和温暖，大到可以保持一种活跃而又独立的文化。如果明天世界其他地方都消失了，只剩下英国，依然还会有好书、戏剧、脱口秀、大学、能干的外科医生等等。（另外英格兰每次都能赢得世界杯，苏格兰总能成功打入预选赛）。不是每个国家都能做到这些的。如果加拿大是唯一一个幸存下来的国家，世界就会变得更美好、更礼貌，只是会有太多冰球活动。如果换成瑞士，你会看到美丽的风景、精密的手表，以及准时准点的火车，再就没什么了。

有趣的是，我之所以会意识到英国国土面积是最完美的，却是因为人们鲜有讨论的牛攻击事件。这个话题我们没有给予应有的重视。我第一次听说牛攻击的事情是在几年前，当时我和一个徒步杂志社的记者走在南草丘路上。我当时刚刚成为"英国乡村保护运动"的主席，这是一个受人尊敬的环保组织，他正在采访我关于乡村的一些事情。走到一处——我们穿过挨着布莱顿的魔鬼堤坝（Devil's Dyke）附近的田野时，如果我没记错的话——他提到我们应该小心前进，因为这块地里有一头公牛。

"你是在开玩笑吧。"我叫着，但是果然，就在五十英尺开外悲伤地看着我们的正是一头硕大的几成长方形的牛。

"照常走路，"我的同伴紧张地低声指示我，"不然你会引起它的注意。"

"但是我们是走在一条国家人行道上，"我抗议道，不公平的感受暂时压过了我逃跑的本能，"田地里要是有人行道穿过的话，肯定不能把公牛放在地里啊，"我补充道。我转过身想听听我的同伴对此是怎么说的，结果发现他已经在70码以外了，正拼命地逃跑。我快速地紧随其后，向后投去幽怨的眼神，可那头公牛依旧岿然不动。

当我们两人都安全地到了田野围墙的另一边，我再次抱怨说，把公牛放在公共小道穿过的田野里肯定是不合法的。

"事实上是合法的，"我的同伴告诉我，"法律规定，只要是和肉牛，而不是和奶牛一起，就可以把公牛放在有人行道的田野里。"

我当然对此感到很迷惑，"为什么肉牛就行，奶牛就不行呢？"我问道。

"不知道。但是真正的危险，"他继续说，"是奶牛。奶牛杀死的人比公牛多得多。"

痛苦与怀疑过后的下一层境界就是我现在的状态。多年以来，我一直勇敢地大步穿过成群的奶牛，以为它们只是个头比小鸡大而已，我只要甩甩棍子就可以吓跑它们，而现在我的想法被动摇了。

"你在开玩笑的吧。"我又说了一遍。

"没有啊，"他以过来人的严肃口吻回道，"奶牛经常袭击人。"

第二天，我做了一件你显然从不会做的事情。我从网上搜了更多信息。我的同伴说的对。英国的徒步者被奶牛杀死的事情接连不断。仅在

2009 年，就有四人在八周内被牛踩踏致死。其中一个不幸的人是个兽医，她当时正在约克郡另一条比较长的小道奔宁路上遛狗。这位女士非常了解动物、喜欢动物，甚至在她的口袋里就有为牛准备的美味——但牛还是把她踩死了。最近，一个名叫迈克·波特的大学退休讲师在威尔特郡肯尼特和雅芳运河附近的田野里被一群愤怒的牛踩死——是的，愤怒的牛群。就在一年前，我还在这个地方散过步。"看起来它们就是要杀了他。"一个目击者惊魂未定地告诉《每日电讯报》的记者。这是这群牛五年来第四次严重袭击路上行人。

现在你很可能会想，这和英国国土面积正合适有关系吗？好吧，请继续听我说。几个星期以后，我去科罗拉多看望在威尔工作的儿子山姆。碰巧在《丹佛邮报》上看到了这样一篇文章，一个叫做德克斯特·刘易斯的人，在接近打烊时走进了费罗酒吧，命令酒保和其他四个顾客躺下并冷酷地杀死他们，然后打劫。如果有人在英国如此行事，必定会成为全国性的头条新闻。但是在美国，丹佛发生的恐怖谋杀案却未必能够成为孟菲斯、底特律或者科罗拉多以外任何地方的新闻。那些地方都有自己的谋杀案要报导。甚至在《丹佛邮报》上，它也不是一篇特别重大的文章。

由此我想到，问题不在于坏事发生的频率，而是报导的频率，当然，这是完全不同的一个问题。在美国，牛踩踏事件不会成为全国性新闻，除非有极特殊情况。比如说，迪克·切尼①被牛踩死了（我们总可以做梦嘛），那一定会成为全国性新闻。但是如果是说，某个人在印第安纳索多玛

---

① 迪克·切尼（Richard Bruce Cheney），美国政治家和商人，2001 年至 2009 年担任美国第 46 任副总统。他被认为是美国历史上最有权利的副总统。

遛狗被牛踩死了,那么印第安纳州以外的人——可能索多玛郡以外的人都不会听说到这件事。也许全国各地都在发生奶牛踩踏事件,但却没有人知道此事,因为新闻报导覆盖不够,这个趋势就看不出来。但是在英国的任何地方,如果一头奶牛踩踏了一个行人,就肯定会成为头条新闻。约克郡兽医被牛踩死的事情在全国所有报纸上都刊发报导了,只有《每日星报》除外,我猜是因为报社里的人不会拼写"兽医"这个词吧①。

我喜欢待在这样的国家,当牛袭击人时,消息就会传开。所以我说英国很舒适。这是一个国家所拥有的美好品质。唯一的缺点就是,这意味着英国人会害怕那些永远不会发生在他们身上的事情。牛袭击人的事件其实很罕见。所以一发生就成为新闻。但是因为人们每隔一段时间就会读到这样的事件,所以他们就把这事看作常态。

于是我做了个实验,我问了几个英国朋友这样一个问题:"当你走在一块有牛的田地里,你会遭到牛袭击的概率有多大?"他们每个人都立马活跃起来,都倾向于这么说:"实际上,概率非常大。我在报纸上读到过这事,它发生的频率远比你想得高。"要是问一个美国人同样的问题,他会回答说:"为什么我要待在有牛的田野里呢?"

我们以后再谈这个话题吧,现在先去参观一下多佛。

————

我在文章开头说过,不会再去《"小不列颠"札记》中提到的去过的地

————————

① 《每日星报》(*Daily Star*)是英国的一份八卦小报,内容多以图片为主。

方，但是我觉得多佛已经近在咫尺，很有必要去游览一下。我对多佛有一种特殊的喜爱，这种感情连我自己也无法解释清楚，确切地说，如果不是喜爱的话，是一种永久的挂念。我想其中一部分原因是，多佛是我第一次踏足英国的地点，因此从字面意义上说，我对多佛认识最早。我刚到英国的头两天就在多佛度过，我非常喜欢那儿。当然那时候我对英国其他地方一概不了解，但那时的多佛是个非常棒的地方。电影院、酒吧、餐厅、繁华的商业街，热闹非凡。渡轮港口熙熙攘攘，日夜不眠，给小镇带来四面八方的游客和生意。但是此后我每去一次多佛，都会看到这里日渐衰败。我一直希望再看到我初次见到的那个热闹繁华的小镇，但是我感受到的却是幽灵般的衰落悲伤氛围。

我在《"小不列颠"札记》中写过，当天到达多佛时天色已晚，我朝海边一家豪华酒店的窗内羡慕地望去，屋子里人们在一种优雅的环境下吃晚餐，这种消费却远远超出了我的经济能力。那家酒店叫丘吉尔酒店。大约七八年前我乘载车轮渡从法国加来（Calais）又一次来到多佛，当时内心涌出一阵冲动，决定在丘吉尔酒店吃午饭，让自己稍微享受一下几年前消费不起的上流社会生活。说起来那是一次奇怪的经历。酒店仍然努力营造出一种豪华的氛围，但却奢望大于现实。整个餐厅我基本是包场了，菜单不是那种又大又沉的人造皮革手册，只是一张你在小餐馆里就能看到的用透明塑料薄膜覆盖的单子，上边还有许多拼写错误。我点了一份凯撒沙拉，上菜后却没有给我餐具。

那位女服务员看到了我困惑的表情，说："要给你一套刀叉吗？"

"当然了，"我回答道，"没有刀叉我怎么吃沙拉。"

"我哪知道你没有带餐具。"她生气地说着去给我取了餐具，仿佛一切都是我的错。

这沙拉其实就是生菜汤上边飘着一些鸡肉丝。虽然我活了这么大岁数，也吃过很多难吃的沙拉，却从来没吃过这么难吃的沙拉，长了这一见识，我竟感到些许安慰。生活中别的事情都比凯撒沙拉好。这次经历后，我想我再也不会进丘吉尔酒店了。但最近一次去多佛，我发现我自己再次朝那里走去，仿佛受虐狂一样被某种引力吸引，还抱着上次来后这个酒店会有所改善的一线希望。可惜啊，丘吉尔酒店已经关闭停业了。多佛最后一个称得上优雅的地方也消失了。一个牵着条小狗经过的男子告诉我，丘吉尔酒店已经关了大概五年了，但是另一个酒店现在占着丘吉尔酒店原来的一部分地方。我看了看那个街角，发现他说的的确是真的。丘吉尔酒店的中心现在是多佛码头酒店，这个酒店看起来安静得可怕，多佛的大多数地方看起来也都显得沉寂。

时光似乎将多佛抛在了身后。飞往欧洲各地的廉价航班和英吉利海峡海底隧道正逐渐摧垮渡轮生意。开往欧洲大陆的气垫船在 2000 年停止了运行，之后十年里乘坐传统渡轮的人数减少了三分之一，虽然之后略微有所增加。生意量减少明显给小镇带来了打击，但是多佛镇自身似乎也非常擅长走下坡路。在我去多佛镇不久前，市议会刚在海边安装了一些有意设计得不舒服的长凳，当被问及为什么选择摆放不舒服的长凳时，一名委员的回应令人有些困惑，他说："如果这些长凳太舒服了，来旅游的男男女女们就会不想走了。"想了解多佛镇衰败的原因，知道这些就够了。

——

我走到年代久远的南福兰灯塔旁，这个灯塔几年前已经正式停止使用了，现在归国民信托组织管理。很长一段时间内，它曾是英国最高的灯塔照明灯，但不是因为建筑本身的高度，而是因为灯塔建在高耸的峭壁上。和其他灯塔一样，南福兰灯塔有点矮。南福兰是历史上一个重要但却被遗忘的地方。早在1858年，世界上第一个电灯就是在这里投入使用，比托马斯·爱迪生发明电灯泡的时间要早得多。南福兰的电灯是弧光灯，是由一个叫弗雷德里克·黑尔·福尔摩斯的男子发明的，我们对这个人了解很少。福尔摩斯发明的电灯对家用来说亮度太强，但却非常适用于灯塔，然而这一电灯装置容易出故障且非常昂贵，最后也因为使用太过麻烦而被弃用了。但是大约有十年间，南福兰是世界上唯一你可以看到使用电灯的地方。大概二十五年后，南福兰再次创造了历史，古列尔莫·马可尼从这里首次向在法国布伦（Boulogne）附近维姆勒（Wimereux）的接收者传送了跨国无线电信号。

大约五年前我在看另一本书的时候，第一次了解到弗雷德里克·福尔摩斯和南福兰，后来就去南福兰游览了。当时有一名热心的国民信托组织志愿者带领我们三四个人参观。这个志愿者对弗雷德里克·福尔摩斯和古列尔莫·马可尼所知不多，但却对电灯的机械运作原理了如指掌。他告诉我们，电灯环照四周2.5小时，曲柄需要转动110次，电灯旋转一周需要40秒。我们还了解到，每隔100米的两座灯塔之间都有不一样的光序列。

"真厉害。"我们都表示赞赏。

那名男子给我们展示了电池和齿轮组，还有一些其他类似的东西。他说，灯塔的照明亮度相当于一百万支烛光的亮度。我对这一装置非常叹服，于是我拍了张照片。

他就像保镖对待狗仔队那样举起一只手示意停止，"这里禁止照相。"他说。

"为什么？"我充满疑惑地问。

"国民信托组织规定。"

"但这只是一座灯塔，"我反驳说，"这又不是贝叶挂毯①。"

"这是国民信托组织规定。"他又说了一次，这次语气更加不客气，那语气就好像总部规定要他拿冰锥去刺他老婆眼睛他都能干似的。

我准备向他解释，这就是我对国民信托组织非常失望的原因，这个组织自以为很完美，这种自以为是令人厌烦。但是我想到这时候妻子总是会拉住我的胳膊，把我拉到一旁，呼吸下新鲜空气，看看海景，转移下注意力，因此我没有再说什么。多年来，妻子在这种情况下都会挽住我的胳膊，把我带走，以避免和一些煞有介事的白痴发生冲突——必须说明，这些白痴多是国民信托组织人员——这次我已经不需要妻子提醒。这已经是巴甫洛夫条件反射了。

---

① 贝叶挂毯（Bayeux tapestry），也被称作巴约挂毯或玛蒂尔德女王（la reine Mathilde）挂毯，创作于 11 世纪，可能是世界上最长的连环画，记录了黑斯廷战役，具有很高的历史价值。

因此我走开了，重新去感受一下美丽晴朗的天气，瞬间感觉心情好多了。令人惊讶的是， 20.6 英里外的法国竟然清晰可见。你几乎可以对在法国加来的人挥手。我周围许多年龄大一点的英国游客严肃地望着法国海岸，对距离法国海岸如此之近一点也不感到开心。大部分人警惕地望着法国海岸，仿佛海岸会悄悄地一步步逼近，侵占英国海域。

然而这次参观，我却发现，灯塔当天已经关闭了，综合各方面因素，关闭也无妨。所以我就站在那附近欣赏风景。我高兴地发现，法国似乎还在我上次离开时的位置。

从那里我能看到标志着危险的古德温暗沙（Goodwin Sands）的浅棕色污迹。在这样风平浪静的一天，你也许不会想到，这里在历史上是地球上最致命的地方之一，是最大的沉船集中地。据记载，古德温暗沙有一千多艘沉船。最严重的事故发生在 1703 年 11 月 27 号，那是人们经历过的最大的一次暴风雨，五十艘船被刮到沙滩上，船全都翻倒，被打成了碎片。两千多人丧生，英国皇家海军当天晚上牺牲了 20％的队员。

德文郡（Devon）著名的艾地斯东灯塔的设计师和建造者亨利·温斯坦利碰巧在那场暴风雨来袭时也在这座独自矗立的灯塔内。他之前一直希望在特大暴风雨天气去灯塔上。他如愿以偿了，但是事实证明他认为灯塔坚不可摧的想法是错的。艾地斯东灯塔被飓风猛浪刮走了，亨利·温斯坦利和同行的其他五个人也因此丧生。

第四章
伦敦

GREEN PARK

最近伦敦地铁令人困惑的地方之一在于不知道地铁环城线发生了什么。这条线以前每几分钟就有一班，但现在通常你要等几个世纪。就在这天早上，（我们的故事就从这里继续往下讲）我们当中许多人已经在格洛斯特路站台等了大约二十五分钟，但轨道上却一点动静都没有。

"我明明记得地铁以前经过这里的啊。"我愉快地对站在我旁边的一位男子说。

"难道地铁不经过这里吗？"他立马非常惊慌地问道。

他也是一个美国人，能明显看出他是刚到伦敦，可能对英式幽默还不太习惯。

"我开玩笑的，"我轻声说道，向他示意有许多人都在站台上等呢，"如果没有地铁的话，我们就不会都站在这儿等了。"

"可是我们在这儿等着，也没有地铁过来。"

我一时想不出怎么回答，因此只是保持沉默，转而茫然地看着远处。我经常在坐地铁时读《地铁报》，后来意识到望向远处一样有打发时间的效果，而且手指不会染上报纸的黑墨。

这位美国新朋友正在研究一张完全展开的地铁图。他似乎要放弃乘坐环城线了。

"我要怎么去坐皮卡迪利线？"他终于问道。

"啊，皮卡迪利线现在不在这里停车了。"

他仔细地打量着我，琢磨着我是不是又开了一个玩笑。

"他们在换电梯，所以接下来六个月皮卡迪利线都不会在这个站停靠。"

"换电梯需要六个月吗？"他毫不掩饰地表示惊讶。

"是的，有两部电梯要换。"我从公允的角度这样回答。我看到他又在看地图。"你也许不知道环城线的线路并不是环城的。"我热心地对他说。

他非常感兴趣地抬头看着我。

"地铁以前总是不间歇地环城运行，但现在终点站是埃奇韦尔路，人们都得下去换乘。"

"为什么？"他问。

"没有人知道原因。"我回答道。

"这个国家真奇怪。"他说。

"是的。"我欣然表示同意。

不一会儿，一辆地铁进站了，每个人都向前簇拥着上车。

"希望你旅途愉快。"我对那位新朋友说。

他上了车，却没有说谢谢，再见，或是别的话。实际上，我心里倒有一丝期盼他会迷路。

———

我非常喜欢伦敦地铁。把环城线排除在外（很明显最近伦敦地铁正是这么做的），伦敦地铁的一切都很完美。人们已经忘记了以前伦敦地铁是多么糟糕。我第一次到伦敦时，一些地方的地铁站很脏，缺乏管理，犯罪行为猖獗。一些地铁站在夜晚非常危险，比如康登镇（Camden Town）、斯托克韦尔（Stockwell）、陶亭碧（Tooting Bec）这三个地方的地铁。到 1982 年，每年不足五亿人（与 20 世纪 50 年代相比，下降了 50%）会冒险乘坐地铁。1987 年国王十字站发生了一场灾难性的大火，造成三十一人死亡，原因是在木制扶梯下方未清理的垃圾中，一个被丢弃的烟头着了火，这也显示出当时伦敦地铁是多么缺乏管理，令人感到悲哀。

看看现在，地铁站台是伦敦最干净的地方，站台服务快捷可靠。在我看来，工作人员始终如一地保持热情周到。每年乘客人数已经增长到十二亿人，这一数字令人惊讶，比全国地上铁路搭载总人数还要多。据英国 *Time Out* 周刊报道，任意一个时段都有六万人乘坐伦敦地铁，使这里成为比挪威首都奥斯陆更大、更有趣的地方。我曾在英国的《标准晚报》上读到，地铁的平均时速仅有 21 公里，这样的速度看上去并不快（除非你经常在里斯地铁站和滑铁卢之间坐车，你才会真正感受到快速，就像坐火箭船一样），但是在伦敦坐地铁感觉很快捷，这样一个庞大又古老的交通系统要承载数量庞大的人群却很少出现故障，这是一项非凡的成就。

这就是伦敦，在许多方面都做的非常好，却很少得到赞誉。所以我就在这里说说吧，我觉得伦敦是世界上最好的城市。我知道伦敦没有纽约的无限激情和蓬勃活力，没有悉尼的港口和沙滩，没有巴黎的林荫大道，但是它几乎拥有使一个城市能够冠以伟大之名的其他所有一切，其中一方面是伦敦的绿化非常好。没有人意识到这点，但伦敦的确是世界上人口密度最小的城市。纽约平均每公顷居住人数是九十三人，巴黎是八十三人，但伦敦只有五十三人。如果伦敦的人口密度像巴黎那样，那么伦敦就会共有三千五百万人。相反在伦敦更多的是花园，一共有一百四十二个，还有六百多个植物茂密的广场。大约伦敦40%的面积都是园林绿地。你可以在伦敦享受大都市的无限热闹和喧嚣，然后转过街角就能听到悦耳的鸟鸣。一切都是那么完美。

伦敦大概是世界上最大的城市。这种大不是指占地面积，也不是指居住人口，而是指历史底蕴的丰厚、复杂和深度。伦敦不仅空间广袤，而且历史悠久。历史在此留下了奢华的一笔。伦敦都不只是一个城市，而是由两个城市构成——威斯敏斯特市和伦敦城，还包括几乎数不尽的村庄、自治城市、区、选区、教区和地理地标，比如帕森格林住宅区（Parsons Green），七面钟地区（Seven Dials），瑞士村（Swiss Cottage），巴金区（Barking），陶亭碧地区，乔克农场（Chalk Farm）和神秘的法语区菲顿保斯（Theydon Bois）。

伦敦大部分最有名的区，如伦敦西区（the West End）、布鲁姆伯利

(Bloomsbury)、怀特查佩尔（Whitechapel）、梅菲尔（Mayfair），都没有正式的分界。它们就是在那儿。从政治区划上讲，伦敦是三十二个区议会和伦敦城市政委员会的松散联合体。伦敦的职责下分到大伦敦政府、大伦敦议会，七十三个议会选区和六百二十四个政治区。简而言之，非常复杂。

伦敦的最高领导是市长约翰逊①，他行为笨拙，一头乱发，给人一种凌乱无序的印象。但是不知怎的，他的管理成效却很好。伦敦真的是个了不起的城市。

———

我有两周的自由支配时间，至少理论上说是这样。我的两个女儿想法子同时怀孕了（虽然是分别在不同的地方怀孕了），计划同一时间去伦敦不同的医院分娩，我收到严格指示，女儿们分娩时要在旁边，为了——好吧，我也不知道为什么。也许是让我烧水吧。也许是想让我急切地站在旁边想帮忙却什么忙也帮不上吧。谁知道呢！但是同时只要我在开车时保持清醒，不要去太远的地方，我就有了两周的时间可以随心所欲地度过。

我一时心血来潮，决定先去位于肯辛顿（Kensington）西部荷兰公园路（Holland Park Road）上的雷顿故居（Leighton House），那是维多利亚时代艺术家弗雷德里克·雷顿的家，现在保存下来，成了一个博物馆。我对雷顿一点也不了解，我不知道这是我的过错还是他的名气太小。结果表明，他是他那个时代最有名的艺术家。谁能想到呢？我曾经路过那个别墅好几

———

① 鲍里斯·约翰逊（Boris Johnson），2008 年至 2016 年任伦敦市长，后担任英国外交大臣，现为英国首相。

次，当时一直觉得它看起来很吸引人——这个别墅很大，有一种庄严肃穆感，仿佛你理当知道这栋别墅和它的主人。因此我就把雷顿故居列在了我"最终想要去的地方（但也有可能不去）"的单子上。我很少真的前往上面的某个地方，把那一列划掉，所以我单是想想要去那里就觉得非常开心。另外，那是一个下雨天，很适合去博物馆参观。

我立马喜欢上了雷顿故居，不仅仅是因为我年岁已大，参观门票从 10 美元便宜到了 6 美元。这个故居幽暗宏大，但也古怪得饶有趣味。比如，故居只有一间卧室，至于装饰风格，有点像介于土耳其大官的洞穴和美国新奥尔良妓院之间的感觉。房间里尽是瓷砖、丝绸墙纸，各种颜色的陶瓷制品，还有许多艺术品，大多数上边都有裸胸的年轻女人。这样的装饰是我一直梦寐以求的。

雷顿现在并不被人们熟记，一方面是因为他的许多画作都收藏在奇怪的地方，比如印度古吉拉特邦的巴罗达博物馆，美国佐治亚州迪凯特的艾格妮丝·史考特学院，不会有太多人去这些地方看画，另一方面则是因为他的画作对有现代审美的人来说有些做作。他大部分作品里都画了很多举起的臂膀和乞求的脸庞，画作名字都是类似《大海交出死者》和《波耳修斯乘飞马救仙女》这样的。

但是雷顿在他活着的时候备受推崇。1878 年他当选为英国皇家美术院的院长，1896 年英国年度荣誉人物榜[①]上，雷顿是当时第一个——到目前

---

① 英国年度荣誉人物榜（the New Year's honors list），英国每年 1 月 1 日宣布的荣誉名单，包括当年授勋及其他嘉奖的人物。

仍是唯一一个——获得爵位殊荣的艺术家。但是他没有来得及好好享受一下这份荣光，之后不到一个月就去世了，当时为他举办了隆重的仪式，并把他安葬在圣保罗大教堂，成为国家的财富。《牛津国家人物传记辞典》始终落后时势五十年，用了八千两百字来记叙他，比同时代的任何一个名人都多一千字。

雷顿在这个故居里独居了三十年。他的性生活一直像谜一样吸引着那些对此感兴趣的人。在经历了几十年的单身生活后，他似乎开始蠢蠢欲动，因为他认识了一位来自东区的名叫艾达·普伦的年轻美女（之后不知出于何种原因，她改名为多萝西·黛妮）。

雷顿把她打扮起来，给她买高档衣服，教她高雅的措辞和其他文化修养，并且将她介绍给上流社会。如果所有这一切都让人想起亨利·希金斯教授和伊莉莎·杜丽特尔，那绝非偶然。据说乔治·萧伯纳①的剧本《皮格马利翁》就是以他们的关系为原型的。雷顿是否"深入"了解②黛妮并不为人所知，但是他很享受给她作裸体画，雷顿故居博物馆的藏品已经充分证明了这一点。

在雷顿去世后，他的财产被直接拍卖，后来的房主对房子也都粗暴对待。然后在战争期间房子被德国炸弹炸毁，所以战后初期没有什么值得一

---

① 乔治·萧伯纳（George Bernard Shaw，1856—1950），爱尔兰剧作家，1925 年获诺贝尔文学奖。他的剧本《皮格马利翁》（*Pygmalion*），主要人物是亨利·希金斯教授（Henry Higgins）和伊莉莎·杜丽特尔（Eliza Doolittle），后改编为美国电影《窈窕淑女》（*My Fair Lady*）。

② 原文为 know in the biblical sense，指有性关系。

看的东西。但是在随后的几十年里，房子一点一点地恢复到了雷顿时代的样子，如今富丽堂皇。我不能说很多艺术品完全符合我的审美，但是我的确非常享受这种体验，走到外面雨停了，阳光明媚，伦敦看起来非常清新，街道闪闪发光，很干净（算是吧）。

———

每天，我事先不做大量的思虑，就去游览我未曾去过或好多年都没再去过的地点。我漫步于巴特西公园（Battersea Park），然后沿河走到泰特现代美术馆①，这是伦敦最好的新建博物馆之一。我爬上樱草花山（Primrose Hill）②的山顶俯瞰整个城市的景色。我徜徉于皮姆利科（Pimlico）宁静的街上，探寻着文森特广场（Vincent Square）附近的威斯敏斯特遗迹。我参观了国家肖像画廊③，在特拉法尔加广场（Trafalgar Square）的圣马丁教堂的地下室里喝茶。我信步于四大律师学院（Inns of Court）④，途经皇家外科医学院的博物馆，我也进去参观了一番。这些经历都太美妙了。大家都应该来体验一下。

有一天，我去了绍索尔（Southall）与我的朋友奥萨夫·阿夫扎勒共进

———

① 巴特西公园是伦敦旺兹沃斯伦敦区巴特西的一个 200 英亩（83 公顷）的绿地，位于泰晤士河南岸切尔西对面。泰特现代美术馆（the Tate Modern）坐落于伦敦泰晤士河南岸，是英国国家现代化艺术画廊。
② 樱草花山是一座海拔 213 英尺（65 米）的山，位于伦敦摄政公园的北侧。
③ 伦敦国家肖像画廊（National Portrait Gallery）收藏了历史上重要和著名的英国人的肖像。
④ 伦敦培养律师的四所学院，包括林肯律师学院，内殿律师学院，中殿律师学院和格雷律师学院。

午餐，他在这一带长大，提议带我四处逛逛。绍索尔是英国最具亚洲风情的地区。以前这里甚至还有一个印度酒馆，名字叫"玻璃汇"，你可以用英镑或是卢比买酒水，但是它于2012年倒闭了。

奥萨夫说道："很多亚洲人没有很好的酒吧文化。"

这绝对是我在英国见到的最有活力、最丰富多彩的地方，商店中商品堆积如山，好像都快溢出来，流泻到人行道上了，商品五花八门——篮子、拖把、莎丽服、印度午餐饭盒、扫帚、糖果，应有尽有。每家商店似乎都卖完全相同的各种奇形怪状的物件。看起来每个人的生意都不错，但是这些表面的繁华掩盖住了严重的精神匮乏。奥萨夫说，不管用什么方法测评，绍索尔所在的豪恩斯洛区（Hounslow）都是英国退化第二快的社区。"豪恩斯洛的人口有二十五万，但是那里没有书店，也没有电影院。"他愉快地补充道。

我问他，"那你为什么还住这儿？"

他简单地答道，"因为这是我的家，是我出生的地方，我的家人都在这里，我喜欢这里。"

我突然意识到，我眼中的伦敦和奥萨夫印象里的伦敦是两个完全不同的城市，但这又验证了我先前的观点。伦敦根本不是一个地方，它由上百万个小世界组成。

——

在这快乐的两周里，有时我只是闲逛。有一天，当我走在肯辛顿大街（Kensington High Street）上时，我突然想起来妻子让我买一点杂货，于是我匆忙走进了玛莎百货①。和我上次来这儿不一样，显然这里已经翻修过了。在主楼的中间以前是一座自动扶梯，但现在却是一个楼梯，我感觉有点奇怪，但真正让我意外的是当我走进地下，发现美食大厅——食品杂货区已经不见了。玛莎百货总是有一个食品杂货区，我以前至少来过上百次。我逛了个遍，现在地下室除了衣服再不卖其他的了。

我走向一位年轻的售货员，他正在叠 T 恤衫，我问他美食大厅的位置，心想着他们一定是把它搬到了别的楼层。

"没有美食大厅。"他头也不抬地说。

"你们把美食大厅撤了？"我惊诧地问。

"从来就没有过。"

此时我承认我已经开始讨厌这个年轻人了，因为他有点傲慢的态度。而且他抹了太多的发胶。我的家人告诉我，你不能因为别人抹发胶就不喜欢他们，但是我认为这是个非常好的理由。

"胡说！"我说道，"这里一直有个美食大厅。"

"从来就没有，"他温和地回答道，"我们的任何一家商店都没有美食大厅。"

"好吧，原谅我这么说，可你就是个白痴，"我毫无感情地说道，"我在 20 世纪 70 年代初就来这了，这里一直就有美食大厅。全国的每个玛莎百货都有一个美食大厅。"

---

① 玛莎百货（Marks and Spencer store）是英国著名的零售商店，总公司位于伦敦，是英国最具代表性的连锁商店之一。

他第一次抬起头饶有兴趣地看着我。"这不是玛莎百货，"他用一种近似享受的口吻说，"这是 H&M。"

我盯着他看了好一会儿，慢慢消化这个新信息。

"玛莎百货在隔壁。"他补充道。

我沉默了大约有十五秒钟。"好吧，那你也还是个白痴。"我平静地说，然后转过身来，但是估计并没有达到我希望的毁灭性效果。

———

从那以后，我又开始整日地闲逛，因为这样可以避免与陌生人接触。一天下午，沿着尤斯顿路（Euston Road）和托特纳姆法院路（Tottenham Court Road）之间的一条捷径，我偶然发现了菲茨罗伊广场（Fitzroy Square），这里是一个很开阔的空间，周围环绕的都是奶油色的房屋，几乎每个房子上都有一块蓝色的牌匾，宣告着哪个名人曾经在此居住过。在伦敦各地的建筑物上这样的牌匾大约有九百个，在菲茨罗伊广场尤其常见。这里住过的名人有乔治·萧伯纳、弗吉尼亚·伍尔夫、詹姆斯·麦克尼尔·惠斯特勒①、邓肯·格兰特②、罗杰·弗莱③、福特·马多克斯·布朗④以及奥古斯特·威廉·冯·霍夫曼——一位德国出生的化学家，他用异

① 詹姆斯·麦克尼尔·惠斯特勒（James McNeill Whistler, 1834—1903），著名印象派画家。
② 邓肯·格兰特（Duncan Grant, 1885—1978），英国画家。
③ 罗杰·弗莱（Roger Fry, 1866—1934），英国形式主义批评家，西方现代主义美术的开山鼻祖。
④ 福特·马多克斯·布朗（Ford Madox Brown, 1821—1893），英国画家和设计师。

构的正噻吩和三苯基衍生物进行了新颖的变革性的研究。这对于你我这种普通人来说，或许没有什么意义，但若读到此处的是一位化学家，恐怕就要难以抑制内心的激动了。印度基督教青年会伫立在广场的一角，但是这个基督青年教会仅供印度人使用。有意思吧！对面是委内瑞拉解放者——弗朗西斯科·德·米兰达①的雕像，他以前也住这里。之后还有深受爱戴的科学教派之父，罗恩·哈伯德。天呐，一个多么特别的城市啊。

走过菲茨罗伊广场，是一条静谧、隐匿的道路，被称作克利夫兰街(Cleveland Street)。我想不出来为什么这个名字这么熟悉，直到后来查了一下，我才全部回想起来。19世纪的重大丑闻之一就发生在克利夫兰街。1889年的夏天，一名警察拦住了一名送电报的男孩，发现男孩的口袋里有一大笔钱非常可疑。男孩承认这钱是他在克利夫兰街19号的一家同性恋妓院工作得来的。警察调查发现，这里有很多上流社会的客户，其中还包括两个公爵的儿子。但是，真正使得这个故事有料的是，报纸中暗示了一种广为人知的说法：威尔士亲王的儿子——阿尔伯特·维克多是克利夫兰街的常客之一，他是王位的第二继承人。后来，又传言这个阿尔伯特（不得不说，证据不足，）可能是开膛手杰克②，从而刷新了皇家人物负面形象的纪录。无论什么情况，王子立即就被派去做长期帝国视察，并且在他回来的时候，也不管他是否愿意，立即就和泰克的公主维多利亚·玛丽订了婚。

---

① 弗朗西斯科·德·米兰达，拉丁美洲独立运动的先驱，委内瑞拉第一共和国的领袖。

② 开膛手杰克（Jack the Ripper）是英国伦敦系列凶杀案凶手的绰号。

然而，就在订婚宣布的一个月后，倒霉的王子就患上了肺炎，随后去世了，倒是让每个人都长舒了一口气。令人惊讶的是，尤其令我惊讶的是，维多利亚·玛丽公主随即与他的兄弟结婚，后者成了国王乔治五世，也就是我们熟知的那位"该死的博格诺"。我认为，这一切多少就可以解释王室家族成员为什么时不时地会变得怪异和精神不正常。

我并不是说伦敦是世界上最好的城市，就因为它有同性恋妓院的丑闻或是因为弗吉尼亚·伍尔夫和罗恩·哈伯德在这里住过，或是类似的原因。我的意思是，伦敦充满了历史，每个角落都满载着秘密，这是其他任何城市都望尘莫及的。伦敦有酒吧、有很多树木，伦敦很可爱。这一点所向无敌。

———

我心爱的两个怀孕的女儿，分住在伦敦不同地方——普特尼（Putney）和泰晤士迪顿（Thames Ditton）——中间间隔 10 英里远，有一天我就决定从她们一家步行到另一家去，因为我发现完全可以在公园区穿行。西伦敦满是开阔的地方。普特尼野地公园（Putney Heath）和温布尔登公园（Wimbledon Common）占地 1,430 英亩，里士满公园（Richmond Park）占地 2,500 英亩，布什公园（Bushy Park）占地 1,100 英亩，汉普顿公园（Hampton Court Park）占地 750 英亩，汉姆公共区（Ham Common）占地 120 英亩，邱园（Kew Gardens）占地 300 多英亩。这样看来，与其说西伦敦是一个城市，不如说它是带有建筑的森林。

我从来没去过普特尼野地公园或是温布尔登公园，它们俩浑然一体，极其壮丽。它们根本不像我在伦敦常见的那种修剪整齐的公园，而是散养状态，近乎荒原，因此也越发可爱。我在荒地和树林里走了一会儿，尽管有一份地形测量地图在手，我还是不确定自己在哪。我走得越远，景致就越荒凉。

某一刻我突然意识到，我大约有半个小时都没见到过人，也没听到过车辆的声音了，也不知道下次看到人烟的时候我将会在哪里。我开始走的时候心中就有个模糊的想法，要路过第二次世界大战时艾森豪威尔①家的遗址，我最近偶然发现我今天走的路线大约会经过这个遗址。我在图书馆看过艾森豪威尔在战争期间的住宅配置。他本来也可以有像赛恩别墅（Syon House）或是克莱夫登（Cliveden）那样富丽堂皇的家，但他却选择独自生活，不要仆人，住在温布尔登公园边缘的一个名为"电报小屋"的简朴房子里。这座房子在一条很长的车道尽头，入口处有一名士兵站在栏杆旁边，这就是最高盟军指挥官享有的所有安全保障。德国杀手本可以跳伞到温布尔登公园，从后方进入艾森豪威尔的家，并将他杀死在床上。我觉得这太棒了——当然不是德国人可以杀死他这件事，而是因为他们没有这么做而庆幸。

虽然德国人错失了刺杀艾森豪威尔的机会，但是他们却本有可能轻松轰炸到他。艾森豪威尔或是盟军这边的任何人都不知道，民防部队已经在他小屋树篱对面的一片空地上架起了一架假高射炮。为了愚弄德军侦察并

---

① 德怀特·艾森豪威尔（Dwight D. Eisenhower，1890—1969），美国陆军五星上将和第34任总统（1953年—1961年）。

欺骗他们的飞机浪费炮弹，伦敦各处都放置了假炮。对艾森豪威尔来说，幸运的是，德国空军似乎没有察觉到这一处假炮。

我深信自己是真的迷路了，所以当我从公园出来，穿过一片橄榄球俱乐部运动场，发现自己误打误撞地到了艾森豪威尔的小屋前，你能想象出我那时的喜悦吗？尽管已经无法判断具体的地点了。几年前，电报小屋被烧毁了，今天这个地方建满了房子，但我还是好好地转了转，然后朝泰晤士迪顿走去，对于自己或多或少地命中了目的地，我非常满意，我比德国人强多了。真是谢天谢地。

发现了艾森豪威尔小屋令我备受鼓舞，于是继续沿着里士满公园，朝泰晤士迪顿的方向，沿着泰晤士一路走着。那天的天气不错。那两周的天气都很好，我假装自己是在工作。这就是我以此为生的原因。

——

当然，在伦敦并非一切都是称心如意的。大约二十年前，我和妻子在南肯辛顿买了一套小公寓。当时，这算是最疯狂的奢侈品了，但是在经过二十年的房价上涨后，我们俩看起来简直就是投资天才。但是这个街区发生了变化。排水沟里总是漂浮着垃圾，有些是狐狸从晚上留在门外的垃圾里拖来的，大多数是那些既没有脑子也没有自尊（也不害怕受罚）的人扔的。多年来，工人们一直悄悄地把街道涂成白色，可惜一次只刷一桶漆。我认为最令人沮丧的是门前少了花园。令人不解的是，人们似乎想要让他们的汽车尽可能地靠近他们的起居室，为此他们拆掉了前院，在那里铺设了一个停车区，这样一来，他们的汽车和垃圾桶都有固定的地方放置。我不太理解他们怎么可以这么做，因为这一做法极大地破坏了我们街区的美观。离我们这不远的是一条名为赫尔林厄姆花园（Hurlingham Gardens）的街道，它应该被称为赫尔林厄姆垃圾存储区，因为几乎所有的业主都将他们门前一切优美之处铲除了。人们不再把美化自己的街区当作己任，这也许是我在英国看到的最悲哀的变化。

然而，在大环境上看，伦敦的情况已经有了巨大的改善。首先，在二十年左右的时间里，伦敦的天际线越来越让人印象深刻。并不是说有大量高楼崛起，而是这些高楼都分散在各地，它们不会耸立在一起争夺人们的注意力，和大多数城市不同，这些高楼都孑然独立，这样你就可以单独欣赏它们，就像欣赏一个个巨大的雕塑作品一样。这是一个精彩的手笔。现在，你可以随处获得精彩的景观——普特尼大桥，肯辛顿花园的圆形池塘，克拉芬枢纽站的 12 号站台，以前这些地方哪有景观可言。分散的摩天大楼还有一个额外的好处——增进繁荣。在伦敦市中心建一座新摩天大楼会给本就拥挤的街道和地铁站增加负担，但是在萨瑟克（Southwark）、朗伯斯（Lambeth）或是九榆树区（Nine Elms）等更偏远的地区，建一座新大厦会给经济注入活力，可以提升整个社区，衍生出游客们对酒吧、餐馆的需求，使得原本衰败的区域变得更适合居住和参观。

这些都不是有意而为之。它只是"伦敦计划"的副产品，这个计划规定了高层建筑不可以影响受保护的景观。其中一处是汉普斯特德荒原（Hampstead Heath）上的一棵橡树。（好吧，有什么不可以呢？）从这棵树到圣保罗大教堂或者议会大厦之间的景观不允许被任何建筑遮挡。里士满公园也有一处类似的景观，距离城市几英里远呢——太远了，我怀疑从那能否看到伦敦市中心。伦敦受保护的风景线纵横交错，有效地使高层建筑物分散开来。这是一个美好的意外。但这就是伦敦，由几个世纪美好的意外造就的城市。

也许最不同寻常的是伦敦每每濒临失去这一切都能化险为夷。20世纪50年代，英国开始沉迷于现代化建设，为此要拆除没有被德国人轰炸倒的大部分建筑，代之以钢筋混凝土建筑。

在20世纪50年代到60年代间，一个又一个宏伟的计划被提出来，要求重建伦敦大部分地区。皮卡迪利广场（Piccadilly Circus）、考文特花园（Covent Garden）、牛津街（Oxford Street）、斯特兰德（the Strand）、白厅（Whitehall）和苏荷区（Soho）的大部分都被提议进行重建。斯隆广场（Sloane Square）将被购物中心和高层公寓楼所取代。从威斯敏斯特教堂到特拉法尔加广场的一片区域将改建为新政府区——用一个评论员的话来说就是，建造一个"英国的混凝土和玻璃幕墙的斯大林格勒"。400英里长的新高速公路横扫伦敦，包括托特纳姆法院路和斯特兰德在内的上千英里的道路将拓宽提速——最终变成城市高速路，穿过市中心。在伦敦市中心，想要穿越繁忙道路的行人们将被引导钻进隧道，或爬上金属或混凝土材质的人行天桥。在伦敦步行会变得像是在主线火车站不停地改换站台一样。

现在看来这一切似乎都是疯狂之举，但是当时却很少有人反对。英国最有影响力的规划师、策划人——科林·布坎南承诺，扫除几个世纪以来堆积的混乱老街，建造一个闪闪发光的钢筋混凝土新城，将"激起英国人民内心的骄傲，帮助人们获得他们一直渴望的经济和精神上的提升"。一位名叫杰克·科顿的开发商提议彻底清除皮卡迪利广场周围大部分地区，建造一个高172英尺的塔楼，塔楼看起来既像个晶体管收音机，又像个工匠工具箱，该提议得到了皇家艺术委员会的赞赏，并在威斯敏斯特市政府规划部门的一次秘密会议上全票通过。根据科顿的计划，著名的爱神雕像将被抬到一个新的人行站台上面，变成人行道和过街天桥道路网的一部分，那是为了保证行人安全，与下面快速的交通隔开。

1973年，也就是我在伦敦定居的第一年，政府公布了最全面的"大伦敦市发展计划"。它详细阐述了所有早期的建议，并提议建造一系列四轨高速公路，这条高速公路就像是池塘里的涟漪环绕城市，十二条放射状高速公路将所有的首都高速公路（相当于美国州际高速公路）都汇聚到这个城市的心脏地带。高速公路，尤其是高架，几乎遍布伦敦的每个地区——通过哈默史密斯、富勒姆、切尔西、伯爵阁、巴特西、巴恩斯、奇斯威克、克拉珀姆、兰贝斯、伊斯灵顿、卡姆登镇、汉普斯特德、贝尔兹兹公园、波普拉区、哈克尼、德普特福德、温布尔登、布莱克希斯、格林威治，等等。十万人将失去家园。几乎没有任何地方可以免受高速交通的轰鸣声。值得注意的是，许多人都等不及开工了。一位来自《伦敦新闻画报》的作家坚信，人们"享受靠近繁忙的交通"，认为新建的伯明翰复式立交桥正是由于高速车辆的注入而变得生动多彩。他还提到英国人喜欢在停车带（在繁忙的高速路旁的小休息区）野餐，在他看来正说明人们对"噪音和喧闹"的热爱，实际上，这说明他们都疯了。

大伦敦发展规划将耗巨资 20 亿英镑，成为英国有史以来最大的公共投资项目。以此来拯救伦敦。但英国却负担不起。最终，空想家们的计划便终结于他们过于庞大的勃勃野心。

　　当然，幸亏这些宏伟计划都没有实施。只是埋没其中的一个提议与其他种种完全不同，实际上可能是值得尝试的。它被称为摩托比亚（Motopia），这就是我接下来要去的地方。

第五章
摩托比亚

我乘坐八点二十八分从滑铁卢（Waterloo）到雷斯伯里（Wraysbury）的火车，途经很多站。正值早高峰时段，但所有人流都涌向相反的方向。很开心我的火车里空无一人。以前的英国火车内饰沉重而阴沉，完全符合通勤沉闷无聊的气氛。但是现在的火车上都是橙色和红色内饰。我这辆火车的内饰喜庆得让人烦躁，就像儿童游乐场一样，我觉得我的座位上该加个玩具方向盘和小铃铛才对头。

我是唯一一个在雷斯伯里火车站下车的人，这里无人管理，空荡荡得吓人。车站距离村庄一英里左右，但沿着阴凉的小路漫步也算得上是一种享受。雷斯伯里是一个与世隔绝的怪地方，位于泰晤士河畔，对面是兰尼米德（Runnymede），距离温莎城堡直线距离只有几英里，路途这么方便，也许它就在凯斯内斯郡（Caithness）内也说不定。各种各样可笑的路障将雷斯伯里与外界隔绝开了——两条高速公路（M4 和 M25），一条铁路，几英亩的旧砾石场，未架桥的泰晤士河段，三座大型水库，水库岸边是长草漫漫，绵延几英里的戒备森严的围墙，最后，还有无法穿越的庞大的希思罗机场及其服务区。通往雷斯伯里的路程会经过许多轻工厂、水泥厂、泵站还有一些重型货车和"禁止入内"标志。没有人会偶然到达雷斯伯里，也没有多少人故意去那里，而那些设法穿过周围尘埃和杂乱的人会忽然发现自己来到了一个优美静谧的绿洲——至少大约500英尺高度以内都是一片宁静，因为希思罗机场起降的飞机遍布附近的天空。

对于那些能够适应这些噪音的人来说，雷斯伯里是一个甜蜜宜人的地方。村里有一个教堂，一片宽阔的绿地上有一个板球场，几个不错的酒吧还有一些实用的商店。周围的砾石坑里贮水造湖，成了休闲湖泊，旁边有许多帆船和帆板俱乐部。许多房屋都又大又漂亮，特别是那些可以俯瞰水景的地方。我的妻子在泰晤士河对面的埃格姆（Egham）长大。从那边的河岸可以隐约看到雷斯伯里树林中的房顶。这种画面我倒是无数次见过，但我从来没有去过雷斯伯里，没有理由去。

"你会喜欢那里的。"我的妻子坚定地说。她会这样想是因为她的父亲来自雷斯伯里。他和他可怜的寡母和姐姐生活在一个又小又暗、破旧不堪的小屋里，在一条树木繁茂的安静小巷尽头，距离村中心四分之一英里左右。小屋没有电，也没有自来水，厕所在花园底下。我的岳父常常给我们讲，在周六晚上他是如何走7英里到斯坦斯商店买一袋不新鲜的小面包，然后再拿回家给一家人当晚餐的故事，他们只能买得起这样的食物。那是一个不同的世界。

我妻子告诉过我小屋在哪里，我现在就摸索到了那里——或者说至少我找到了那里的遗址，因为小屋早已不复存在。 1943 年，一枚德国炸弹的碎片炸毁了这里。雷斯伯里实在没什么可炸的，所以要么是投弹手迷路了，要么就是他在返航之前想清空炸弹舱。不管怎样，他的炸弹直接砸中我岳父的房子。幸运的是，当时没有人在场，所以没有人受伤，但一家人失去了一切，不得不重新安置住所。但多亏这一变故，我岳父才遇到了一个他本不会遇到的女孩，后来他们结了婚，生了两个孩子，其中一个长大后嫁给了我。因此，我的生活方向，更不用说我的孩子和孙子以及更多后代们的存在，都是在很久以前一个夏天的晚上，偶然落在雷斯伯里的炸弹直接造成的结果。我想我们所有生命都是一连串不可思议的巧合的结果，但对我来说这极不寻常，因为此时我正站在这个消失了很久的小屋的遗址前，想着如果那个炸弹往任何一边偏一百码或是打中德国人原定的目标，那么我的妻子就根本不会出生了，我现在更不会在雷斯伯里。我进一步想到，在海峡两岸战争中落下的每一枚炸弹都注定以这种方式改变了很多人的生活。

带着这样沉重的思考，我转身前往被遗忘的摩托比亚。如果摩托比亚已经建成，今天雷斯伯里就会家喻户晓了。摩托比亚是一个惊世骇俗的独特理念，一个没有汽车的理想模范社区。这是一位名叫杰弗里·杰利科的梦想家的理想，他并不是城市规划师，而是一名景观设计师，难怪他那么不喜欢汽车。（似乎没有人注意到摩托比亚对于一个没有摩托汽车的地方而言是一个奇怪的名字。）杰利科的构想很独特：将社区的道路建在屋顶上，大概五层楼的高度。摩托比亚本身将是一座莴苣菜模样的单体巨大建筑，矗立在湖泊和公园组成的蓝绿色伊甸园之中。这些湖泊由旧的砾石坑改建成，这本身就是一个相当超前的概念。因此，杰利科的这两大构想——为旧工业基础设施寻找新用途，把汽车从人们的日常生活中清除出去——都与那个时代格格不入。那时没有人这么想。

总的说来，摩托比亚会为三万人口提供住房、购物、办公室、图书馆、学校和娱乐场所。杰利科设想人们通过移动的人行道，或沿着湖泊和小运河网络行驶的出租船从一个地方到另一个地方。他把他的屋顶道路称为"空中高速公路"，这就太荒谬了，因为整个城镇也就十个街区那么宽，道路很窄，每三十或四十码就有环形交叉路口，因此几乎没有空间可以像高速公路那样加速，但他的想法明显方向性是对的。整个提案得到了足够的重视，地址就选在雷斯伯里，还制订了详细的计划。很完美，只是稍稍有点不切实际。本来这事是值得尝试的。人们会从世界各地前来参观，所以我自己也很好奇，想去看看这个从未实现的东西。

摩托比亚的拟建地点大部分位于 M25 高速公路下和邻近的建于 1967 年的雷斯伯里水库，但村庄东部的斯坦斯沼泽（Staines Moor）很大一部分还尚未开发。这是一条意外漂亮的绿色小路，一边是精心照料的大宅子，另一边是修复后的宽阔砾石坑，水面上点缀着船和帆板。最后，我来到了一扇金属大门前，当地议会在这里竖了个信息板，邀请人们沿着泥泞的小径前往斯坦斯沼泽。小径通往铁轨上的人行天桥，然后又通向繁忙的斯坦斯支路下的地下通道。

这一路大部分是荒地，看起来并不那么有看头，我都要转身回去了，忽然看到地下通道上画了一幅壁画，出于礼貌，我走过去查看。它描绘了荒野深处的动物，由一位极具天赋的艺术家精心完成，显然这位艺术家对这片未知的土地充满激情。我被深深地迷住了，一直看到隧道的尽头，眼前的景象令我瞠目结舌——一带翠绿和金黄的村景，一片水草地，有树有水，通往低矮的绿色山丘（实际上是周围水库的斜坡）。就好像有人把萨福克乡村最好的一平方英里左右的土地拿来，扔到了高速公路和支路之间的这块空地上。就在我面前，科恩河拓宽成了一个沼泽池塘。一只苍鹭用毫不掩饰的厌恶眼光看着我，懒散地拍打着翅膀飞到了一百码远处。稍远处，飞机从希思罗机场起飞，噪音形成低沉的嗡鸣。几英亩的草地将交通的轰鸣声降低到可以容忍的嗡嗡声。

我渐渐想起我正站在摩托比亚的心脏地带，接着突然意识到，如果他们牺牲这个被遗忘的沼地，在这里建造一个小镇，那将是何等悲哀。对于斯坦斯的两万人来说，这里是方圆几英里唯一可以居住的乡村，可是还不止于此。池塘边的信息板写明这块土地在过去一千年里没有发生任何变化。这里有据可查的鸟类有一百三十种，植物有三百种。

我遇到一个身上有数不清的文身的家伙，牵着一只看起来很凶狠的狗，但他却友好地和我打招呼。

"这里很漂亮。"我说。

"是啊，"他答应道，"可惜他们要扩建了。"

"有这危险吗？"我真的很担心地问道。

"他们想在这里建一条跑道，伙计。"

"在这里？"希思罗机场离这儿好几英里远啊——怎么看都不算是附近啊。

他点了点头。"你下次再来就得躲避大型喷气式飞机了。"他打趣道。

后来，我查了一下希思罗机场的议案，他说的对。斯坦斯沼泽是第三条希思罗机场跑道的西南选址之一。如果这项提议落实，斯坦斯沼泽将彻底消失。新的跑道会把希思罗机场向南延伸一英里，向西延伸一英里，将机场扩展到雷斯伯里的边界处。我刚刚路过的所有漂亮的房屋，还有它们旁边的湖泊，都会消失。一半的雷斯伯里水库也难逃厄运。雷斯伯里的人们会离跑道末端非常近，以至于飞机飞过会把他们头上的帽子吹飞。噪音肯定是无法忍受的，斯坦斯沼泽必将不再存在。

———

无人地带紧挨着斯坦斯支路和M25的边界，不是为行人而建的。它是为了司机和想要扔很多轮胎、旧床垫和厨房旧物的人准备的。最后，在水坑和碎石中，我意外地发现一条小径的标牌，说明这条路可以通向泰晤士河上的桥，最后达到埃格姆。这是一条与M25公路完全平行但在它桥下25英尺的小径。这里出人意料的宁静美丽。交通噪音直接从头顶传过，听得见，但就是感觉距离很远，真奇怪。我身在一个平静的绿色世界——一条穿过林地的小隧道。蝴蝶在野生醉鱼草茎之间掠过，成群的小昆虫在阳光下闪闪发光。

再往前走半英里，小路开始向上倾斜，赫然延伸到一座桥的高速公路旁，公路和小路都在那里过河，中间拦着一道齐腰高的围栏。我走到桥上，立即进入了一种超凡的体验。在我的左侧是一条十车道的高速公路，充斥着震耳欲聋的轰鸣声，这是整个欧洲最繁忙的路段。而在我的右边是纯粹安宁的景致——泰晤士河景定格在夏日的完美瞬间。在我前面，大约一百码之外，有一个船闸和美丽的堤坝。一艘摩托艇停在船闸里，船主人正摆弄着绳索和曲柄。船闸旁边是一个带露台的酒店，人们坐在阳光下享用午餐。对岸是一些漂亮的小房子和停泊的船只。如果你在买明信片，这景色一定会入你的眼。然而，在我身后——近得连我的夹克衣襟都能被吹起——是川流不息的交通。我在两个世界之间的边界上，它们近在咫尺，却毫不知晓彼此的存在。这太超现实了。

我觉得没有人会徒步穿过这座桥。眼前的小路杂草丛生，几被淹没。我拨开了锦簇繁花和低垂的雏菊前行。紫色、黄色和最柔美的淡蓝色野花遍地盛放。这是一个生长在混凝土中的花园。这是英国最独特的风景。它想成为一个花园。鲜花盛开在最不可能的地方——铁路边、垃圾场，下面除了碎石就是瓦砾，再无其他。你甚至可以在废弃的仓库和旧高架桥两侧找到一丛丛花草。如果英国所有的人明天都消失了，英国仍将繁花遍地。这与美国形成鲜明对比，美国的自然是野生原始的。在我的家乡，你需要火焰喷射器来控制野草生长。而这里却是绵延几英里的意外的绚丽。

在斜坡的底部，我走出了这片小荒野，走到泰晤士河的另一边，扑面而来的是我最喜欢的景色之一——兰尼米德草地，绿草丛生，天然平坦，正是当年英国大宪章的签署地，一直绵延到深绿色宏伟的库珀山（Cooper's Hill），那是萨里（Surrey）最重要的景点。我已经听闻这个地方很多年了，但是从来没有从这个角度欣赏过它，也没有徒步穿越过兰尼米德，我很高兴今天来了。这就是一片很大的空地，现在由国民信托组织维护，可是它的美丽难以言喻，特别是在今天这样的好天气里。在库珀山的顶端是这个国家最好也颇无人知晓的圣地之一——空军纪念碑，石头上精细地刻着第二次世界大战中战亡但没有坟墓的两万零四百五十六名飞行员的名字。它宁静、美丽，又让人感动——绝对推荐的景点——但是它位于一个高而陡峭的山顶上，这天肯定是到不了的。于是我穿过田野去了大宪章纪念馆，这是 1957 年由美国律师协会修建的一个小露天圆形大厅，弥足珍贵，因为这是律师们做过的唯一体面的事情。当然，它纪念的是在附近某处签署的大宪章。（没有人确切地知道在哪里签署的。这是很久以前的事了。）今天整个场馆就我一个人，我估计平时游客们也是这样稀落。

更远处，更让我感兴趣的是肯尼迪纪念馆，这是在他遇刺不久后为了纪念他而建的。穿过树林中一条陡峭的小路就到了。我欣喜地发现，设计师是我们的老朋友杰弗里·杰利科。

杰利科没有大额的预算，也没给他多少时间——所以纪念碑在肯尼迪去世后草草建成了——但他把现有的材料发挥到了极致。由六万块小花岗岩块连接成台阶，小路蜿蜒通向山顶，曲折有致，看起来令人感到愉悦。顶部是一大块花岗岩，一些地方已经开裂，一些地方明显有修复痕迹，刻着肯尼迪就职演说的一部分内容。旁边是一条长椅和一棵山楂树。我觉得我是多年来第一个参观者。

在山脚下，我遇到了两个略显丰满的年轻女性，她们正凝视着灌木丛的斜坡，似乎认为那里可能有熊。她们都穿着卡其色短裤，T恤和运动鞋。两个人都背着一个小背包。

"你刚从纪念馆来吗？"其中一个问我。

"不，我正在灌木丛中方便。"我想这样说，但我当然没有，"是的。"我说。她的口音是美国人，所以我也试着用美音说话。"那儿非常酷。"我说。这是我七年级以来第一次说"酷"，我非常喜欢这么说。

"很远吗？"

"还可以。有点远。"

她表现出一丝恐慌。"多远？"

"我不知道——大概五十或六十步。"

她们商量了一下。一个人决定到附近的茶室休息一下；另一个则更勇敢地选择上山。刚走了几步，她就发出女子网球运动员在温布尔登比赛中发重要一球时发出的那种闷哼。我听她走了几步，然后转过身打算和她的同伴告别，但她早把我忘了，完全专注于如何穿越那片宽约500英尺的空地，好能最终靠在椅子上歇歇脚，喝喝软饮料。我不忍心告诉她，几乎可以肯定饮料量很少，而且几乎都是常温的。

顺便说一句，兰尼米德是另一处英国宝藏，差点毁灭。1918年曾经推出一项计划要在草地上建房屋。一位名叫厄本·布劳顿的英国人，在美国赚了大钱，从开发商处买下兰尼米德，这才拯救了它。布劳顿去世时，他的遗孀，也是一个美国人，把它捐给了英国政府。因此，多亏这位美国女士的慷慨，今天最具历史意义的遗址之一才得以保持原状。

带着这种爱国思想，我调整了下行囊前往温莎。

第六章
温莎大公园

1971 年发生了一件事，引发了小型的、概率极低的连锁反应。英国卫生部向美国各大高校发送海报，上书："你是否愿意受训到英国精神病院当护士？"

对此的回答都是"当然不愿意"，所以那些海报没能引起什么反响，绝大部分可能直接进了垃圾桶。但有一张海报却被贴在了艾奥瓦大学宿舍门口密密麻麻的布告栏里，我的两个得梅因（Des Moines）的老乡艾勒斯贝思·"芭芙"·沃尔顿和雷亚·泰格斯特朗姆看到了，奇迹般地决定报名，可能全美国就她们俩回复了。几周以后，她们就令人震惊地出现在 3,000 英里以外的萨里郡弗吉尼亚沃特（Virginia Water），骄傲地穿着天蓝色的护士服，戴着浆洗过的白色学生护士帽，加入了霍洛威疗养院。

我的人生很大一部分是建立在别人的重大决定上的，但我最该感谢的就是芭芙和雷亚，多亏她们远涉重洋，也因此彻底改变了我的一生。要不是她们，我就不会定居英国，也不会遇到我的妻子，这本书很可能也就改名为《我在皮奥里亚①生活的四十年》。愿上帝保佑她们。

1972年夏末，我在搭便车环游欧洲后，到英国去看望芭芙和雷亚，从此被吸引走进了她们快乐、古怪的生活轨道。我本来打算之后就回家乡得梅因的，但那天晚上我们三个在温莎大公园东边的恩格尔菲尔德格林（Englefield Green）的巴利莫酒吧喝酒，过得非常愉快，谈笑间她们建议我也在疗养院找份工作，她们说精神病院总是缺人手，没问题的。第二天我一冲动就填了申请表，让我有些惊愕的是立马就被录取了，就像参军一样容易。我被派到地下储藏室，领了两套铅灰色套装，一条黑色细领带，两件白衬衫，三套叠得整整齐齐的白大褂，几条被单、枕套，一串钥匙还有其他好些杂物，堆在怀里像小山似的，我都看不到前边了。我被分配到了男员工区的一间办公室，然后去图克病房报到。我成了英国国民医疗保健系统的员工、英国居民、成年人、全职外国员工，这四种变化二十四小时之前我连想都没想过。不久后我遇见了活泼开朗、正直体面的学生护士辛西娅，爱上了她，同时也爱上了英国。四十年过去了，我依然痴心不改。

这就是我的英国生活开始的地方，我已经好多年没回过那里了，很想哪一天能故地重游，追忆一下过去的岁月。又是一个明媚的夏日的早晨——这样的天气在英国难得一见——我从温莎的旅店出发，穿过那些安静的小镇街道，走上那条名为"长道"（Long Walk）的宽阔的游行路线，从小镇穿

---

① 皮奥里亚（Peoria），美国伊利诺伊州第二大城市。

过温莎大公园，前往我过去的生活世界。

温莎大公园是古温莎森林的遗址，是皇室地产的一部分。温莎大公园占地并不大，却夺人心魄，宛如童话仙境：连绵起伏、万古长青的森林和农场，工人们的农舍情趣盎然；林间小道蜿蜒迂曲，少有车辆（只有公园业务人员有权驾车出入）。还有一个湖、一片打马球的巨大草坪、分散在各处的雕塑和其他装饰物；鹿群在悠闲地吃草；偶尔可见设有围墙的房屋，那是皇室成员的度假场所，其中的皇家小屋（Royal Lodge）就是当今英国女王小时侯的住处。温莎大公园占地 40 平方英里，是伦敦边缘的一颗赏心悦目的明珠，但参观的人并不多，更别说到公园深处做深度探访了。

"长道"尽头是一段缓坡，通向斯诺山（Snow Hill）山顶。那里有一座英王乔治三世的巨型骑马雕像，从山顶往下看，温莎城堡（Windsor Castle）和周围的乡村景色尽收眼底。据说亨利八世曾专程骑马来到此处，听伦敦宣告处决安妮·博林①的炮声。飞机在头顶低低盘旋，在草地上投下长长的影子，准备在东边五英里外的希思罗机场降落。飞机飞得很低，我连机腹的编码都看得一清二楚，而且震耳欲聋，比雷斯伯里的声音还大，

① 安妮·博林（Anne Boleyn，1501/1507—1536），英王亨利八世第二任王后，彭布罗克女侯爵，也是英国历史上最著名的王后之一。女王伊丽莎白一世的生母。威尔特伯爵托马斯·博林之女。安妮·博林原本是亨利八世的王后凯瑟琳的侍从女官，但两人在暗中偷情。为了与安妮结婚，亨利八世发动了宗教改革，永远地改变了英国的历史。安妮·博林在 1533 年 1 月与亨利八世秘密结婚，5 月被宣布为合法妻子。三个月后亨利八世对她的热情消退，直到 1533 年 9 月生下伊丽莎白一世后才稍有和缓。但两人关系在 1536 年 1 月安妮·博林流产时更加恶化。1536 年 5 月 2 日安妮·博林被捕入狱，关进伦敦塔；5 月 19 日以通奸罪被斩首。

因为温莎就位于一条航线的正下方。希思罗机场增设第三条跑道后，住在西伦敦的人可要遭殃了。现在希思罗机场每年的起降班次就有近五十万次之多，新增跑道建成后航班会增至七十四万次。到什么时候人们才能决定不再过多贪求呢？

我觉得已经到了必须停止的时候了。想想上一次你订机票从伦敦飞往纽约，或者巴黎或者墨尔本。你有很多选择，不是吗？真的是很多选择啊——哪次航班，几点出发，几点返回都可以自由选择。真的还需要再增加50％的选择吗？有人说，要是希思罗机场不扩建的话，别的欧洲机场就会把生意抢走了。他们指出，戴高乐机场每年客流量比希思罗少一千万，但却有四条跑道，而希思罗机场现在只有两条飞机跑道。阿姆斯特丹机场每年客流量比希思罗少两千万，却有六条跑道。因此他们的观点是，如果希思罗再不扩建的话，就不再有竞争力了。我倒想问问，既然如此，那种情况现在为什么还没发生呢？

让我来告诉你，希思罗机场新修一条跑道后会给人们出行带来怎样的变化吧。诚然，会有更多的起降班次可供选择，但全都是小型飞机。以前从芝加哥到美国中西部主要城市一天有五到六个航班，现在可能有十几个航班，甚至更多，但都是只能容纳三十人的小型喷气飞机，空间逼仄得膝盖都快抵到脸了。所以虽然选择多了，服务却更差了。另一方面，小型飞机更容易取消已售出的低价航班，让乘客延期乘坐下一个航班。

对了，你们知道希思罗机场为什么要选址在这里吗？一战后在伦敦另择地址修建新机场的任务交到了阿尔弗雷德·克里奇利的手上。克里奇利是个加拿大商人，刚开始搞灰狗赛跑生意，后来又从事大规模的水泥生产，把许多小型水泥作坊合并成一家名叫"蓝圈"的大公司，赚得盆满钵溢。克里奇利在一战时期协助设计过飞行员训练项目，对航空略知一二，再加上是调弄水泥的一把好手，因此克里奇利接到委任，负责重新选址修建飞机场，替代克罗伊登那个又旧又小的机场。我本以为他选择希思罗是基于一些重要的实际考量，譬如底土的多孔性或者地下水位的深度之类的，但事实上，克里奇利选择希思罗是因为他家在森宁戴尔（Sunningdale），办公室在伦敦，而希思罗碰巧位于二者中间，仅此而已。

1963年克里奇利去世，那时希思罗还远没有成为今天的庞然大物，因此他也无从知道他给世界带来了怎样的恶果。他最后看到的希思罗机场还是给人们带来愉悦和兴奋的地方。我手头还有三张当时"视觉大师"的碟片①，你看后一定会惊叹不已。那时候希思罗机场有大约十六架飞机，候机大厅里只有几十个乘客，个个穿着体面，一个留着英俊小胡子的操作员独自一人坐在控制塔里。航站楼时髦现代，非常宽敞，几乎是空荡荡的。登机时乘客脸上都喜笑颜开。上了飞机笑容就更灿烂了。空姐不仅会为你送上一大盘食物，还会笑眯眯地站在一旁看着你吃。

那个年代多么美好啊，如今却似乎很遥远了。那时飞机上的食物非常美味，空姐服务热情体贴，坐飞机是要穿上最好的衣服的，现在这些听起来有些令人难以置信。我长大的那个年代，新奇物事层出不穷：大型购物

---

① 视觉大师（Viewmaster），早期的虚拟成像设备，用碟片可以看到有立体感的图片。

中心、冷冻快餐、电视、超市、高速公路、空调、汽车电影院、 3D电影、半导体收音机、后院烧烤、乘飞机旅行不再稀奇——这些无不让人耳目一新、惊奇兴奋。现在想想我们竟然没因为这些新奇事物而兴奋地昏死过去，真是个奇迹。我记得小时候有一回爸爸带回来一个电器，插上电后震耳欲聋，我们费了九牛二虎之力，把冰块打成了刨冰，并且都感到兴奋不已。那时的我们真的像个傻子，但非常开心。

　　漫步穿过温莎公园，我感到心情愉悦，从一个叫主教大门（Bishop's Gate）的地方出去，走上了通往恩格尔菲尔德格林村纵横交错的林荫小道。这个小镇因拥有这一大块绿地而得名，而这块绿地也是小镇最大的特色。绿地大约有3到4英亩，四周皆是高大房舍。绿地的南边就是巴利莫酒吧，比印象中要略小一些，但风采不减当年。我突然想到我上次去那里已经是四十年前了，不禁打了个寒噤。现在时间还早，酒吧还没开门，我走到窗边朝里张望，发现变化不大，不由喜上心头。绿地对面隔着一长排郁郁葱葱的树篱是一栋大房子，芭芙的男朋友本曾经告诉我那里住着侦探系列小说《侠探西蒙》的作者莱斯利·查特里斯①。这让我肃然起敬。在我的家乡艾奥瓦州很少看到名人的居所，因为那里根本就没出过名人。

　　我本人并不算是莱斯利·查特里斯的粉丝，对他我可以说是一无所知，但我妈妈每个月会花25美分从超市买一期《侠探西蒙》杂志，如饥似

---

① 莱斯利·查特里斯（Leslie Charteris，1907—1993），英国侦探小说家。

渴地读着，于是我记住了这个作家。他不仅名气很大，还有一本杂志。我每每从查特里斯的门前经过总忍不住慢下脚步，希望能有幸一睹这位神秘的人物，但总是事与愿违。我想象中查特里斯应该是位温文尔雅的英国绅士，就像他小说里的人物西蒙·坦普勒那样。后来才知道他算是半个华人，1909年出生于新加坡，原姓殷。所以就算我碰到查特里斯本人，也很可能把他当成是他的中医之类的呢。我也是后来才知道查特里斯是个隐居遁世的偏执狂。他的侦探小说《侠探西蒙》后来被改编成电视剧，由大明星罗杰·摩尔担任主演。查特里斯的声名如日中天，但他本人早早就罢笔了，后续故事都是由他人代写的。

除了那片绿地，恩格尔菲尔德格林村算不上美丽，现在看起来更是破罐子破摔了。以前这里好歹还有银行、肉铺、蔬果店，但如今都不见了踪影，取而代之的是咖啡店和小餐馆。每家门前都放有许多垃圾桶，天知道他们在做什么，但可以肯定的是制造了许多垃圾。

过了恩格尔菲尔德格林，繁忙的A30公路边的艾格姆山（Egham Hill）山顶上矗立着伦敦大学最偏远的皇家霍洛威学院。皇家霍洛威学院是单独的一栋大楼，坐落在伦敦偏远郊区的山顶上，简直就是伦敦版的凡尔赛宫，由专利药品制造商托马斯·霍洛威捐建。霍洛威学院无疑是19世纪最美轮美奂的建筑之一，哪怕是现在，一见之下也令人惊叹不已。霍洛威学院正面长500英尺（150米），周长约1/3英里（530米）。学院有858个房间，外加两个宏大的庭院。凡尔赛宫是国王的寝宫，而霍洛威学院似乎更有气势，它建校之初是一所女子学院，这在当时是绝无仅有的。没人知道霍洛威及其夫人简为什么要把大部分资产投资到这所女子学院上，也没人知道他们竟还出资在离霍洛威学院2.5英里的弗吉尼亚沃特村捐建了一间霍洛威疗养院，专门收容有钱的精神病人。

霍洛威学院和霍洛威疗养院都是由一位名叫威廉·亨利·克罗斯兰德的建筑师设计的，他完成这两个大项目后就似乎江郎才尽，在其后的二十二年里再无作品问世。克罗斯兰德职场失意，情场却得意，包养了比自己小十八岁的伊莉莎·鲁斯·哈特，和她建立了一个新的家庭，同时和妻子也没有离婚，往往和妻子女儿住一段，再搬去和哈特还有俩儿子住一段。长此下来，身体掏空了，钱财花完了，两个女人的耐心也被耗尽了。最后孤独落寞又潦倒穷困的克罗斯兰德于1908年死在了伦敦的廉租房里。

这足以让男性同胞引以为鉴了。

———

我沿着贝克汉姆巷（Bakeham Lane）一路散步到弗吉尼亚沃特，英国道路名字大多稀奇古怪，贝克汉姆巷的后半段改名叫做卡洛山路（Callow Hill）。这条街比以前更加繁华，但是路边上多了许多垃圾，好在树木仍然葱郁，使人惬意。记忆真是个神奇的东西，它能牢牢抓住我常走的那条路上的一切始终不忘，它的每一处细节都在我记忆中鲜活如昨——各家门前车道的弧度、路旁的柏油屋顶、大门上的门环。时隔数十载，这一切还历历在目，让我感到激动不已，要知道，我这个人连当天早饭吃了什么都记不起来，近两周内和我说话不超过一个小时的人我就全无印象了。

最后我走到了基督教堂路（Christchurch Road），沿着这条笔直庄严的大道再走一段便是弗吉尼亚沃特村。这条路曾经是我记忆中最美丽的道路，绵延一英里左右的道路两侧全都是些深色、活泼的房子，都是凌乱的手工艺风格，每一家都有三角墙、复式门廊和高高低低的烟囱，温暖喜人，在碧色翻滚的灌木丛和花团锦簇的玫瑰丛中，每一栋都自成天堂。正如我在《"小不列颠"札记》中所说，一路走去，仿佛走进了一本1937年《美居》杂志的页面中。现在这些房屋几乎都不见了，整块地皮被高价收购，夷为平地，再建起豪宅，简直称得上是俄罗斯黑帮风格。

村子中心地带也面目全非了，我记忆中一切美好的东西都荡然无存。"都铎玫瑰"这家世界上最可爱的怪餐馆——里头的食物不是黑色就是深棕色的，只有豌豆不一样，但也是浅灰色的——早已不见踪影，我不知道别人对此作何感想，我个人是非常怀念的。鱼店、旅行社、果蔬店也不见了，其中一家——我记不太清楚具体是哪家——竟然有皇太后颁发的王室经营许可，想想就觉得不可思议。村里唯一的一家巴克莱银行不久前永久歇业了，门上的告示说可以去切特西（Chertsey）办理银行业务。更让人觉得痛心的是作家、演员兼电影导演布莱恩·福布斯开的书店也不见了。那是一个理想的去处，我常常一待就是好几个小时，一本接一本地读书。有时还可以看到福布斯本人，那常常让我这个从艾奥瓦州来的乡下小子欣喜若狂。有一次我看到他在和风趣、博学的电视名人弗兰克·缪尔交谈，我激动得都快晕过去了。

这家书店也见证了我一生中最英勇的时刻。一天我在书店里随意翻看时，一个疗养院的精神病人走了进来，就叫他亚瑟吧。亚瑟中等年纪，看起来格外体面尊贵。和疗养院其他病人一样，他家世显赫（疗养院在20世纪 40 年代末之前都是私立的），穿着乡绅穿的优质粗花呢，很是体面。单从外表看，你绝对不会想到他是个精神病人。但亚瑟有一个怪癖，为此他在疗养院被关了一辈子：他受不了陌生人跟他说话。哪怕只是有人对他微笑，问一声好，亚瑟也会顿时怒不可遏，喷出一连串谁也没听过的惊人的脏话。村里人都知道他这个毛病，因而他日常活动时都不去打扰他。但那天看店的碰巧是个新来的姑娘，长相甜美，对亚瑟的怪癖毫不知情，她主动问他是否需要帮助。

亚瑟看着她，与其说是生气，不如说是吃惊。已经很多年没人在公共场合和他讲话了。

"你也配跟我说话，你这个放荡的贱货，"亚瑟低声说，很快热血沸腾地进入了状态，"别过来，你这浑身流脓，劈着腿的骚娘们。"亚瑟一旦被惹怒了，语言会非常有画面感。年轻的女店员盯着他，那表情正是恐怖片里女人看到浴帘被猛地扯开、一把匕首突然扎下来那一瞬间的表情。

我走上前去，厉声喝道："亚瑟，把书放下，立即走开！"

对付亚瑟就得这样——说话语气一定要坚决。果然他马上就乖乖把书放回原处，默默地推门出去了。

女店员看着我，一脸由衷的赞叹。"谢谢！"她小声说。

我冲她露出电影中盖瑞·库伯①式得意而羞涩的微笑，说道："举手之

---

① 盖瑞·库伯（Gary Cooper, 1901—1961），美国知名演员。曾经获得 5 次奥斯卡最佳男主角奖提名，夺得 2 次奥斯卡最佳男主角奖（《约克军曹》与《日正当中》）与 1 次金球奖最佳男主角，1961 年获得奥斯卡终身成就奖。

劳，不足挂齿。"要是戴着牛仔帽，我还会举手碰一下帽檐。

这时门开了，亚瑟的脑袋伸了进来："那我今晚还能吃布丁吗？"他担心地问。

"难说，"我的语气再次严厉起来，"看你表现。"

亚瑟准备离开，我叫住他。

"听着，亚瑟，不准再来骚扰这位年轻女士，"我补充道，"听到没？"

他可怜兮兮地低声答应着，悄悄地走了。我又向女店员露出盖瑞·库伯的微笑，她则满脸崇拜地看着我。生活真的很奇妙，有时候你瞬间就能改变一切，换一种情况事态会发展成什么样子，谁说得准呢？遗憾的是那位女店员只有一米二的个子，像个肉球，所以我只是和她握了握手，祝她一切顺利就离开了。

———

弗吉尼亚沃特虽然位置偏远了些，但一直是富人云集的地方，在会员制的温特沃斯（Wentworth）高尔夫球场周围有很多私家道路，两侧尽是豪宅。村子边缘地带则是一些比较低调的民居，其中有一栋一战前的复式砖房，房前还有一个很大的花园，我和妻子在里面度过了六年的快乐时光，那时孩子们都还很小，我初出茅庐在《泰晤士报》当记者。我们住的那一带叫做特朗普斯绿地，我散步到那儿，发现和记忆中相比并没有什么大的变化，觉得很开心。旧居前的路上停的车多了许多，但总体上变化不大。走过旧居再拐个弯就是一排店铺，日常所需应有尽有——一家肉铺，一间邮局，一座书报亭，一家小型杂货店，还有世界上货物最齐全的五金店，店主莫利先生人很好。

我很喜欢莫利先生的店。这家店永远不会令你失望。不管你要什么——亚麻籽油、两英寸的钢钉、煤斗、小罐巴素金属抛光剂——莫利先生全都有。我相信就算你对他说："请给我125码的尖刺铁丝网、一个船锚、一件八号的施虐情趣外衣。"莫利先生在鸟食槽和装骨粉的袋子中翻找一阵，也能一一给你找出来。

莫利先生总是开朗乐观的样子。对他来说，生意总是"不错，知足了"。在我心里莫利先生是一个渐行渐远的时代最后的堡垒。因此看到莫利五金店的招牌还在原处，商店橱窗里依然满满堆着各种工具器材，我心里的高兴劲儿就别提了。哪怕文明崩塌，死人复生，四处游荡，北海淹没了英国，莫利先生还是会岿然不动地守在那里卖着他的樟脑丸、灭蚊拍、种子和镀锌独轮手推车。就算海水把整个英国都淹没，莫利先生还是会站在店里最高的梯子上，坚守到最后一刻。

我推开店门，迫不及待想见见他。莫利先生总能认出我，我想他大概认得所有的老主顾。但令我惊讶的是柜台后站着另一个男人。过去从来没有过莫利先生不在的情况。就算你深更半夜去，我担保你也会看到莫利先生在黑暗里站在柜台处，等着天亮开门营业。

"莫利先生是度假去了吗？"我问。

"他啊，走了。"男人语调平和而又沉重。

"走了？"

"过世了。严重的心脏病突发。四年前的事了。"

我一时间说不出话来。"可怜的家伙。"最后我说，事实上我想到了自己。我和莫利先生差不多年纪，"太可惜了。"

"是啊。"

"太可怕了。可怜的家伙。"

"是啊。"

我不知道还能说些什么。我突然意识到我对莫利先生其实一点都不了解，他是否有妻儿，他住在哪儿，我统统说不上来。但话又说回来，这种事我又怎么可能知道呢？"下午好，莫利先生，请给我一包樟脑丸，还有，你婚姻幸福稳定吗？同性恋还是异性恋？"我也从没在五金店以外的地方见过他。于是我说了声谢谢，心情沉重地出了五金店。

———

我散步回到村里，走到了原疗养院旁，这儿现在是一个名叫弗吉尼亚公园（Virginia Park）的高端封闭式住宅小区。疗养院于1980年关门，大楼被改成了公寓套房。花园和板球场不见踪影，取而代之的是密密麻麻的高级住宅。一本精美的宣传册上说只需895,000英镑，便可坐拥"奢华联排别墅，顶级贵族宅邸荣耀回归"。让我来澄清一下，这个地方原来压根儿就不是什么贵族宅邸，里头不过住满了家世显赫、无可救药的精神病，有些还是英国豪门望族。你今晚睡觉的地方说不定就是以前某某贵妇人每天撒尿的角落。

但霍洛威疗养院在当时真可以算得上是个世外桃源了，这里风景秀丽，也是疯子的天堂。威廉·亨利·克罗斯兰德为托马斯·霍洛威设计的两个建筑中，霍洛威疗养院在我看来要精致得多。与霍洛威学院一样，霍洛威疗养院的正面宏伟壮观，但高耸的中央塔楼和那些三角墙为其平添了几丝活泼的气息，不再让人望而却步。我还记得我刚入职那会儿，一个六月的傍晚，我从楼顶的窗户朝下看，当时就想，这是我今生看到的最美的景色。就在下边，霍洛威疗养院的员工和另一个医院的员工正在进行声势浩大的板球赛，眼看就要接近尾声。夕阳的余晖在草地上投下长长的影子。菜园那头，精神病人正三三两两地从菜园子走回来，他们手里拿着镰刀、剪子、锄头，都是些极具杀伤性的工具，却都被放心地交到他们手上，他们队形散乱，大步走着。那一刻我觉得英国真是一个完美的地方。

可惜这一切一去不复返了。疗养院关闭后，精神病人被转移到切特西一家综合医院的新区。一开始还允许他们像原来一样自由活动，但很快就不允许了，因为病人们对新环境不熟悉，经常就游荡到禁入区域，他们还在候诊区捣乱，问人要烟，骂人家是浑身流脓的婊子，还有很多与高效、现代化综合医院形象不符的行为。院方只得把他们关起来。没过多久他们就都变得彻底痴呆，再也活泛不起来了，人们也就任其自生自灭了。

但是有这一段记忆还是很美好的。回过头想想，我真觉得我刚来的时候，英国已臻完美之境。这话听起来有点滑稽，因为英国当时的境况十分糟糕。她在一连串的危机中举步维艰，被谑称为"欧洲病夫"。无论从哪方面看都比现在差很多。然而，那时的交通环岛都设花坛，村村都有自己的图书馆和邮局，乡村医院遍及各地，政府廉租房供应充足。那时的英国舒适开明，医院会为员工专设板球场，精神病人住的地方像维多利亚时代的宫殿。如果那时候的英国都能够承担起这些花销，现在为什么就不行了？谁能给我解释一下，为什么英国经济越发达，就越觉得自己穷困潦倒，要牺牲所有这一切呢？

霍洛威疗养院的长住病人都疯得厉害——所以他们才需要长期住在精神病院里——但各方面管理都非常到位，病人可以每天自个儿到村子里买烟，买报纸，或者去"都铎玫瑰"喝茶。在外人看来，这里很与众不同。村子里既有正常人过着正常的生活，也随处可见一些明显头脑不太正常的人，或者手舞足蹈地对着空气说话，或者站在面包房后，鼻子抵着墙。夏日傍晚，医院的员工进行板球比赛，精神病人晃晃荡荡地走过来，没有人大惊小怪，说三道四，真是再也找不出比这更开明的社区了。这一切妙不可言，无与伦比。真的。

那才是我向往的英国。我多希望它能重现眼前。

第七章
漫步森林

I

每年我都会和我的两个老朋友丹尼尔·怀尔斯和安德鲁·奥姆一起徒步一两次，有时来自加州的另一位朋友约翰·弗林也会加入，就像今年一样。我们从奥法堤（Offa's Dyke）走到里韦奇（Ridgeway），穿过峰区（Peak District）和约克郡谷地（Yorkshire），沿着泰晤士河从源头走到海洋——实际上是到伍尔维奇（Woolwich），攀登多塞特（Dorset）最高的山丘，历经许多其他挑战和冒险。有一次我们在泰晤士河的小路上被一只愤怒的天鹅追赶——相信我，换做是你也会逃跑的——除此之外，除了偶尔发发小牢骚，我们的冒险主要体现在面对奶牛的顽强、坚毅和勇气。

今年出于种种原因，我们只能相聚短短的三天，所以决定在林赫斯特（Lyndhurst）的一家旅馆见面，这家旅馆位于新森林（New Forest）中心地段，对此我非常开心。我在伯恩茅斯（Bournemouth）工作过，还在克莱

斯特彻奇 (Christchurch) 附近的新森林边上生活了两年，周六经常会在那儿周围转转，心旷神怡。这里是一个令人愉悦的地方。如果你来自其他国家，可能会有人和你说，"新森林"其实不新，甚至都不算是森林。自从诺曼征服①后，它就没再变过，尽管里面很大面积都树木丛生，但也有大面积开阔的荒原，并不像我们通常意义上的森林。"森林"最初指的是专门用于狩猎的区域。它可能树木繁茂，但也可能不是。几乎英国曾经所有的大森林——舍伍德森林 (Sherwood Forest)、查恩伍德森林 (Charnwood)、莎士比亚的雅顿森林 (Shakespeare's Forest of Arden)，都已经完全消失，或是大面积缩减了。只有新森林还保留着最初的面貌。

在整个历史长河中，新森林以其小野马而闻名，它们随心所欲地吃草，在如画的村庄里游荡。如今，它还有另一点声名在外——新森林非官方首府林赫斯特的交通。人们从英国各地前来体验林赫斯特著名的交通拥堵，虽然那不一定是他们的初衷。全英国没有任何城镇像林赫斯特一样如此长时间遭受着堵车的痛苦，却最无力改善现状。在寻常夏日，一万四千余辆汽车像进漏斗似的堵在林赫斯特主街上狭窄的丁字路口，却只有一套交通指示灯控制。

不幸的是，全世界那么多精英，政府当局竟然就选择了公路工程师来解决这个问题。以我的经验来看，解决道路问题最不该找的，就是那些公

---

① 以诺曼底公爵威廉（约 1028—1087）为首的法国封建主对英国的征服，加速了英国封建化的进程。诺曼征服后，威廉一世于 1086 年建立了英国封建主都须以对国王效忠为首要义务的原则，同年还进行了全国范围的土地调查。

路工程师。他们解决问题的原则是，道路交通问题永远无法根治，但可以扩大到更大范围。几年前，在林赫斯特，他们推广了一套单向环路系统，令人惊掉下巴，这种系统让原本可以挤到一条路上的人流分散穿过很多原本平静的居民区。单向环路系统导致所有驾驶者一旦上错路——这对新来的人几乎是不可避免的——就只能多绕两圈——第一圈用来发现问题，"哎呦，开错车道了"，第二圈才是找对路。我突然想到，林赫斯特可能一天并没有一万四千辆车的造访量，其中可能有两三千辆车在不断地绕圈呢。

以前，了解林赫斯特交通的人都会在抵达林赫斯特前绕到边道，然后环城一周，这样不但能提早抵达目的地，还能避免交通堵塞。我现在就是要这么干。我在一个叫派克斯山（Pikes Hill）的地方，冲下开向艾莫莉高地（Emery Down）的边道。但我马上发现，那些狡诈的道路工程师已将边道改窄为单排道，偶尔还有让车道，目的就是防止司机们随意穿行，但结果却使边道和林赫斯特一样堵塞。这些蠢货真是蠢得可以，他们努力使每一寸道路都和造成拥堵的道路一样糟糕。我花了七十五分钟才走完这段路，又花了半个小时才到主街上的旅馆。

我的同伴们也在不同的地方遭遇了类似的不便。我们全员集合时，已经将近一点了，大家都饥肠辘辘，当务之急就是找个饭馆吃点东西。林赫斯特周边有一个著名的风景区，名叫天鹅绿地（Swan Green），周围都是复古的茅屋。不少软糖包装盒都以天鹅绿地的图案为特色。我们大家很高兴聚在一起，打算在天鹅绿地对面的天鹅旅馆休整一番，好好吃点东西，来缓解开车的疲劳。我们仔细地研究了一下菜单，然后来到吧台点餐。

"哦，我们现在不接点餐单了。"年轻的酒吧服务员对我们说。"现在厨房太忙了。"他又解释了一句。

我们四下望了望。也没那么紧张啊。

"那要等多久呢？"我们问道。

他审视了一下眼前宁静的厅堂。"很难说。可能要四十五分钟左右吧。"

这就更让人搞不懂了，要知道天鹅旅馆是很想把自己打造成餐厅的酒吧，所以到处都是小黑板，写着当天的特价菜，每张桌子上都摆着菜单和餐具。

"你看看我理解的对吗？"我问，"现在是旅游旺季，又是个星期天下午，很多人出现在这想要吃午饭，这让你很吃惊吗？"

"我们星期天人手不足啊。"

"但星期天不是最忙的吗？"

他用力地点了点头。"没错。"

"然而大家都放假了？"

"没办法，今天是星期天啊。"他又重复了一遍，好像我第一次没听懂似的。

安德鲁轻轻拽着我的臂弯将我拉走。他一定在某个时刻看我妻子这样做过。我们走回到林赫斯特，找到一家咖啡馆，没再听到什么厨房太忙的话，给我们提供了午餐。午饭过后我们恢复了精神，穿过昏暗的树林和阳光明媚的荒野，好好地来了个有氧徒步。

徒步是多么快乐啊。所有生活的烦恼，上帝在"比尔·布莱森生命之路"上投下的所有无可救药的蠢货，突然都变得遥远而无伤大雅了，一瞬间，世界变得宁静、友好和美妙。和老朋友一起散步，可以使这快乐增加百倍。林赫斯特人山人海，特别是镇子边上一个名叫博尔顿本奇（Bolton's Bench）的景点，那里有一棵著名的紫杉树，更重要的是，那附近有一个停车场。我曾读过一篇文章，说美国人平均步行最远600英尺就会钻进车里，我猜现代的英国人也是如此，只不过在上车前还会扔点垃圾或弄个文身。

但是，当我们走进博尔顿本奇后面的树林里，我们几乎独享了整座山林，这是怎样的款待啊。这种天气太适合散步了。阳光明媚，空气温暖。我们看到许多小野马在吃着草。野花四处绽放，在路边随风摇曳。我们的自然历史专家安德鲁为我们——列举了它们的名字——"女士褥疮"，"黄牛痘"，"挠痒痒的灯笼裤"，"喷嚏嘴"，"老头的俏皮话"。我没带笔记本，可能没把所有的名字都说对，但大意就是如此。

请让我介绍一下我的登山同伴：

丹尼尔·怀尔斯是一位退休的电视纪录片制片人。二十年前我们一起做一期《南岸秀》节目时认识的，打那时起就一直维持着友谊。他喜欢在下午打盹，吃冰淇淋。

安德鲁·奥姆是丹尼尔的老朋友，实实在在的老朋友，他们在寄宿学校就认识了，当时他们还是苍白、瘦弱、胆小的小男孩。他们总爱谈起在寄宿学院的往事。安德鲁是我们当中最聪明的——他念的牛津大学，我们总是自豪地向女房东夸耀此事——所以我们让他负责看地图以及做所有重要的决定。

约翰·弗林以前一直是《旧金山纪事报》的旅游编辑，不过现在已经退休了。他仍然经常撰写游记，也频繁造访英格兰，因此可以定期加入我们。他热爱棒球，还和我分享他对时装模特谢丽尔·提格丝的痴迷，她永远以四十年前的青春模样活在我们的记忆里。

我们刻意不在半年一次的徒步以外的时间中碰面，因此每次登山时才会有源源不断的话题。丹尼尔和安德鲁边走边聊着公立学校的往事——我猜应该就是受鞭刑和蒸布丁吧。通常他们一碰面，就会喋喋不休地聊上几个小时。我和约翰则会谈谈棒球和美国政治。因为约翰来自加州，所以他总是有一肚子诡异的故事。这次他告诉我，最近有个加州老兄在家附近被公园警卫电击，差点要了命，只因为他没给狗拴链子。

"就因为没拴狗链就被电击？"我问。加州总是不乏让人匪夷所思的事情。

"当然不是故意的。警卫只是想阻止他离开现场，才电击了他，结果他心脏病发作，差点死了。"

"你们那边的警察经常会在公园里电伤人吗？"

"正赶上一场要求给狗拴链的运动。他们正对此事展开镇压。"

"武装镇压吗？"

"嗯，他们也不经常电击伤人。就是公园警卫核查对方身份时要求那男的等一下。"

"公园警卫有权核查身份吗？"

"似乎是可以的。但不知为什么她弄了老半天，那男的等得不耐烦了，对她说：'听着，你要么传讯我，要么放我走。'但她不同意，又过了几分钟还没查完，最终那男的说，'这是在浪费我的时间，我还有事情要忙，实际上，我认为你并没有权利扣留我，因为你只是个公园警卫，我现在要走了。'他就要走。"

"所以她就电伤了他？"

"我记得就在肩胛骨之间。"

我们聊了一会儿这档事后，又接着聊谢丽尔·提格丝。

由于出发时间太晚，我们并没走多远——三英里多一点，到了布罗肯赫斯特（Brockenhurst）附近一个叫鲍尔默草坪（Balmer Lawn）的地方。夕阳下景色美轮美奂。我们站在那里陶醉了一会儿，然后调头转回林赫斯特。虽然今天运动量不大，却也挺不错的。

———

回到旅馆，我冲了个澡，然后坐在床边看电视，等着出去喝酒，我琢磨着，BBC1 频道放映的节目，除了卧病在床的人以外，还有人会看，这样的日子过去得有上万天了吧？我调了下台，看看还有什么能看的节目，唯一可看的就是迈克尔·波蒂略穿着粉衬衫和黄裤子搭乘英格兰北部的火车，手里还攥着一本旧旅游指南。他偶尔会跳下火车花个四十秒钟聆听地方史学家描述一些过去存在的事物如今消失的原因。

"所以这里曾经是兰开夏最大的假肢加工厂吗？"迈克尔会这样问。

"是的。全盛时期有一万四千名女工在这里工作。"

"天哪。现在变成阿斯达超市了？"

"是的。"

"天哪。可真了不起。嗯，我要去奥尔德姆参观他们之前做羊木蹄子的地方。再见。"

这真的是唯一能看的节目。

晚饭时我提起了这个话题。"我喜欢迈克尔·波蒂略。"丹尼尔说，但话说回来，丹尼尔谁都喜欢。他告诉我们，很多卫星电视台制作节目的工作人员比观众还多。

我和大家提起自己观察到的，这世界似乎充满了低能儿。他们向我解释说这不过是年纪变大的苦恼。你活得越久，越觉得这个世界属于别人。结果发现，丹尼尔的情况比我还糟。他列了一长串清单，要求把世界恢复到它应有的样子。我记不得他清单的具体内容，但我确信其中包括脱离欧盟、恢复金本位制度①，禁止飞机飞越奇西克（Chiswick），重建大英帝国，恢复牛奶送货上门服务以及禁止移民政策。

"我就是移民。"我指出。

他严肃地点点头。"你可以留下，"最后他通融了，"但你必须知道自己是在永久试用期。"我向他保证，我一直是这么认为的。

晚上剩余的时间我们都在狂饮啤酒，纷纷诉说各自的病症，不过由于

---

① Gold standard，金本位制度，用黄金来规定货币所代表的价值，每一货币单位都有法定的含金量，各国货币按其所含黄金重量而有一定的比价。1914年第一次世界大战爆发后，各国纷纷发行不兑现的纸币，禁止黄金自由输出，金本位制随之告终。

我的主要病症是失忆，所以什么细节也没记住。

II

几年前，我就住在林戈·斯塔尔①隔壁，但是大概有半年的时间我都毫不知情。有一小段时间我和太太在伯克希尔（Berkshire）的桑宁代尔（Sunningdale）那一排古老的工人小屋里住，而我所谓的"隔壁"是我们的后篱笆紧挨着林戈的地产。林戈的房子在数百码远的绿色草坡上，在林木的掩映中，但从严格意义上说仍算是隔壁。我是从邻居道吉那里听说林戈就是那块地产的主人的。在更传统的意义上来说，道吉才住在我家隔壁。

"我太吃惊了，你居然没见过他，"道吉说，"他常常去纳格斯海德饭店，是个很好的家伙。"

我回家对太太说："你猜猜谁住在山上的大房子里。"

"林戈·斯塔尔。"她说。

"你知道？"

"当然。我们常看到他啊。头几天在五金店我就站在他后面。他在买锤子。他人很好。还跟我打了招呼。"

"林戈·斯塔尔和你打招呼？披头士成员和你打招呼？"

"他已经不是披头士了。"

---

① 林戈·斯塔尔（Ringo Starr，1940—　），英国音乐家、演员、鼓手，大英帝国勋章获得者，披头士（The Beatles）乐队成员，2015年入驻摇滚名人堂。

我当然没理这句话了。

"披头士林戈·斯塔尔在我们当地的五金店买锤子，还跟你打招呼，你竟然没想过要告诉我。"

"只是买个锤子而已啊。"她说。

这就是英国佬。他们总有这样的故事。事实上，还有比这更离奇的。我不知道话题是怎么扯到披头士身上的，不过隔天我们在茂密的树林里沿着林间小径徒步时，我和大家说了林戈·斯塔尔的事。同伴们都颇有同感地点了点头。出于礼貌，丹尼尔沉默了下才说："我上大学的时候，有一次和约翰·列侬度过了一下午。"

我立马觉察到丹尼尔的故事要比我的故事好十倍。

"真的吗？"我问，"你们干什么了？"

"我采访了他。而且我相信那就是著名的'失落的采访'。"

这简直比我的故事好一百倍。

"你和约翰·列侬做了'失落的采访'？"

"是的，我想是的。"

"怎么说的呢？"

"那是 1968 年的冬天。披头士刚刚发行了《佩珀军士》的专辑。我当时在基尔大学读书，和同学莫里斯·辛德勒一起给列侬写信，问能不能接受学生杂志的采访，严格意义上讲，我们根本没指望会收到回复，更别提做什么访问了。但他回复说，'好啊，你们来我韦布里奇的家吧。'因此我们搭火车去了韦布里奇，列侬来火车站接的我们。"

"约翰·列侬到韦布里奇火车站接你们?"

"开着 Mini 汽车。确实有点超现实。我们在他圣乔治山的房子里度过了一个下午。列侬人很好,完全和普通人一样。他也没比我们大多少,而且我觉得他很少有这样普通的谈话。房子里乱七八糟。他和辛西娅不久前分开了,盘子什么的都没洗。过了会儿,我们想喝杯茶,但是连个干净的杯子都没有,所以我们不得不洗几个杯子,我还记得当时在想,'哇。我和约翰·列侬站在厨房的水槽边洗茶杯耶。'我负责给采访录音,莫里斯则负责拍照。我们回到基尔后,为了省钱,莫里斯决定自己洗照片,但是却把底片都冲毁了。我人生中最美好的一天什么都没留下。当时,气得我真想把他杀了。"

我们表示都很理解他当时的心情。

"列侬后来再也没接受类似的访谈了,"丹尼尔继续说,"那次采访就成了失落的采访,虽然事实上它从来没失落过,因为我保留了录音磁带。四十年后,我们在伦敦索斯比拍卖行以 23,750 英镑拍卖了它们。由硬石咖啡厅买下的。"

"哇。"我们叹道。

我突然觉得我那莱斯利·查特里斯的故事不值一提了。

"不过你的林戈·斯塔尔故事好有趣啊。"丹尼尔大方地对我说道。

约翰想起了自己十四岁的时候,在曼哈顿看见谢丽尔·提格丝从公寓里出来,他跟了她几个街区,直到她走进另一栋楼里。丹尼尔和安德鲁对谢丽尔·提格丝没什么感觉,所以他们开始谈论鞭刑和早晨洗凉水澡的事，不过我对谢丽尔·提格丝很感兴趣，就让约翰和我一遍一遍地讲他是如何一遍一遍从她身边快步走过去二三十码后，又故作随意地转身走回来，好迎面看到谢丽尔·提格丝的脸。约翰跟了她四个街区，一共做了十一次调头的把戏，因为他刻意装作若无其事的样子，所以谢丽尔完全没注意到他的存在。我很喜欢这个故事。

就这样我们在树林里漫步度过了一个快乐的清晨。

———

我们今天的目的地是明斯特德（Minstead），它是新森林北部空地上的村庄。安德鲁读到过，那是一条很好的徒步路线，确实是这样，所经之处都是大片大片未被开发过的森林，而且明斯特德还有一座可爱的教堂。意想不到的是，教堂墓地里有创造夏洛克·福尔摩斯的作家——亚瑟·柯南·道尔的墓穴。

大约一百年前，由于唯灵论①的缘故，道尔造访了新森林。当时，唯灵论莫名地流行起来。其虔诚的追随者不仅包括亚瑟·柯南·道尔，还有未来的首相亚瑟·贝尔福、博物学家阿尔弗雷德·罗素·华莱士、哲学家威廉·詹姆斯和著名的化学家威廉·克鲁克斯。到了1910年左右，英国唯灵论的信徒越来越多，所以他们认真考虑要组建一个门派。但道尔的贡献是最大的。他写了大约二十本关于唯灵论的书，担任国际唯灵论大会主席，并在伦敦威斯敏斯特教堂附近开了一家通灵书店和博物馆（该建筑在第二

———

① 唯灵论主张精神是世界的本源，信仰人死后灵魂不灭。

次世界大战中被炸弹摧毁了。他可能预见到这个了吧）。

问题是，即使是以最宽泛、最灵活的唯灵论标准来看，道尔对唯灵论的痴迷也太过了。他开始相信仙女和森林精灵是真的，甚至还写了一本书，名叫《仙子降临》，坚持他们的存在。通过招魂大会，他与一位名叫斐尼斯的美索不达米亚古人建立了友谊，斐尼斯不但给他许多生活方面的指引，还警告他即将发生大灾难。道尔在《斐尼斯如是说》一书中透露，1927 年世界将遭受洪水和地震的剧烈冲击，一片大陆会沉入海底。当预言的灾难未如期发生时，道尔辩解斐尼斯搞错了年份（很明显，他一直在使用美索不达米亚历法），不过他们确信灾难终有到来之日。

根据斐尼斯的建议，道尔在明斯特德附近买了一栋房子，他白天在树林里静静地坐着，手里拿着照相机，满怀希望地等待仙女降临（从没出现过），到了晚上，他就招魂，与英国最显赫的死者交流。查尔斯·狄更斯和约瑟夫·康拉德都请求他帮他们完成死前未完成的小说，而曾经嘲笑过道尔，最近刚刚去世的杰罗姆，则通过灵媒表示："请转告亚瑟我错了。"道尔认为所有这一切都清楚地证实了他的信仰的真实性。值得注意的是，在整个过程中，道尔一直在创作他著名的《福尔摩斯》故事，这些故事都基于一丝不苟的理性思考，而且抵制住了巨大诱惑，没让伟大的侦探通过招魂来破案。

1930 年，道尔过世了（不过唯灵论者是不会死的；他们只是看起来静止不动），并葬于他在苏塞克斯克罗伯勒（Crowborough）家里的花园内。他妻子过世后和道尔合葬在了一起，但是 1955 年，道尔的房子被拍卖掉了，新主人相当抗拒花园里有死尸，因此把亚瑟夫妻挖了出来，并把尸体移到了明斯特德的"万圣堂"墓地，这一举动在当时掀起过一阵波澜，因为灵性主义者并不是真正的基督徒，他们顽强地拒绝死亡。不过，道尔最终安然长眠于明斯特德墓地长达半个世纪之久，没引起任何非议。

万圣堂教堂很漂亮，有个多层布道坛和一间独特的侧室，叫做"会客长椅"，它本质上是一个小的起居室，有家具和壁炉，附近的马尔伍德城堡（Malwood Castle）的历代主人都在那里舒适地聆听布道。我们细致地打量欣赏着，然后到附近的忠仆酒馆吃午饭。那是一家老酒馆，但是又用一种非常做作的方式重新装潢过，让我觉得略微有点不爽。就像旅店在吧台摆了几本书，然后说那是图书馆一样。忠仆酒馆价格不菲。鸡肉配香蒜和意大利干酪汉堡是 12.75 英镑。鸭肉和白菜配酸大黄加红醋栗共 16.25 英镑。我才不会花钱买这些东西呢。不过餐厅里满是开心地大嚼大咽的人。我愤愤地抱怨着，花了 8.5 英镑点了奶酪简餐。

午饭后我们前去参观鲁弗斯碑（Rufus Stone），在距离明斯特德大约 2.5 英里的一块空地上，那里是鲁弗斯国王——更准确地说应该叫威廉二世，"征服者"威廉一世之子——在公元 1100 年夏天丧命的地方。当时，鲁弗斯和密友们正在狩猎，却被一个沃尔特·泰勒尔射出的箭洞穿了胸腔，当场死亡。鲁弗斯死不足惜。他又矮又肥，金发暗亚，面色红润（英语"鲁弗斯"就是红润的意思）。他不但无礼、放荡。而且是出了名的娘娘腔。他终身未婚，似乎也完全无意生个继承人。泰勒尔坚称国王的死只是个不幸的意外——他射的箭从树上反弹回来——但是没人相信他的鬼话。据传，为了以防万一，泰勒尔骑马逃到了法国，给马钉了反向的马蹄铁，以迷惑追捕者。

鲁弗斯碑是一块简单的黑色方形尖碑，大约 4 英尺高，三面都刻有铭文。没人知道这里或者那附近到底是不是鲁弗斯遇险的地方。权威人士说鲁弗斯死于东南部离此约 12 英里远的比尤利（Beaulieu）。我知道这是很早以前发生的事，不过看见如此简单地纪念英国国王，还是很有意思的。

———

一般来说，想要体会散步的乐趣，必须切身行走而非阅读。因此，我不想挑战你们的耐性，逐一赘述第三天的登山行程，只能说，过程相当愉快。我们还巧遇了另一处有文学渊源的名人宅邸的遗迹，卡夫内尔（Cuffhells）。卡夫内尔曾经是爱丽丝·利德尔的家，她正是《爱丽丝梦游仙境》的主人公爱丽丝。我知道爱丽丝还是小孩子的时候，在牛津郡曾让查尔斯·L. 道奇森①不恰当地春心萌动，他是个结巴的数学家，写了许多故事来逗她开心，这些故事便是《爱丽丝镜中奇遇记》。但是我一直想知道她后来过得怎么样。答案是，成年后的爱丽丝美丽动人，在新森林里过着相当不幸的生活。

原本可能会有不同的结局。爱丽丝年轻时，维多利亚女王最小的儿子——阿尔巴尼公爵利奥波德曾追求过她。年轻的利德尔女士既美丽又聪

---

① 查尔斯·L. 道奇森，（Charles Lutwidge Dodgson，1832—1898），笔名路易斯·卡罗尔（Lewis Carroll），英国作家、数学家、逻辑学家、摄影家，以儿童文学作品《爱丽丝梦游仙境》与其续集《爱丽丝镜中奇遇记》而闻名于世。

明；她的基因对皇室血统也并无害处。但是女王因她的平民身份拒绝了婚事，所以利奥波德不得不寻找其他的良种对象，最终爱丽丝和一个叫雷金纳德·哈格里夫斯的和善的小人物结合了。

哈格里夫斯在卡夫内尔长大，并继承了这座豪宅，它离林赫斯特只有半英里远。卡夫内尔确实是这个地方数一数二的豪宅，拥有十二间卧室、巨大的客厅和餐厅，还有一百英尺长的橘园。雷金纳德和爱丽丝在那里平静而单调地生活着，经济条件也日益窘迫。雷金纳德不善理财，他不停地抛售这块地产，以维持生计，直到没什么可卖的了。这对夫妇生了三个儿子。两个儿子死于第一次世界大战，第三个儿子在伦敦过着挥霍的生活。1926年，雷金纳德突然离世，留下爱丽丝独自一人郁郁寡欢地居住在破败的房子里。她变得脾气暴躁、不愿见人，对仆人也很刻薄。1934年，爱丽丝离世了，享年八十二岁。卡夫内尔成了断壁残垣，不久就被拆除了。如今，卡夫内尔早已消逝，变成一片荒芜的树林。你绝对猜不到，有一座豪宅曾经矗立在那里。

———

我们第二天早上就分道扬镳了，但我们的林中冒险还有后续。我们在林赫斯特住过的酒店叫皇冠庄园酒店。对我们大家来说，这家饭店还不错——尽管算不上宾至如归，也不会让人陶醉其中，更谈不上经营有道，但也还不错了——可在我们造访后不久，安德鲁就给我们每个人都转发了一篇南安普敦《南部每日回声报》上的有趣文章，文中质疑饭店的卫生问题。文章指出：

汉普郡一家饭店因在老鼠肆虐的厨房制作食品，被勒令支付超20,000英镑的罚款和诉讼费。位于林赫斯特的皇冠庄园酒店，在检疫员发现饭店有鼠患后，第二次关闭厨房，在南安普敦治安法庭承认违反了五项食品卫生规定。其中包括在"老鼠肆虐区域"生产加工与分销食品这两个违规行为。

　　"我说那些干胡椒怎么有股怪味呢。"我高兴地打趣道，但读到这个着实让我感到惊讶，原因有两个。首先，我自然感到有点儿懊恼，正如你可能想到的那样，因为得知了我一直住在一家实际上非常肮脏的旅馆里，但让我同样惊讶的是，我现在可以在普通报纸上看到这种事。 20 世纪 70 年代，我曾在位于伯恩茅斯的《南部每日回声报》的姐妹报社工作了两年，那个年代我们从未报道过哪个肮脏的酒店或餐馆。并不是因为没有肮脏的旅馆和餐馆，这点我很确定，而是因为那些事都是秘密。

　　当时英国的一切都是秘密。所有的一切。人们的生活是秘密的。他们把房子隐藏在高高的篱笆后面，在窗户上挂上网帘，这样就没人能看见里面了。政府所做的一切几乎都是秘密的。甚至制定了《官方保密法》这一方案，确保没人知道任何事。说实话。当我回想起来的时候，都觉得太不可思议了。当年，英国政府以国家安全为理由，将下列事物定为国家机密：食品化学添加剂的量，老年人的低体温率，香烟中一氧化碳的水平，核电站附近居民的白血病发病率，某些交通事故的统计数据，甚至是一些拓宽道路的提议。事实上，《官方保密法》第二条的内容规定，所有政府信息都是保密的，直到政府宣布公开为止。

有时候这一切变得有点荒唐。冷战期间，英国有一个制造火箭运送弹头的计划，当然火箭需要测试。理论上这是一个最高机密的项目。它甚至有一个很炫的代号：黑骑士。问题是，英国领土很小，没有广阔的沙漠可以用来进行秘密试验。事实上，英国根本没有任何真正隐秘的地点。由于各种原因，决定测试火箭的最佳地点是怀特岛上一个著名的地标，一个叫做尼德尔斯（the Needles）的热门景点。在英国本土就可以清楚地看到尼德尔斯，因此方圆数英里以外都能看到并听到火箭发射。一个朋友告诉我，以前整个社区的人都到南汉普郡的海滩上观看实验的烟雾和火焰。尽管成千上万的人都能看到发射试验，但在官方看来这些试验仍是机密行为。不许报社报道。不许任何官员谈论。

更荒诞的是伦敦邮政塔。十多年来，它一直是欧洲最高的建筑。它主宰了伦敦的天际线。然而，由于它用于卫星通信，它的存在就是官方机密。直到1995年才被允许出现在英国地形图上。

因此我很高兴地发现英国食品标准局现在将检验报告公之于世。你可以查询全国任何一家餐馆和食品经营人的评级。我发现这还挺耗费时间的。我查询了我曾去过的每一家餐厅，发现我最喜欢的两家店并不像我希望的那么卫生，这就是为什么你看不到我再光顾它们了。一个显著特征是，许多检查报告并不是最近的。很多都是三年前的报告了。这是因为当地政府的食品检验预算削减了。显然，在我们生活的这个古怪的时代，节省纳税人的钱比警惕防范当地的餐馆毒害人更重要。

读完皇冠庄园酒店的诉讼案后，我很感动，因而做了一件从未做过的事情：我在猫途鹰网开了一个账户，创建了密码，还提交了一份评论。实际上，这算不上是评论，而是一条信息，提醒顾客这家酒店因厨房有老鼠而被罚过款，还附上新闻文章的链接引导读者阅读。我想如果我正考虑预订一家酒店，而酒店的厨房因为有老鼠被罚过款，我会非常感激有人提醒我这点。几天后，猫途鹰网给我发了封电子邮件："我们不能发表您的评论，因为它不符合我们的指导方针……我们接受有关机构设施或服务的第一手体验的详细评论。没有详细说明实质性体验的一般性讨论将不会发表。不发表二手信息或道听途说的东西（未经核实的信息、谣言或其他来源的引述或报道的他人的意见/经验）。"

这下你知道了。刑事定罪、政府卫生等级和其他二手信息在酒店和餐厅评级网站上毫无意义。在我写这本书时，猫途鹰对皇冠庄园酒店的质量和清洁度给予了强烈推荐，根本看不出最近它完全不是这样的。

让我们稍作停顿，再添加一点儿语境。回想一下你喝得酩酊大醉的深夜，你跑到一个烤串店，那儿的肉就像活肉一样，直冒水珠。经营场所和员工看起来也像好多年都未清洁过一样，但你还是买了一个烤肉串，贪婪地吃掉了。即使是现在一想起来，你喉咙里还有点儿恶心。嗯，那家烤串店可能从来没有因为令人作呕的肮脏环境而被罚掉 16,000 英镑，外加 4,000 英镑诉讼费。在你的一生中，你可能从来没去过如此肮脏的餐馆，脏到只有零评级，厨房也被关闭了两次。

不过说不准你还就是猫途鹰一手网评的忠实读者呢。

第八章
海滩

英格兰是个复杂的地方。它有五个不同的郡，每个郡都有不同的历史、功用与边界。首先，有些是历史名郡——那些历史悠久的地方——比如萨里郡、多塞特郡和汉普郡。这些地方大多还在，只是有些被切割为更小的单位，甚至被草草地取消了，如今只作为历史古迹或美好的回忆存在。亨廷登郡（Huntingdonshire）在四十年前就被并入剑桥郡，但很多人还是会说自己住在亨廷登郡。米德尔塞克斯郡（Middlesex）自从 1965 年就取消了，不过米德尔塞克斯郡板球俱乐部和米德尔塞克斯大学都还存在着。

然后是行政郡，主要功能只是划定地方议会的行政边界而已。行政郡就像是肥皂泡沫一样一会儿出现，一会儿消失。亨伯赛德郡（Humberside）于 1974 年设立，于 1996 年废除。相反，拉特兰郡（Rutland）在 1974 年废除，1996 年又恢复了。

第三种是邮政郡，其边界又可能有所不同。例如，邮政地图上的柴郡

(Cheshire) 就与历史地图上的柴郡大不相同，当然跟行政地图上的边界也不一样。

邮政郡之后是礼仪郡，每个郡都有一位郡治安长官（或督郡），其职责是主持皇家访问和其他盛大的场合，需要佩剑，穿带绶带的短礼服，除此之外，礼仪郡和它的郡治安长官都没有什么明确功用。

最后是康沃尔（Cornwall），它根本不是个郡，而是个公国——康沃尔人对此非常敏感（你也可以说这是一个敏感的公国）。

这些只是英格兰的郡。威尔士和苏格兰的郡又各有各的复杂性。结果往往就是人们会时不时地陷入迷茫。当我在伦敦《泰晤士报》的商业新闻版工作时，我们经常在副编辑的桌子周围进行这样的谈话，首先有人问：

"赫尔（Hull）在哪儿？"

"在北方。"有人自信地回答。

"不，我是说它在哪个郡？"

"哦。不知道。"

"我想是在东约克郡。"有人会说。

"我以为东约克郡已经没有了。"第四个人会说。

"真的吗？"

"应该是。嗯，也许是吧。不太确定。"

"没关系，"另一个人插话说，"东约克郡即使存在，赫尔也不在那儿，而且东约克郡也不存在。赫尔在林肯郡。"

"实际上，我认为它是在亨伯赛德。或者可能在克利夫兰。"第六人补充道。

"克利夫兰是美国的城市。"有人会自告奋勇地说。

"现在北边也有个克利夫兰。"

"真的吗？这是什么时候的事？"

"不知道。不确定它是一个郡还是就一个行政区划。"

这种对话会持续几个小时，通常都是首先发问的人受不了了，决定不再谈论"赫尔"并就此打住。

英国我就知道一个叫伯恩茅斯的角落和比它更小的邻居克莱斯特彻奇，因为在 20 世纪 70 年代，我在第一个地方工作，在第二个地方生活。1974 年以前，伯恩茅斯和克莱斯特彻奇都划归汉普郡，但在那一年英格兰的郡界被重新划定，克莱斯特彻奇和伯恩茅斯都被划归了多塞特。这个划归理念是从人口过剩的汉普郡拨一部分人出来，归入人口不足的多塞特。但这一变化并没有传达给所有人，因此，即使到了 20 世纪 80 年代，《泰晤士报》的一篇新闻报道还是将伯恩茅斯写成汉普郡的。这件事发生后，我漫步来到国内新闻部的桌子旁，向文字总编指出他们把伯恩茅斯写成汉普郡的了。

"那你的意思是？"他说。

"嗯，伯恩茅斯不在汉普郡。"我解释说。

"我觉得是你错了。"他说着，又埋头工作了。

"不，它在多塞特。我在伯恩茅斯的报社工作了两年。职工雇佣条件之一就是要知道我们属于哪个区划。"

国内新闻编辑们对我们这些商业新闻编辑显然并不太尊重，我也不全怪他们。我们看起来是有点像《疯狂躲避球》电影里文斯·沃恩带领的烂队伍。

　　"我们会调查的。"文字总编告诉我。

　　"你不需要调查。这是事实。"

　　"我说了我们会调查的。"

　　我不记得离开他那里时具体说了什么，但我敢说肯定说了"狗屁"之类的字眼。

　　"暴躁的混蛋。"我走的时候，总编说道。

　　"他是美国人。"他的一位同事严肃指出。

　　第二天早上我看了报纸的印刷版，伯恩茅斯还是归于汉普郡。国内新闻部的人基本上都是些混蛋，只有一两个不是，他们连混蛋都算不上。

　　无论如何，克莱斯特彻奇在多塞特是不容置疑的，离开林赫斯特四十分钟后，我也到了多塞特。

———

　　我对克莱斯特彻奇有一种难以割舍的依恋。我和我的妻子刚结婚那会儿，我在伯恩茅斯的《回声晚报》找到了我成年后的第一份工作，我们在普里韦尔（Purewell）远郊一家炸鱼薯条店楼上租了个公寓，住了六个月，然后在更偏远的伯顿（Burton）村买了一栋平房。这是一座白色的小屋，草坪前面有个漂亮的花园和一棵非常醒目的铜山毛榉，这是我们完美的第一个家。我们是从一对和善的夫妇那儿买的，他们已白发苍苍，并在那里住了几十年，他们希望我们能好好照料花园，我们郑重答应，在那儿住的两年时间里，我们一直尽心尽力。

我好多年没看过这所房子了，心想着它现在看起来会不会很小，还是不是我们记忆中喜爱的样子。事实上，我早已认不出它了。我在老路上来来回回开了两趟，都没认出自己的房子，最后停车，步行出去仔细寻找。却只找到一个有铜山毛榉的房子，看起来一点也不像我们的。

我站在前面核对了下门牌号。我没找错，但这和我们住过、珍爱过的房子完全不同。前花园完全消失了，埋在柏油下。上面最具装饰性的东西是两个带轮的垃圾箱和一个陶盆，里面还有一棵枯死的植物。原来那个小小的封闭玻璃门廊是当作小花房使用的，现在也被拆了，那块地方也没派上什么好用途。更让人不得其解的是，曾是房子主要特色的漂亮弓形窗也消失了，取而代之的是长方形的镀铝双层玻璃。

街上几乎所有其他的房子也同样遭到了业主的损毁，他们只想要更大的停车空间，才懒得去维护呢。所有美丽的花园都消失了，我当年精心维护的典雅温馨也全都消失了。那些曾经带给你欢乐的一切真的不该回去再看，因为它们不会再带给你欢乐了。

我继续开车前往克莱斯特彻奇，担心还有最糟糕的事情在等着我，不过现实让我松了口气。大多数美好的事物依然存在，倒是以前矗立着惨蓝色大型储气罐的半工业区已经无影无踪。原本的储气罐区到处是智能公寓与养老院，那些活泼的名字很有想象力，比如"泊船码头"或是"海景绿荫"之类的，听起来比"储气罐路"或"坟场小屋"之类的名字浪漫多了，也更商业化吧。

乍一看，市中心大街与以往相比没什么变化。各种建筑的风格、规模和材料都完全不一样，却如此赏心悦目地混合在一起，形成一种温暖舒适、相得益彰的独特风格，千百年来英国城镇自然形成的氛围，现在却无论如何也做不到了。虽然建筑物都没变，但是里头的店铺倒是换了全新的一批，如果仔细想想几年之间就有多少种店铺从英国大街上消失了，确实会让人吃惊：多数的肉铺、果蔬店、鱼店、五金店、修理店、瓦斯行、电路板商行、房屋抵押贷款协会、旅行社与独立书店都已消失无踪。还有很多著名的品牌——弗里曼、哈迪和威尔斯皮革制品店、伍尔沃斯一元店、狄龙和奥塔卡书店、伦保利旅行社、多尔西斯鞋店、家居零售店、理查德商店、贝蒂玩具店、内托超市、约翰·门兹书报店、军用物资商店，还有伦贝罗五金店，类似的消失的商家还有很多。我从没去过伦贝罗店，我根本不知道他们卖的是什么，但是我现在有点想念他们。我们住在这里的时候，在克莱斯特彻奇的显著一角，有一个考茨家具卖场，也已经不复存在了。我没去过那里。可能从来没有人去过。估计这就是它不再存在的原因。

考茨卖场旁边是邮局，也都消失了。我知道我们必须要为大街上邮局的消失而难过，我尤其如此，只是别让我再进邮局就成。在英国邮局排队，一排就得半个小时，没有比那更折磨人的。你知道吗，在英国邮局的巅峰时刻，邮局可以处理两百三十一种业务——电视执照更新、提领退休金或家庭津贴、交车辆税、提款或存款、购买储蓄债券，邮寄包裹等。只有满头白发、耳聋眼花、在小零钱包里找一个 20 分硬币就得花一个小时的人才有资格去邮局。

尽管零售模式发生了种种变化，但是克莱斯特彻奇大街似乎正在蓬勃发展。在我那个时代，瑞吉电影院实际上是一家破烂的热门游戏厅，市议会和一家非营利慈善机构合作把它翻新了。现在，它不仅播放新老电影，还放映皇家歌剧院和皇家莎士比亚剧团推出的戏剧作品、访谈和卫星广播节目，五花八门、生意兴隆。这令我叹服。克莱斯特彻奇的餐馆显然比以前好多了，酒吧更干净了，超市的外国商品也更多了。克莱斯特彻奇是我心中的新模范社区。

我去克莱斯特彻奇修道院绕了一圈——它应该是全英格兰最大的教区教堂，看起来还蛮不错的——然后我走到当年和妻子曾住过的公寓（很高兴地看到楼下的炸鱼薯条店还在营业），于是我开上一条人迹罕至的小路，绕着泥泞的港口走到隔壁的村子穆德福德，隔着水望着对面修道院灰色的宏大建筑，视野宽阔，如梦似幻。我想，当英国以最美好的那一面示人时，我只愿永驻于此了。

———

我在穆德福德河岸边选了间不错的咖啡馆吃午餐，接着开了 5 英里左右到达伯恩茅斯。当年撰写《"小不列颠"札记》那本书时，我住在伯恩茅斯的圣廷苑酒店，那里古典、舒适，让我一直很想再次造访，不想圣廷苑酒店早在 2005 年就拆除了。我花了好半天才搞清楚状况，因为我在谷歌上搜索"伯恩茅斯的圣廷苑酒店"时，有十七个酒店预订公司的页面跳了出来，并保证会以最优惠的价格帮我预约订房。第一个跳出来的页面竟然是位于加州阿瓦隆的圣廷苑酒店。

网络总是让我晕头转向，这东西怎么能如此方便同时却又如此糊涂呢？难道谷歌世界的某人真的以为我在满世界找一个叫"圣廷苑酒店"的地方，所以无论是伯恩茅斯的还是加州的圣廷苑酒店都行吗？我知道谷歌是由演算法管理的，不过总得有人规范规范它吧！不过，话说回来，网络就这毛病。无非就是数字信息的累积，没脑子，没感情——那些信息产业的人不也这样吗。

重要的是竟有十七家网站保证，如果我打开他们的页面，就会帮我订到一个实际上并不存在的酒店房间。猫途鹰网的搜索条目显示，伯恩茅斯的圣廷苑酒店评分为 4.7（满分 5.0 分）。"以特惠价格预订圣廷苑酒店！"网站上的广告声嘶力竭地朝你吼着。出于好奇，我点击了它的页面。当然，当你在猫途鹰网上转到那个页面时，那里并没有圣廷苑，因为根本就没有圣廷苑啊。互联网真把人快逼疯了，它商业运作的前提是，网上任何信息都不特别需要准确、真实或可靠。这样的商业信条什么时候流行起来的？

幸运的是，伯恩茅斯还有很多其他旅馆，我妻子帮我在东崖（East Cliff）订了一家精品酒店——可能是叫略升酒店——我丢下行李，欣赏了一下门边花盆里插的细枝后，就想冲出门好好看看伯恩茅斯的景色。碰巧，酒店旁边正好是我以前上下班坐公共汽车的车站，所以我打算沿着当年坐公交车上班的路重新走一遍，看看还记得多少往日细节。

那时候我喜欢上班。我年轻，刚结婚，有了第一份真正的工作。当时英国的海滨还是很有特色的。伯恩茅斯是南海岸度假胜地中的佼佼者，我感到很幸运，每天都能呆在别人得存钱偶尔来游玩的地方。我每天早上坐一辆黄色双层巴士从克莱斯特彻奇出发，经过塔克顿（Tuckton）、绍斯顿（Southborne）和博斯库姆（Boscombe）。我总是坐在上层，通常坐在前排，每次的心情都像一个七岁的孩子参加学校郊游。我在海边的一座小山上跳下公共汽车，走几百码穿过小镇，走下一座山又爬上另一座山，来到《回声晚报》在里奇蒙丘（Richmond Hill）装饰艺术风格的大办公室，我们这好几百号人的一项重要任务就是每天早上叫醒这个城市的人，并使这个城市正常运转。我很享受这份责任。

早先，我发现了一条捷径，穿过圣彼得教堂后面山坡上的森林墓园。有一天早上，当我在系鞋带时，一抬眼正看到玛丽·雪莱的墓碑，《弗兰肯斯坦》的作者，诗人珀西·比希·雪莱的遗孀。我并不知道她埋在那里，又有谁知道呢。玛丽·雪莱只去过伯恩茅斯一次，去看她住在那儿的儿子，但她宣布希望和父母一同葬在那里。玛丽·雪莱的父亲是作家威廉·戈德温，母亲是著名的女性主义者玛丽·沃尔斯顿克拉夫特·戈德温。玛丽的要求有点奇怪，因为她的父母早已过世多年，与小镇也没有任何瓜葛。尽管如此，玛丽的儿子还是千里迢迢地将他们的遗骸从伦敦带回来，并安葬在母亲玛丽身边。还有人把近三十年前在希腊溺水的珀西·比希·雪莱（比希是火柴触水时的声音，他绝对是唯一以此命名的诗人）的心脏也扔了进去。这也是他第一次来伯恩茅斯。总之，伯恩茅斯最著名的坟墓

（八成是最挤的）里放了四名去世者的遗体，他们和这个地方毫无关系，其中三个人甚至从未来过这里。

这些年来，我一直觉得这是自己的小秘密——我发现甚至连伯恩茅斯的人们都不知道坟墓的事——不过当我现在走过它的时候，发现竟然有人放了两束鲜花在墓前，这代表有人怀念雪莱的夫人。当然，也有几位悼念者没带花，就把空的薯片包装留下了，愿上帝保佑这些家伙。还有人在一位叫杜克特的老兄坟前摆上了嘉士伯空啤酒罐，杜克特老兄死于1890年，根据墓碑铭文显示，他去了一个更伟大的地方。

过去墓地对面是个国际商店，但是现在成了一家大型韦瑟斯庞连锁酒吧，有意思的是，名字就叫"玛丽·雪莱"。她真的被再次发现了。饭店附近原本是富特咖啡馆，那里的咖啡机工作起来就像喷气式飞机在起飞（咖啡尝起来也像是兑了牛奶的航空机油），以前我每天早上路过这里都会来喝杯咖啡，读一两页报纸，努力去了解英国人的生活和时事。然后，我忽然就隐约产生了紧张感，动身去上班。

现在你很难说在伯恩茅斯《回声晚报》做一名文字编辑是20世纪70年代新闻业压力最大、强度最高的工作，但对我来说压力真的已经够大了。问题是，我的知识储备在英国当一名记者不足以让我安安心心地工作，我一直处在恐惧之中，担心主编会发现我的无知，然后把我遭送回艾奥瓦。我认为他雇用我是出于好心。我在英式英语拼写、标点符号、语法和成语方面的工作知识少而又少，对这个国家的历史、政治和文化的大部分知识几乎一无所知。

我记得有一天，我分到了编辑一个新闻协会故事的活，我根本就搞不懂——或者说实际上只能搞懂一部分，这让我更加困惑。很明显那个故事是关于康沃尔西海岸海产品减少之类的事情——我记得，讲的净是些双壳纲动物和软体动物——但是在故事中又反复提到某个毫不相干的著名北方火车站。不知道这是搞错了还是新闻协会在犯一种我不懂的倔脾气。我不知道该怎么办，所以我就一遍又一遍地读。开头两三个段落都还讲得通，然后就突然提到这个神秘的、不知所云的火车站。

我坐在那里，一头雾水，手足无措，这时一个小工走过来送了张纸条给我，一切都豁然开朗了。纸条上是个更正，写着：请将康沃尔渔业那篇文章里所有的"克鲁站"（Crewe Station）都改为"甲壳动物"（crustacean）。

当时我就想，"我永远都不可能搞懂英国人"，我说对了。我从没搞懂过。很幸运，和我一起工作的人都很善良，很有耐心，并且很照顾我。不幸的是，他们中的杰克·斯塔拉特和马丁·布洛尼在2015年初的两周内相继去世，所以我在这里深深地感念他们。

———

我四处寻找过去常喝早餐咖啡的小店，但是根本找不到——甚至连它所在的那个20世纪50年代的拱廊也找不到了——于是我只好大步往里士满山走去，看着老旧、略显斑驳的《回声报》办公室。

几年前，他们把"晚"从报纸名中拿掉了，因为他们意识到再也没有人想看晚报了，而事实上是几乎没人想要看报纸，对此他们无能为力。《回声报》的发行量在我那个年代大约有六万五千份，即使在那时也不算很多，现在却仅剩不到两万份。在最近六个月里，发行量又下降了 21%。《回声报》曾占据整幢大楼，但现在楼下大部分区域都属于一个叫"墨水"的酒吧和一个叫"打印室"的餐厅，当我经过的时候，这两个地方都在停业装修。但至少《回声报》还在撑着。自 2008 年以来，英国有一百五十家本地报社停业，其中包括一些曾经很重要的报纸，如《萨里先驱报》和《阅读邮报》。这可不是好现象。如果没有当地报纸，就没有人会告诉你何时何人因为厨房里有老鼠而被罚款。

在伯恩茅斯，《回声报》并不是唯一今不如昔的东西。在一个工作日的下午，整个市中心都静得可怕。在我那个年代，伯恩茅斯的街道总是人头攒动——当我闭上眼睛回想起来，那里总是阳光明媚，男人们穿着西装，女人穿着夏季连衣裙——但现在这里就像以前的星期天一样空荡荡的。伯恩茅斯市中心很有趣，它由两个购物区组成，中间被一个狭长而迷人的公园隔开，公园名叫"欢愉花园"，里边有一个演奏台，好多花坛，还有一条小溪流过。过去，当你从花园一边的丁格尔百货商店到另一边的家居店或英国家庭用品商店时，走进这里可以让你从商业世界中逃离，在绿色的自然中享受愉悦和休憩。但那是属于另一个时代的地方了。现在，人们做什么事都在赶时间，嫌弃路上树多草多碍事，所以他们似乎已经完全放弃了市中心，公园两边空荡荡的。

几年前，他们把老克莱斯特彻奇路改成步行街，这条购物街弯弯曲曲，装饰了长椅、花盆和漂亮的地砖，赏心悦目，但多年来，为了换新管道或建设其他基础设施,这些地砖常被挖起来,然后就用沥青粗糙地修补一下,留下长长的黑色裂缝和难看的长方形。这就是英国紧缩政策的症结所在。要么根本不维修,要么草草了事。情况逐渐恶化,不定什么时候,这个地方就一点也不令人愉快了,反而变得破败、压抑。欢迎来到伯恩茅斯。对于这么多的地方议会来说,悲剧在于他们认为可以悄悄削减开支,而不会有人注意或关心。这个国家的悲剧可能就是他们说中了。

但是,情况也可能不是那样。近年来,伯恩茅斯的旅游业数据急剧下降。国内游客从 2000 年的五百六十万人次减少到 2011 年的三百三十万人次,同一时期的游客留宿夜晚从两千三百万减少到一千一百四十万。那个时候,伯恩茅斯以其丰富多彩的娱乐活动和文艺氛围而自豪。它有很好的剧院,时髦的商店和餐馆,著名的小交响乐团,还有许多其他文化和高雅艺术的场所,但现在大部分已经消失了。小交响乐队于 1999 年关闭。冬园(The Winter Gardens)也在 2002 年拆除了。码头剧院最近也跟着消失了。2002 年,一家大型巨幕影院在海滨开张,但几乎马上陷入资金困难,三年后也关闭了。 2013 年,市政会花了 750 万英镑,就为了拆掉它。现在当我经过的时候,那里只有一个巨大的坑。

但至少它还有海。伯恩茅斯有七英里长的金色海滩,海滩旁有悬崖峭壁、海滩小屋,间或几处陡峭森林峡谷,叫做"刃峡"。在那些山里还藏着些非常典雅的居民区。我决定沿着海滨步道步行 4 英里,走到坎福德悬崖(Canford Cliffs),那是位于布兰克西姆刃峡(Branksome Chine)顶上的一个居民区,满是古宅,豪阔之地,然后沿着悬崖顶部返回。

今天天气适合散步，不适合晒太阳——凉爽、多云。不过，海滩上还是有相当多的人。有些人假装玩得很开心。有些人在固执地晒日光浴，无视满天阴云密布。还有一小部分人真的在游泳，或者至少在海浪中跳跃。几年前，我和妻子刚约会时，她带我去布莱顿海边玩了一天。这是我第一次在海滨环境中与英国人接触。那是个相当暖和的日子——我记得太阳偶尔会从云里冒头——很多人都在海里。他们尖叫着，当时我以为他们是因为开心，但现在想明白了，那是痛苦的喊声。我天真地脱下 T 恤，冲进水中。那感觉就像冲进了液化氮一样冰冷。这是我生命中仅有的一次，动作就像影片倒带一样。我一头扎进水里，然后又直直地从水里倒退回来，再向后跑去，从此再也没进过英国的海。

从那天起，我就再没因为英国人看起来很享受某事就觉得那事是有趣的，而且大多数情况下我都是对的。

过后，那位我即将托付终身幸福的年轻可爱的英国女孩带我去海鲜车那儿买了一堆海螺。如果你没吃过这种美味佳肴，你可以找一个旧的高尔夫球，把皮去掉，把里面剩下的东西吃掉，吃海螺就是这种体验。海螺是食物中最没味、最坚不可摧的东西。我的夹克口袋里面至今还留着一个呢。

——

在去坎福德悬崖的路上，你会离开伯恩茅斯，进入了邻近的普尔镇（Poole）。我过去一直觉得坎福德悬崖是一个完美的地方，除了酒吧不太多有点奇怪以外。树木繁茂的悬崖上有舒适的居民区俯瞰大海，还有座可爱的小图书馆，以及一个大小适中的村中心。当我气喘吁吁地从海滩爬上陡峭的小路，来到村里时，我很高兴地看到，它和三十年前相比基本一模一样。当发现村中心很多商店都已经搬走时，我感到很沮丧，虽然也算是意料之中，蔬果店、肉铺、书店、五金行与下午茶店都没有了，如果每个好村庄都渴望我的好感和光顾，那么它就必须拥有这些东西。很久以前，当这些店都还在的时候，我常常幻想如果能在坎福德山买间大房子得多惬意啊，每天都可以到这些店里买点零用东西，如今，大部分商店都被房地产商占据着。现在，住在坎福德山崖的人唯一能买的东西就是房产，不过既然你已经住在那了，也就不需要买房子了。或者，像我一样需要的不过是下午茶罢了。

最后我终于在一间还算朴素的名叫"咖啡沙龙"的店里找到一些东西吃，如同店名所暗示的，这是间卖咖啡的酒馆。一切都很好，茶也很好，服务也很友好，但还不是我预想的那种气氛。我坐在那儿边喝茶边想，尽管带着世界上最美好的愿望，这却是我很久以来最无聊的一次经历，这时我的电话响了。

我的电话从来不响。我不知道把它放在哪里了。我翻遍所有的口袋，搜索背包的每一个角落，终于在底下几个旧海螺下边找到了它，电话第十五次打来时接通了。是我老婆打来的。她听起来很高兴。

"你有新孙女了，"她说，"快回家啦。"

第九章
一日游

I

站在汉普郡诺亚山（Noar Hill）的东坡上，你可以看到再好不过的美景。在这山水间分布着果园、田野和幽暗的树林。村庄的屋顶和教堂的尖顶星罗棋布般从树木中间冒出来。这个地方可爱、永恒、宁静又广阔，英国风光经常如此。这里似乎人迹罕至，而实际上翻过萨里山不远处就是伦敦。坐车一个小时就可以到皮卡迪利广场或特拉法尔加广场了。对我来说，像伦敦这样一个幅员辽阔、竞争激烈的城市，在家门口每一个方向都能看到这样的美景，真的是个奇迹。

这种奢侈中占很大比例的就是大都会绿化带（Metropolitan Green Belt），这是一圈风景保护区，主要是树林和农田，它们环绕着伦敦和其他几个英国城镇，目的很单纯，就是要缓解城市化扩张问题。绿化带的概念被写进了1947年的《城乡规划法》，在我看来，它是全世界最睿智、最有远见、众望所归的成功土地管理政策。

但是现在有很多人却想废除它。

比如，《经济学人》多年来一直主张，绿化带阻碍经济增长，应该撤消。一位待在伦敦周围各郡（Home Counties）①的一家老年痴呆治疗机构中的《经济学人》作者发表社论说："阻止大城市发展的绿化带应该废除，或者起码要大大削减。绿化带增加了旅途时长，却没有增添人们的幸福感。"

好吧，这些绿化带倒给我增加了很多快乐，你这个自大的、读书读傻了的笨蛋。也许我的看法和别人不同，因为我来自一个令人震惊的城市化蔓延之地。这些天我经常驾车带我妻子从丹佛国际机场到科罗拉多洛矶山上的威尔去看望儿子山姆。一共两小时的车程，第一个小时一直堵在丹佛。美国人的生活方式需要各种供给，这一直让我吃惊不已——周围都是购物中心、配送中心、仓库，加油站，超大屏的多厅电影院，健身房，牙齿美白诊所，商业园区，汽车旅馆，丙烷储存厂，U型拖车或联邦快递车队的停车场，汽车经销商，百万种餐饮店，还有绵延不断、努力眺望着远山的郊区房屋。

从伦敦向外行驶 25 或 30 英里，就能到达温莎大公园、埃平森林（Epping Forest）或博克斯丘（Box Hill）。但是如果你从丹佛开车 25 或 30 英里，你只会看到一个又一个的丹佛。我想英国一定也有这些基础设施，

----

① 伦敦及周围六个郡的统称。

虽然老实说我不知道它们都在哪里。但我知道，肯定不在环绕每个城市的绿地和农田间。如果这不是荣耀的话，我不知道什么才是。

英国乡村的算术记法既简单又有说服力。英国大约有六千万英亩的土地和六千万人口——也就是说每人一英亩地。每当你放弃十英亩绿地去建一个大型超市时，实际上就会有十个人失去自己的土地。开发乡村，就是在迫使越来越多的人分享越来越少的空间。努力限制开发不是保护主义，而是常识。

如果只是《经济学人》要求毁坏绿化带，我还不至于那么绝望，但是最近《卫报》也倒向了支持分割绿化带的阵营，发表的一系列文章大多宣扬绿化带是一种精英阴谋，阻止了经济适用房的建设。正如伦敦经济学院的保罗·切希尔教授在《卫报》的一篇文章中所说的："绿化带实际上是一种英国典型的歧视性分区，让城市不从伦敦周围各郡中流失掉。"好吧，我要说，我虽然说过很多胡话，不过就说胡话的本事来说，我要向切希尔教授脱帽致敬。

规划顾问科林·威尔斯写的文章《我们应该在绿化地带建筑的六个原因》里引用了这位智慧的教授的话。本书并不想引起激烈的争议，所以我不打算逐条赘述他想要破坏绿带的原因，也不想逐条反驳（尽管我相信我能做到），但另一方面，至少两个想法错误到令人发指，但是却快要成为大众共识了，因此我不能不加评论就轻松放过这两种观点。

对绿化带第一个也是最危险的指控通常是，它实际上并没有那么好，大部分绿化带都是灌木丛生的退化土地。好吧，还是看看事实再发表评论。根据英国乡村保护运动的一项研究，英格兰的绿化带包含 30,000 公里的人行道和其他道路用地， 220,000 公顷的林地， 250,000 公顷的优质农田， 89,000 公顷的特殊科学研究基地。听起来绿化带很值得保留。如果哪片绿化带的土地退化了，解决办法当然不是在它上面盖房子，而是让土地所有者去改善它，或者把它卖给愿意改善它的人。让业主把管理不善的土地卖掉换钱最容易引发越来越多的绿地退化。

另一个对绿化带的普遍指控是，绿化带不起作用，它只是迫使人们越来越远离城市，寻找买得起的住房。威尔斯没有提供任何证据来支撑这一观点，只是说他注意到许多人住在伦敦城外。如果威尔斯想证明自己的说法可信，他必须解释为什么数百年来，就算美国从没有绿化带，人们依然选择住得离城市越来越远。并不是房价使得人们住在郊区；远郊的房子往往最贵。事实上，美国处在城郊的人们一直寻找的正是英国已经拥有的东西：乡村气息。

对绿化带的一项指控还是有一定根据的，那就是它使许多土地远离市场。是的，确实如此。这实际上正是绿化带的用意。但这片土地并没闲着。它庇护野生动物，输送氧气，隔离碳和污染物，生长食物，为自行车友提供安静的道路和步行的小径，为风景增添优雅和宁静。绿化带已经承受了巨大的压力。在过去的十年里，绿化带的土地上已经建造了五万栋房子。据林地信托基金会研究，同一时期，单是苏塞克斯就损失了十三个古老的林地。看到这种情况我们应该感到震惊，而不是叫嚣着要毁坏更多绿化带。

英格兰东南部的人口密度已经堪比荷兰，多亏绿化带的缓解作用，大片土地依然苍翠、迷人、似乎永恒——这就是我们大多数人都欣赏和热爱的英格兰。完全没必要抛弃绿地。最保守的估计显示，英格兰先前已开发的土地——即拆迁土地——已经足够容纳平均密度的100万套房屋。科林·威尔斯的文章甚至没有提到在拆迁土地上建房的可能性。这是为什么呢?

人们只是被误导了。《卫报》刊登威尔斯文章的同时，还刊登了另一篇文章，标题是《为什么萨里有更多的土地用于建造高尔夫球场而不是住宅》（这是基于我们上边提到的保罗·切希尔教授的研究结果，他宣称萨里的房子只占整个郡面积的2.5%，比高尔夫球场占地面积还少。其目的是表明英国土地使用的占比差异已经变得很危险了。第四电台一档事实调查节目《或多或少》带来了好消息，无可辩驳，他们调查了这些数据，发现切希尔教授的计算是有选择性的。他只计算房屋本身所占的面积，而不计算房子的花园或周围的任何其他土地。因此如果把萨里所有的房子都挤在一起，中间不留任何空间，那它们总体占地面积确实比高尔夫球场占用的空间要小，但这并不是报告所暗示的，当然也不是《卫报》或其他出版物对报告的解读方式。如果把花园面积加进来，萨里的住宅区占整个郡14%的土地，这比全英格兰的平均数值还高了三倍。简而言之，萨里的住房面积没有任何异常之处，也没有任何数据支持其土地滥用的说法。但是你现在可以在互联网上找到大量对切希尔教授观点极不准确的解读。这岂止是不幸啊!

——

好吧，原谅我不停地抱怨。让我们趁着风景尚在的时候去散个步，好好看看可爱的英国乡村吧。感谢我刚出生的孙女（美丽的罗茜，谢谢你），按照指示我要在家附近住几天，以免可能会需要我帮忙，我决定去逛逛家里附近的树林，先去走访当地两位著名的作家吉尔伯特·怀特①和简·奥斯汀的故居，开启我的文学之旅。因此我此刻才会站在诺尔丘山坡上尽览美景，并感谢上帝，那些无知的人是看不到这样的景致的。

离诺亚山大约一英里左右就是塞尔伯恩（Selborne），那是一个漂亮的村庄，有两个酒吧，一家邮局，还有一个优质乡村商店。大街正中央就是赛尔伯恩名人吉尔伯特·怀特的家。好像大部分人对吉尔·怀特要么了如指掌，要么干脆一无所知，然而我猜许多觉得自己早已摸透怀特的人，其实根本就不了解他。他是一个乡村牧师，1720 年出生在塞尔伯恩，并于七十三年后在那里去世，除了种菜和观看季节的流逝外，他并没有做过什么。他过着平静的生活，从未结婚，他是如此的远离俗世，以至于他认为苏塞克斯草丘是"一望无际的山脉"。他一生勤写笔记与信件，这为他撰写经久弥新的《塞尔伯恩自然史和古代史》打下了坚实的基础。理查德·玛贝曾经称赞此书为"用英语书写的对自然最完美的颂歌之一"。

吉尔伯特·怀特穷其一生创作此书。此书 1788 年出版时，怀特已是六十八岁高龄，距其仙逝仅有五年的光阴。该书以怀特写给其他自然学家的信件的方式呈现，文风散漫，结构松散。不过，此书对后世产生了深远影

---

① 吉尔伯特·怀特（Gilbert White, 1720—1793），英国牧师，常被称为英国第一位生态学家。

响。塞缪尔·泰勒·柯勒律治，约翰·康斯特布尔①和弗吉尼亚·伍尔夫都是怀特著名的崇拜者。查尔斯·达尔文称此书激发了他要做一名博物学家的志向。两百二十年来，这本书从未停止出版。一次统计表明，这本书在出版次数最多的英文书籍中排名第四。

怀特的房子被称为"瓦克之屋"（Wakes），现在已改为博物馆，而且有点奇怪，因为它还用于纪念探险家弗兰克和劳伦斯·奥茨，他俩与吉尔伯特·怀特、塞尔本甚至汉普郡都没有任何关联。他们之所以在那里，只是因为在1955年，奥茨家族的一位富有的成员——罗伯特·华盛顿·奥茨出钱买下了这所房子，其中几间就是用来纪念他的表哥劳伦斯和舅舅弗兰克。

这个纪念组合看似不大可能，但却非常精彩。大部分房间以吉尔伯特·怀特为主人公。在楼下的一个前厅里，有一座以等身比例雕塑的吉尔伯特·怀特肖像，栩栩如生。我惊讶地发现，他体型很小——身高只有5英尺，体重估计也不超过100磅——而且，如果从雕像来看，他有开明又和蔼可亲的性格，不知道雕像表现得准不准。

在附近的一个玻璃展示柜里，有《自然史》的原始手稿副本，以及所有曾出版过的各个版本的复印版（约有数百种）。根据旁边的说明，怀特自己的那本是用他的宠物西班牙猎犬的皮装帧的。我想是西班牙猎犬正好在

---

① 塞缪尔·泰勒·柯勒律治（Samuel Taylor Coleridge，1772—1834），英国诗人和评论家。约翰·康斯特布尔（John Constable，1776—1837），英国皇家美术学院院士，19世纪英国著名风景画家。

那时死了，而不是特意杀掉做书皮的吧！不过说明没提这回事。

怀特大半生都是在这所房子里度过的，而这些房间大部分也都保持在怀特生前的状态。例如，游客可以走进吉尔伯特舒适的书房，看到桌上留下的羽毛笔、羊皮纸和眼镜，仿佛怀特刚走出去似的。房屋的另一头却突然变成了奥茨家的领地，原本我觉得有点荒唐，可是看过后却觉得蛮愉快的。在奥茨家纪念的两个人中，弗兰克无疑是地位较低的。他生于1840年，死于1875年，短暂的一生中，多数时间都在与疾病作斗争。他去非洲和美洲探险，试图通过新鲜的空气和冒险来恢复健康，这是一种奇怪的、被误导的做法，最后仅因感染发烧，就死在了赞比西河上游的某个地方。

他的亲戚劳伦斯·奥茨队长更为后人敬仰，尽管他的一生更短。1910年，劳伦斯参加了罗伯特·福尔肯·斯科特的南极探险队，开始了他们的死亡之旅。当时，斯科特探险队好不容易跋涉抵达南极后，却发现罗尔德·阿蒙森率领的探险队前脚才离开，并早已插上挪威国旗。斯科特和他的四个手下大为失望，身心俱疲地折返，却在此时遭逢极端天气，耽误了行进的路程。斯科特探险队吃光了食物，并忍受着极大的身体痛苦。对他们冻伤的描述真是骇人听闻。奥茨的下场尤其糟糕，他牺牲了自己以保存别人生还的希望，因而名传史册。他走到帐篷门口，说："我要出去一下，可能要一阵子。"斯科特在他的日记中写道，"这真是英国绅士的行为。"奥茨出去时一定是穿着礼服的。人们忽略的一点是，当天还是奥茨三十二岁生日。他的尸体一直没找到。随后，斯科特和其他人也死了，死在暴雪中，就在离空投供给站不远的地方。日后，人们发现奥茨一直无法忍受斯科特，责怪他没做好充分的准备。

但最终让我最感兴趣的不是吉尔伯特·怀特，也不是奥茨，而是一个叫赫伯特·乔治·庞廷的人，他是斯科特探险队的官方摄影师。虽然庞廷是一位很有成就的摄影师，但他对电影一无所知——不过在1910年几乎也没有人了解吧——他反复试验，吸取教训，在学习的过程中拍摄了斯科特和他的团队在南极大本营史诗级的探险，这些影片极具震撼力。

庞廷花了数年的时间将这段视频剪辑成一部名为《南纬90度》的电影。瓦克之屋楼上的房间里循环播放着电影的十分钟剪辑，我略有点好奇，坐下来观看，立马被吸引住了。突然，我在隔壁展览中看到的探险队员变得生动真实起来。他们挥手、微笑、四处走动，虽然拍摄的动作不够流畅，但可以看出他们在准备时的兴高采烈，显然没有意识到自己很快就会死去。庞廷对这部电影进行了长时间的反复剪接，以至于当他准备与世人分享这部电影时，人们已经失去了兴趣，这部电影在商业上宣告失败。庞廷在身体上筋疲力尽，经济上一无所有，死的时候几乎是个穷光蛋。吉尔伯特·怀特博物馆似乎是世界上唯一纪念他的地方。

——

我离开塞尔本时经过格雷斯街（Gracious Street）。格雷斯街不仅有很美的街名，而且排列有序、富有美感，房屋的屋顶用茅草装饰。然后经过一段漫长的跋涉，爬上陡峭的斜坡，踏上农田，又是一番壮阔的景观。不过，景观中满眼都是一排排高耸的电缆高塔，忧郁地占据了整个画面，破坏了视线。我有一篇《经济学人》的剪报——我知道我不停地抨击《经济学人》，但这次主题有点不一样——从撒切尔夫人将电力分配私有化的时候起，人们就注意到，如果要求电力公司将其营业额的 0.5％用于埋电缆，这将为每年埋 1,000 英里电缆提供足够的资金。如果当时政府这么做了，电缆现在早都埋在地下了。

本章已经花了太多篇幅攻击被破坏的英国地景，所以在这里让我们将视线移开，赶紧往山坡下美妙的法灵登（Farringdon）村庄移动吧。法灵登其实没什么特别的，但是因为我迷路了，结果竟把法灵登的车道摸了个遍。让人开心的是，这使我偶然发现了一座非凡的建筑，现在我知道这就是所谓的"梅西殿堂（Massey's Folly）"。它是一座巨大、华丽、砖砌的建筑，魅力无穷，却不具有明显的功能性。从某些角度看，它很像豪华的私人住宅，但是从其他角度看，它更有一种古老的磨坊或泵站所独有的工业风格。

我遇见两位遛狗的女人，并向她们询问梅西殿堂的背景。她们似乎对这件事也不太清楚。因此我自己动手查证了一下，它是由当地牧师托马斯·哈克特·梅西建造的，这个人富有又古怪，从 1857 年至 1919 年，在法灵登住了六十二年。显然梅西打算把这栋建筑当作乡村礼堂和托儿所之类的地方，不过他却一直在零零碎碎地随意扩建建筑物本身。梅西的另一个显著特征是他是个隐士，作为牧师这很出人意料。他在乡村教堂里竖起了一面屏风，这样他的会众就能只听他讲道而看不到他。 2014 年 2 月，梅西殿堂开始售卖了。这本书在付印时，已经有人计划把它改成公寓。

虽然那两位女士对这座殿堂的由来不太了解，但她们知道怎么去乔顿

（Chawton），她们把我带到村口，给我指了一条穿过住宅区直往树林去的路，我们愉快地挥手告别后，我继续前行。

过了一会儿，我越过一条狭窄但繁忙的高速公路，这景象让人激动，我费力地爬上一条古老、废弃的铁路线。这曾是古老的米恩河谷铁路线，它连接了北汉普郡的集镇奥尔顿（Alton）和南方的戈斯波特（Gosport）。没多少人需要在奥尔顿和戈斯波特之间旅行，所以这条线路并不成功，仅仅在建成半个多世纪后，就在1955年关闭了客运。铁路在几座美丽的砖桥下面穿过，现在杂草丛生，已经完全融入了自然景观之中。桥身用颜色对比鲜明的砖条来装饰——这种美景只有火车司机和轨道工人有缘欣赏的到。维多利亚时代的工程师们不辞劳苦，使每一处尽善尽美，真让人叹服。

正因为它的默默无闻，米恩河谷线真的有过一个辉煌时刻，因而与众不同。诺曼底登陆日的前四天，盟军主要领导人温斯顿·丘吉尔、德怀特·艾森豪威尔、南非的扬·史末资和加拿大国王威廉·里昂·麦肯齐在皇家火车上会面（就在我现在所在地的南部方向），共谋登陆的最后细节。选择米恩河谷线是因为它既安全又隐蔽，我非常喜欢。或许他们应该把这作为该地区的口号："欢迎来到东汉普郡。我们这儿安全又隐蔽。"

翻看下地图，我发现自己在这次徒步中获得了比预期更多的历史信息，因为我现在正走在一条叫圣索韦恩的路（St. Swithun's Way）上。这是朝圣者穿越北部草丘从温彻斯特到坎特伯雷（Canterbury）道路的一部分，也是通往巨石阵（Stonehenge）和埃夫伯里（Avebury）古道的一部分。至少一千年来，我走的这条路是步行世界的M4号公路。圣索韦恩本人可能就曾走过我此时走的路。

我突然想到我根本不知道圣索韦恩是谁，所以回到家后，我就查了一下。公元850年左右，他是温彻斯特的主教。有一天他遇到一个女人，她因为篮子里的鸡蛋碎了而伤心欲绝。圣索韦恩圣手一挥，鸡蛋再次完好如初。我承认，修复鸡蛋的小技巧倒是不错，但是就凭这就想让我从坎特伯雷徒步200多公里去温彻斯特朝拜一个主教的话，那肯定没门儿，而整个中世纪，人们就是这样朝圣的。圣索韦恩引发了膜拜的狂热。英国各地教堂都争相抢夺他的尸身。最终他的头颅落在了坎特伯雷，一只手臂送去了彼得伯勒（Peterborough），尸体的其他部分也分散到各地。这听起来有些讽刺，一个人可以将鸡蛋复原，却无力保护自己的尸身完整。

公元971年，圣索韦恩的遗骨在温彻斯特各大教堂辗转，正巧赶上了一场巨大的风暴。7月15日这天，被称为圣索韦恩日，并流传了一则纪念诗歌：

圣索韦恩日若下雨，

落雨将达四十日；

圣索韦恩日若晴朗，

四十天将不见雨滴。

乔顿是另一个可爱的小村庄——世界的这个角落到处都有这样的村庄——隐藏在一条小路旁，表面上看与简·奥斯汀的时代相比并没有什么大变化。乔顿小屋是简和她的母亲以及姐姐一起住的地方，房子用模制砖砌成，靠近路边。室内装修简单，有几件好家具，但却给人一种空落落的感觉，裸露的地板和空空的炉栅更加强了这种感觉。桌面和壁炉架上明显没有小摆设和个人物品，可能是因为把东西放出来会被偷。结果，就像许多名人的房子一样，你只能一睹当时墙壁与窗户的风采，至于对方的生活，却知之甚少。我可不是在抱怨，这纯粹是我的观察。抱怨也无济于事。

从 1809 年到 1817 年，简·奥斯汀在这所房子里住了八年，她大部分最为经典的作品都是在这段时间里完成的，写了《艾玛》、《劝导》和《曼斯菲尔德庄园》，并对《理智与情感》、《傲慢与偏见》与《诺桑觉寺》进行了审校和出版准备工作。乔顿之屋里最有看头的自然是简·奥斯汀写作的地方，一张小巧的圆形书桌。她所有的书都是在这里一笔一笔写出来的。现在，一群日本游客聚集在书桌周围，低声且满怀敬意地讨论着，我发现日本人这点做得非常好。听不出他们在说些什么，只是几声低低的咕哝声和三两个拖长的圆唇音，就能感到他们的惊讶或难以置信。他们可能会进行最严肃的谈话，情感也千变万化——吃惊、激动、由衷支持、激烈反对——而语气却怎么听都像是一个人在竭力压抑着声音的性高潮。我跟着他们从一个房间走到另一个房间，被他们的谈话内容迷住了，直到我意识到自己也变成了其中的一部分，那群日本人向我投来不安的目光，于是我鞠了一躬表示歉意，转身离开，去欣赏一个陈旧的壁炉，也低声地呻吟着表达狂喜。

1817 年夏天，简·奥斯汀离开了这所房子，转往西方 16 英里外的温彻斯特等待临终一刻。当时她才四十一岁，直到现在死因尚且不明。可能是死于艾迪森氏病或霍奇金淋巴瘤，也可能是斑疹伤寒或砒霜中毒，砒霜中毒在当时是很常见的，因为砒霜当时经常被用于制作墙纸和给织物上色，这很令人吃惊。有人提出说，当时那个时代的特点就是整体的委顿和病态，可能就是因为女人在屋子里面呆的时间太久了，吸入了墙纸散发出的毒气，导致慢性中毒。无论如何，在1817年圣索韦恩日后的第三天，她咽下了最后一口气。

我很高兴去了那里，不过发现天空已经明显变暗，就不太开心了，因为我将要冒雨徒步8英里回家。

II

国民信托是一个很棒的组织。这点毫无疑问。它保护了160座历史建筑，40,000个考古遗址，775英里的海岸线和250,000公顷的乡村。它甚至拥有并管理着59个村庄。毫无疑问，世界因有国民信托而变得更美好。所以我忍不住要问：为什么它会如此令人讨厌？

我之所以提到这个，是因为我的下一个参观地点是信托组织拥有的古老村庄和埃夫伯里的巨石遗址。埃夫伯里村令人又爱又恨。迷人的埃夫伯里村有邮局、商店、一些舒适的小屋、豪宅、茅草屋顶的酒吧。这是一个完全传统的村庄，不同寻常的是这里到处矗立着巨大的、棱角分明的石头。有些是相当庞大的，显然需要排山倒海的力量才能把它们放到这里。

其中最大的重达一百公吨。

埃夫伯里的石头不像巨石阵的石头那般光滑，错落有致，而是边缘粗糙，形态各异，这使它们显得更加原始和险恶。埃夫伯里的规模大得让你吃惊，而并非它的美丽。外圈圆阵的石头占地 28 英亩，而这仅仅是遗迹的一小部分而已。近郊还包括另外两个支离破碎的石头圆阵，一个巨大的堤岸和沟渠，还有游行的道路，还有很多的小山丘古墓。然而如今埃夫伯里只是它昔日的残影。如今仅剩寥寥七十六块巍然耸立的巨石，而原本有六千多块。即便如此，埃夫伯里仍然是欧洲最大的石头圆阵，比巨石阵大十四倍。

埃夫伯里既庞大又复杂，还有个村庄混在其间，更是让人很难有方向感，不过英国国民信托组织并没有施以援手。没有信息板或有用的景点地图帮助你找到方向，一块提供解释说明的信息板都没有。如果你想知道你看的是什么，就必须得买一本旅游指南。路上的标志只指向消费场所——商店、博物馆、咖啡馆。既然大家都付停车费和门票了，要是能给一张景点地图该多好啊，但那可不是国民信托的风格。他们每件东西都喜欢收费。过不了多久，上厕所的手纸都得在志愿者管理的小亭子里按张购买了。

到了没几分钟，我就花了 7 英镑停车，10 英镑买庄园和花园的门票，4.90 英镑买小博物馆的票，但仍然在石阵里找不到路，于是我走进礼品店，花了 9.99 英镑买了一张超大且漂亮的地图，也就是说我甚至连杯茶都没喝就已经在埃夫伯里花了 31.89 英镑了。所以我又去喝了杯茶（花了 2.50 英镑），然后研究了下地图。然后，我觉得越发有点烦躁，就去石头阵里逛逛，突然间一切好了起来，因为埃夫伯里太美了，让人着迷。

埃夫伯里的现代化几乎完全归功于一个叫亚力山大·凯勒的奇人。凯勒于 1889 年出生在橘园中。他的家族在苏格兰敦提（Dundee）生产著名的凯勒橘子酱，但他的父母很早就去世了，凯勒成了一个富有的孤儿。当他长大后，他把生意交给叔叔来经营，而把自己的精力都投入到飙车、滑雪、令人眼花缭乱的性生活和几项草率的商业投资上。他投资了一种"风车"，把飞机螺旋桨安装在汽车后部来驱动。唯一的问题是，螺旋桨很容易把毫无防备的路人切成香肠一样的薄片，因此生意就失败了。然后凯勒又投资了一种车，车上的座位可以翻下来变成一张床，但不幸的是，座位还没折完生意就先完了。

凯勒不再把钱挥霍在愚蠢的商业冒险上，转而投入到"研究各种性活动"中来，这是《英国人物传记辞典》的原话。据他的传记作者琳达·默里描述，凯勒曾经要求一名叫安东妮亚·怀特的年轻女伴"只穿件雨衣爬进洗衣篓内，让他用雨伞从洗衣篓缝隙里捅她"，这么做有什么乐趣，怀特小姐照做了没有，默里的书里没写，但这本传记其他方面的内容还是十分详尽的。他与一些志同道合的人创建了一个俱乐部，其成员轮流与一个自愿的（估计体力恢复也得很快的）妓女发生关系，然后坐下来边喝威士忌边交流经验。尽管（或者也就是由于）有这些怪癖，凯勒仍然情妇不断，还有过四次婚姻。

1924 年，三十五岁的凯勒第一次到了埃夫伯里，并且立刻受到了新的感召。当年的埃夫伯里巨石阵并不像如今一样璀璨夺目，并受到精心修整。默里说，这些石头矗立在"一堆猪圈、废弃的瓦楞建筑、坍塌的村舍和需要翻新的旧车库之中"。整个地区都长满了灌木和树木，剩余的石块被乱七八糟的建筑所掩盖。许多石头被推倒了。还有一些早先就已经被打碎，拿去当建筑材料了。凯勒来的时候，只剩下十五块石头还矗立着。

凯勒买下了埃夫伯里庄园，把他的钱和大量的精力投入到一个极有远见的修复与挖掘计划中。他在村子里不太受欢迎，因为他喜欢拆毁妨碍挖掘的农舍和谷仓，还把一些年长的佃户赶出了庄园农舍，以便让他在那里安置一个情妇。但毫无疑问，他资助的考古工作是世界级的，使埃夫伯里有了今天的样子。凯勒花了将近二十年的时间进行挖掘，直到 1943 年，他因健康状况不佳，把埃夫伯里卖给了国民信托组织。 20 世纪 50 年代，他去世了，死时几乎没人记得他。

我特别想看看庄园，以为它会装满了凯勒的私人物品和考古珍品。但是没有。这一定是国民信托组织做过的最低俗的事情了，它把这所房子变成了某个无聊的 BBC 电视连续剧的背景。其理念就是每个房间的装饰代表着一个不同的时代。理论上讲，这像是个很好的想法。问题是，这些装饰显然是由场景设计师和搭建队之流搞的。如果你去过电视演播室，最让你吃惊的就是那里的道具有多么粗制滥造。在屏幕上看起来非常好的道具和装饰，凑近看则全都假得如真包换。我曾经去过《大学对抗赛》的片场，从正面看很是不错，但是走到后面，你会发现它实际上就是用一大堆胶合板和强力胶带粘起来的。

庄园的每个房间看起来都像是一眨眼工夫装完的。只有一个小房间布置成了凯勒的生活年代，但也没告诉你凯勒来到埃夫伯里的原因，以及他在那里取得的成就。其他房间的主题与外面的那些石头也没有任何关系。

博物馆就在旁边一座坚固的房子里，同样令人失望。埃夫伯里成为世界遗产是有原因的。这是一个令人叹讶又迷人的地方，然而博物馆看起来却是敷衍了事，单调乏味，好像它是在履行一项义务，而不想反映当年的热情。我们对建造埃夫伯里的人几乎一无所知——他们的语言、文化、信仰、娱乐、他们来自哪里，甚至他们穿什么衣服。这些是一个完全的谜。然而，他们却有雄心和组织能力修建了欧洲最伟大的巨石圆阵。但这个石阵带来的壮观的感受必须由参观者自己体会。

我必须说，这个地方给人很多震撼的感受。我对埃夫伯里的旅游热度感到惊讶。上午十一点，人群已经很密集了。我不得不排队通过一个窄门，我很高兴已经喝了茶，因为现在咖啡馆门前也排起了长队。

离埃夫伯里仅 1 英里远的地方，有比它更令人惊叹，甚至更令人难忘的——西尔布利山（Silbury Hill）。它不是国民信托组织的财产，因此信托组织不会吸引游客去注意那里。这太不幸了，因为西尔布利山是一个奇迹。它有 130 英尺高——大约有十层楼高——完全是人工堆砌的。它是世界上最高的史前人造土丘。全世界都找不到第二个。山上长满了草，四周都很均匀。它看起来美得让人心悸，这是真正的完美，举世闻名，也名不虚传。

从埃夫伯里穿过田地很快就能到达西尔布利山。这段路我走得很愉快，但道路大部分都杂草丛生，没有人迹。我不得不在许多荨麻和荆棘中跋涉。四周空无一人。西尔布利山不让爬——路面不够坚实——但可以站在那儿随便看。我都想在这里呆上一整天，它太迷人了。它的建造需要的劳动力大到无法想象，但为什么而建却无人知晓。这不是坟墓的土丘，里边也没有宝藏。它只不过是泥土和岩石，被费力地建成一座巨大的布丁状的小山。唯一可以肯定的是，在遥远的过去，不知什么原因，有人决定在无人去过的地方造一座小山。甚至造山的材料来自何处也是个谜。附近好像也没被挖出个130英尺深的大洞。附近的地面完好无损，但不知何故，以何种方式，人们竟然找来了足够的土壤和岩石来建造一座小山。不可思议。

但这还不是全部。穿过繁忙的公路——你可以甩着背包潇洒地缓步而行——沿着一条大约四分之一英里的斜坡小路就到了西肯尼特长陵（West Kennett Long Barrow），这是一个大型的墓室。这里也只有我一个人。从山顶往下看，景色非常赏心悦目。离得最近的是西尔布利山，山势俊秀，雄伟豪迈。在中间不远处有几百辆车停在国民信托停车场，车辆在阳光下闪着光，还一直有更多的车不停涌入。四周都是美丽的矮山和富饶的农田。

然而，古墓第一眼看上去并不特别引人注目，它只是一个长长的长满草的土丘。这个古墓和自然景观完美结合，几乎成了一种自然特征。但我仔细看了看四周，发现了一个入口，半隐在一块大石头后面，于是我悄悄走进去。这一切立刻让人心旌摇动。在这里，我可以看到，古坟是由巨大的石头建成的，很多都比埃夫伯里的巨石还大，它们被垒到一起，形成墙壁和天花板。古墓有300英尺长。这是一项浩大的工程。它建于5500年前，但据我所知，在大约二十五年的时间内，只有不到五十人埋葬在那里。尸体按性别和年龄排列。除此之外，我们对墓室一无所知。

我很高兴自己长途跋涉来到这里。我再次站到古墓顶上，打量着景色，感觉自己像个征服者，很高兴一切尽归我所有。

"而且今天的这段行程我一分钱也没花。"我自豪地说，双手叉着腰。

第十章
去西部

I

一天我在伦敦图书馆偶然翻到两本书，它们彻底改变了我的命运，至少也改变了我对英国高速公路的看法。

一本书是由英国皇家文书局①出版的，很薄的一本，书名叫做《1994年公路协会报告》。该书讨论了道路编号问题以及如何在战后予以改进。我为之着迷，你想啊，当其他所有盟国都在为诺曼底登陆训练时，国会委员会却在威特敏斯特集中精力讨论那"或许不那么紧迫"的战后道路编码问题。我想象着二十个男人围坐在地下掩体内的圆桌前，脑袋上、肩膀上都落满了德军炸弹在附近爆炸时震下来的水泥灰尘。然后主席说道："下面我们来讨论一下位于施勒普顿·当普顿（Slumpton Dumpton）和转弯大道

---

① 英国皇家文书局（His Majesty's Stationery Office），成立于 1786 年，当时是英国皇家和政府的文具供应处，后成为政府官方文件和议会文件的出版机构，兼营发行业务。

（Great Twitching）间的 B3601 号公路，是否应该将其升级为主干道？谁想就这一问题发表意见？"

书架上，《公路协会报告》的旁边是一部更厚、更新的书，叫做《公路编码揭秘》，作者是安德鲁·埃玛森和皮特·班克拉夫特。这本书以浩如烟海的细节——当我说"浩如烟海"时，我一点都没夸张——介绍了英国道路编码的历史和方法论。

我很惊讶，英国的道路编码居然也有体系，可随后我又想到，这是英国的体系，也就意味着和别处的体系都不一样。英国体系的第一原则就是， 表面看来非常成体系。这就是其关键所在。这也是英国系统和其他不那么另类的国家的系统截然不同的原因所在。

说到道路，其编码规则如下：以伦敦为起点的 A 级公路将英国分成六部分。从 A1 公路（伦敦到爱丁堡），顺时针旋转到 A2 公路（伦敦到多佛）， A3（伦敦到朴次茅斯），以此类推，一直到 A6 公路（伦敦到卡莱尔）。原则上，这六条公路将整个英国分成六个三角形（你可以把英国想像为一个丑陋的大披萨）。原则上，每一区域中的所有公路编号首位数字都是一样的，所以 A11 公路和 B106 公路都在第一区域，（也就是在第一区域和第二区域之间），而 A30 公路、 A327 公路和 B3006 公路都在三号区域。因此，从理论上说，如果你刚从昏迷中苏醒过来，不知道自己在哪儿，你只需要查明自己所在公路的编号，如果编号以 1 开头，那么你就能够确定你在伦敦和爱丁堡之间的某个区域， A1 公路的东边， A2 公路的西边，然后你就可以相应地开始安排生活了。

那到底是什么这么吸引埃玛森和班克拉夫特这两位作者呢？是因为这种方法根本行不通。也不可能行得通。正如我说的，那就是这个系统的精妙之处。首先，道路必须起始于指定区域，然后通往全国各地。例如，A38公路，正如编码所言，开始于第三区域，但是它又穿越了第四、五、六区，因为这样，才能够从德文郡到诺丁汉郡（Nottinghamshire）。而A41公路实际上是在第五区起始的，之所以称它为41号是因为——好吧，我不知道为什么。这真的不是我在瞎编乱造，没人那么厉害——原则是当道路穿越其他区域时，只要它的前进方向是顺时针的，不是逆时针的，那么它就可以保留原来的编号，当然了，这个规则也是有例外的。

英国系统的另一个有趣的特征——想象每次我在这一章里写到"系统"这个词的时候，都用手指做着双引号的样子——就是很多道路是不连贯的。 A34从温彻斯特到牛津，然后就彻底消失了，之后在这条路的60英里外的伯明翰（Birmingham）境内再次出现。同样， A46从图克斯伯里（Tewkesbury）到考文垂（Coventry），然后就不想活了（在考文垂大家都有这种想法，我敢说），结果在莱斯特（Leicester）又蹦了出来，继续通到林肯（Lincoln）。（可能不仅到林肯呢，只是没人去那里验证罢了。）埃玛森和班克拉夫特说，寻找这些断线保证会给你带来一种"无伤大雅的乐趣"。我同意。

"去寻找消失的交叉路口编号，"他们接着说，"是一种诱人的追求，比如M1高速公路上的3号岔路口。"确实如此。我们大家都无数次纳闷过这个地方到底跑到哪儿去了。答案是本该通往A1路的那个岔路口始终没建。想想那些需要喝酒、做爱、找乐子的人吧！

我发现英国的所有系统都是这样的。你看看英语这门语言就明白了，看它的拼写规则、语法和标点符号。世界上除了英国人还有谁能够想出"八"（eight）和"岛"（island）的拼写规则呢？它们的拼写完全不符合语音学。再比如"上校"（colonel）这个词，很明显这个词里没有"r"，但是我们还要发出这个音来。再来看看英国的宪法，你可能会猜测英国的宪法是写在一张以"宪法"为标题的羊皮纸上，实际上并非如此，它散落在不同的抽屉和文件柜的角落里，当然还有些在几个旧箱子里，而箱子的钥匙早在亨利八世时期就遗失了。没人知道英国宪法都写了什么，因为实际上它并不存在，它只是一个概念。再说说以前的货币，有两先令银币、半克朗和三便士硬币，想象一下那年代人们把两便士、半便士和一先令四小分加在一起是怎么算的吧。

经常有人说，英国人这么做是为了迷惑外国人，并从中取乐，但这也是大错特错的。英国人其实根本不在乎任何外国人。他们这么做只是为了把自己弄糊涂，我也不知道为什么，因为英国人不会告诉我的。你没法跟他们探讨这个事，坦白说来英国人是不会承认的。如果你跟任何一个英国人抱怨他们的某个体系有一点点奇怪或者不正常——举个例子，为了便于讨论，就说重量和度量衡体系吧——英国人立马就会变得不耐烦，说："我不知道你在说什么。"

"但这里净是些没有用的单位，像蒲式耳、小桶以及半桶等①，"你指

---

① 蒲式耳在英国等于 8 加仑，小桶约等于 41 升，半桶是小桶的一半。

出，"它们没有任何意义啊。"

"它们当然有意义，"英国人会对你嗤之以鼻，"半个木桶是一水壶，半个水壶是一陶特（tot），半陶特是一个提特尔（titter），半个提特尔就是一滴精液的量。这有什么搞不明白的？"

真的是没法跟他们探讨这些问题，所以我不明白英国人为什么这么做，更不明白为什么英国人会一集接一集地看《米兰达》①，或是为什么果酱会让蛋糕更加美味。可能这都是上天安排的吧。

但是正如前面所说，经过这许多年，我真的开始欣赏这毫无系统可言的英国生活了。首先，它使你远离瑞士人的精准刻板，这是多少钱也买不来的。而且它让生活丰富了很多，充满了不可预测性，让哪怕最简单的事情都有了挑战性和不确定性。

比较一下在伦敦寻找方向和在巴黎寻找方向，到底有什么差别呢？众所周知，巴黎被分成若干区，同样是以顺时针顺序来编号。只要研究十分钟巴黎地图，你就会彻底明白了各区划分，一劳永逸。而伦敦用邮政区来划分范围。这一方法在中心区域来说还是非常有逻辑性的，因为 W1 区旁边就是 W2，WC1 区旁就是 WC2 区，但是离开中心区域，这一方法就不适用了。因为伦敦中心以外的区域是按照英文字母顺序编号的。那么问题就来了。SW6 在 SW18 的旁边。N15 紧挨着 N4 和 N22。SE1 与 SE2 间隔 12 英里。（从 SE1 往东走，你会依次穿过 SE16，SE8，SE10，SE7，SE18

---

① 英国 BBC 电视台 2009—2015 年推出的电视剧集，讲的是一个男性化的女主角米兰达的各种离奇遭遇。

还有 SE28 的一个街角。)

　　这在实践中就意味着，如果你想要充分理解伦敦的布局，那么唯一的办法就是花上几年时间研究它。如果你不事先做好功课，就想要从 SE1 到 E4 的话，最后的下场就是不知所终。在英国，有很多人住在铁路桥下或是别人家的门廊下，就是因为他们找不到 E4。他们都犯了同一个错误，以为 E4 在伦敦东区，但事实上，一个研究过英国地图的人会告诉你，它在伦敦的北部。 E4 实际上是伦敦最北部的邮政区域。所以它当然要叫做 E4 了。

　　这一切不好的一面是，虽然你可以轻松地穿梭在城市道路之中，却对道路标号或者邮政区划之类的东西着了迷，接下来你就会加入某个社团，每个季度还会收到邮件推送，还有可能会付钱和大家一起参加短途旅行。到了这一地步的时候，你就需要寻求专业的医疗帮助了。

　　总的来说，虽然我不能说我对英国体系了如指掌，但我能告诉你的是，回到咱们之前的故事，在一个阳光明媚的春天的清晨，我沿着 B3006、A31 以及 A354 道路前行，穿过汉普敦郡和多塞特郡，有意思的是这条路在霍克利高架与奥利弗·巴特利教区间的 A309 公路前没了踪迹。随后我听取了加油站人的意见，对方告诉我，最佳路线是走罗姆斯（Romsey）和布兰德弗尔德弗鲁姆（Blandford Forum）之间的小路。等我抵达莱姆里吉斯（Lyme Regis）的时候已经傍中午了。

———

　　我非常喜欢莱姆里吉斯，原因只有一个。多年前，在我和我妻子还很年轻也很穷的时候，我俩来了一次豪华旅游，在一个寒风瑟瑟的周末到此地度假，住进了一家宾馆。那是间小宾馆，建在悬崖的顶端，视野极佳，能眺望远方寒冷的海洋。我猜这儿曾经是一处私人豪宅，现在已经没有了当时的风华，但是对我们来说，这已经是一种很高级别的享受了，因为旅馆有自己的酒吧，晚餐时还有手推车送来甜点。每天晚上，当宾客享用晚餐时，小车就会叮叮咚咚地过来，这时所有食客都会饥渴地探出头去，相信我。旅馆老板是一位性情暴躁、忙乱的男人，好像长期与旅馆的基础设施战斗着。我记得当时在小酒吧里点了杯啤酒，接下来的十分钟我就看着他把酒杯凑到酒桶龙头跟前，龙头哼哧哼哧地吐出些酒来，他在一旁极不耐烦地扭着把手。最后递给我一杯只装了四分之三的酒，尝起来像是温暖的剃须泡沫。"我得换个酒桶了。"他不高兴地小声嘟囔着，好像我提了非分要求似的，然后走进一扇门就没影了。我们再也没有在酒吧里见过他。

莱姆里吉斯还是一个非常好的镇子，有一条坡度很大的大马路，叫做伯德街（Broad Street），从莱姆湾（Lyme Bay）一路延伸至树木葱郁的山坡，以前这里主要是维多利亚式大宅，但是现在似乎出现了许多市政停车场。显然莱姆镇很难容纳这么多人，他们都喜欢开车出来，穿过狭窄的街道，把车停在路边晒着，自己步行到处闲逛，寻找食物或者小饰品店。很长一段时间，英国礼品店的主要礼品就是咖啡杯、茶巾或者其他的厨房用具，上面印着"保持冷静，继续前行"，但是现在又出了一些木板，上面印着鸡汤式的语句，比如：

好好活，狠狠爱，乐开怀

或是

这个厨房用爱调味

又或是

生活并非只是等待暴风雨过去，而是学会在风雨中跳舞。

莱姆里吉斯有很多礼品店，每一间的橱窗上都挂有类似的标语。我很想在这些标语上贴上"小心：这些标语会让你患上暴食症"的贴纸，但是我猜他们这么做还是因为有市场需求。我在莱姆里吉斯四处闲逛，高兴地想到自己这辈子再也不需要买东西了。人上了年纪的好处之一就是知道自己基本上已经拥有了所需的一切。除了一些易耗品，如灯泡、电池和食物之外，我不需要任何额外的东西。我也不需要更多的家具、书籍、漂亮餐具、膝毯、写满了热爱动物或者家务劳动等标语的小坐垫、热水瓶套、曲别针、橡皮筋、多余的油漆、干了的画笔刷、乱成一团的电线或者某个以为未来会派上某种现在还不知道的用场的金属物件。幸亏这些年的旅行都是别人出的钱，我积攒的香皂、小瓶洗发精、乳液、针线包、擦鞋手套一辈子都用不完。我有一千一百个浴帽，却根本用不上。我还准备了好些外币，却都不再流通了。

尤其在服装方面，我是不打算再添置任何一件了。以我现在的年龄来说，唯一想要的就是把我现有的衣服都穿坏，并且不再买其他衣服了。相信很多我这个年龄段的男性都会赞同我这个观点，当你真的把某件衣服穿坏，终于可以扔掉它的时候，你会有一种油然而生的满足感——一种使命完成的感觉。我有一件里昂·比恩牌的衬衫，二十年了还没穿坏，我一个月大概穿二十几次，还用它擦车，清洗烧烤架子。我太讨厌那件衬衫了，就连买的那一天也不是很喜欢。就是到死我也要把它穿坏。

所以我带着点超然的感觉在莱姆里吉斯四处逛着，看着橱窗，想着，"不，我才不需要一个装狗的篮子，不要一块上面写着伤感语录的厚木板，也不要一本平装的惊悚小说，都是些沾了詹姆斯·帕特森[①]的光或者轻微模仿他的东西，更不需要其他莱姆打折的东西，当然了还是很感谢你们的好意。"

我在一个时髦的熟食店喝了一杯咖啡后，来到海边，沿着美妙蜿蜒的科布防波堤（Cobb）走着，约翰·福尔斯的小说《法国中尉的女人》让这片防波堤名声大噪，我就沿着海岸线边走边欣赏。

这片海滩我已经来过好几次了，再看景色依然很美。我第一次来到多塞特的时候，大家就叫它多塞特海滩，但是现在大家都叫它"侏罗纪海岸世界遗址"，听起来更吸引人。这事说来有点讽刺。英国人命名了全世界几乎所有的重要地质术语——泥盆纪（Devonian）、寒武纪（Cambrian）、志留纪（Silurian）、奥陶纪（Ordovician）——唯独这个人人都知道的时期却以法国侏罗山（Jura Mountains）命名，尽管多塞特海滩是世界上观察侏罗纪岩层的最佳场所。

从莱姆往西，向锡顿（Seaton）方向，有一条悬空栈道，上下都是垂直的悬崖峭壁，惊险至极。在栈道两侧竖着大型的警示牌，警告人们接

---

① 詹姆斯·帕特森（James Patterson, 1947— ），被誉为美国惊悚推理小说天王，他的新作一问世，即能登上《纽约时报》畅销书排行榜首位，被美国《时代周刊》誉为"从不失手的人"。

下来的 7 英里将无法从海洋、陆地或空中靠近，如果你在那儿遇险，救援队伍不可能用直升机把你救出去。这使得这段路变得既刺激又危险。当时的我却不知道，后来发生的事果然又刺激又危险。 2014 年年初，一大段悬崖峭壁突然崩落，连同这条栈道也都被毁了，所幸当时栈道上没有游客。之后栈道就改道内陆，原来的那条栈道似乎也不可能再向大众开放。

多年来，多塞特悬崖的不稳定性已经造成了多起人员伤亡及财产损失。一个比较著名的案例就是里查德·安宁事件， 1810 年，他从莱姆的悬崖失足跌落，再也没有上来。安宁本人没谁记得，但是他的女儿玛丽却家喻户晓。玛丽父亲去世的时候她才十岁，家庭条件非常贫困，但是玛丽很快找到了一条生财之路，长期在海岸边挖掘并出售化石。她就是那首"她在海边卖贝壳"绕口令中的"她"。

如果说玛丽·安宁对挖掘有兴趣，那算是过谦了。在三十年的职业生涯中，她发掘了英国的第一只翼龙、第一只完整的蛇颈龙，以及保留得最完整的鱼龙。这些可不是你能够随随便便揣在包里带走的化石：鱼龙约有 17 英尺长。挖掘它们的工作需要多年的耐心、细致以及辛苦劳作。光挖掘蛇颈龙就耗费了玛丽十年的时光。她不仅拥有极其专业的挖掘技能，还向大众提供了最严谨的说明和一流的绘图，因此她也得到了很多当时顶级的地质学家和自然历史学家的尊重和友谊。但是由于重要发现的稀有及工作进展的缓慢，她一生多是在穷困潦倒中度过的。她之前住过的房子现在已经成了当地的博物馆，我必须要说，那真是一个小巧而精致的地方。如果你来到莱姆，这里真是不容错过。

顺便说一下，玛丽·安宁另一个让人难忘的特征是，对于周围的人来说，她是个极其不祥的人——对她身边的人来说，这绝非偶然事件。首先是她爸爸失足跌落悬崖，后来她的一个妹妹死于火灾，另外三个兄弟姐妹被闪电击中丧生。玛丽当时就坐在他们旁边，奇迹般地安然无恙。

我真的很想在这里多呆会，但是我还有余下的行程要走完。现在距离德文郡的托特尼斯（Totnes）还有 60 英里，我在那预定了晚上的酒店。有过夏天在这儿旅游经验的人都知道， 60 英里是一段很长的路程。另外，路上还有一个地方我要去看看：托基（Torquay）。

II

英国人是一个充满独创性的民族。这一点毋庸置疑。他们对人类的幸福和知识的贡献与他们身处北海上的一个小岛国完全不成比例。几年前，日本国际贸易与工业部就各个国家的创造力做了调查，结果表明，现代英国包揽了世界上 55％的"重要发明"，而美国只有 22％，日本仅占了 6％。这样的比例真的不同凡响。但是把这些发明商业化就是另一回事儿了。就这一点，托基为我们提供了一个很好的例子，就是奥利弗·海威赛这个如今已经被人们遗忘的人物。

海威赛 1850 年出生于伦敦，却在托基度过了人生大部分时光。托基是一个知名的度假胜地，坐落在德文郡南部海岸线上的一个可爱的海湾附近，被有点夸张地认为是英国的里维埃拉（Riviera）①。它现在依然是一座精致的旧式小镇，有一条步行街，一些贵族建筑以及一座停满了漂亮游艇的码头，码头后面是一片小山，山上有粉色和米色的别墅。我首先注意到的是山上的一处别墅，因为海威赛就是在那里生活、工作，直到去世。

海威赛脾气暴躁易怒，听力还不大好，很明显这都导致了他的敏感。他的头发和胡须都是火红的，如果残存下来的照片可信的话，那么他一直就是一副很疯狂的长相。孩子们经常在马路上跟着他，朝他扔东西。无人记得他，但并不能掩盖他可能是现代英国最伟大的发明家的事实。

他完全是自学成才。年轻的时候，他在电报公司工作了几年，二十四岁时辞了职，再也没有从事过别的工作。相反，他搬到了德文郡，全身心地投入到电磁的自学中。在托基，他住在他弟弟的乐器行楼上的一间公寓里，并实现了很多重要的突破。在那之前的好几年，人们一直不理解为什么无线电讯号在地球表面能做曲线传播，而不是直接射入太空。就算是马可尼也无法解释为什么无线电能够到达高于海平面的船上。海威赛推导出在上层大气中存着一层电离粒子。正是这层粒子将无线电讯号反射回来，因此它被命名为海威赛粒子层。

然而，海威赛对现代生活最大的贡献却是改良了一种方法，既可以提高电话讯号质量，同时也能够消除干扰——这两件事之前一直被认为是不可能实现的。海威赛这一突破的重要性是无法估量的。因为它使得瞬间长途

---

① 法国南部和意大利北部的地中海沿岸地区，以其宜人的气候、优美的景色和假日休憩胜地而著称。

通讯成为了一种可能，进而彻底地改变了世界。

海威赛的房子位于瓦贝理下街（Lower Warberry Road），环境优雅，临海山居，两侧尽是豪宅，现如今有些房子已被改造成公寓楼或是养老院。在一栋俯瞰托基的古宅里颐养天年，我想应该不是什么糟糕的事情。海威赛的故居是一栋奶油色的大楼，掩映在高墙之后。楼上只有一到两个房间。海威赛故去后，这栋房子先是变成了一家小旅馆，而后又渐渐地被遗弃了。2009年，房子在一场大火中损毁，大火可能是流浪汉不小心引发的。今天，这栋房屋依然无人居住，隐藏在高墙和胶合板之后。大楼上应该有一块蓝色的牌匾，用来纪念海威赛，但是从马路上看，我什么也没找到，恐怕没有多少人会专程来看。

出人意料的是，海威赛并没为自己的发明申请专利。该项专利的申请者是美国的 AT&T 公司，这个企业与这项发现没有任何关系，却凭借自己在长途电话服务业的领军地位一跃成为世界上最大的企业之一。海威赛本该成为百万富翁的，但是他晚年却住在托基的一个简陋居室里，生活贫困，脾气暴躁，在孩子们的嘲笑追逐中度过了最后的时光。

英国人经常会有一些有重大价值的发明或是发现，但是最后却无法从中获取经济利益，这才叫神奇呢。英国人发明、发现或开发却最终未曾惠及英国的东西包括：计算机、雷达、内视镜、变焦镜头、全息图、体外受精术、动物克隆、磁悬浮列车以及伟哥等。英国人发明并从中取得经济收益的也只有喷气式飞机与抗生素。我之前刚读过一本有趣的书，叫做《相容性基因》，作者是曼彻斯特大学的丹尼尔·M. 戴维斯教授。作者简短提到，20世纪70年代，英国的德里克·布雷沃顿与美国的保罗·特拉奇两位医学研究人员碰巧在同一时间，在基因理解上取得了同样的重要突破。之后，特拉奇组建了公司，开发这一发现的商业潜力，变得非常富有，以至于最终一次性捐赠了5,000万美金。而布雷沃顿写了一本关于关节炎的书，并主持了一个委员会，致力于拯救他在南海岸家乡附近的海滩。谁能给我解释一下为什么总有这样的事儿呢?

在这秀丽的山坡海景社区中，海威赛并不是这一带唯一的名人。喜剧演员皮特·库克出生在不远处的瓦贝理中街的一栋名叫西尔布利奇（Shearbridge）的房子里，现在叫做金布雷（Kinbrae）。我决定前去一探究竟。我花了一些时间才弄明白，虽然这两条街道是平行的，而且属于同一家族，但他们之间并不亲近，因为实在是没有任何的交集。我花了很久才找到去金布雷的路，就是一栋挺大的房子，分成几间公寓，并不十分吸引人。我站在那儿，端详了很久，没有形成任何实在的想法，然后转身走了，仍然没有什么想法，沿着美丽的街道下山，一路走回了城里。

下午三点刚过，我还有时间喝杯茶，在镇上逛一逛。今天好像总也过不完的样子。我回来后，发现托基异常安静。我找到了一间看起来不错的咖啡厅，但是走到门口时，一个人过来把门锁了。

"不好意思，我们关门了。"他说。

"哦，"我惊讶地问道，"你们几点关门?"

"五点。"

"噢，"我又问，"现在几点?"

他看看我，好像觉得我有点迟钝。

"五点。"

"果不其然，"我说道，给他看了看我的手表，"电池没电了。"

他指了指街那边的商店。"好像他家开到五点半。你可以在那买到电池。"

我谢了他，去到那家指定的商店，一个大约五十岁的男人冷漠地坐在柜台边。看着好像至少已经十二小时没有动过身上任何一寸肌肉了。我把表递给他，跟他说电池好像没电了。

他只用了半秒钟的时间检查我的手表，就递还给我了。"我们不修这种。"他面无表情地说道。

"你们不修哪种？表吗？"

"瑞士国铁表。我们不修瑞士表。"

"噢。那你知道哪家修吗？"

他耸了耸肩膀。"你可以去琼斯家试试。"

事实上，他并没有说琼斯家。他用了另一个名字，因为我心眼太好了，我就用了个假名顶上了。我好不容易从他那里套出了商店的名字，哄他用下巴给我指了一个大体的方向。

"谢谢你。"我说，然后突然在柜台上向他俯过身去，伸出两个手指头出其不意地戳他的眼睛。当然了，我没有那么做。我只是想象一下。不过即使是想象，也让我心情好起来了。

我匆忙地赶向琼斯家——不知为什么我必须抓紧时间了——却发现这儿

的人跟刚才那个家伙一样性情温柔。

我向他解释了我的问题，把表递了过去。他看了看，又递回来。"帮不上你。"他说。

"为什么呢？"

"店里没有这种电池。不好意思。"

至少他道歉了，但是我能看出来这并不是发自肺腑的。我说了声谢谢，离开了。显然，在托基再做什么都太晚了，所以我取回了我的车，朝托特尼斯的大致方向开去。我很喜欢托基这个地方，或许有一天会再回来，但是我现在的想法却是：在手表电池方面，他们可以给我滚一边去了。

第十一章
德文郡

有时候，当第一名真的没什么好处。英国不仅发明了火车，对铁路的热情也是数一数二，最终铁路建的远比需要的多。随着早期铁路的狂热爱好者热火朝天地开工，铁路铺设到了每个角落。怀特岛（the Isle of Wight）面积 147 平方英里，一度就有八家独立的铁路公司在此建造了 55 英里的铁道。

到了 1948 年，铁路运营权国有化之后，铁路系统过时了，线路缺乏合理规划，连年赔钱。铁路系统旗下不仅包括火车、车站、维修站点等，还包括五十四家酒店、七千匹马、公共汽车车队、几处运河和码头、托马斯·库克旅行社和一家电影公司。企业下属单位种类多样，管理松懈，以至于没有人知道旗下雇用了多少人；估计在六十三万两千人到六十四万九千人之间。

到了 1961 年，情况越演越烈，首相哈罗德·麦克米伦因此下令交通部长厄内斯·马普斯予以整顿。马普斯本身就是一个有争议的人物。作为一家大型建筑公司的联合创始人，马普斯从政之前，就为政府修路赚了一笔钱。反对派成员认为，一个交通部长监督国有项目可能会导致腐败，因为项目很容易使他自己的公司从中受益，马普斯面临着抛售股票的压力。他一开始计划把股票卖给生意伙伴，因为他知道可以用原来的价格买回来。当马普斯得知这仍然不符合道德规范时，他做出了一个更明目张胆的安排：把股票卖给一家由他妻子秘密掌管的公司。

马普斯任命理查德·比奇来整饬铁路系统，付给他高达 24,000 英镑的年薪，这比首相的工资高出一倍还多。比奇身材肥胖，看起来有点神经质，蓄着乱糟糟的胡子，活像一条毛毛虫，头发向后梳起，最可怕的是他极度缺乏相关的经验。比奇接受过物理学专业方面的训练，是英国帝国化工集团的技术总监。虽然他对铁路的了解不比普通乘客多，但胜任管理者绰绰有余。无论如何，是人都知道铁路问题亟待解决。比奇委托专业人员进行研究，结果表明情况比想象的还要糟。有些线路根本完全荒废了。苏格兰的因弗加里（Invergarry）和奥古斯都堡（Fort Augustus）线路平均每天只有六名乘客。威尔士的兰尼诺（LangyNog）至曼加南（Manghanand）短线平均每日收入不到 1 英镑。总的来说，英国一半的铁路线承担了 96％ 的运营业务，而另一半则仅占 4％。显而易见的解决办法是关闭运营不佳的线路。 1963 年 3 月，比奇推出了一份长篇报告《英国铁路状况》，之后更普遍的叫法是《比奇报告》，报告中他建议关闭 2,636 个车站，约占总数的三分之一，还有 200 条支线和大约 5,000 英里的轨道。

为了经济效益而牺牲掉这么多车站，这让比奇就此臭名昭著。如果比奇只关闭铁路网上的小站点和小线路，肯定不会招致如此多的骂名，但他改革的热情迸发，还建议关闭几个枢纽车站：因弗内斯站、国王琳恩站、坎特伯雷站、埃文河畔的斯特拉福德站、赫里福德站、索尔兹伯里站、奇切斯特站、布莱克本站、伯恩利和其他同等规模的车站——这激起了愤怒的声讨。

上述各站实际上并没有关闭。事实上，接下来的许多关闭行为都与比奇几乎没有任何关系。工党于 1964 年上台，制定了自己的合理化建议。新任首相哈罗德·威尔逊饶过了那些著名车站，却额外关闭了比奇根本没有提到的 1,400 座车站。这对英格兰西部海滨城镇造成了致命打击。莱姆里吉斯、帕德斯托（Padstow）、锡顿、伊尔弗勒科姆（Ilfracombe）、布里克瑟姆（Brixham）等地不再设有火车站。据说一些度假胜地就此一蹶不振。以前曾有一条叫大西洋海岸特快的线路。现在要还有条类似的线路该多好啊！今天，从伦敦的帕丁顿站（Paddington）到康沃尔西端的彭赞斯（Penzance）的 280 英里路程，最快要花五个半小时，平均时速约 50 英里。我坐过好几次。列车就像僵化的尸体一般穿过四季美景。

卸任后，比奇回到了英国帝国化工集团，因对英国铁路挖心掏肺的改革而被授予了贵族爵位。虽然不是所有的关停都是他干的，但他确实算不上什么英雄人物。无论从哪个角度讲，他提议的削减中有三分之一是目光短浅，可惜可叹的。也有人提出，比奇报告中的许多数据都是故意在淡季收集的——比如，在淡季的海滨度假胜地——以保证某些线路显得利用不足。比奇想要砍掉的一条线路是埃克塞特（Exeter）至埃克斯茅斯（Exmouth）。这条线路幸存下来，现在每年运载一百万乘客，足以证明比奇的评估数据并不可靠，甚至接近谎言了。

厄内斯·马普斯也在大约同一时间获得贵族头衔，但不久之后，他就为了逃避税务欺诈的逮捕而潜逃海外。他于1978年在法国去世，再没回到英国，至死都是个可恶的、油腻的保守党恶棍。

——

因此，由于比奇、马普斯、威尔逊等一干政客，我去德文郡和康沃尔的旅行是无法乘坐火车来完成了。令我气恼的是，我还发现，坐公共汽车也不行，当地的公交服务太差了。从托特尼斯到萨尔科姆（Salcombe）总共19英里的路程，就得不断换乘——托特尼斯到布里克斯汉姆（Brixham），布里克斯汉姆到达特茅斯（Dartmouth），达特茅斯到托克罗斯（Torcross），托克罗斯到萨尔科姆，回程也是如此，但是公共汽车班次太少了，要花好几天才能往返一次。

所以我别无选择，只能开车，自驾游真是没完没了。所有的道路都很窄，满是死角和急转弯。在每个村庄和村落里都能看到数排停着的车辆，这意味着路很窄，两辆车没法并行，所以大家都不得不轮流通过。出人意料的是，大家都很友善而有秩序，因为每个人都能考虑别人，没有人插队。这是英国人最优秀的品质——就像曾经称霸地球的英国，那时每个人都不仅要考虑自己的需求，更要考虑别人的需求，相信别人也会这样对你。

我停下车数了数，对面有二十八辆车，感激地接受了我的等待。他们都向我挥手致以诚挚的感谢，同时全神贯注地挤过我和路边硬建的小屋之间的狭小空间。不管他们愿不愿意，所有这些汽车现在都成了车队的一部分，缓慢地穿过南部德文郡。最后，远处的一个司机闪烁着灯光示意让我通过，我发现我后边也是长长的车队了。至少有二十几辆汽车全靠我来闯出个缺口，挤过路障。我发现自己很享受这份责任，我很高兴带领他们成功地到达萨尔科姆，一路上一辆也没走失。

萨尔科姆是一个著名的游艇社区，风景如画，坐落于一带绿色山岭上，俯瞰着美得没有道理的海湾。我上次去那里大约是二十年前，你可以开车进村子，把车停在港口边，但是现在好日子一去不复返了。如今村子外面的山顶上有一个换乘车场。远远地就能看到一排车等着进停车场，但我发现路对面的紧急停车带有一个空车位，于是我突然急冲过去占上了，这一举动引得六七个司机又鸣笛又闪灯，以示对我此举的由衷的艳羡。

我沿着山顶走进村子，然后沿着一条陡峭的弯路走下去，经过那些别墅，这些别墅都有时髦的与航海相关的名字，看着整洁而不带人情味，似乎是度假别墅。我在某处读到，萨尔科姆人口在夏季会增加十倍，从两千增加到两万。这绝对是在夏天旺季。但即使在夏天拥挤到爆时，这里仍是一个可爱的地方。在港口，张着三角形船帆的小船漂浮在玻璃般纯净的海水里，就像那种时尚礼品一样漂亮。空气中弥漫着海洋生物的气味。海鸥在头顶上鸣叫盘旋，在屋顶和人行道上扔下一团团白色炸弹。天知道这些海鸥吃什么，但一定是能保证它们排便正常的东西。

萨尔科姆美丽、繁荣、生机勃勃。每个人都穿得像在海恩尼斯波特 (Hyannisport) ① 的肯尼迪一样。我只好也从行李里拿出一件毛衣，系在脖子上，以免别人盯着我看。他们各个都看起来强壮健康，一副经常在海边度假的样子。这些人不是随处闲逛的，他们有自己的圈子。

　　萨尔科姆的主街叫前街 (Fore Street)。《每日电讯报》称之为英国排名第六的最酷的街。我不知道他们如何做出这样的评价，我倒觉得这就是《每日电讯报》的风格，和科学或严肃的思考都没什么关系。街上的店铺毫无疑问十分高档。在快餐店里，当天的特色菜看是布里奶酪配用有机苹果酒做的芦笋馅饼，我很高兴看到这些菜，并且颇感舒心。我有多少次因为苹果酒不是有机的就不吃布里奶酪和芦笋馅饼呢。我突然想到，在我的有生之年，英国食物一直就很奇怪、令人没胃口，后来有大约十五年时间摇身一变为辉煌的、自然的美味，后来又再次回到了奇怪的、令人没胃口的状态。尽管说我是一个冥顽不化的野蛮人吧，可是尽快回到以肉汁和薯条为主的国民饮食吧，那才能让人快乐起来。在我的那个年代，每家餐馆的菜单都以对虾鸡尾酒杯开始，然后以黑森林蛋糕结束。相信我，那时我们比现在快乐多了。

　　萨尔科姆到处都挤满了人。我根本没机会坐下来喝杯咖啡或吃点有机水果馅饼，所以我决定出去散步，原路返回山顶，再顺路去金斯布里奇 (Kingsbridge)。大约走了 1 英里，有一条狭窄的车道诱惑我转向右边的乡

① 海恩尼斯波特是马萨诸塞州的一个海滨度假胜地，肯尼迪家族曾在这里居住。

村。从我所在的山顶有利位置，可以看到金斯布里奇河口将瘦削的手臂伸进不远处的多处缝隙中。我把地形测量图忘在车里了，所以我看不见当地的步道在哪里，但是我想我可以沿着小路走到下一个村庄，也许能找到一家不错的、安静的酒吧吃午饭。我走了大约 1/3 英里，除了两边茂密逼仄的篱笆外，什么也看不见，然后我拐了个弯，惊愕地发现一台大型农用机器正沿着小路朝我驶来。机器完全占据了小路，还狠狠地擦过两边的篱笆。我根本不可能站到一边让路给它，更找不到一个农户的门可以退进去，所以我别无选择，只好转身，快步走回到山上，回到我出发的地方，同时明白就在我身后，是一台巨大的机器，它的速度快到让我感到很有威胁，若是有意，它完全可以把我像一块掉地的口香糖一样压扁。我时不时转过身去，对司机表现出一副抱歉的样子，因为我挡住了他的路，或者因为我的存在本身，并且表示我正在使劲让路，但是从他冷酷而坚定的表情中，我看不到丝毫的温暖和同情。我走得越快，他似乎就越加速。到了山顶上，我弯着腰喘气，他飞快地驶了过去，一点也不在意。

"不客气，你这个混蛋！"我大喊道，但我不认为我的话起到了我希望的伤人效果。我只能希望，他以后能反省这件事，并感到难过，要不就一病不起，一命呜呼得了。

———

我回到车上，开了十几英里，去托克罗斯要花更多时间，但是路况很好，托克罗斯是一个小村庄，位于一片动人心魄的海岸线上，俯瞰斯塔特湾（Start Bay）。从这里向北延伸着一片沙丘起伏的海滩，叫做斯莱顿海滩

(Slapton Sands)，与诺曼底的海滩非常相似，1944 年春天在此进行了诺曼底登陆①的军演。在极度保密的情况下，3 万名美军士兵登上登陆艇，前往海湾练习登陆，巧的是，有 9 艘德国鱼雷艇看见了这一活动，就随心所欲地在其中巡航，轻松地把登陆艇炸出水面，造成了很多伤亡。看起来，盟军方面没人想过为这次演习安排适当的保护，所以德国潜艇可以不受阻碍地四处移动。

这场大屠杀的目击者中就有艾森豪威尔本人。没有人知道具体的死亡人数。大概在六百五十到九百五十人之间。托克罗斯的信息板称，共有七百四十九名美国士兵和水兵丧生。无论确切数字是多少，当晚被杀害的美国人远远多于一个月后犹他（Utah）海岸实际登陆时死亡的人数。（奥马哈海滩的人员伤亡率更高。）这是美国在战争期间遭受的一边倒的最大的溃败，但没有人听说过这场战役，因为惨败的消息被隐瞒下来，部分是为了士气考虑，部分是因为进攻准备的情报要全部保密。最不寻常的是，德国人已经发现了海对面切尔堡半岛（the Cherbourg peninsula）周围有大规模的船只和人员在进行军事演练，却没有意识到抢滩法国北部的战役即将打响。

----

① 诺曼底登陆，是第二次世界大战中盟军在欧洲西线战场发起的一场大规模攻势。接近三百万士兵渡过英吉利海峡前往法国诺曼底。1944 年 6 月 6 日早 6 时 30 分，以英美两国军队为主力的盟军先头部队总计 17.6 万人，从英国跨越英吉利海峡，抢滩登陆诺曼底，攻下了犹他、奥马哈、金滩、朱诺和剑滩五处海滩；此后，288 万盟国大军如潮水般涌入法国，势如破竹，成功开辟了欧洲大陆的第二战场。诺曼底战役是目前为止世界上最大的一次海上登陆作战，使第二次世界大战的战略态势发生了根本性的变化。

在这里我终于有机会散散步了。我漫步在托克罗斯村上方的一座大山上，爬到了一处高高的俯瞰海湾的田地上，登山很累，但绝对值得。田野里到处是牛粪，不小心就"踩雷"了，但我很高兴发现这里没有奶牛。从这里可以一览整个斯塔特湾，它无疑是英国最美丽的海湾之一。南边有一座美丽的白色灯塔远远地矗立在叫做斯塔特角（Start Point）的高处。北边，在斯托克弗莱明镇（Stoke Fleming），还有一座塔——我猜是一座教堂的尖塔——两座塔间散布着田野、村落、农舍和蜿蜒的小路，这些景象极其精致，完美地结合在一起。

就在这时，一群牛出现在一个高岗处，它们决定过来看看我。它们不咄咄逼人，只是笨头笨脑的。牛群只想和我待在一起。当然，当它们接近时，就变得狂躁起来，这意味着它们会恐慌，还有可能把我踩成和它们四处留下的闪闪发光的牛粪一样形状和质感的东西。我不想让它们发狂，于是默默认输，让它们护送我到了门口。下山回到海平面，我沿着沙丘散着步，明知道这对脚踝不好，但至少这里没有牛。

我想喝一杯茶，就开车到达特茅斯的古镇，这里以达特河的秀丽风景和皇家海军学院闻名。小镇边沿路旁的灯箱牌上写着，绝对不允许开车进城，要使用停车换乘系统①，但我还是开车去了，看看他们是不是在说谎。

---

① 停车换乘（Park and Ride）是指在城市中心区以外轨道交通车站、公交交通首末站以及高速公路旁设置停车换乘场地，低价收费或免费为私人汽车、自行车等提供停放空间，辅以优惠的公共交通收费政策，引导乘客换乘公共交通进入城市中心区，以减少私人小汽车在城市中心区域的使用，缓解中心区域交通压力。

他们确实没有。达特茅斯的交通很拥挤，根本无处停车，所以我就沿着单行道一路绕着，最后回到了陡峭山坡处，那里有一个超级远的停车换乘系统，我一开始就应该到那里去。停车费是 5 英镑，在我看来高得离谱，想想看，我只是想要一杯茶，为了他们的经济繁荣，我都已经大费周章了，可是我后来发现下午两点之后停车费减为 3 英镑，我的心态就稍稍平和了一些。所以我乘公交车回到了城里，四处闲逛，周围有成千上万和我年龄相仿、社会经济背景相同的人，和我一样在闲逛。这让我想到自己的未来，年迈的我在类似于达特茅斯的地方散步，参观商店和茶馆，抱怨拥挤的人群，昂贵又不方便的停车机制。

达特茅斯曾经有很多吸引人的店铺，但我也不能忘了，那都是二十多年前的事了，那时候大多数地方的店铺都很吸引人。现在这里似乎到处是窄小又繁忙的咖啡馆和礼品店，出售写有多情傻话的木板。达特茅斯有一个历史悠久的著名的独立书店——海港书店，由 A.A. 米尔恩①的儿子克里斯多夫·米尔恩经营，但那间书店在 2011 年关闭了，所以我在城里看到一家新的书店时很高兴。这家新书店是达特茅斯社区书店，一家非营利性的合作企业。书店很小，不在主街上，但至少是一个开着的书店，我希望达特茅斯人民过来支持它。我进去和经理安德列·桑德斯聊天，她和我说书店经营情况很好，听到后我很高兴。但是，撇开她的书不谈，如果你给我一张 100 英镑的礼物券，除了把礼物券点燃，我很难把它在达特茅斯

---

① A.A. 米尔恩（A. A. Milne，1882—1956），英国著名作家和诗人，代表作《小熊维尼》。

花完。

我喝了一杯茶，然后来到了海边，那里的城镇俯瞰着宽广的达特河口。这令人十分愉悦，也确实很漂亮，我突然想起为什么有人会选择在这里消磨时间。我眼角一闪，看见一个十三岁左右的蠢孩子穿着切尔西足球俱乐部的队服，坐在公交车站的椅子上吃薯片。几分钟后我回来时，男孩走了，袋子扔在地上。三步开外就有一个垃圾箱。我突然明白了，这不是我第一次想到，如果英国要解决自身问题，那将需要大量的安乐死。

———

我在德文郡南部待了两个晚上，都住在托特尼斯，我非常喜欢这里。这里干净整齐，建筑保存良好，有各种有趣的商店——事实上，以前的达特茅斯就是这样。虽然有一些我不希望看到的新世纪水晶①之类的东西，但也有一些有趣的画廊和古董店。一天早上我去了四家商店，做了一次实验。一家店里，一位和我同龄的女士友好地向我道了早安，另一家店里，店员对我点头致意和微笑——既不冷淡也算不上热情——另外两家店里，我则完全被店员忽略了。

我不能确定哪个更糟糕，是英国商店里惊人的冷漠，还是美国商店里令人窒息的关注。难于抉择。最近我在纽约，因为一时冲动，走进了一家艾凡达商店②。我的妻子喜欢艾凡达店里的洗发水（她就喜欢这些物非所值的东西），我想买个小礼物，给她惊喜。

———————

① 一种心灵成长课程的辅助物品。
② 艾凡达，雅诗兰黛旗下的一个高级护肤化妆品牌。

"你好，"负责的年轻女士说，"需要我帮忙找些什么吗？"

"哦，不用，谢谢，我只是看看。"我回答。

"你的酸碱值是多少？"她问道。

"我不知道，"我回答，"我没带土壤测量箱。"我对她露出我最友善的微笑。我敢说她没听出来我是在打趣她。

"你试用过我们的新型洗发水了吗？"她问我，把一个圆柱形的绿色瓶子伸过来，离我的脸太近了，让我觉得很反感。"它是由100％纯植物表面活性剂制成的，清洗温和，给你全方位的感官享受。"

"我只是随便看看，谢谢。"我又说了一遍。我实际上是在找价格标签。我是一个大方的人——任何人都会这么说，除了那些非常了解我的人——但是我心里洗发水的价格是有上限的，即使是买给为我生过孩子的人也不能漫天要价。

当我弯腰去看底层架子上的几瓶洗发水时，我意识到售货员正在研究我的头顶。

"你试用过我们的去角质洗发水吗？"她问。

我挺直了身子。"小姐，拜托了，"我说，"我只是想静静地独自一人逛逛，可以吗？"

"当然。"她说，往后退了一步。她沉默了一纳秒，然后又向前迈了一步。"我建议你去去角质。"她说。

我意识到，她患有零售型抽动秽语综合征，这是一种帮助人的强迫症。她对此无能为力。无论我拿起什么或看什么，她都要发表评论。最后，我不得不离开商店。好的一面是，她帮我省了 28.50 美元。

因此，英国店主明显的冷淡对我倒没什么影响，但我妻子非常不舒服。尽管如此，我有时还是会想，打声招呼会死人吗？有时候，我禁不住偷偷想，如果他们不明确表示他们是多么讨厌你走进店里摸东西，可能就会赢得一些回头客。不过话说回来了，正如我妻子常挂在嘴边的，不管他们接待我热情不热情，我仍然不会买任何东西，因为我认为所有的东西都太贵了，而且我已经拥有了我所需要的一切。

——

我从托特尼斯前往达特穆尔（Dartmoor），那里的地形以山丘和野地为主，盛产野生小马，翻滚的小溪流上架着很多石桥（所谓的克拉珀桥①）。我刚刚读完 H. V. 莫尔顿写的《寻找英格兰》，这本书一向被当作经典，估计是没有读过的人的看法，因为这书实际上相当糟糕。书在 1927 年写成，描绘的是莫尔顿开车环游英格兰的经历，他每开过 20 英里就要停车向路边站着的乡下人问路。每经过一个村庄，他都要找个当地口音古怪、混吃等死的人，然后和这人聊一聊。

在达特穆尔，他停在荒野中的韦德康比（Widecombe），问一个倚在桦木棍上的老人，他们是否真的唱过古老民歌"韦德康比集市"，当然啦，因为这首歌韦德康比出了名。

"哦，当言（然）了，"男人回答，"在歌会丧（上）会仓（唱）它，

_____

① 克拉珀桥（clapper bridges），英国德文郡荒野上的一种石桥，在沼泽上，以防波堤为桥墩，上面铺设花岗岩石板，在水中或水岸供人行走。

有丝（时）候接着仓（唱）《丧（上）帝拯救国王》！哦，似（是）的，当言（然）了！"

《寻找英格兰》给你的印象是，英格兰是一个欢乐、友好的地方，人们都是可爱的白痴，操着可笑的口音，因此这本书经常被认为抓住了这个国家的精髓，这真的有点讽刺。更具讽刺意味的是，莫尔顿最终对英国产生了不满，因为对他来说英国不够残暴专横。 1947 年，他搬到南非，在那里度过了最后的 32 年，虽然被世人遗忘，但他自己却很高兴可以对仆人大喊大叫。书中我唯一记得的是，他把荒原中的韦德康比描述得非常漂亮，我很想知道这里的美到底保留了几分。我很高兴地说，韦德康比仍然是一个美丽的地方。这里有一座带有宏伟塔楼的可爱的教堂、一片公园绿地、一个酒吧和一个商店，在群山环抱中和谐而美丽。我向教堂墓地边站着的一位老乡道了声"早上好"，但他并没有说"哦，当言了"，一句可笑又淳朴的话都没有。

我开车上山，把车停在停车场——实际上就是一片粗糙的林中空地而已——大概是给徒步者留的，然后拿着我忠实的手杖和地图下了车。那是一个美好的早晨。山上到处是绵羊、小野马和被称为凸岩的花岗岩石柱。达特穆尔每年降雨量近 80 英寸，这使它成为英国最潮湿的地区之一，这当然说明了很多问题。因为排水不畅，水汇到一起形成了当地称为"羽毛床"的水洼，上面长满苔藓。水洼从表面上根本无法辨认，于是很多外地人就会一脚踩进去，惊叫一声被灌了一大口水，然后就不见了，传说大致如此。我其实并不相信这个说法，但我还是不敢行差踏错。

我怎么都找不到我在地图上的位置。我甚至找不到韦德康比。一阵强风不断地吹翻地图。（直到后来，当我回到车上时，我才意识到地图印了两面，而我看的是错的那面。）不过无论我身在何处，那都是一次怡人的散步，满眼是天堂般的美景。最后，我来到了一个测量点（Trig）——在乡村漫步见到它总会让人兴奋起来，因为这通常表示你已经到达了峰顶。你可能不知道，"Trig"是三角测量（triangulation）的缩写，测量点是一块小型混凝土标石，顶部插有黄铜，那是以前放测量仪器的地方，以便绘制出精确的地形图。每一个测量点都可以看到其他两个点（尽管较远），这样每个点都是三角形的顶点。我完全不懂一系列的三角形怎么就能帮你绘制一张英国地图——也请不要写信告诉我；我并不想知道——反正就能绘出来，这就行了。莎拉·佩林①给儿子起名叫"Trig"。不知道他是否知道自己的名字取自混凝土标石。

在 1932 年到 1962 年之间，整个英国被重新测量，所以在山中漫步时总能发现好多测量点。当然，现在测量都用卫星来完成，不需要测量点了，所以许多测量点就渐渐消失了，或者是疏于照料，或者被故意移走，我认为这很可悲。

我希望在英国某处有一个测量点社团。我还幻想，因为我写了这篇文章，有一天他们会请我在年会上发言。所以，我要说的是，我虽然非常怀念测量点，但也不想去发言。

---

① 莎拉·佩林（Sarah Palin, 1964—　），美国记者、政治人物，共和党，是阿拉斯加州历史上最年轻的、第一位女州长，2008 年协助麦凯恩参加与奥巴马的美国总统大选。

第十二章
康沃尔

I

曾经有一段时间，我一直认为应当容许每个人有十几件他们不喜欢的事情，而且不需要向任何人证明或解释为什么不喜欢。我把这些事情称为"本能的厌恶"。

我的厌恶清单是：

1. 橘红色的裤子和穿这种裤子的男人。

2. 那些说"绝了"的人。

3. 试吃菜单。

4. 给孩子起名塔昆的父母。

5. 在漫长的电话留言后，迅速说完自己电话号码的那些人，因为你不得不一遍一遍听，最后还要找别人和你一起听，即便如此你仍然记不下来。

6. 把"邀请函"说成"邀请"。

7. 英国广播公司红色按钮电视服务。[①]

8. 大多数书评人。现在尤其不喜欢道格拉斯·布林克利，一个不入流的美国学者，偶尔兼做批评家，他的观察力和气度都能装进一个质子里，还能留有回声的空间。

9. 鼹鼠色和水鸭色这样没有任何意义的颜色。

10. 把麦克风的缩写写成"麦"而不是"麦克"。（你会用"自行"代替"自行车"吗？）

11. 梅丽尔·斯特里普[②]装可爱的时候。

12. 当你说要和某人"交流"的时候，而你其实是指打电话或联系他们。

13. 没有小红灯显示开关状态的水壶。

14. 收音机4频道下午剧场。

15. 哈里·雷德克纳普[③]。

---

① 红色按钮电视服务是英国广播公司提供的数字交互电视服务。"红色按钮"是指数字电视和机顶盒遥控器上的通用接口，可启动数字图文电视服务。
② 梅丽尔·斯特里普（Meryl Streep，1949—　），好莱坞女演员，美国艺术文学院荣誉成员，演绎了不少女强人的角色。
③ 哈里·雷德克纳普（Harry Redknapp，1947—　），出生于伦敦，是一名英格兰前足球运动员，长时期担任管理球队的职业，2009—2010赛季英超最佳教练。

我知道这已经超过十二个了，不过这是我个人的想法，所以我又额外增加了一些。现在你或许认为"夏季在英格兰西南部驾车"应该在清单上，但是它算不上，因为对它的厌恶是人尽皆知、合情合理的。特蕾莎·梅[1]和打着领结的男人没有出现在清单上也是出于同样的原因。本能的厌恶必须是某些人不一定会赞同的事情，夏季在英格兰西南部驾车对谁来说都是场噩梦，这件事无可争议。

我花了一个多小时才穿过泰马桥（Tamar Bridge），桥上只有一条往西去的车道。他们建桥的时候到底在想什么？那是在1961年，正赶上全国各地都在大兴土木铺设高速公路，在这个把道路拓宽一点才合情合理的地方，他们竟决定节省开支。什么逻辑！

经过普利茅斯（Plymouth）后，车辆顺畅通行了几英里，然后临近环岛时又堵塞得有几百码远。[2] 大家车速都跟爬似的，大约十分钟才走了2英尺[3]，通过环岛后，快速行驶了大约2英里，到下个环岛又继续重复整个枯燥的过程。

于是我走走停停地穿过了康沃尔郡，途经通往卢城（Looe）、波尔佩罗（Polperro）和福伊（Fowey）的路口。起初，我想或许可以顺便去看看这些地方，但是所有通向海边的路都是死路，而且每条路上都可以看见几长排的房车和装着自行车与皮艇的汽车朝着大海开去。我知道无论到哪个景

---

① 特蕾莎·梅（Theresa May, 1956—　），前英国首相。

② 1 码≈0.914,4 米。

③ 1 英尺≈30.48 厘米。

点都得花一个小时，到了也找不到停车的地方。尽管如此，刚刚通过圣奥斯特尔（St. Austell），无聊到疯的我一个转弯开向了梅瓦吉西（Mevagissey）。

某些决定，我清楚自己很快就会后悔，但是很少像这样转眼就后悔的。通往梅瓦吉西的道路蜿蜒狭窄，有时堵得一动不动。我花了很长时间才到达郊区，那里有一个大型停车场，汽车正在排队进入。我问服务员能不能掉头，他说当然可以，然后他认出了我，真让人开心。（这样的事并不经常发生，不信问问各位作家。）这个服务员名叫马修·费西，事实上他并不是停车场服务员，而是停车场的老板。他家管理这个停车场已经几十年了，每年夏天他都非常忙碌，但是他真正的爱好是摄影。后来，我浏览了他的网站，他确实是把好手。总之，我们聊得很开心，他推荐我淡季再来，我答应了。

我开车回到 A390 公路上，这是通往彭赞斯的主路，那里是我过夜的目的地。我路过"黑里根迷失花园"（Lost Gardens of Heligan）的指示牌时，突然冲动地转下了一条边道，这让身后的两个自行车主和一个房车主一时间意外地兴奋。我从未听说过这个地方，但是我十分好奇人们怎么会把花园弄丢的。原来"黑里根迷失花园"是提姆·斯密特的作品，这个荷兰人在英格兰住了多年，他也是距离圣奥斯特尔北部 12 英里的伊甸园工程的负责人。

黑里根高高地坐落在海边连绵的山丘上，那里曾经是一个富丽堂皇的庄园，以前光园丁就有二十二个，不过后来遇到艰难时世，就渐渐荒芜成了杂草丛生的废墟。 1990 年，斯密特和他的商业伙伴约翰·尼尔森来到这里时，这些花园已经荒废了七十年。斯密特和尼尔森决定修复它们。这是一项非凡之举。七十年过去了，几乎没留下什么，即便是轮廓也难以看清。 2.5 英里长的树林小径完全消失了，花房早已倒塌，高墙围筑的花园长满了齐胸高的荆棘。开始真正的翻修前要先清理掉 750 多棵倒下的大树。那看起来根本不可能完成，但是斯密特曾在杜伦大学学习过考古学，他把考古学家的那股精力投入到了这项任务中。经过数年的艰苦努力，花园终于完成修复。如今这里繁花似锦，人群涌动，确实实至名归。

整个花园覆盖面积广阔，树木众多。谢天谢地，在车里窝了好几个小时以后终于可以有个地方伸伸腿了。树林里的小路看起来有好几英里长。起初，我以为黑里根只有树木和蕨类植物，但是后来我偶然看见一个围墙里的花园，里面到处是五颜六色的鲜花和翩翩起舞的蝴蝶。从那里还可以看见大海，明亮的淡蓝色与天空相映成趣。一切是如此完美。我在咖啡厅点了一杯醒神的咖啡，又要了一块可爱的干蛋糕，传统的英式口味很平淡，还好吧，不算太好吃，估计一个月左右都不会想吃第二块。我回到路上，感到活力满满，就像黑里根一样生机盎然。

曾经有几年，每到春天我就乘火车从伦敦去往彭赞斯，并且留在当地过夜，第二天再继续前往锡利群岛（the Scilly Isles）参加特雷斯科（Tresco）马拉松。囊肿性纤维病基金会是这项马拉松的举办方，我参加纯粹是为了表示支持。不用说，我不跑马拉松，只是到处走走，当运动员从我身边奋力跑过时，朝他们喊一些激励的话，好分散他们的注意力。参加特雷斯科马拉松是我最棒的经历之一。它与伦敦马拉松同时举行，源于岛上旅馆一位亲切的厨师，他叫皮特·欣斯顿，他的小女儿杰德是一名囊肿性纤维病患者，他始终无法代表女儿去参加伦敦马拉松，因为这时正是特雷斯科忙碌的时候。于是他和妻子菲奥娜便在特雷斯科举办了一场马拉松，竟然大受欢迎。

因为特雷斯科很小，容纳不了太多游客，所以参赛人员限制为一百名，这使得这场比赛高级又私密。世界上有很多人是马拉松参赛爱好者，不过特雷斯科绝对是最难跑的马拉松之一，赛事路线也相当困难。因为岛屿太小，所以参赛者必须环岛跑八圈，途中还要爬八次长坡。一般的马拉松哪会让你爬八次坡。

许多参赛者来这里是因为他们的兄弟姐妹或者父母孩子患有囊肿性纤维病，他们是代表他们来参赛的。有一次，选手本人就是个囊肿性纤维病患者；即便你活得再久，也不可能见到比一个囊肿性纤维病患者跑完马拉松全程更英勇无畏且令人动容的事情。这是人类精神的最佳体现。无可否认。傍晚时分，皮特跑完马拉松后，还要到酒店去做一晚上的饭。

到特雷斯科的唯一不便就是怎样到特雷斯科。从前有两种方式，一种是乘船，我第一次就是这么来的，不得不说这种方式有些怪异。所有的乘客——尽管人数不多——上船后都到处找平的地方去躺着。许多人还用外套遮住脸，好像在躲藏什么。我们刚刚离开港口，船上的小吃吧台就关闭了。这一切似乎有些奇怪，随后渡船受到海浪的冲击，我们开始奇怪地颠簸摇晃。我不是经验丰富的水手，但是我也曾经有过些乘船经历，其中有一次还穿越了南美的比格尔海峡，那里与其说是水道不如说是为船只打造的一张蹦床。总而言之，我从来没有经历过类似的事情。风浪虽然不大，但就是慢慢地越来越让人不安。后来我听人解释说，问题出在渡船的底部一定是平的，方便进入锡利群岛的主要港口圣玛丽斯（St. Mary's）的浅滩，但平底又意味着它像软木一样浮在水面上，就是在风平浪静的日子里也依然随波颠个不停。据说，在恶劣的天气下人们常常会有被抛到天花板上晕船的新奇体验。

特雷斯科的某个人（我保证过不会泄露他的身份）告诉我他曾经在冬天从彭赞斯渡海，当渡船到达兰兹角时，英吉利海峡、爱尔兰海和北大西洋的水流汇聚成一个飞沫的漩涡，根本无法前行。渡船漂荡在翻腾的海浪上，差不多两个小时无法前进，直到最后风力减弱，洋流衰退，渡船才突然能够缓慢前行，完成总计 25 英里的航行。但是到达圣玛丽斯时，港口风浪太大渡船又无法停泊。

"船长宣布他会再尝试靠岸一次，如果失败的话，我们就只好掉头回到彭赞斯，驶入更加凶险的海域，"那个线人告诉我，"我向你发誓，绝对没有夸张，我当时抓着一件救生衣，正认真考虑是否要跳船，再试着游回码头。当时情况就是这么糟糕。不过，幸运的是，风浪平息了一分钟，我们才能停靠在码头区。你绝对没见过二十个人能这么快下船。"

另一种方法是乘坐大型直升机。我对直升机同样不感兴趣，因为它的飞行记录也并非完美无瑕。 1983 年，英国航空旗下的锡利群岛直升机就曾在恶劣天气下失事，造成二十人死亡。我乘坐过这架直升机几次，一直都不错，但是给人感觉它应该一直放在帝国战争博物馆的朝鲜战争展区。基于经济状况，直升机业务于 2012 年终止，曾经的彭赞斯锡利机场现在变成了一家英佰瑞超市。现在如果你想来锡利群岛，要么勇敢地乘坐渡船，要么搭乘埃克塞特、纽基（Newquay）或者兰兹角的小型飞机。

2010 年，特雷斯科马拉松在史诗般地举办了十年后，同样因为赞助商退出导致的经济原因而取消。现在特雷斯科马拉松已然成为历史，这点毋庸置疑。我们生活在一个令人沮丧的时代。

————

我很高兴回到彭赞斯。我常住的那家旅馆因为翻新暂停营业，所以我妻子为我在城镇的另一边订了一家精品酒店。我放下包，走上街头，想在晚饭前散散步，看看从我上次离开后彭赞斯有什么变化。

彭赞斯应该是曼妙的。那里有远眺圣迈克尔山（St. Michael's Mount）城堡的极佳视角，那绝对是英格兰最浪漫的景点之一。彭赞斯有一条长长的惬意的滨海人行步道，那个港口也需要重新粉刷，再加点想象力才能显出魅力来，或许还需要一两起轰动事件的帮助。彭赞斯的道路狭窄却很迷人，一排排的房屋颇有邻里感，窗外也多是迷人的景色。每天早起第一件事就是从卧室窗户向外看，根据大海的颜色判断天气，那感觉一定很棒。

彭赞斯的一切无一不充满希望。然而它却是一个经济衰退且令人心痛的地方。我穿过整个城镇，惊讶地发现，从我上次来后，这里许多商店都关门了。星辰酒店用木板封起来了。一家叫做柏特瑞的餐馆也不见了。好几家商店空荡荡的，屋内一片黑暗。伦敦酒店还开着，不过看起来也不复往日了。门上的标语写着："这里是酒店，不是公共厕所。"我很高兴看到管理人员在这个问题上表明立场，但却不能给我宾至如归的感觉。恒河印度餐厅也不见了，我以前经常在那里吃饭，不过我对此并不十分惊讶。它简直糟糕透顶。通常我是唯一的客人，他们的服务因此一直十分周到。

　　恒河印度餐厅的马路对面是一家不错的酒吧，叫"土耳其老大"，这会儿我从窗户望进去，那里挤满了在星期六狂欢的人。于是我沿着街道来到另一家不错的酒吧，"海军上将"，这里更是人满为患。我又回到"土耳其老大"，挤过人群来到吧台。好像过了一个世纪我才拿到一扎啤酒，不过令我开心的是，当我从吧台转身时，突然看见前门旁边的一张小桌子空了出来，我赶紧抢占了那个地方。我向经过的一位女服务员点些吃的，她十分乐意接单，不过她坦率地告诉我上菜会很慢。结果当晚每隔四十分钟，她就会送些东西来到我的桌旁，以示我没被遗忘。总的来说，她带来的都是一些能够用在食物上面的东西——盐、胡椒粉和餐巾纸包裹着的刀叉——后来她还拿来过一片面包和黄油，我差不多一口就吞掉了，就像青蛙见到苍蝇一样。晚上八点四十分左右，我喝了一碗美味可口的热汤。又隔了很长时间，我吃到了主菜炸鱼薯条。在等待的时间里，我吃了一小碗塔塔酱和一小块黄油，喝了好几扎啤酒。我发觉如果你喝的酒够多，晚饭其实也没那么重要。

　　晚上十点左右，那位服务员问我要不要来点布丁，我们一致认为我可能等不到享受布丁的那刻，所以我只好又点了一扎啤酒，然后就结账了。

总之，那还是相当美妙的一个夜晚——可是话说回来，谁喝了七八扎啤酒还会玩得不开心呢？

后来我发现如果一个人喝得烂醉，很可能会走上一英里半，回到以前常去的酒店，然后绕着它走上三十分钟，纳闷儿房子外面怎么被脚手架围着，用钥匙一个门也打不开。我不记得之后的任何细节了，但是第二天早晨我在正确的旅馆的床上醒来，穿戴整齐，只掉了一只鞋，姿势就像刚从树上掉下来一样（感觉也是如此）。

II

世界上很多人恨你，这不令人惊讶吗？大多数人你甚至从未见过，然而他们却一点都不喜欢你。所有在微软公司编写软件的人都讨厌你，大多数亿客行①的电话客服也同样讨厌你。只要猫途鹰的工作人员不是白痴，他们也会讨厌你。几乎所有旅馆前台的雇员都憎恨你，航空公司的雇员也不例外。所有曾在英国电信公司工作过的员工，包括一些在你出生之前就已经去世的人讨厌你；英国电信公司在印度雇用许多客服团队就是为了讨厌你。

但是没有人比那些建造英国公交站台的人更讨厌你，绝对没有。我不知道为什么，但是他们每天工作时的唯一想法和最大愿望就是让英国公交

---

① Expedia 亿客行，全球知名的全方位服务在线旅游网站，提供遍布全球的热门酒店预订及机票预订优惠。

站台的使用者永远体会不到一刻的舒适。因此，他们给你坐的地方就是一块红色塑料板，角度极其倾斜，稍不留神没有支撑好，就会像煎蛋从不粘锅上掉下来一样滑落。

我说这件事是因为第二天早晨我吃过早餐后沿着海滨区散步，路过一个新建的公交站台，里面连根斜杆都没有了，只有一个简单的柱子——就像是脚手架的柱子，只是更亮一些——靠三条腿支撑。我走进公交站台，出于好奇我试了一下，坐在上面真的很痛。谁知道退休老人该怎么坐上去！而且公交站台还很难看。过去英国的公交站台就像是小农舍一样，有坡形的屋顶和内置的木制长椅。现在的公交站台就是贴着广告的风洞。

所以我有一个很严肃的问题。为什么这些事情都如此糟糕？英国以前总有创造轻松惬意的日常事物的本事。我不认为其他国家曾经创造过更多与人相关、让人喜爱的附带基础设施——黑色出租车、双层巴士、酒吧招牌、维多利亚时期的路灯柱、红色邮筒、红色电话亭和荒谬可笑、不够实用但是讨人喜欢的警察头盔等等。这些东西不总是高效合理——有风的时候，可能要用超人的力气才能拉开铁制电话亭的门——但是它们给予生活一种品质和特点，使英国与众不同。但是现在它们几乎都消失了。甚至伦敦的黑色出租车都在被装着自动门的奔驰客车所取代，如果你想自己拉开门，司机一定会朝你大喊大叫。穿着黄色马甲的警察看起来就像是修理铁路的工人。我们的世界在无数细微的方面愈加糟糕。我一点都不喜欢这种变化。

———

我出发前往毛斯尔（Mousehole），那是一个美妙绝伦的小渔村。这个奇怪的名字（发音是毛兹-厄尔）来源不明，但是很可能出自某个古老的康沃尔词语。它从彭赞斯开始，沿海绵延3英里。因为今天是星期天，清晨格外安静美好。从芒茨湾（Mount's Bay）望去闪烁夺目，一片平静祥和。在纽林村（Newlyn）和毛斯尔之间的某个地方，我看见以前的彭林救生艇站。我一瞬间脑子短路了。我知道它因某件事情而出名，但是我一时间想不出是什么。站台旁的信息栏填补了我想不起来的一些细节。大约三十年前，这里发生了伟大却悲剧的英雄一幕。

1981年12月19日的夜晚，一艘名叫"联邦之星"的小型货船在从荷兰到爱尔兰的首航中于康沃尔海岸遭遇剧烈的风浪冲击。风浪一整天都很大，傍晚时分风力更是达到了12级——这是该地区很长一段时间以来的最大风力。除了通常的五位工作人员外，船长的妻子和两个十几岁的女儿也在船上，他们原本想要在爱尔兰一起庆祝圣诞节。最糟糕的是，货船的发动机坏了，只能无助地在海上漂荡。当毛斯尔的酒吧收到求救讯号，站长特里威廉·理查兹挑选了七个人立即出发前往站点。他们费尽九牛二虎之力才乘着彭林救生艇出航，前往救援那艘被困的货船，他们设法靠近货船，营救了四个人下船。仅此就足以名垂青史了，要知道当时海浪有50英尺高。

理查兹站长用无线电发消息说他们正带领四位获救人员回岸，随后会返回营救其他人。这是他发出的最后一条信息。人们推测当时的情况是下一刻，一个巨浪将两船狠撞在一起，随后两艘船都沉没了。无论事实真相如何，十六个人失去了生命。彭林站从此关闭，但依然保留着那晚的样貌，成了永远的纪念。

我从未真正停下来思考英国皇家救生艇协会是个多么了不起的存在。仔细想想，一艘被困的船只求救，便有八个人——教师、水管工和酒吧老板，扔下一切出海救人，不管天气多么恶劣，也不问缘由，他们甘愿冒着生命危险，竭尽全力搭救陌生人。还有比这更勇敢、高尚的事情吗？英国皇家救生艇协会——我之后查过——是个志愿者组织，完全靠公共捐赠支撑。它在英国海岸共有二百三十三个站点，平均每天会有二十二次出海援救，平均每年救下三百五十条生命。英国在某些时刻、某些方面会展示出全世界都无法企及的优良品质——真正的优良品质。这就是其中之一。

这一切加深了我对毛斯尔的敬意，无论如何，它绝对是一个迷人的地方。这里的街道狭窄而且极为曲折，许多街道甚至连汽车都很难通行。一些小巷更像是楼梯而不是街道。毛斯尔村的山脚下有一个被防护墙包围的小港口。潮水退后，船只倾靠在海草和淤泥上。日出时分远处的大海波光粼粼。微光照射下，对面的圣迈克尔山就像是一艘石质的大帆船。船舶酒店是一家外观精美的酒店，可以远眺整个港口。救生艇救援人员就是从这里出发的。正面墙上有一块牌匾，纪念之前的房东查尔斯·格林豪，他是那晚毛斯尔牺牲的八个人中的一位。因为是星期天的黎明时分，整个村庄安安静静，到处都关门了，于是我四处闲逛了一会儿，欣赏着沿途的风景，伤感地走了很长一段路回到彭赞斯。

——

回到彭赞斯后，我站在车边，拿出地图翻到康沃尔郡，思考接下来该做些什么。正在这时，我的视线停留在一个四十年都没有去过，甚至从未想过要去的地方：廷塔杰尔（Tintagel）。

于是我决定了下一个目的地。但是我并不十分确定，因为我对那个地方没有什么深刻快乐的记忆。我第一次去的时候都不喜欢那里，但是我有一种想要再去一次的冲动。我想很可能是四十年的空白使我自然而然对它产生了兴趣。我并不很想重新游览一次廷塔杰尔，只不过想看看能不能回忆起什么。

也许你还不知道，廷塔杰尔是一处岬角，那里有一座荒废的城堡，传说和亚瑟王有关，是纽基和比德（Bude）之间一段阴冷的康沃尔海岸，下面就是波涛汹涌的大海。这里距离 A39 公路只有七八英里左右， A39 公路是通往北康沃尔郡的主要道路，但是通往廷塔杰尔的车道就像迷宫一样，因此前行十分缓慢，让人觉得无穷无尽。我第一次游览的时候，是从卡默尔福德（Camelford）一路走到这里，哪成想每次有车经过我都得踏进树篱躲避——幸好没有那么频繁——我惊讶地发现地图上仅有一寸左右的路程，实际上却远得多，也复杂得多。当我站在一个没有指示牌的十字路口，困惑地看着地图时，一辆破旧的老式汽车在我旁边停下，车窗摇了下来。

"去廷塔杰尔？"一个女人用优雅的嗓音问道。

我弯下腰朝车窗里望去。另一个女人坐在副驾驶座上。"呃，是的。"我说。

"上车吧。我们送你一程。"

我满怀感激地挤进了后座，那里空间已经够小了，还堆着手提箱和旅行装备，一直堆到了车顶。我蜷得就差把腿折到耳朵上了。汽车鸣了一声，我们出发了——这是我人生中少有的一次真正体会到重力作用的经历。我不知道这是什么车型，但是这个女人开车的架势就好像她是斯特林·莫斯①，驰骋在纽博格林赛道②。她看起来矮矮的，几乎都快胖成一个圆球了。她的同伴与她年纪相仿，又高又瘦。我记得当时在想她们两个可以扮做数字 10 去参加化装舞会。

那个开车的胖女人开始打探我的情况。我现在在英国做什么？到目前为止，我去过哪些地方？她特别想知道我对这个小岛有什么喜欢和不喜欢的地方。我圆滑地回答我都很喜欢。

"你一定有不喜欢的地方。"她坚持说。

我立即觉察到在这个问题上没有获胜的可能，所以我说没有，真的，我喜欢这里的一切。

"你肯定有不喜欢的地方。"她不依不饶。

"仔细想想。"她的同伴催促道。

"嗯，我不怎么喜欢培根。"我说。

"你不喜欢我们的培根。"那个胖女人说，我在后视镜里看到她的眉毛扬得都快要挨到车顶了。"请问，英国的培根怎么了？"

---

① 斯特林·莫斯（Stirling Moss，1929—　），英国赛车手，与舒马赫，阿隆索等同为 F1 赛事史上的十大车手。
② 纽博格林赛道（Nürburgring），因德国科隆旁的纽博格小镇而得名，是目前全球少数拥有历史地位及技术难度的经典赛车跑道。

"只是不太一样。我们美国的培根更脆一点。"

"你认为那样更好吃，对吗？"

"我只是习惯了那种感觉，我想。"

"当我在山勒维的时候，"那个瘦女人突然说，"我吃过一种叫做松饼的东西。你能想象得到吗——把饼当做早餐。"

"它其实不是饼。"我指出。

"是的，它就叫做松饼。我清楚地记得。"那个瘦女人坚持说。

"长什么样，亲爱的？"那个矮个胖女人问。

"呃，非常像我们的薄煎饼。"

"它就是薄煎饼，"我说，"只不过名字不一样罢了。"但是那个女人根本不在听我说话。

"他们把它当做早餐？"

"每天。"

"不会吧！"

"他们特别古怪。而且他们还吃披萨饼。"

"当早餐？"

"不是，当午餐和晚餐。但是那根本不是馅饼，就是在面包上放点番茄酱和奶酪。"

"听着就差劲。"

"嗯，确实，"她的同伴十分同意，"非常差劲。"

"你吃披萨饼吗？"那个胖女人以指责的口气问我。

我承认有时候我会吃。

"你觉得它比英国培根好吗？"

这个问题把我弄糊涂了，不知道该怎么回答，所以我只是动了动嘴，但是一个字也没说。

"真是太奇怪了，竟然有人喜欢披萨饼不喜欢英国培根。你不觉得奇怪吗，亲爱的？"矮个胖女人对瘦女人说。

"特别奇怪，"她的朋友表示同意，"不过话说回来，老实说，美国人就是很奇怪的。"

胖女人通过后视镜眯着眼睛瞧我。"你还有什么不喜欢的吗？"她说。

我本想要继续保持圆滑，但是并没有做到，也没有做到审时度势，我说："嗯，我也不怎么喜欢香肠。"

"我们的香肠？你不喜欢我们的香肠？"

"我更喜欢美国香肠。"

我再次被排除在谈话范围之外。

"你吃过山勒维的香肠吗，亲爱的？"胖女人问她的朋友。

"吃过，它们特别奇怪。又小又辣。"

"哦，听起来就不太好吃。"

"可不是。"瘦女人同意道。

胖女人再次带着批判的眼光看着我。

"嗯，我希望你不会在我们国家饿着。你好像什么也不喜欢。"

这点或多或少是正确的，但是我否认道，"不，我喜欢其他的一切。"

大约五分钟后，我补充说："顺便说一句，那是圣路易斯。它叫圣路易斯，不叫山勒维。"没人接茬，我意识到我们这段跨大西洋的友谊测试结束了。我们在廷塔杰尔的中心停车场分道扬镳，我最后听到那个又瘦又高的女人说："这人简直太奇怪了。而且非常没有礼貌，你不觉得吗？"

———

现在我把车停到当年那个宽敞的停车场，出发去大街上探险。我没有任何关于廷塔杰尔社区的记忆，不过我立刻就明白为什么了。这是一个极易被遗忘的地方，基本上就一条大街，两边的商店满是新世纪福音的廉价纪念品。这里到处是游客，所有的咖啡店和茶馆都挤满了人。

我也不记得那座城堡，但是那完全不奇怪，因为根本没有城堡能让我去记忆。不过是断瓦残垣矗立在海拔 190 英尺高的地基上，满是岩石和荒草，常年受到海风的侵蚀。廷塔杰尔城堡的历史有些模糊。 12 世纪蒙茅斯的杰佛里编写的《不列颠诸王史》是最早提到它的文字记录。据杰佛里所言，不列颠国王尤瑟·潘德拉贡爱上了康沃尔公爵美丽的妻子。公爵大为恐慌，他把心爱的妻子牢牢地锁在廷塔杰尔城堡里，然后自己出外远征去了。不可否认的是，尤瑟手下有一位精明的魔法师梅林，他把尤瑟变成公爵的模样，尤瑟凭借伪装进入了廷塔杰尔。他和公爵的妻子发生了关系，公爵的妻子并没有怀疑（至少毫无怨言）。可以说，他给公爵戴上了康沃尔的第一顶绿帽子。这位美丽的公爵夫人不久后发现她怀孕了，所生的孩子就叫亚瑟王。

杰佛里编写这个故事的一个难点在于这事已经过去了六百年，可以判断，全都是编出来的。如果亚瑟王真的存在的话，他可能是好几个历史人物，并不全都和康沃尔郡有关。 亚瑟王的领地卡美洛（Camelot）或许一直在另一边的东英格利亚（East Anglia）。卡美洛这个名字或许来自埃塞克斯（Essex）的卡姆洛杜努姆（Camulodunum），这是科尔切斯特（Colchester）的罗马名字，这个推测有一定的合理性。可以确定的是亚瑟、尤瑟和梅林，还有其他人都不可能见过廷塔杰尔城堡，因为当时它还没有修建。

我满怀敬意地四处查看，读了读景点介绍牌，又下到海边看一眼叫做"梅林山洞"（同样没有历史依据）的自然地貌，之后一路艰难地爬回悬崖顶端。我走回村里发现依然到处是人，好像没有人要去城堡，显然他们很享受在商店里四处挑选蜡烛和塔罗牌这样无聊的东西。

多年前，我第一次参观城堡后回到停车场，希望我的女性朋友们能够同情我，把我送回熟悉的世界——这是我唯一的希望，虽然很渺茫——但是她们的车已经开走了。于是我走出镇子，按照来时的路返回，大概并没有多想，离开唯一可以居住的地方，要走好几英里，而此时黑夜来临，这有多么愚蠢。我想象不出自己当时期待什么样的结果，但是不久之后我又冷又饿，还彻底迷了路。正在此时，我看到一间孤零零的农舍——我想说这绝对是个真实的故事——屋外挂着民宿的牌子。我还没走到门前，就听到屋内正在激烈地争吵。我一按响门铃，争吵立刻就停止了。一分钟后，一个面容憔悴的女人把门打开条缝。她没说话，只是带着冷漠的表情看了看我，然后说："什么事？"

"今晚还有房间吗?"我问。

"房间?"她似乎很惊讶。我想她可能忘记门外挂着的牌子了。然后,她想起来了,迅速说:"有兽栏①。"

我一头雾水,我以为她在描述住宿的环境。"兽栏是指狗睡觉的地方吗?"我试探着惊讶地问道。

"不是,房钱 1 镑。"

"哦,"我说,"那没问题。"

她带我来到屋后一楼的一个房间。屋内有点冷,装饰简朴,一张窄窄的床、一个储物柜、一个五斗橱、一个洗脸池,只有冷水,但是屋子很干净。

"附近有什么吃饭的地方吗?"我问。

"没有。"

"哦。"

"我可以给你弄点。没多少钱。"

"哦,那太好了。"我满怀感激地说。我饿坏了。

"再加 1 镑。"

"好的。"

"在这等着。等我做好了给你端过来。"

她转身走了。几乎同时,旁边的房间里就传来了异常激烈的喊叫。显

---

① 此处用了英文的多义字 pound,既指英镑,又指关动物的房舍。

然我已经成为了这次争吵的话题。在接下来的半个小时里，门和抽屉砰砰摔响，愤怒的吵架声越来越高。一个重物——很可能是一个烤面包机——砸在墙上。然后突然所有的噪音停止了。下一刻我的门开了，那个女人端着托盘进来。那是一顿美味的大餐，有一大块蛋糕和一罐啤酒。

"你吃完把餐盘放在门外就行。"她说，然后转身离开。争吵又开始了，甚至比之前更加激烈愤怒。我安静地吃着，随时准备着门突然打开，一个七英尺高的男人穿着工装裤，拿着斧头站在那里，但这并未发生。那个女人尖叫着，"把东西放下！"接着说"你敢"和"来啊，你个混蛋"之类的话。屋内还传来打斗和椅子被推翻的声响。然后安静了一会儿，之后又传来更激烈的吵闹声和扔东西的声音。我不知道应该出面阻止还是从窗户逃出去。我啥都没做，只是坐在床边吃我的蛋糕。真的很美味。

我在晚上八点左右上床了——无事可做——听着黑暗中传来的打斗声。大约一个小时后，打斗声转移到了楼上，断断续续地持续到十一点左右，最后屋子终于安静了，我们都睡了。

第二天早晨，憔悴的女主人用餐盘给我端来一顿丰盛美味的早餐。"你吃完就走，"她说，"我要出去一趟，我不想让你和他单独在一起。"她把餐盘放在五斗橱上，接过我给的 2 英镑就走了。几分钟后，我听到汽车开上车道的声音。

我迅速吃完早餐，收拾好东西走出房间，这是我到这里后第一次走到门外。我看见一个男人正站在走廊尽头的镜子前整理领带。他面无表情地看了我一眼，然后继续整理领带。

我走出前门，头也没回地快步离开了。步行了大约 4 英里，到了博斯卡斯尔（Boscastle）后，在那里搭上了第一辆公共汽车，管它去哪里都行。那是 1972 年。后来除了几次去彭赞斯，我再也没有回过康沃尔。

第十三章
古英国

我在《"小不列颠"札记》中对巨石阵的评价不够高，不过那时候巨石阵的情况确实很糟糕。当时，停车场和游客中心都离得很近，很方便，可是离巨石圆阵太近了，就在川流不息的 A344 高速公路旁边，样子也很丑。游客中心的温度和魅力跟铁皮房不相上下。展品很平庸，快餐角也脏兮兮的。人们普遍认为巨石阵根本就是在丢国家脸面。

不过，今时不同往日。如今，邻近的小山后面悄然出现了一个崭新的游客中心，外形优美，明亮诱人，宽敞的展厅展示着信息量很大的展品和太空时代技术。原来的停车场和游客中心以及 A344 高速公路的部分路段已经被拆除，取而代之的是宽阔的草坪，这一改善真让人欣喜。以前还曾计划要将绕着巨石阵南端的繁忙的 A303 高速公路转入地下隧道，还巨石阵一个安静清爽，但是这个计划由于成本太高而最终被放弃了。尽管如此，随着近来不断改进，巨石阵的情况比以前要好上千倍了，可就在这两年又出了状况。

并非所有人都对新规划满意。许多美国游客的一日游都是旋风般的，从伦敦出发游遍温莎城堡和巴斯（Bath），有时候还会去埃文河畔的斯特拉特福（Stratford）①，巨石阵不过是走马观花的其中一站而已。以前，这些一日游的游客在巨石阵可以得到全套的游览体验——看看石头，逛逛礼品店，买点墨西哥玉米片或披萨饼吃，买不到就失望地先买一盒软糖嚼嚼，之后再买更合口味的，上洗手间，穿上塑料雨衣，不然会显得有点滑稽，然后爬上旅游车继续赶往下一个地方——整个过程大概花费十分钟。现在，新的游客中心离巨石阵超过1英里，单开车到景点就要花十分钟，因此要比英格兰南部一日游耗时，舒适程度也相对降低。

虽然如此，我还是刚一下车就被迷住了。14.90英镑的门票让我感到小小的心疼。新展厅特别精彩——或者说它已经尽力了。任务太艰巨了。展览必须满足参观者不同的智力需要、兴趣点和语言能力，还必须催促人群不断向前移动，好接纳后面不断涌来的新游客，因此，它不能太好，会导致游客在原地停留。但如果这些我们都能接受的话，其余的就不在话下了。

人类一直到最近才开始深入了解巨石阵，这真让人惊讶。我活了大半辈子，一直都认为巨石阵始于公元前1400年，但现在我们知道，巨石阵的历史比那还要早一千年，周围土方工程的历史更为悠久。卡萨斯跑道是条

---

① 英国著名剧作家和诗人莎士比亚的出生地，著名的旅游城市。

近 2 英里长的巨大椭圆形沟渠，比巨石阵还早几百年，许多墓葬土丘和游行大道的历史也都比巨石阵长。早在有人决定在那里竖立石头之前，这个地方就已经吸引了人的到来。很多人从各地赶来——有从欧洲大陆来的，也有从苏格兰高地来的——但是具体出于什么目的，可能永远都不得而知。

不过，最神秘的还是巨石圆阵。我们今天看到的巨石阵由两种石头建造而成：硬砂岩，一种极其坚硬的砂岩，是巨型直立石的构成；较小的青石，用作环绕石。硬砂岩产自莫尔伯勒丘陵（Marlborough Downs），一般都认为这个丘陵就在"附近"，但是请你先试试将 8 万磅重的岩石拖过 20 英里的空地，看你还会不会再用"附近"这个词了。现在还有十七块巨石仍然矗立着，而当年大约有三十块。青石虽然体积较小，但数量更多——总共有八十块左右——来自 180 英里外的西威尔士的普雷斯利山（Preseli Hills）。真的太了不起了。住在英格兰低地的人们如何知晓遥远的威尔士山顶上会有这种特殊的石头？他们一定认为这些石头很神圣，可是如果真的这样想，为什么他们不在威尔士就地建造神龛呢？干吗还要千辛万苦地把它们一路带到索尔兹伯里平原（Salisbury Plain）呢？它们不是用来建造我们今天看到的巨石圆阵的。我们现在已经确定，这些青石在巨石圆阵建成五百年之前就被带到了这里。这是 2009 年才证实的新发现。巨石阵的一切都是个谜，我们了解得越多，就越觉得它奇妙神秘，百思不得其解。

我第一次来到巨石阵是在 20 世纪 70 年代初，当时人们还可以走进阵里，摸摸巨石，靠着石头或坐在上边。然而，不久之后，为了保护巨石阵，就不允许这样做了，游客只能在外围环形的步道上观赏巨石，这真让人无可奈何。为了解决这个问题，新的游客中心在外边放了两个实物大小的仿制品——一块青石，另一块硬砂岩。如此一来，在亲眼见到巨石之前，游客就可以用手摸一摸，看一看这两种石头，这对游客来说倒是很有帮助。砂岩是一种硬质岩石，比花岗岩还坚硬。游客中心外展示的那块砂岩是放倒在木制滚轮上的，以展示这些巨石是如何被运来的，当然是我们猜测的运输方法。这个演示很高明，能让游客立刻感受到巨石的体积和重量。

大多数游客选择从游客中心乘坐一种叫陆上火车的交通工具前往巨石阵，只有少数独具慧眼的人选择步行——步行是最好的选择，因为可以慢慢融入景色中，细细感受索尔兹伯里平原的辽阔。当你爬上一座长而低矮的小山山顶，走出了树林后，就在脚下，大约在半英里外的地方，巨石阵第一次出现在你的视野里。

第一眼望去，出乎意料的是，巨石阵似乎没多大，甚至可以说是很小——毕竟，我们已经习惯了雄伟的教堂和其他高大建筑——但是你可以稍稍想象一下，对于那些从未见过如此宏伟建筑的人来说，巨石阵在他们心中激起了怎样的敬畏之情。自然而然地，它的美丽、宏大就会令人肃然起敬。你立刻就能感受到，这是人类创造的最美妙非凡的事物之一，同时，因为史无前例，所以才更非同凡响。巨石阵的神奇不仅展现了当时人类的伟大力量和组织能力，也体现了人类的远见卓识。

他们怎么会有这样的远见卓识？怎么会有人想到这个主意？又是怎样说服了几百人加入这项伟大工程？怎么找到并挑选出合适的石头，拖着石头横穿整个英国，再削磨出完美无瑕的形状，还要再抬放到合适的位置上？在世界上没有任何参照物的情况下，谁能想象出这样一个和谐的排列组合呢？这是一个谜，答案无处可寻。而且，所有这一切都是在没有使用任何金属器具的前提下完成的，除了燧石和鹿角，当时的人们再没有更锋利的工具了。

为什么要建在这里，也很难回答，猜都没法猜。这地方并没什么闪光点。既没有浩荡江河的滋养，也没有宏伟的自然景观的地利。离建造巨石阵的原材料还远。对于朝圣者而言，这里也不便到达。然而，不知为了什么原因，无数人耗费了大量的精力和心血，使之成为有史以来最完美的建筑之一。建造之复杂，令人震惊。这个地点有坡度，建造者们考虑到这一点，精心将直石设计得错落有致，使石头圆阵中所有的石头横梁都完全水平。这些石头并不像桌面上的多米诺骨牌那样立在地面上，而是深嵌在地下，有些可达 8 英尺深，以防摇晃倾倒。建造者希望四千五百年之后的今天，巨石阵依然屹立不倒。横梁的巨石两侧曲线柔和，完美地覆盖住了整个环形结构。这样的宏伟建筑，设计制造却细致到了极致。

虽然巨石阵耗费了人们大量心血，但是却在不到几十年的时间里就被遗弃了。人们抛弃它的原因可能是一个最大的无法解开的谜团。

可想而知，这一切让我陷入了沉思。我又步履蹒跚地返回那座坡度很平缓的低矮的小山，一路上悠闲地遐想，要是巨石阵的建造者们用推土机和大卡车搬运材料，用计算机辅助设计，他们会造出什么呢？如果他们拥有所有现代工具，又会创造出什么呢？然后，我登上山顶，俯瞰下面的游客中心，那里有咖啡厅和礼品店，有陆上火车和巨大的停车场，我意识到眼前的就是答案吧。

———

我本来计划去诺福克（Norfolk）的，但是伦敦的自然历史博物馆有一个我期待已久的特展，与东英格利亚（East Anglia）密切相关，因此，我决定顺道一赏。自然历史博物馆是一栋壮丽辉煌、繁复琐细的建筑，宏伟的中央大厅展出的是一副霸王龙的骨骼标本，那姿势似乎就要扑过来吞噬从正门进来的所有游客，其实，现在它要真这么做了，还真不错。

我记忆中的自然历史博物馆展品非常丰富，似乎无穷无尽。楼下长廊的灯光柔和而宁静，高大的玻璃柜里装着各种类型的动物填充标本。仿佛走进了一个冰封的动物园。你可以仔细研究这些动物，观察它们坚定的目光、坚硬的皮毛和肌肉组织，感受它们的力量与速度，惊叹生物的多样性和奇妙。展览令人流连忘返，甚至兴奋不已。最重要的是，印象中的自然历史博物馆几乎没什么参观者，非常安静，像图书馆一样。

如今的自然历史博物馆没有片刻的安静和空旷。一直都是灯火通明，嘈杂不断，神憎鬼厌。以前那个长长的展厅里面放满了动物填充标本和玻璃展示柜，吸引人们前来参观，现在已经改成了礼品店。其实连礼品店也算不上，更像是一个玩具店，如今已经不是买块橡皮和一个铅笔盒就能把小孩儿哄走的年代了。这里和哈姆雷斯玩具店①有一拼。

———

① Hamley's，世界上最大的玩具店。

博物馆里的游客都粗声大气，情绪激动，而且大部分都是外国人。走进博物馆仿佛身处中东的露天市场，抑或是大型足球比赛前赛场周围的街道，真是让人厌烦透顶。我穿过拥挤的人群，来到一个名为"人类故事一百万年"的特展，主题是英国最早的人类。我已经期待这个展览好几个星期了，现在尤其迫切，因为我马上就要去东英格利亚了，那里正是英国人的发源地。

原来，人类曾多次踏足英国，却又多次离去。这个国家至少被反复占领又遗弃了七次。不过，这些来来往往有时是没什么道理可言的。例如，50万年前，英国人口相当可观，但是随后，就有大概10万年英国杳无人烟，可那时气候温和，食物充足。另一时期，英国被几百英尺厚的冰层覆盖，但人类依然跋山涉水来到这里。在旧石器时代的漫长岁月中，人类似乎执拗地违背着大自然对人类的指导，在这片土地上定居又迁徙。我想，人们现在也是如此。

2000年，一位名叫迈克·钱伯斯的业余考古学家，在诺福克郡哈比斯堡（Happisburgh）的海滩上散步时，发现疏松的海崖中伸出一块片状燧石，但是这个深度根本不该出现人工燧石。之后，一队考古学家来到了这里，在接下来的五年里又挖出了三十二块人工燧石——也就是史前人类文物——科学证明这些燧石产生的年代距今实在太久远，对制造燧石的远古人类我们也一无所知。哈比斯堡人并不是现代人。他们甚至比约翰·普雷斯科特①还老古董。他们通常被统称为史前人类，也就是"最早出现的人

---

① 约翰·普雷斯科特（John Prescott，1938—　），英国工党政治家，前英国副首相，前下议院议员。

类"，但这也只是猜测。除了这些燧石文物能证明当年的工业程度之外，没留下任何直接的线索。不管他们是谁，他们都是大约一百万年前最早出现在英国的人类（也就是这个展览的名字）。

在史前人类到达英国以前，至少有两个早期人类种群来过英国：海德堡人和尼安德塔人（也就是尼安德特人）。现代人是唯一永久定居于此的人种，这可以追溯到一万两千年前，也就是说英国是世界上有现代人类居住较晚的国家。从这个角度来看，英国比美洲或澳大利亚要年轻得多。

总体来讲，展览办得非常成功——思想有深度，内容丰富，引人入胜，灯光柔和，且轻松安静。算上我，现场只有三名参观者，毫无疑问，是因为门票也相当贵， 9英镑呢。展览主办者组织了大量的文物展出，以前从未将这些展品放在一起展出过——英国最早的尼安德特人头骨，世界上最古老的矛、手斧以及形状各异、大小不一的刮刀，包括那些在哈比斯堡发现的——这样你就可以全面了解人类在英国将近一百万年的历史了。但是，最令人着迷的还是两个真人大小、栩栩如生的模型——尼安德特人和早期现代人模型。它们是由阿德里斯和阿方斯·肯尼斯这两个荷兰兄弟制作的，在制造人类模型方面，他俩简直是天才——"天才"一词并不足以彰显他俩的旷世奇才。这些模型不是毫无特点的类型性人物，做得就像两个活生生的人，以至于走进展览馆的刹那，你会以为遇到了一个活生生的尼安德特人和一个活生生的早期现代人站在那里，那情景真是不可思议。

尼安德特人身材矮小，大约5英尺4英寸高，但身材魁梧，外表粗犷。尼安德特人很神奇，像谜一样。比如说：他们的大脑比我们的大。他们生活在冰河时代，所以需要衣服，但是又找不到任何证据表明他们懂缝纫。很长一段时间，科学家都认为现代人和他们没有交配过，直到现在才确定现代人有2％的尼安德特人血统。我不知道为什么科学家如此抗拒异族交配。看看我们的枕边人，古代的篝火边曾有那么一两个尼安德特少女让我们心动过，也不足为奇。尼安德特人将红发基因传给我们，真该好好感谢他们。站在尼安德特人旁边，早期现代人看起来很柔弱，简直是弱不禁风。他虽然比尼安德特人高了几英寸，但强壮程度却差远了。毫无疑问，尼安德特人能轻而易举地打败我们。估计尼安德特女人也是如此，所以我们只有2％的尼安德特人血统，不然还不得有50％的血统。尼安德特悍妇对我们来说太可怕了。

不远处是一个史前人类的头部石膏模型，不知为什么，他们看起来异常开心。 史前人类是1994年首次在西班牙北部发现的全新物种，之前从未在其他地方发现过。没有人能肯定诺福克人就是史前人类。由于二者出现在同一时期，因此，科学家推测他们属于同一属类，不过也有可能是完全不同的物种，甚至是全新物种。自然历史博物馆的模型暗示了史前人类是一种类人生物，性格温和却不太聪明，但这也只是猜测。

展览的最后自然是礼品店。这也不全怪博物馆。一般都是这样，各机构被强制发放免费入场券，但它们自有生存之道。如果下次来发现这里已经被乐购便利店取代了，我一点也不会惊讶。

我继续参观了博物馆的其他展览。馆内陈设老旧不堪。上世纪80年代，我曾经带我孩子逛过"恐怖爬虫类"馆，那里的陈设依旧，却处处显出滑稽可笑来，让人绝望到想饮弹自尽。许多告示牌的字迹都已经难以辨别，慢慢地只剩下"自历博馆"（Naural Histry Musum）了。各处展览的标签也让人毫无兴趣，看不到任何激情和创意。生态区展板上贴了一张海豚跃出海面的照片，一副快乐和好奇的表情，标签上写着（全文如下）："2004 年，由于动物保护团体的施压，英国国会议员提议禁止在英格兰西南部海域捕捞鲈鱼，以减少每年因拖网捕鱼而送命的海豚数量。"稍等，这段荒谬的声明还真得好好研究一下。首先， 2004 年距今已经很久了。后来又发生了什么吗？很明显，这个展板自那时起是没有什么变化的。有多少议员呼吁？三个？五百个？做了什么？他们引入立法程序了吗？法案生效了吗？英格兰西南部捕捞鲈鱼有什么特别值得关注的原因吗？为什么不在全国禁止捕捞所有鱼类——为什么不干脆在全世界禁止捕鱼呢？即便在刚贴上时，这条信息也够粗制滥造、不合时宜的了。现在，它更显死气沉沉，同时也是对博物馆专业的侮辱。所有博物馆都这德行。那些曾令我的孩子们着迷的动物标本，如今都不展在玻璃柜子里了，而是被堆到了储藏室，大概是因为它们太过时了，已经不适合 21 世纪的展览。

以前博物馆正上方的阁楼里，一侧是人类学的丰富展区，另一侧则摆着更多的动物填充标本。如今，人类学展区变成了一条空荡荡的长廊，另一侧全被一个咖啡馆占了——整栋楼里至少有五家咖啡馆，这只是其中一家。渐渐地，我明白了这里发生了什么。自然博物馆入不敷出，因此管理者们偷天换日，悄悄地把它改成了一个美食城。等我再带孙儿们来这里时，可以边坐下来吃点心，边告诉他们这里曾经的模样。"在那边，那台冰淇淋机那里以前是一个展览柜，里面有一只北极熊标本。快把饮料喝完，我带你们去看以前蓝鲸放在哪里。现在那里卖波纹薯条。"我相信新的博物馆不会使人增长见闻，也不会有什么教育意义，但我希望它将来能自给自足。

走过楼上新开的咖啡馆时，我看到一个孤零零的玻璃柜，有那么一瞬间，我以为自己偶然发现了一个被忽略的遗迹，仿佛又见到了过去令人兴奋和着迷的博物馆，结果却是空欢喜一场。其实，柜子里面是一则广告，推销着位于肯特郡（Kent）的查尔斯·达尔文故居道恩之屋（Down House），没有介绍任何达尔文的生平和成就，也没有关于"比格尔号"航行、进化论或任何可以让人稍稍长些知识的东西，只是建议我们到他故居去逛逛。

既然广告里根本没提到那里有什么快餐设施，我干脆决定不去碰运气了。

第十四章
东英格利亚

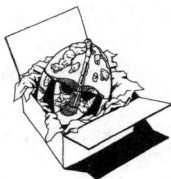

I

一个夏日的清晨，阳光明媚，晴朗宜人，我正行走在霍尔克姆（Holkham）和布莱克尼（Blakeney）之间的诺福克海滨小路上。当我转弯时，就发现路一时间被一位女士和她的狗挡住了。我就站在她身旁，一起看着狗不吭声地将三块软软的粪便排在了路面上。

"狗就这样随地大小便，你不觉得有点恶心吗？"我语气诚恳地询问她。

"我是当地人。"她回答道，好像这就能解释清楚。她还一副义正言辞的样子。

"难道这样你就有权力让狗随地大小便了吗？"

"我会把它盖上的。"她不耐烦地答道，好像我在多管闲事。"看吧。"她说，然后揉碎了一些落叶盖在上面，将狗的排泄物从明面上的障碍变成了粪便地雷一类的东西。"行了吧。"她说，然后心满意足地看着我，仿佛这样就解决问题了。

我盯着她看了很久，眼神略带敬畏，之后把手杖高举到空中，从容地把她打断了气。当她不再动弹时，我就把她裹着夹克衫的肥胖身躯滚下小路，落入芦苇沼泽里，尸体沉下去时还发出令人满意的咕嘟声。之后我查看了地图，继续散步，想看看布莱克尼这个时间点有没有能喝茶的地方。

我喜欢诺福克。我在那里生活了十年，直到2013年。我越来越确信，如果再有几座小山，人口再多元一些，这里就完美了。正如我儿子山姆过去常说的："诺福克：人很多，但就那么几个家族。"

不过，得承认没有哪个郡的景色是全然壮观的，但至少有些郡还是很美的，而且再没有比诺福克北部海岸沿线更美丽的景色了。在滨海三眼泉（Wells-next-the-Sea）（多么好听的名字啊，对吧？）和克莱（Cley）之间大约10英里的区域，缓冲形成了大面积的盐沼地。盐沼地与水道交错相接，有的水道很深，潮水涌至，就会将其迅速填满。当寒冷的薄雾席卷北海时，人们很容易迷失方向而误入萎缩的沼泽地，有可能被海水吞噬掉。

伦敦人青睐于在北诺福克购买第二套房产；人们称这里为"黄金海岸"。这里的安静程度仅次于英国西南部地区，十分静谧祥和。沿海地区的乡村巴士服务，是我见过的最出色，最智能的了。几年前，提供巴士服务的科斯特哈珀公司淘汰了所有的大型慢速汽车，转而投资于哈珀小型汽车组，并保证至少每半小时发一辆车，通行各条路线。因为科斯特哈珀公司提供的服务很可靠，所以深受当地人和游客的欢迎，公司的一个司机曾骄傲地告诉我说这是英国最棒的乡村巴士服务。当你在海岸边散步，感到疲惫或有暴风雨将至时，你可以随时上车，巴士服务非常灵活。你也可以把车停在霍尔克姆或威尔斯（Wells）等地，沿着海岸走到谢灵汉姆（Sheringham），之后坐巴士回去取车，这正是我此刻在做的事。

路旁林立的几座村舍由砖头或打火石砌成，很是吸引人，布莱克尼和克莱的村舍尤为如此，但我想在索尔豪斯特（Salthouse）的"古奇"店停下来吃午餐。"古奇"在美国指的是海鲜店，这种叫法一直沿用至今。在过去，海鲜店里到处都是怒气冲天的手写标识语，告诉顾客不许做什么。包括不能自己直接入座，必须提前预订才能入座，不许点手写菜单上没有的食物，如果没记错的话，最不能接受的就是店里的一切东西都要付费，包括氧气和海景。我就一直四处观望，想着会不会看到一个标识牌，上面写着："真的，你们为什么不滚开，不让我们清静点呢？"

"古奇"店现在似乎安静了很多，标识语的数量不仅有所减少，语气也越来越收敛，我不禁感到几分可惜。我还是喜欢有点个性的地方。不管怎样，这里的食物口感很好，价格也相当公道。只要价格合理，你可以尽情地骂我。我吃了一大盘海鲜，真是太棒了。

———

在索尔豪斯特的不远处有一条人行道，靠近大海，穿过砂砾，在巨大的沙丘顶部延伸了几英里远后，上升到高出海平面七八十英尺的广阔的草地上，那里的景色十分秀丽。我走了相当长的一段路——从霍尔克姆到谢灵汉姆有 18 英里——好在路面都很平坦。我刚到谢灵汉姆时，一声刺耳的汽笛划破了天空，声音大得足以让我惊跳起来，一列蒸汽火车从我右手边驶过，发出嚓嚓的声响，在空气中留下了一长串白烟。这就是北诺福克火车。即使离得很远，我也能想象到火车上一定是人群蜂拥。成百上千的人怀着愉快的心情，坐在全程十八分钟，从霍特（Holt）出发前往谢灵汉姆的火车上。即便车速比以前去诺福克慢了许多，座位也没那么舒服，但他们竟还那么欢天喜地。

英国人在享乐方面着实让人感到吃惊，相比之下其它的事都不值得大惊小怪了，我也不确定自己是否真的羡慕他们。在常人看来很平凡的事，英国人就能沉醉其中，乐此不疲。给他们一种艾德礼①时期就已废弃的交通工具，英国人就会趋之若鹜，前去参观。你知道吗，英国共有108条蒸汽火车线路——其中106条都是没用的——而开火车的竟然是18,500个志愿者。有个离奇而又千真万确的事实，就是成千上万的英国男人只要看到蒸汽火车运行，就激动得连伟哥药都不用了。

蒸汽机车仅仅是"没人稀罕的活动"之一，英国还有一个水塔观赏协会、陶烟斗研究协会、碉堡研究小组、鬼魂广告协会（他们专找贴在建筑两侧已经泛黄的广告）以及环形道赏析协会。你能听懂我说的是什么吗？有些人不是被人用枪威胁着，而是自愿在休闲时四处寻找最美丽、最令人满足的环形道。（他们怎么知道何时能找到？）

最近，我在偶然间访问了"铁路支线协会"网站，他们要去参观一些

---

① 克莱门特·艾德礼（Clement Attlee），工党领袖，1954—1951年任英国首相。

不常用的铁路线，并举行庆祝仪式。网站上的时事通讯写道，2013年举办的一次活动竟有160人参加，整整160人！"我们在帕森街（Parson Street）第一个交叉口乘坐上行加班车，一路'加班'到达布里斯托火车站，在那换乘上行列车，到达布里斯托东站后乘坐反向列车，过了一分钟，我们抵达9号站台。在结束了302英里61链（1链等于22码）的车程后，我们向火车上的乘务员和乘客挥手道别，立即开始计算11月3日那天收到的一大堆订票表格，当天正是电力机车的纪念日！"

上面的感叹号让我由衷地感到喜悦，这只是支线协会活动的一小部分。还有几天他们玩得也很嗨："托顿中心至特罗威尔交叉口"，"汤普顿西交叉口至雷特福德西交叉口（高架桥二号站台）"，"汀丁西交叉口至汀丁东交叉口，避开格洛瑟普"（这也情有可原），我最喜欢的就是"艾克维利交叉口到奥德海姆站之旅"。

这些网站给了我无尽的慰藉。每当我心情低落时，或觉得生活空虚，毫无意义时，我就会登录这些协会的网站，阅读他们最新的出行活动，我就会意识到自己的生活是多么的丰富。

———

在谢灵汉姆，我爬上了一辆活泼的哈珀汽车回霍尔克姆取车。其实那不是我的车，而是从诺里奇（Norwich）租来的，其实我一点都不想租车，但这是去东英格利亚的唯一办法。之后我开车返回谢灵汉姆，忙了半天也找不到停车位，我只能拖着疲惫的老腿在小镇上随意转了转。

在平凡无奇的小镇中，谢灵汉姆算是最好的了。小镇称不上有多么魅力四射，连一个体面的酒吧都没有，餐馆也都很一般。可是这里有一家小剧院，还有一些非常值得推荐的商店，这些店在其它国家几乎都已经消失：蔬菜店、鱼店、几家肉店、书店和文具店，还有一家特棒的布莱斯和莱特五金商店，货物十分齐全。谢灵汉姆的这些老商铺能存活至今，主要是因为十四年来全镇人齐心协力阻止了乐购在当地开店。但乐购就是乐购，经过一系列冷酷无情、耐心的斡旋斗争后，乐购最终得以如愿。我进入新开的乐购店看了看，里面生意繁忙，但街上的店铺也依旧有许多顾客光临。我又进了一家独立营业的商店买水，顺便问店主新开的乐购会不会影响当地生意。他严肃地点了点头说，"生意本来就难做，现在情况更糟了。过几个月你再回来时，街上的许多店铺肯定都关闭了。"

"这真让人难过。"我说。

"这他妈就是个悲剧。"

"不过话又说回来了，"我说道，"你的商店就是个垃圾场，我进来的时候你也不打声招呼，现在又装得可怜兮兮。"

"你说得太对了，我真要再努力些了，对吧？"

"你要非常努力才行，"我认同地说，"但是不幸的是，你不愿意啊。你只会抱怨，好像自己生意不好都要怪别人，其实问题出在自己身上。"

"你说得很对。谢谢你教我如何当更好的店主，如何成为更好的人。希望你再次光临本店。"

实际上我们没讲那些话，他只是找了零钱给我，一句感谢也没说，也没给我最低限度的再度光临的理由，真是个无聊的家伙。

我在伯灵顿旅店过了夜，对这个又大又昏暗的海滨旅店一直有种难以言状的情感。我从没来过伯灵顿，没有想过自己是不是这里唯一的客人，但是旅店一直在营业。也许我半年一次的光顾就是他们的全部生意。夜幕降临时，我正在洗漱，打开电视正赶上当地的新闻时间，这里的新闻经常报道洛斯托夫特（Lowestoft）某某工厂倒闭的消息。我以为洛斯托夫特没剩什么工厂可倒闭的了，可令人惊讶的是，总是会有厂家前赴后继地倒闭。通常是某个漏网之鱼，随着英国的行业大潮退出历史了。

　　"英国仅存的海藻养殖产业在历经160年的发展后终于闭门歇业，"新闻广播员的语调十分沉重，"该公司有250名员工面临失业，而其中一些人自19世纪就在这里工作了。"明晚新闻就会报道英国最后一家扇贝剥壳厂、法兰修边厂、牡蛎加工厂或其它名字听起来很奇怪的厂家倒闭的消息。晚间新闻里没听到这些企业都是做什么的，因为我当时在吹头发，吹风机的杂音很大，关掉时我只听到："该公司在胡志明市的生产企业为员工提供就业的机会。"

　　我洗了澡，浑身搓到发红，穿上干净的衣服后我就去了旅店空荡荡的酒吧里喝酒，又在附近一家同样冷清的餐馆吃了饭。之后我回到房间上了床，像个婴儿般呼呼大睡。

Ⅱ

　　早上醒来时，阳光如水般倾泻下来，我在伯灵顿又大又冷清的餐厅吃了早饭，然后沿着海岸线开车行驶 20 英里前往哈比斯堡，那个村子位置偏僻，孤零零的，但景色很美，大致就在谢灵汉姆和大雅茅斯（Great Yarmouth）的中间。哈比斯堡的主要建筑是一座高耸而漂亮的灯塔，上面有三道红色的条纹。附近停车处有个指示牌，我才知道"这是英果唯一独立运作的灯塔"。对此我感到很遗憾，怎么会把"英国"都写错呢？还上学干吗呢？老师们还每天早上去教室干吗呢？除了这个小小的错别字以外，哈比斯堡绝对是个宜人的好地方。有时人们会把它读作哈斯布罗（hays-burra）或者是黑斯堡（hays-brrrrr）。诺福克人擅长创造奇特的发音，将哈特布瓦斯（Hautbois）读成哈比斯（hobbiss），怀芒德罕（Wymondham）读成温德姆（windum），考斯特西（Costessey）读成考兹（cozzy），珀斯特维克（Postwick）读成珀兹克（pozzik）。人们经常会问其缘由，我也说不清诺福克人的发音为什么这样奇怪，我觉得这和近亲婚姻有关吧。

直到 2000 年考古学家发现了九十万年前的燧石刀时，哈比斯堡才开始引人关注。这是阿尔卑斯山这一面发现的历史最悠久的史前古迹，其引发的轰动效果远超乎想象。

那时世界上还从未有人来自如此北寒之地，他们大多来自非洲，这里实在是非同寻常。那时整个世界都归他们所有，他们竟选择哈比斯堡定居——这要比科罗娜森电影俱乐部每月第二个星期二电影之夜的历史还要久。而人们现在还嫌哈比斯堡的节奏很慢。

哈比斯堡当时的环境与现在相比变化很大。英国由大陆桥与欧洲大陆相连，而哈比斯堡正位于泰晤士河入海口处。如今泰晤士河于南边 95 英里处注入北海，但是一百万年前，那里还是个面积广阔、土壤肥沃的三角洲。

几个世纪以来，英国这一段海岸线在面对入侵的海水时处于弱势，节节败退。海岸峭壁高出海平面 30 到 40 英尺，上面大都是松散的泥沙，海崖下陷的迹象随处可见。多年来，许多房屋早已沉入海中，还有一些不久也会步其后尘。有些地方的房屋就矗立在新形成的侵蚀崖边上，停车场附近有一条陡峻的小路通往大海。每当涨潮时，海滩就会被水淹没。我尽量走近海滩，但没什么景色值得观赏，就返回了悬崖顶部，向北前往一家旅行车停车场。

去年，人们就在悬崖下方发现了古代人留下的足迹。一场暴风雨冲走了地表的沙土，让一百万年前几个人留在松软泥土上的脚印首次得见天日，现如今都永远印在了岩石上，这是迄今为止除非洲外发现的年代最久的人类足迹。考古学家拍了照片并对其展开研究，之后就任凭大自然将它们再度掩埋。悬崖边上非常危险，那里随时会坍塌，我蹑手蹑脚地往崖边挪动，鼓足了勇气往下看。就在我的正下方，海水不断冲击着悬崖的地方，人们发现了那些足迹。站在此地，想到在现代人还没出现的那些遥远得无法想象的远古时期，古人类曾经在此游荡，一种奇特的波澜壮阔之情油然而生。

哈比斯堡曾发生过英国史上一次最为悲惨的海难事故。1801 年冬天，英国最伟大的舰船——英国皇家海军无敌号，由于风暴天气的影响被冲上了沙滩，船体尽毁。四百人淹死在冰冷的水中，大约一百二十具尸体被冲上了岸，后来埋葬在圣玛丽教堂墓地。现在我正漫步于此。教堂有一座高达110英尺的四方塔楼，高耸入云，引人注目，在诺福克辽阔而空旷天空的映衬下显得更高了。教堂离海岸很远，相对比较安全，但是按目前海岸侵蚀的速度计算，大约七十年后教堂将会被海水吞没。面对这样悲惨的前景，面对这个不需要立即解决的问题，英国政府采取了其他国家一贯的做法：漠然视之。

——

我开车沿着蜿蜒的小路行驶了十几英里，回谢灵汉姆，沿途穿过郁郁葱葱、阳光明媚的农田，抵达海岸村庄欧弗斯特兰德（Overstrand）。很难相信，这里曾是欧洲最时尚的度假胜地之一。20世纪初，在一个夏天的午间时分，游客可能在欧弗斯特兰德遇到温斯顿·丘吉尔、演员艾伦·泰瑞和亨利·欧文、悉尼与比阿特丽斯·韦伯夫妇①。欧弗斯特兰德被称为"百万富翁之村。"该房产的业主希灵登勋爵每年会来这里呆上两个星期，但是他雇用了三个男管家，还有一班人马随时待命，以防他心血来潮不期而至，可事实上他从未来过。

令我感兴趣的是一处叫做"海玛吉"的地产，以及它被人遗忘的建造者——大资本家埃德加·斯皮耶爵士。尽管斯皮耶是个德国人，但几乎一生都没在德国生活过。1862年他出身于纽约市一个富裕的德国家庭，二十多岁前往英国管理家族产业。他投资发了财，建了许多地铁，又慷慨资助艺

① 韦伯夫妇（Sidney and Beatrice Webb），英国社会活动家，费边社会主义理论家。1895年共同建立伦敦经济学院。

术事业。当逍遥音乐节①陷入资金困难时，他为此伸出援助之手，不仅与我们在博格诺的朋友乔治五世成了兄弟，还加入英国国籍，因其对艺术的奉献被封为爵士，之后更入职了枢密院。他慷慨解囊，为医院提供捐助，资助罗伯特·费尔肯·斯科特的南极探险行动。当斯科特去世时，他衣兜里还揣着一封写给斯皮耶的信。

简言之，斯皮耶是个近乎完美的人，只是他似乎希望德国能打赢所有战争，称霸世界。当然，有时这就是德国人的通病。斯皮耶的家是个伊丽莎白庄园风格的大型建筑，位于海边的峭壁之上。有传闻称，在一战期间，斯皮耶就在庄园的阳台上向德国船队发过信号。这倒会是个引人注目的场面，可惜有些荒谬。他会发些什么呢？（"这里下雨了。你们怎么样？"）他根本接触不到任何对德军战事有特殊价值的信息，也不可能铤而走险让自己暴露在众目睽睽之下。

真正给斯皮耶带来麻烦的是他的犹太人身份，当时即使是在最开明的社会群体中，人们还是稍带些反犹太情绪。《每日邮报》的老板诺斯克利夫勋爵注意到犹太商人的势力在英格兰逐渐扩大时，他代表自己那一代人嘲讽地说，"看来我们不得不尽快建立犹太语版的社会专栏了。"诺斯克利夫很憎恶斯皮耶，无情地迫害他。议院委员会剥夺了他的封号，把他定为叛徒，实际上他也确实是，他一直希望英国战败。在一片怀疑声中，斯皮耶

---

① 7 月 13 日—9 月 8 日是一年一度的 BBC 逍遥音乐会（BBC Proms）。这场长达八个星期的古典音乐盛会首创于 1895 年，是英国文化生活中最重要的音乐活动，被誉为"世界最大和最民主的音乐节"。

最后只得逃往美国。

如今，海玛吉成了一家宾馆。我擅自闯入这里，眺望着花园墙外的大海，然后走进宾馆，想着是否会有人制止我，不过没有人来。有关斯皮耶先生的一切似乎都不存在了，我只好又离开此地，前去参观这个整洁的、平凡到出奇的村庄。

村庄保存得完好如初，也算是个小小的奇迹。诺福克郡位于英国各郡的最边缘。这里没有水运航道，也没有双向车道，火车服务更是惨不忍睹。当我们刚搬来时，铁路交通由一家叫 WAGN 的公司负责，我总是以为那是"我们无路可走"（We Are Going Nowhere）的缩写，现在换成了一家荷兰公司来接管，但我没看出有什么改进。重点是，要想到诺福克东海岸去，就必须刚毅坚韧、时间充裕，还要对诺福克东海岸有超乎寻常的渴望，这些缺一不可。

——

过了欧弗斯特兰德不远就是克洛默（Cromer），这又是个旧式的海滨度假地，那里有一家名叫巴黎旅馆（欧弗斯特兰德）的旧式豪华宾馆，我无法想象这家店能去哪里招揽生意。我是来看克洛默码头的，觉得这是英国最好、景色最美的码头。英国曾有一百多个码头，但如今留下来的还不过半，而许多码头——博格诺跃入脑海中，也不知道它还有没有能力恢复过来——也都破败不堪，甚至都算不上码头了。 2013 年冬天的一场风暴严重损毁了克洛默码头，我听说有传闻要将其拆除，那真是个悲剧啊。但幸运的是，码头后来得以修缮，现已完好如初。

几年前，当我和丹尼尔、安德鲁路过这段海岸时，丹尼尔表现得极为兴奋，因为码头的电影院正在上演二战歌曲音乐会，其中一位表演者还曾是丹尼尔的同事。丹尼尔坚持要求我们去看当天的音乐会。坦白讲，我当时并不想去看演出，但后来真的被深深感染了。来看演出的人很多，多数是一些坐长途车来的老年人。我相信我们三人是唯一没有穿着纸尿裤的观众。虽然只有三人表演节目，但是他们的表现都很出色。那位女歌手长相甜美，多才多艺，整场演出也就一个小时左右的时间。不得不承认，看到码头剧院除了可以表演女王颂礼，还有大用场，真让人振奋。

克洛默是个令人愉悦、风格古朴的地方，我在那好好逛了逛。之后又返回了谢灵汉姆，实在没什么激动人心的事好做，就又去逛了逛。然后，我回到伯灵顿旅店，安静坐等，估计等足了一个小时，才起身去喝杯酒。

III

如果你去了东英格利亚，那就一定不能错过萨顿胡（Sutton Hoo）。当然这由你自己定，不过一定不会让你失望的。萨顿胡的故事是从弗兰克·普雷蒂上校开始的，他人生前五十来年没做过什么，但是他后发制人，在短时间内就完成了好几件人生大事。娶了一位名叫伊迪斯·梅的老姑娘，和她一起搬到了名叫萨顿胡的大房子里，那里距离萨福克（Suffolk）的伍德布里奇（Woodbridge）很近。后来弗兰克上校当了爹，但是在五十六岁生日时他就突然去世了。

普雷蒂夫人和小儿子寡居一处，守着偌大偏僻的宅子，于是普雷蒂夫人开始信奉招魂术，对庄园五百英尺外荒野中的二十多个长了草的土堆很感兴趣。普雷蒂夫人决定挖掘这些土堆，于是联系了伊普斯威奇博物馆，博物馆给她介绍了一位名叫巴兹尔·布朗的怪人。

布朗是一个农场雇工和临时工，从未受过考古培训。他十二岁时辍学，但他自学成才，获得了地理学、地质学、天文学和绘画方面的证书。我还在诺福克生活时，就对这个人很感兴趣。我注意到他娶的姑娘是我们村的人，两人在附近一个名叫"教会农场"的地方生活了几年。布朗一辈子都改不了自己的诺福克乡下口音，无论是外貌还是举止都时常被比作一只水獭，但是他在考古学方面确实有天赋。他一有空就骑车去诺福克兜风，寻找考古遗址。他的判断十分精准，非常不可思议。

布朗同意去看看普雷蒂夫人的庄园，但没指望着能有多大发现。大家都知道过去这些土堆被挖得很彻底了，所以这份工作才会落到布朗手里，而不是交给更有声望的人来完成。普雷蒂夫人给布朗先生的薪水不多，让他住在司机的房间，借给他两个家里的工人当助手。布朗和他的团队没有任何专门的工具，用的是餐柜里的壶、碗和筛子。最精细的活计也是用厨房的面点刷和图书馆的风箱干的。 1938 年夏天，布朗挖穿了三座土丘，却一无所获。但是布朗先生并没有泄气，第二年夏天他又卷土重来，挖掘这个如今被称为土堆一号的地方。他一下子就发现了一块金属，并准确推断那是船的一个铆钉，这里埋藏着船骸。这个发现真的很有价值，因为英国从未记载过船葬的历史——即使现在英国也只有两个船葬处，这是其中之一——要知道土堆离海有大约 1 英里远。离海这么远的内陆还从未有人发现过船葬，布朗是第一个。他唯一的参考资料就是一部 1904 年用挪威语写成的大部头，描述了在挪威西部发掘出的一艘挪威海盗船奥赛贝格号的经过。

重点是要记住布朗并没有发现那艘船，他只找到了船的印记——消失已久的船体架构的印痕。这是一项十分细致的工作——就像努力挖掘一个影子一样。但功夫不负有心人，布朗发掘了英国有史以来最珍贵的文物——宝石、硬币、金子、银器、盔甲、武器和各种装饰物品，这些物品来自于遥远的埃及和拜占庭。没人知道墓船主人的身份，或者里边到底有没有人，也许在强酸性的土壤中尸体已经被一点一点地腐蚀掉了，也有可能火化成骨灰撒在了船只残骸的周围。人们推测这个人最有可能是东英格利亚国王雷德沃尔德，但这也只是个猜测罢了。

当人们意识到这个发现的重大价值时，政府部门的考古学家都纷纷而至，布朗被粗暴地抛在了一边。多年来，布朗在发掘中所作的贡献要么无人提及，要么被贬低蔑视。他们对他的一贯评价就如考古学家理查德·登波克所说，布朗"长得像是一只水獭"，挖洞时"像捕鼠的猎狗一样。它拼命地刨土，将胯下的土都清理掉，不时退后看看进展，一脚踩进自己刚刚挖松的土里……悲哀的是，如果他受过培训，也许会成为一位优秀的考古学家"。我倒觉得，如果登波克受过培训，也许他就不会这么无耻得像个畜生了。

萨顿胡的挖掘工程真是时运不济，正赶上战争刚刚爆发，战争期间所有的采掘工程统统都要叫停。令人惊讶的是，军队竟然没收了普雷蒂夫人的庄园，用于坦克部队军事训练。当战争结束后，重新归来的考古学家发现挖掘处正好被坦克轧了过去。普雷蒂夫人将修复的文物捐给了大英博物馆，这是迄今为止博物馆最珍贵的个人捐赠物，博物馆花了几年时间将挖掘出土的物品清理干净，其中最难处理的是一个已经碎成五百多块的金质头盔。直到1951年，专家团队才成功将其完整复原，当时立刻就有学者站出来讲复原的头盔根本没法戴，还有些剩下的碎块拼不上去，就只能放弃。接下来的二十年里，大英博物馆一直展示着这个明显存在问题的头盔。直到1971年，整个头盔又被拆解，重新拼成今天的模样，这次所有的碎片都用上了，估计这次应该没有问题了。金质头盔成了大英博物馆里最引人注目的收藏品之一。

　　在此后的二十年里，布朗先生仍在骑着车游览东英格利亚，有时还去更远的地方，他发现了撒克逊人和罗马人留下的遗物，甚至还发现了整个农场和居住点。布朗于1961年退休，1977年去世，享年八十九岁。他偶尔会去大英博物馆看一看萨顿胡文物。但从未因自己的发现而得到过官方荣誉。

　　我愉快地在遗址周围走了很久。从土堆到游客中心的路程很长。其间共有约二十个土堆，这些土堆都经历过开采和挖掘，其高度早已不复当年，有些也很难辨认了。现在也可以参观普雷蒂夫人的故居，那里的陈设复原了普雷蒂夫人生前的样子，每个房间都有一张塑封的信息卡片，介绍普雷蒂夫人的生平事迹。不过上面出现了很多拼写和标点错误，有点让人遗憾，但至少可以看出是在尽量向游客们传递有价值的信息。上一次我在2009年到访英格利亚时不记得这里曾对游客开放，可话又说回来了，我连两个星期前的事都记不住。

游客中心别具一格，十分明亮，展品都很寓教于乐，让人们深深地记住了埋葬地点当年和几个世纪以后被发掘出来时的样子。那些珍宝实际上都在大英博物馆，此地的展品中也有些漂亮的复制品。我在咖啡店吃了一块三明治，又喝了一杯咖啡，对于这一切我感到亲切又舒坦，就没再抱怨三明治有些干，价格也比正常高出一倍，连在心里都没抱怨。嗯，也许我心里稍稍抱怨了几句，但我没跟任何人发牢骚，我确实进步了。

——

我开车沿着萨福克海岸前往奥尔德堡（Aldeburgh），那是一个时尚而美丽的小镇，到处都有时尚品牌店。有一家胖脸①、琼斯②和纳姆牌啤酒厂，还有几家当地人开的精品屋、咖啡馆和一家很棒的书店。我不明白为什么别的度假胜地都一蹶不振，而奥尔德堡和另一个沿途经过的度假胜地索思沃尔德（Southwold）的生意却依旧兴隆，风貌也相当时髦。这和开放程度无关，也不是因为这里风景有多美。与博格诺或马尔盖特（Margate）相比，奥尔德堡和索思沃尔德交通条件很差，地理位置比较偏僻，自然环境也不及彭赞斯。这一切该怎么解释？我真的不明白。

---

① 英国时尚儿童用品品牌。
② 英国著名服装品牌。

当年的我壮志满怀,曾录制过一档针对英国垃圾问题的电视节目《广角镜》,天真地认为许多人会为此采取些什么行动。我参观过一个由海洋保护信托组织在奥尔德堡发起的海岸清理行动,而且还采访了那些灵魂高尚的工作者们。他们告诉我,英国每公里海岸线平均就有四万六千件垃圾,几乎都是一些破碎的塑料袋,大多被鸟类吞噬,数量多得惊人。还有研究表明,被冲到北海海岸边的管鼻燕尸体中,有 95% 的胃里发现了塑料垃圾,不是一点点,而是相当惊人的数量:平均每只管鼻燕的胃里就有四十四块塑料袋碎片。同时,透明袋子导致了大量海龟窒息而死,因为它们错将其当成了水母。

萨福克的团队告诉我,每年大约有一万个集装箱从船上落入海里。几年后,集装箱的门有时会散开,里面的东西都浮到了海面上。我曾遇到过一位名叫弗兰·克洛的志愿者,她是位艺术家,给我看了一个她捡到的薯片包装袋——像这样的垃圾还有几千份,都被冲到了奥尔德堡海边。里面的薯片早已腐烂,但是包装袋本身依旧完好无损。弗兰·克洛给我看的包装袋上有个 3 英镑的价格标签,保质期截止到 1974 年 12 月 31 日。它在水里已经漂了四十年,最后成了萨福克海上漂浮垃圾盛宴的一部分。

我曾提到过,曾在在锡利群岛(Scilly)的特斯克(Tresco)海滩上看到了许多塑料闪闪发光,竟然是成千上万个空盐水输液挂袋,产自兰开夏郡的一家英国公司,但上面写的是西班牙语。

"这是常有的事。"弗兰说。在一片海滩上她曾见过那里有数以百计的自行车车座,还有电脑、电冰箱和吸尘器。海上漂浮物的数量更是超乎想象。

———

当晚，我在登维奇一家舒服的"船队"酒吧喝酒。登维奇是个奇怪的地方，因为它现在几乎销声匿迹了。在 12 世纪，它曾是英国最重要的港口之一，面积是布里斯托尔的三倍，不比伦敦港小多少。那里曾居住着四千人口，还有十八个教堂和修道院。但是 1286 年的一场大风暴毁掉了四百栋房子，其余的大多也在 1347 年和 1560 年的风暴中被摧毁。如今，登维奇旧址大多都石沉大海。圣彼得教堂离岸将近 1/4 英里。不喜欢仿真声效、追求自然声响的人们说，夜深的时候，如果仔细听，依然能听到教堂有钟声回响。现在，登维奇只剩下一家海滩咖啡屋、几间房屋、一座破损的修道院和熙攘的酒吧。

到了晚上，我努力约束自己晚点再喝酒，于是多散步了一段，最后走到了海边。一艘艘船灯光璀璨，驶过海平面，大概不是去费利克斯托港（Felixstowe），就是从那里来的，这港口就在南面转角处。

我在《经济学人》上读到，费利克斯托港是全世界最大的空纸箱出口地。世界各国把货物发到英国，英国把货物包装箱再运回去。并不是说英国比别的国家更关注收集旧纸箱，而是其他国家不愿意出口纸箱，它们要回收利用。英国更愿意将废弃的包装运到海外，让千里之外的廉价劳动力去处理。 2013 年，英国出口了超过一百万吨的硬纸盒，其人均出口量远超其他国家。

带着这样骄傲的想法，我走回了"船队"酒吧，为这个收留自己的国家暗自庆贺一番。

第十五章
剑桥（Cambridge）

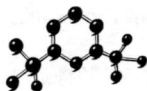

　　剑桥车站的站台上贴着杰里米·克拉克森的新书海报，他是一位著名的电视节目主持人兼专栏作家，以大大咧咧、讲话粗野而著称。就凭这竟然让他混得风生水起、收入丰厚。海报上还有一张克拉克森的照片，照片上的他有些忧伤，甚是可爱。照片下的标题写着："爸爸们。他们说的话。他们做的事儿。他们的穿着。全都大错特错。"啊，多有人生智慧啊。但是我注意到这句话里缺了一个撇号，于是变成了"它的大错特错"①。我知道让一个电视节目主持人关注海报的书写规范，这要求实在是太高了，但是企鹅出版集团里总得有人在乎吧。

　　现在这个时代，许多人不仅不明白使用标点符号的基本原理，甚至都不知道还有这些原理的存在。许多人——包括给知名出版商制作海报的人、

---

① 原文是 Its all completely wrong，是个语法错误，直译为"它的大错特错"。正确的书写应该是 It's all completely wrong。

给 BBC 撰写标题的人、给著名机构撰写信件和广告的人——似乎都把大写和标点符号当作了调味品，像从盐罐里撒盐一样，随意地撒到一组单词中，就成了。请看这组标题，它是刊登在杂志上的一则介绍约克郡私立学校的广告，原样展示给你看：本校被每日《电讯报》评为"北方男女合校私立寄宿学校成绩优异奖"。标题里，所有的大写字母都是很随意的。难道真有人以为这份报纸叫做"每日的《电讯报》"① 吗？人们真的就这么粗心大意吗？

好吧，事实还真是这样。前不久，我收到了一封来自"儿童，学校和家庭部门"发来的电子邮件，邀请我参加一项有关提升英国教育质量的活动，旨在引发大家的关注。以下是邮件的原文："嗨，比尔。希望一切好。儿童学校和家庭部门特此奉上……"②

这一行的二十一个字里，作者就已经犯了三个基本标点错误（两处缺逗号，一处缺撇号；剩下的我就不说了），甚至连她自己部门的名字都写错了——然而写信者的工作目标却是要提升教育质量。不久前也发生了同样的事情，我收到了一封儿科医生的来信，邀请我在会议上发言。"孩子们的"这个单词作者用了两次，两次写法都不同，而且两次都拼错了。这可是出自一名在儿童医院工作的儿童专家的手笔啊。你生活中会

---

① 原文中的 daily 首字母没有大写，于是《每日电讯报》就成了"每日的《电讯报》"。

② Hi Bill. Hope alls well. Here at the Department of Children Schools and Families ... 这个句子中有多处标点错误，应该改为：Hi, Bill. Hope all's well. Here at the Department of Children, Schools and Families ...

见到一个词多少次，或者它对你的工作得有多重要，你才会注意到准确的拼写呢？

　　世界各地的人们都已经放弃了英语语法中的基本规则，对此我真的不理解。有一次，我正在收看布莱恩·考克斯的一部纪录片，片中他站在墨西哥的一块田地里，讨论着放屁甲虫，说道："放屁甲虫和俺①，实际上世界上所有的生物都是一样，都面临着同样的威胁。俺和我的甲虫朋友有着同样的解决方法。"千万别误会我，我非常尊重布莱恩·考克斯。他非常聪明，有一个可跨越所有时区的超强大脑，一般情况下他的语言是无可挑剔的。所以，他怎么会说成"俺和我的甲虫朋友"呢，而明眼人都知道，应该是"我和我的甲虫朋友"，这句话再平常不过了呀。不久后，我又看了一个纪录片，是由另一位杰出的年轻科学家亚当·卢瑟夫制作的，他说："我有三十三块脊椎骨，而贝拉（一条王蛇）却有三百零四块脊椎骨。令人吃惊的是，决定俺②和他椎骨数量的基因完全相同。"

　　我看了《教子有方》的重播，其中一段对话如下：

　　《教子有方》里的孩子问："为什么我要照顾凯伦？"

　　休伊·丹尼斯回答："因为俺和妈妈要带着本去家长会。"

　　休伊·丹尼斯曾在剑桥上学，他在节目中扮演一位无所不知的老师。

---

① 原文中应为"我"的宾格形式。而主持人却使用了主格形式，造成语言错误。汉语无主宾格区分，因此换成"俺"来表示区别于"我"。

② 同注①，同为主宾格错误。

还有一次我还在电视上听到首相夫人萨曼莎·卡梅伦在访谈节目中对电视记者说，"俺和我的孩子们帮助他保持冷静。"

我就想说。请别再这么说话了。

———

我原以为周日的剑桥会很安静，事实却恰恰相反。街上挤满了游客和购物的人，好像过节一样，其实这只是一个普通的周日。人们喜欢在休息日漫无目的地逛街，吃午饭，时不时喝上一杯热饮，吃一块赠送的隔日糕点。过去，在周日早上的商业区里，唯一能看到的人就是翻垃圾箱的流浪汉。那时，周日早上唯一营业的就是加油站和报亭，你能买到的东西也只有香烟、糖果和报纸。一旦你忘记了在周六买够食物，周日就只能以水和糖果当晚餐了。

世界怎么变化这么大呢。现在剑桥大街上的人比剑桥的居民还要多。有些街道上主要是当地人，而另一些街道上则是游客居多。每走几步就有一个兴高采烈的年轻人塞给我一张传单，推销观光行程——步行游、鬼屋游、巴士游等。每个商店的门口、每一个明信片架旁、实际上每一处名胜古迹内的每一个角落，都挤满了一群群闹哄哄的外国年轻人，都背着同样的背包。我打算喝杯咖啡，但是咖啡馆里人满为患，所以我就去了约翰·路易斯百货商店，也许能在屋顶找到一个安静的咖啡馆，可以喝着咖啡，看着风景。每一个约翰·路易斯商店的屋顶都有一个咖啡馆，这个也不例外，的确有一个，却早已经客满了，排队等候的人都已经排到了"保持冷静　继续前行"①的礼品部标语那儿了。至少二十几个人还没拿到湿哒哒的

221

塑料托盘呢。（不知道为什么这儿的托盘总是湿哒哒的，难道有什么特别功效吗？）一想到要排在这支缓慢前行的队伍的最后，要是前边的人点餐时在葡萄干面包和水果塔之间举棋不定，或者将就来点第戎芥末还不行，非要另外去拿一罐，心安理得地耽误整个队伍前进，又或者到结账的时候却没带够钱，还得派出一个搜索小队去找谁来付钱——算了吧，我可受不了。于是我果断放弃了喝咖啡的想法，去逛电视机区，在约翰·路易斯商店里，这是男人们该做的事。三百多个和我一样的人，神情严肃地在一排排电视机前走来走去，认真打量每一款电视机，尽管每台电视机都基本上完全一样，而且大家都没有购买的打算。接着我又来到笔记本电脑区敲敲键盘，来回开合电脑，时不时地点点头，好像给种菜比赛做裁判一样——终于轮到我去试听博士耳机了。在我戴上耳机的那一刻，感觉立刻身处热带丛林——我是说真的马上就进入了，生动逼真——听着鸟儿在鸣叫，在灌木丛中飞翔，蹦蹦跳跳。紧接着我又被丢到了高峰时间的曼哈顿，听着鼎沸的喧哗声和汽车鸣笛。然后又听到春雨的声音，偶尔伴随着几声响雷。这些声音的还原程度简直真实得不可思议。当我再次睁开眼，又回到了周日剑桥的约翰·路易斯商场里，难怪后面还有六个人等着试听这款耳机。

---

① Keep Calm and Carry On（保持冷静 继续前行）是 1939 年第二次世界大战开始时，英国皇家政府制作的海报。这幅海报原计划在纳粹占领英国这一情况发生后，用以鼓舞民众的士气。这一海报作为政府制成的艺术作品已在 50 年后进入公有领域。随后这一图案在诸如衣物、茶杯、门垫等零售商品上流行开来，同时也产生了许多该海报的衍生作品。这一怀旧海报反映了典型的英国性格：低调、勇敢而略显刻板，能在轰炸中照常煮茶的性格。

我溜达到特朗普敦街（Trumpington Street）和菲茨威廉姆博物馆，在我看来这是剑桥最诱人的宝贵财富。我是最近才感受到菲茨威廉姆博物馆的好，过去我一直将它想象成一个狭小但装满了宝藏的迷人之所，就像伦敦的约翰·索恩爵士博物馆一样，但事实上这座博物馆又大又宏伟，空气流通也很好，好像把大英博物馆搬到了剑桥的一条小街上似的。博物馆跟剑桥各学院不一样，人流不算太多。更好的是，博物馆的咖啡馆里还有空座。我暗自窃喜，点了一杯美式咖啡，一块核桃蛋糕，蛋糕又干又小，还很昂贵，这才是英国人喜欢的调调。二十分钟后，我又精神抖擞地准备开始这座博物馆的探索之旅。

　　这时我才想起来，我还不知道创办这座博物馆的菲茨威廉姆是谁呢，于是我查了一下。原来他的全名是理查德·菲茨威廉姆，菲茨威廉姆家族的第七代子爵，大半生都生活在法国，无所事事，碌碌无为。和一位法国芭蕾舞演员生了三个私生子。除此之外，《牛津国家人物传记辞典》对他的私生活就"知之甚少"了。这本字典里的人物记载很少提到"知之甚少"这个词，要是《牛津国家人物传记辞典》都"知之甚少"那就无人能知了。菲茨威廉姆于1816年逝世，终生未婚，将他的艺术品和大量的财富都赠给了剑桥大学，用以修建以他命名的博物馆。这就是这座博物馆的由来。

　　之前菲茨威廉姆博物馆并没有引起太多关注，直到2006年，它一跃成为大家的关注对象。这要从一名叫做尼克·福林的游客说起。这名游客被自己松开的鞋带绊倒，一下扫落了窗台上三只价值连城的清代花瓶，花瓶碎了一地，造成的损失约在 10 万到 50 万英镑之间，取决于你看的是哪个谷歌帖子了。从事后网上的照片来看，福林这次鞋带事件造成的后果或许是有史以来损失最惨重的一次，因为他恰好扫空了约 15 英尺长的窗台，花瓶碎成了许多小块，散落一地。警察以涉嫌故意损坏罪名逮捕了福林，后又撤销了这一指控。"我真的觉得我帮了博物馆一个大忙，"福林后来告诉《卫报》记者，"事后有很多人慕名来参观出事地点，游客数量大大增加。他们应该给我付点佣金。"不用想，博物馆当然不会这么做的。相反，他们给福林写了一封信，礼貌地告诉他以后不要再来了。他们也只能做到这些了。

报道还说博物馆将那些被打碎的花瓶进行了复原，只不过摆在了钢化玻璃后面，继续展出。我向工作人员询问它们的位置，他将我领到了一个玻璃柜旁边，这个柜我刚才就看过了。修复工作做得实在是太好了，不仔细看，真的是看不出来呢。我又仔仔细细地看了一遍，才能看到一点微小的痕迹。对于像我这种每次粘东西都会无意粘上两三样东西的人来说，真是对这技术彻底折服了。

不算下午茶时间的话，我在菲茨威廉姆博物馆里呆了一个半小时，然后又转悠到了拐角处的斯科特极地研究所博物馆。我可以直言不讳地说，这所博物馆是英国名列前茅的小型博物馆之一。很可惜，它关门了，哎。我又去了惠普尔科学史博物馆，也关门了，再去赛奇维克地球科学博物馆和古典考古学博物馆，也都关门了。动物博物馆还因为整修要关门歇业一段时间。好在我发现考古学和人类学博物馆在周日开放，但是我刚到门口就马上闭馆了。

"或许我明天再来。"我说着。

"周一我们闭馆的。"工作人员说道。

————

于是我四处闲逛，沿着一条叫做"自由学巷"（Free School Lane）的后街走着，偶然发现了一栋大楼。这栋大楼是1874年到1974年期间著名的卡文迪什实验室①的所在地。有人曾经对我说过，世界上或许没有哪里能像剑桥这区区方圆几百码的地方一样，产生这么多变革性的思想。在这里，我们可以遇到各个不同时期的科学家，如艾萨克·牛顿，查尔斯·达尔文，威廉·哈维查尔斯·巴贝奇，约翰·梅纳德·凯恩斯，路易斯·李基，伯特兰·罗素，艾伦·图灵等见解独到的原创思想家，数不胜数。诺贝尔获奖者中有九十人来自剑桥大学，为世界机构之最，而其中大多数——大约三分之一——是来自"自由学巷"的这座实验室。大楼墙上的这块匾标明，1897年J.J.汤姆森正是在这座大楼里发现了电子，但是却没有标明也是在这座大楼里弗朗西斯·克里克和詹姆斯·沃森发现了DNA的结构，更没有说詹姆斯·查德威克在这座大楼里发现了中子，马克斯·佩鲁茨解开了蛋白质的秘密。卡文迪什实验室的二十九名成员获得了诺贝尔奖，这个数字比很多国家获奖的人数还要多。单单1962年，就有四人获诺贝尔奖，分别是：

————————————

① 卡文迪什实验室是近代科学史上第一个社会化和专业化的科学实验室，催生了大量足以影响人类进步的重要科学成果，包括发现电子、中子、原子核的结构、DNA的双螺旋结构和X光的散射等，为人类的科学发展作出了举足轻重的贡献。

詹姆斯·沃森、弗朗西斯·克里克获得生理学或医学奖，马克斯·佩鲁茨和约翰·肯德鲁获得了化学奖。

1953 年，克里克和沃森在卡文迪什实验室内的 DNA 分子模型前合影留念，该模型好像是用《建造模型》①中的玩具零件组装的一样。我曾经问过实验室人员为什么不将这个模型展出呢。毕竟它也是 20 世纪最著名的科学模型之一。他告诉我照片中的模型并不是实验过程中使用的模型，原来的模型早已经被拆掉了。这两位科学家为了拍照，现组装了一个新的。后来，人们开始将组成这一模型的零件当作纪念品拿走，许多零件后来都被收藏和转手了。因此从根本上说，这个模型就像真正的 DNA 一样，真的自我复制了，现在市场上流通的数量甚至比 1953 年拆下的零件还要多。这也是这个模型没有在博物馆展出的原因。

在卡文迪什实验室成名的科学家中，我最欣赏的可能就是马克斯·佩鲁茨了。他花了四十年的时间，只为了攻破单一蛋白质血红蛋白的细胞结构。这个命题十分具有挑战性，光是弄明白怎么去做就花了十五年时间。佩鲁茨患有非常严重的臆想症，他随身带着一张用五种语言写的饮食说明卡，每到一个餐厅就会将卡片送到厨房。

他拒绝待在最近点过蜡烛或用常见的清洁剂和消毒液清理过（尽管他要求周围的每一件物品经过消毒）的房屋。由于长期患有背痛，研讨会上他经常会先介绍代自己演讲的人，然后在剩下的演讲时间里，他会躺在讲

---

① 建造模型（Meccano），美国玩具公司 1913 年推出的玩具模型，可拆卸，非常受欢迎。

台前面。有时，他自己也会平躺着演讲。

我也很欣赏劳伦斯·布拉格爵士，他在 1915 年凭借 X 射线结晶学的研究获得了诺贝尔奖。后来布拉格成为伦敦英国皇家研究院的主席。他热爱工作，也热衷园艺，所以他每周抽出一天时间在南肯辛顿的一所房子里当园丁。那位雇用他的女士一开始根本不知道她家的园丁实际上是英国最德高望重的科学家之一。直到有一天，她的朋友来做客，不经意间看向窗外，吃惊地问道："我的天啊，为什么诺贝尔奖得主劳伦斯·布拉格爵士在你家修剪树篱呢？"

下午我走到火车站，本打算坐火车继续前往牛津，却发现这条线路已经取消五十年了。从剑桥到牛津的线路——人们亲切地称之为大学线或是头脑线——早已于 1967 年取消了。现在，往返于两座城市间（其实也只有 80 英里的距离）最快的交通路线需要两个半小时，中间还要转两次车。

于是我果断改变行程，去了伦敦，第二天再从那里去牛津。我在车站买了一张去伦敦的单程票，然后到了一号站台，也是去往伦敦的站台。我住在诺福克的时候，经常往返于伦敦，每次都得在剑桥换车。经常是从这辆车下来，刚好赶上另一辆车即将开动。所以我很了解剑桥车站，凭经验可知，负责车站运营的人通常也懒得回答乘客的问题。每次去都有点像在游戏节目《我会骗你吗》里做嘉宾。这回来了一辆看起来很像要去伦敦的火车停在一号站台。但是电子屏幕却显示着："本车已到终点站。"所以很明显，上这辆车绝对不明智，因为它随时可能开往位于罗伊斯顿（Royston）的车库，或者去一些同样鸟不拉屎的地方。

所以我们五百多个人就站在原地，盯着这辆空车看了十多分钟。终于有一两个勇士上车了，这时大家就像俄克拉何马的领土刚刚向移民开放时一样冲进火车，寻找着座位。但是我们还要时刻保持警惕，随时准备跳车，就怕这辆车真的如广播说的那样开往罗伊斯顿进行养护（或者更好，它要彻底停运）。今天，我们好像都猜对了。这确实是一辆去往伦敦的列车，所以我们赢了。我们的奖品就是能够坐着抵达伦敦。那些刚才在站台上没有上车的三四十号人，由于过分相信站台电视广播，只能玩一个新的游戏了，叫做"站着去伦敦"。

我发现我坐在靠窗的位置，能够清楚看到之前我提到的杰里米·克拉克森的海报。再次让我陷入了对于无知的思考，这次是从普遍意义上说的。我最近读到了关于"邓宁-克鲁格效应"的文章，这个名称是以纽约康奈尔大学的两位学者的名字命名的，他们是首次发现这个效应的人。邓宁-克鲁格效应是说人们会由于太过愚蠢而无法发现自己到底有多愚蠢。这好像是我本人对世界的一个中肯概括。所以我又想：如果我们都或多或少地在以相同的速度变傻，同时我们因为一起退化所以意识不到这一点，那会怎样呢？你可能会说，那样我们会发现智商数在普遍下降，但是如果这种退化是智商测试中检测不出来的，又该如何是好呢？如果它仅仅反映在，比如说，糟糕的判断力或低俗的品味中，那又怎么办呢？这或许解释了电视剧《布朗太太的儿子们》造成轰动的原因。

我们都知道经常接触铅会导致大脑功能受损，但是科学家花了几十年才弄明白这一点。如果我们日常生活中还有更隐秘的东西在毒害我们的大脑呢，这该怎么办？根据最近一次调查显示，发达国家使用化学物质的数量超过了八万两千种，而其中大多数（估计有86％）都没有经过人体测试。仅举一个例子就足以说明了，每天我们都消化或吸收大量食物包装袋上的双酚和邻苯二甲酸盐。这些化学品可能对我们的身体无害，但也可能像微波炉热豆子一样作用于我们的大脑。我们无从了解。但是如果你在工作日的晚间收看那种电视节目，你就要开始怀疑了。这才是我要说的。

第十六章
牛津周边

I

经过慎重思考，我认为英国的授勋制度并不是什么好事——就是大家都知道的，给人骑士、爵士之类的头衔。我知道这么说，大家肯定会觉得我有点虚伪，因为前几年我还获得了授勋。不过，我的做法一向都是虚荣心凌驾于原则之上。

我获得的是"大英帝国勋章"，简称 OBE，这种勋章只是象征了某种荣誉，并没有什么效力，况且勋章的颁发者也不是女王，而是政府的某个部长代授。给我颁发勋章的是文化部长泰莎·乔威尔，仪式就在她的办公室举行，非常简短，部长本人也很和善。颁奖词上写着，该奖项是因我对文学的贡献而颁发，很慷慨大方，不过它实际上是在奖励我为自己所做的一切，因为我不想做的事根本就不会去做。你瞧，这就是这个荣誉制度的问题所在。总之，人们仅仅因为做自己而获得了奖励，说实话，在许多情况下这已经足够了。

在美国，想得到官方荣誉有两种途径。一是你可以单枪匹马地手持德国重型机枪，扛着你的伙伴走出猪排山①或是墓园山脊②，在这种情况下，你会得到国会荣誉勋章；第二种方法就是捐赠一家医院或者大学图书馆等类似的东西，以此赢得社会的尊重。美国人并不会像英国人那样在名字里加上个头衔，而是用自己的名字去命名东西。无论在英国还是美国，这种并无保障的声望都会给你带来温暖的光辉。唯一的不同就是，在美国，政府最后真的会建成一所医院，而在英国，你就是一个有漂亮称号的傻瓜。

我提起这件事儿的原因是，我正要去布莱妮姆宫殿（Blenheim Palace），就是这样一个代表着至高无上特权的地方，是马尔堡公爵的官邸，过去十一代马尔堡人的成就少得可怜，在花生壳上全体大写都写得下。这座宫殿也是首相温斯顿·丘吉尔的出生地，不得不说有时候贵族还是能够弄出点有用的东西的。不管怎么说，有个好心人送了我布莱妮姆宫殿的下午茶和参观门票。门票马上就要过期了，既然我都到这儿了，就赶紧进去参观一下吧。

毫无疑问，布莱妮姆宫殿非常漂亮雄伟，我也很期待此次参观。但是我不知道是哪里出错了——是我进错了门，站错了队，还是我的票是有限制的，总之最后我和其他十四个同样有点丈二和尚摸不着头脑的人编成了一

---

① 《猪排山》是 1959 年由刘易斯·迈尔斯通执导的动作剧情片，格里高利·派克主演，该片讲述了美军在猪排山阵地上与中朝军队进行争夺战的故事。
② 墓园山脊，位于宾州葛底斯堡南面，是 1863 年葛底斯堡战役中重要战场。

个小队，进行参观。这个被称为"布莱妮姆：不为人知的秘密"行程是一场参观七个房间的视听历险。先是有一位女士给我们作了简短的介绍，然后就把我们留在了一个小屋里，自动门在我们身后关上了，接着就是死一般的寂静，非常恐怖。随即自动播放起了事先录制好的解说和动画图——公爵坐在桌边，用鹅毛笔快速地写着什么，但是好像笔尖并没有碰到纸。我们可以在每一个房间呆上大约两分钟，之后就会有一道门突然打开，指引着我们走到下一个房间里。这么看来，我们倒不是游客了，而是应该叫阶下囚。

每个房间都展现了这座城堡的不同历史时期。我猜这才是这些展览想要让我们明白的，深刻了解城堡在历史上的作用和对这个国家的重要价值。但是实际上大多数展示并不连贯。比如其中的两个房间，我就不知道在说什么。一个房间是在描述 19 世纪的人们在排练话剧——我不明白展示这些跟我们现在有什么关系——另一个房间更让人疑惑不解，里面展示的是 1939 年公爵的情妇康斯咯·范德比尔特与一位从 18 世纪穿越来的仆人的会面。这些展示真的毫无意义，甚至连娱乐性都谈不上。七个房间都又小，又不通风，还挤满了人。更糟的是，队伍中还有人偷偷放哑屁，这实在是最令人郁闷不过的。幸运的是，放屁的是我，所以对我来说没有那么困扰啦。参观了二十多分钟后，这场视听盛宴终于结束了。大家都被赶到礼品商店，礼品店里的东西让人立刻想到附近去消费，喝杯茶，吃块司康蛋糕，买盆植物或是大师设计的园艺铲子，要不还能去坐会儿小火车。总之里面都是垃圾。

我在印度屋里预约了一个香槟茶的项目。挺不错的，提供了盛满香槟的高脚杯，一壶茶还有各式各样精致的糕点和三明治，但是对我来说最好的部分就是我不需要掏35英镑的售价。

之后，我出来在附近四处逛了逛，景色真不错，然后就来到了位于城堡大门外的伍德斯托克村（Woodstock）。我在写《"小不列颠"札记》的时候曾来过这里，那个时候这里到处都是小店铺，有卖手套的、专为男士美发的、家庭肉铺、二手书店，还有许多古董商店。但是这些商店大多数都不在了，只剩下一家还不错的书店和一家人气很高的熟食店。这都不算什么，最让人无法承受的就是现在的伍德斯托克到处都是车，挤满了每一个能停下的犄角旮旯，密集得让人几乎寸步难行。主街尽头就是布莱妮姆宫的大门，几乎不可能直接步行入内。许多临街的窗户上都贴了抗议标语，反对在村庄边缘处建造一千五百栋房屋。目前这里只有一千三百栋房屋，因此我觉得这些反对也不是毫无道理的，尤其规划的土地还是牛津绿化带，这部分土地归布莱妮姆宫殿所有，据说他们打算卖掉这部分土地来凑四千万的宫殿修缮费。

在伍德斯托克这样的地方建造大型住宅区不但会减少绿地面积，更多的是改变当地原有的景观。如果在旧城区边缘建个新城区，配备现代化的超市和商业区，那么伍德斯托克就不再是伍德斯托克了。当然了，盖房子确实能解决牛津住房紧缺的问题，但是单纯盖一千五百栋房子肯定不是最合理最明智的解决方案，现有的道路交通、医院诊所和中学等等怎么可能应对瞬间翻倍的地方压力。或许我们应该让开发商在他们开发的楼盘中生活五年，以此用行动证明这地方非常宜居。这只是我的个人想法而已。

———

　　牛津是为美景带来的盛名所累，才导致了现在的局面。越来越多的人想要在这定居，但它根本承受不了，你当然也无法责怪这些人。如果抛开交通问题，我觉得牛津可以提名为英国最宜居、最发达的城市。在《"小不列颠"札记》书中，我对这座古老而美丽的城市评价不是很高，倒不是因为它不好，而是因为它还可以更好。在我的概念里，那些历史悠久的美丽城市——像牛津、剑桥、巴斯、爱丁堡等地方——他们应该肩负起一种保持原貌的责任，但是长久以来，牛津好像不明白这个道理。

　　一切都发生了翻天覆地的变化。近年来，牛津地区大兴土木，高楼鳞次栉比，这些大楼既新潮又夺人眼球，和周边的环境非常和谐。主街已经禁止机动车通行，漫步徜徉就舒适多了，再加上这条街上有一些新潮的小店和餐馆，还有一所银行大楼改建的时尚宾馆。牛津大学斥资几百万英镑来增加它的博物馆原已颇丰的典藏，尤其是富丽堂皇的阿什莫尔博物馆。就在火车站外，正在开发一些非常大的建筑项目。我经过时，发现工人正在砍掉那些看起来很健康的树木，而且扰乱交通，但是我相信这些都是暂时的，其最终目的是给来牛津的人们一个更大的车站大厅，而不再像个大自行车棚，这一定是件好事。

　　1995 年我为写书做调研时来过牛津，对莫顿学院的学监楼嗤之以鼻，把它比作一个变电所。然而几年前，他们重新修建了宿舍楼，风格更加低调、理性。现在它安静、美丽、现代而又不失端庄，与所在的中世纪风格街道完美融合在一起。莫顿学院的马丁·泰勒爵士是一位非常具有亲和力的学监（也可以说他是这所大学的校长），他邀请我为一个小型仪式剪彩。这可是我人生中最出风头的一刻。现如今我再次走上莫顿大街，满怀感情地欣赏着这些大楼，然后在城里好好地转了一圈，走过社区，有的时尚精致，有的却破烂不堪，偶尔看看商店橱窗，还一头扎进了布莱克维尔书店，这家书店深受欢迎，店面很大，位于宽街，其他时间就是四处看看。

将近中午，我在大学公园群里逛了一圈。实际上只有一个公园，只是它的景色如此迷人，所以就给自己冠上了个"群"字。不知不觉我来到了科学区，这里有两家博物馆，一个自然历史博物馆，一个皮特·里佛思博物馆，它们共处一栋大楼。

这两座博物馆本身都很棒，近些年，他们更是重金投入，精工修缮，使它们都已趋近完美。这座大楼——维多利亚时期哥特式风格的宏大建筑，给人一种明显的压迫感——进行了十四个月的大修，清扫，重新密封屋顶的八千五百块玻璃，现在光线从屋顶飘进来，令室内清新、明亮、通风，给人前所未有的超凡体验，近期才刚刚重新对公众开放。这座博物馆不仅将趣味和知识带给人们，还富有想象力、风格淳厚、生动活泼——博物馆都应该这样，但是实际上很多博物馆却没有做到。它的展品丰富多彩，每一个玻璃展柜都仿佛一个奇迹小岛。

这座博物馆——它的正式名字应该是牛津大学自然史博物馆——建于1860年。查尔斯·道奇森是这所博物馆的常客，在他的爱丽丝故事里，有很多角色的创作灵感来自于这个博物馆的展品，尤其是荷兰画家简·萨韦创作的那一幅渡渡鸟。道奇森是一个名副其实的多面手。今天我们了解的道奇森，又名路易斯·卡罗尔，是一名备受爱戴的儿童故事作家，但是在当年的牛津，他只是一个腼腆、结巴的数学家、《平面三角学中行列式的基本论》的作者，喜欢和未成年人约会。他的同事们是绝不会想到，他在业余时间会写下这样的诗歌：

我梦到我住在大理石大厦中

潮湿的东西四处蔓延，攀爬

在墙壁上摇摇晃晃

在道奇森和爱丽丝·利德尔（牛津大学基督教堂学院院长的女儿）的展柜里有一只栩栩如生、让人惊叹的渡渡鸟，但实际上只是一个模型，因为渡渡鸟已经灭绝了，连一个标本都没有。 1755 年，地球上最后一只渡渡鸟标本被阿什莫尔博物馆馆长丢进了篝火里，因为他觉得这只渡渡鸟发霉了，由此看来白痴并不是我们这个时代的特产。一位博物馆员工试图从火堆中救出这只鸟，但最后也只救出了烧焦的头部和一只脚的残余。这些部分也在展柜中，这就是地球上最后一只渡渡鸟的全部遗迹了。

自然博物馆紧邻皮特·里佛思博物馆，这座博物馆是人类学博物馆，以极具美感的方式陈列人类学展品，陈设直达天花板。博物馆灯光柔和，展品陈列艺术气息浓厚。它的建造时间晚于自然历史博物馆，该博物馆建于 1884 年，最近也刚刚重新维修，是以一位非常富有的地主，奥古斯图斯·亨利·雷恩·福克斯·皮特·里佛思命名的。他也是人类历史上最无耻、最臭名昭著的人，殴打自己的孩子，连自己已经成年的女儿也不放过，虐待自己农场的工人。有一次他还从自己农场的小木屋中赶走了一对八十多岁的老夫妻，尽管他明知道他们无处可去，并且这个小木屋也是一直闲置的。有一年圣诞节，他的妻子筹备了一个盛大的派对，邀请了全村的人们参加，结果却发现一个人都没有来，这真的让她很难过。殊不知，在得知派对消息后，奥古斯图斯跑到外面，将每一扇通往庄园的门都锁起来了。然而，他不是一个十足的混蛋。他是一个大学者，收藏了一大批珍贵的宝藏，后来他将这些宝藏都捐给了牛津大学，成为现存最好的人类学博物馆之一。

我本打算粗略逛逛这两座博物馆的，但是却在里面呆了近三个小时，还没看完一半我想看的。不仅仅是因为这两座博物馆趣味无穷，还因为它们非常实用。在自然博物馆的中间夹层，靠墙边有一排玻璃柜子，里面放着差不多一整套英国鸟类标本，每一个玻璃柜子里都对应着一种鸟类的栖息地——草地、林地、海岸、农田——这样你就可以近距离观察每一种鸟，以及它通常居住的生态环境。每只鸟的旁边都有一个标示，说明此种鸟类在英国的数量变化，到底是上涨、下降还是保持不变。（令人担忧的是很多种鸟类数量都在下降。）我从来没有这么快速、这么轻松地学到这么多知识。我一直都很好奇，到底这么多种黑色英国鸟之间有什么区别呢——白嘴鸦、乌鸦、渡鸦，等等——这里把所有的黑色鸟类都展示出来了。当然，现在我是什么都不记得了（我都六十三岁了），但是当时我一瞬间就明白了，而且被迷住了。再说那个新开的小咖啡馆也是非常不错的。

———

从博物馆出来后，我决定去伊芙丽（Iffley）走走，为这完美的一天画上句号。我刚刚读过已故建筑历史学家坎蒂德·来塞特·格林所著的《未毁灭的英国》，在书中她称伊芙丽是她在英国最爱的地方，所以我想一定是值得看一看的。伊芙丽之行还有一个好处，就是在这条路上会经过一个我一直想看看的景点：1954年春天，罗杰·班尼斯特首次突破4分钟大关跑完1英里的跑道。

他的故事非常精彩。班尼斯特是伦敦一名年轻医生。他没有教练，也没有经纪人。每天只训练半个小时。比赛当天，他早上去工作，然后坐火车从伦敦一路向北，步行到牛津北部一个朋友家——离车站至少2英里——午餐吃的是火腿沙拉，傍晚朋友送他去了体育场。很难想象在这样的条件和环境下会产生出这样一个世界纪录。这条赛道是用煤渣铺成的，极不适合跑步。这也是八个月以来班尼斯特的第一场比赛。一直到最近，才允许那些尝试打破世界纪录的运动员按照赛场调节跑程，来帮助他们获得最好成绩。在他之前，16年前英国运动员西德尼·伍德森以4分6秒的成绩创造新的世界1英里跑纪录时，另一名选手领先他250码，充当他的领跑者。但是这样的帮助已经不再存在，班尼斯特不会得到任何形式的特别的帮助。他只能把自己推向人类能力的极限才能创造他的纪录。他冲过终点线那一刻的照片是我童年最崇拜的形象之一。除了少数几位官员和摄影师以外，几乎无人观看比赛。他的获胜成绩为3分钟59.4秒。正如他在自传中写道，冲过终点时，他已经精疲力竭，差点"昏了过去"。

赛后，这条赛道被重新命名为罗杰·班尼斯特爵士赛道，现在仍在那里，但是周围建起了现代化的围挡，让你看不到什么。我站在那里，突然想到，今天，距离班尼斯特参加那场伟大比赛——准确地说应该是那一个季度——已经过去整整六十年。现在几乎没人记得了，他的纪录也仅仅保持了几周而已。一个月后，一位名叫约翰·兰迪的澳大利亚人在芬兰打破了他的纪录。

伊芙丽大街非常繁忙，却让人有点不舒服，沿着它走，情况似乎变得更糟糕，让我不禁去想这个小小的冒险可能是个错误。但是不一会儿，我走到了一个叫做伊芙丽拐角的岔口，发现自己竟然神奇地来到了科茨沃尔德村（Cotswold），或者一个类似的村子，就在牛津中部。这座位于城市里的村庄，沿着一条大路而建，两旁有农舍和一两个酒吧，通向一座古老的石头教堂，教堂上有一座方塔。这座教堂叫做圣玛丽教堂，建于 12 世纪末期，从 1232 年到 1241 年是一位女修士（虔诚的女性隐士）的家。她叫安诺拉，住在教堂一侧的一个小间里，墙上有一扇窗户，这样她就能看到教堂仪式了。女修士实际上就是自愿的囚徒。她不可以离开房间，但是她可以通过窗户和来访者交谈。她也有一名用人照顾，所以生活还不算特别困难。现在那个小房间早就没有了。

我很感激坎蒂德·来塞特·格林把诗人吉斯·道格拉斯介绍给我，他非常了解伊芙丽，因为他挚爱的女人住在那里。二战期间，服兵役时，道格拉斯给他的挚爱写了这首驻留人心的诗。

吹着口哨，我就听见

又一个夜晚来临，我的爱舟

只与你前往伊芙丽；

当你仰望雷鸣时，这清凉的

触摸不是来自雨滴，

而是我的灵魂轻吻着你的嘴唇。

1944 年，诺曼底登陆后的几天，道格拉斯在贝叶附近的圣皮埃尔被杀，埋葬在了军事公墓，成为了那一排排的十字架中的一个。年仅二十四岁。

我沿着河边小路走回牛津，一个人影也没看见。

II

第二天早上，阿什莫尔博物馆刚开门我就来了。这座博物馆也是超级棒的，最近刚刚进行了一次大规模的修缮——耗资 6,100 万英镑。从外观看，它和往常一样——威严而庄重，就像大英博物馆一样——但是走进这栋令人生畏的大楼内部，人们又巧妙地修建了一座干净利落又亲切和谐的新大楼，将展览的面积翻了一倍。每一个展厅都光线柔和，充满魅力，展示着精美夺目的展品。

阿什莫尔博物馆建于 1683 年，是欧洲最早的公共博物馆。虽然最开始，大部分藏品是由司坎特家族提供的，阿什莫尔只是继承了它，但博物馆还是以伊莱亚斯·阿什莫尔的名字命名了，不过他很明智，把博物馆转交给了牛津大学，并规定了博物馆的维修条款，所以他的名字依然被博物馆沿用至今。 19 世纪，自然历史的藏品被另立出来——就是前一天我在城那边参观的那些东西——此后，阿什莫尔专攻艺术和人类学。这差不多是最具吸引力的博物馆了。我花了近一个小时的时间参观古典雕像展厅，里边有阿伦德尔①的藏品。我本身对雕像没什么特别的兴趣，但是这一系列在镶板上展示的藏品收集过程，和后来又几近遗失的故事太吸引我了，我把每一个故事都认真读了，连镶板间的藏品也好好研究了。等我回过神来，一个小时就这样过去了。

在现代，与阿什莫尔家族关系最密切的人应该就是亚瑟·埃文斯爵士了。 1884 年，他被任命为这的看守人，使这座被人忽视很多年的博物馆重新焕发出生机。埃文斯经营这家博物馆二十四年，虽然有时不在它身边。1900 年，他长途旅行到了克里特（Crete），在那里他发现了克诺索斯宫殿和与之相伴的古代克里特文明。在克诺索斯，他发现了数百块泥简，上面刻有两种不同类型的文字，称之为线性甲和线性乙文字。世界上没有人能够破译这两种文字，虽然很多人也尝试过。 1932 年，埃文斯遇到了一位叫做迈克尔·文特里斯的十四岁学生，给他看了一些泥简。随后，文特里斯就迷上这些人类未知的文字，并将自己学生时代以及成为一名建筑师后的所有业余时间拿出来，试图破译这些文本。 1952 年，也就是在首次见到这

----

① 阿伦德尔（Arundel）展品是 17 世纪初英国第 21 位阿伦德尔侯爵所收藏的古希腊大理石雕塑和碑文。

些文字后的二十年，他宣布成功破译了线性乙文字。这是一个惊人的发现，别忘了他没有受过任何密码学和古代语言学方面的训练，并且他在别处还有一份全职工作。不久之后的一个深夜，他在伦敦巴内特的支路上，开车高速撞上一辆停在路边的卡车尾部。年仅三十四岁的他没有任何理由自杀。线性甲文字仍未被破译。

阿什莫尔博物馆展出了一系列刻有线性乙文字的泥简，以及对它们破译过程的精彩描述，还有更多来自克诺索斯的藏品。我又在克里特文明区的一个单一展柜前呆了将近一个小时，才突然意识到，照这个速度下去，我这辈子都看不到顶层，于是加快了脚步。但是我还是又用了三个小时才把这个博物馆快速地看了一遍。这真是一个精彩的地方。

后来，由于我急切渴望新鲜空气，就决定漫步到一个叫做威瑟姆森林（Wytham Woods）的地方，就在城市西边以外的山上。威瑟姆森林几乎是世界上被研究最多的森林。它于 1942 年被捐赠给了大学，此后一直被用于各种植物、环境和动物的研究。其中鸟类数量的研究始于 1947 年，是世界上持续时间最长的生物调查，而森林的其他部分被用于蝙蝠、鹿、昆虫、树木、苔藓、啮齿动物以及几乎所有在温带气候下生存和繁殖生物的研究。

威瑟姆森林距离牛津市中心只有 3 至 4 英里，但是步行的话需要一点时间，得跨过泰晤士河以及繁忙的 A34 西支路，这两条路都没什么步行空间。最舒适的步行路线好像是穿过港口草地，一大片开阔的河漫滩，可我找起来却出奇的困难。我在港口草地附近的居民区街道上走了一会儿，又离开居民区走了一会儿，接着又在离港口不远也不近的一个像是自然保护区的地方走了一会儿，再然后又在一片荒凉的沼泽中穿行，才终于可以自信地说，真的到了港口草地，即便如此，我好像还是处在草地最偏远、最荒凉的角落。沿着这条路我穿过一大片空地，全都是马，其中一些马非常活泼，近乎撒野。我脑海中不断出现动物踩踏的想法，赶紧加快脚程，所幸它们也没有理我。

终于我来到了伍尔夫科特（Wolvercote），已经相当偏离了我原来计划好的行程，沿着这条路走到威瑟姆森林下边的威瑟姆村。这段步行很愉快，我经过鳟鱼客栈，这是一个著名的河边酒吧，在《摩斯探长》电视剧中出现过上千次，接着我又来到了戈多思修道院（Godstow Abbey）的遗址。我看了看地图，发现自己距离威瑟姆村还有点距离。这趟任务比我原想的要艰巨得多。

威瑟姆村是一个很可爱的小村庄，有酒吧、商店和教堂，除此之外，别无其他。唯一没有的就是如何到达威瑟姆森林的指示。无论我走哪条路，都会看到一些刻板的标识，告诉我走开："私人住宅。不得擅入。""私人道路。禁止通行。""外来车辆非请莫入。"我的地形测量图显示，树林里有很多小路，但是却没有标牌显示如何走到这些路上。我没有找到一条小路，也无人可问。

在侧车道上有一个标识指向野外车站，这听起来好像挺有希望的，我沿着小路走了半英里，也没发现车站和步行道，可以看到附近山坡上的树林离我越来越远。我已经走了很远了，还要回牛津呢，所以再爬一两英里的山走进森林的想法就没有两三个小时之前那么诱人了。徒步就是有这个问题——你会消耗大量的时间和体能走向终点，却未必总有足够的时间和体能支撑你走到终点。

我终于回到村子时，发现商店下午都关门了，也找不到人问路。附近的一块信息板说，这个村庄大部分属牛津大学所有，大多数村民是租户，所以我不得不说，这些不友好似乎是没必要的。之后我从一个住在牛津的熟人那听说，威瑟姆森林实际上并不对外开放。他们可能不会像加利福尼亚人那样冲你发射电击枪，但是肯定也不会热烈欢迎你参观他们的土地。这时我突然想到，如果他们在森林里做些细致的研究，如果他们四处放了一些孵化箱和陷阱之类的，那么他们就不能让人在森林里遛狗或者骑自行车去打扰，所以我以科学的名义原谅他们了。

而且，已经五点半了，几乎到了喝鸡尾酒的时间，所以我又走回到了伍尔夫科特，在鳟鱼客栈里喝了一杯。电视剧里摩尔探长和他的老搭档刘易斯侦破牛津的谋杀案时，常来这里喝点酒，放松一下，寻找点灵感。我曾经遇到过科林·德克斯特，他是这部电视剧的原创作者，有点假模假式的，我还问他，电视剧中有多少谋杀案是他自己编造的。

"六十八起！"他骄傲地回答，还告诉我他为十二本悬疑小说设计的谋杀案数量是同时期牛津实际出现的谋杀数量的好几倍。令人高兴的是，英国人不大擅长暴力犯罪，除非是在小说中，这也是理所当然的。就这方面的问题我曾经做过深入研究，数据显示，英国人最不可能的死法就是被谋杀——就算是走路不小心撞到墙都比被谋杀的可能性大。

如果这都不算高兴的事，那我就不知道什么才算了。

第十七章
中部

I

我最近买了一台新的笔记本电脑，里面自带了某个软件——叫做"微软盖世太保"——这款软件可以让他们随时随意进入电脑，让大家都靠墙站好，然后安装新软件。我不知道这个新软件具体是做什么的，也不知道为什么不在工厂里把它装好，但是对他们来说把它放在电脑里好像很重要。大约每隔一次我启动电脑时，都会收到一条消息："计算机可以更新了。你想现在安装（推荐现在安装），还是在未来每隔十五秒提醒一次？"

一开始我还是同意更新的，但是整个安装过程持续了相当长的时间，而且下载的东西好像并没有使我的生活质量有明显的提升，所以最终我尝试把电脑关掉再打开来破坏这个过程。听我的劝，永远不要这么做，因为我收到的下一条信息就写着：

"继续安装过程。不要再做这样的事。记住：我们知道你在 3 月 10 日花了一下午时间收看帕里斯·希尔顿①的家庭录像。我们会告诉你妻子的。我们是微软。别跟我们乱搞。下载过程会在十四小时后完成。"

所以现在我收到更新通知的时候，尽管是坐在从伦敦到伯明翰的火车上，我仍然坚强地接受了，并放弃了在这段时间做任何工作的希望。只好看着跟我挤在一张桌子上的三个陌生人。他们都穿着工作服，但是据我观察，他们都没在工作。我旁边的男人在看电影，是一部不大好的电影。从那些爆炸的场景和主演的是连姆·尼森就能判断出来。而对面两个人拿着智能手机，像拿着一本祈祷书一般，被屏幕上出现的东西迷住了。目光所及，几乎周围每一个人都拿着一部手机，手指飞快地输入着。两个明显看起来使用手机还不是很熟练的年轻人戴着耳机睡着了。只有一个带着笔记本电脑打开了一个文档的人，似乎在为生计而工作着。

所有这一切都让我感到有趣，因为政府想要用一种名为 HS2 新型高速铁路来取代的正是这条铁路线，目的是让这个国家在经济上更具有活力。（HS 代表的是高速；已经有 HS1 线了，该线路是从伦敦通往英伦海峡海底隧道。）他们的想法是，通过让人们提前二十分钟到伯明翰，可以使他们完成更多的工作，而这额外的二十分钟会转换为大量的额外经济收入。我自己对此观点表示怀疑，因为我认为如果你给任何地方的任何人额外二十分钟，他们会用这个时间去喝杯咖啡。你和我都会这么做，任何人都会这样利用这二十分钟。

---

① 帕里斯·希尔顿（Paris Hilton），为希尔顿饭店创办人的曾孙女，堪称是好莱坞的话题女星，2003 年与男友的私密录像被泄露。

那些反对更换 HS2 的人们认为没有必要让人们更快到达伯明翰，因为他们可以在火车上工作——多亏了笔记本电脑、平板电脑和手机，火车上的人们可以达到在办公室工作时的效率。理论上，或许是这样，但是从车厢内的乘客表现来看，实际上人们在火车上并不工作。事实上，我不知道他们是否有工作。

不久前，我和妻子从伦敦富勒姆路的一家商店订了一张沙发，在五月的一个周六，就是五一假期前的那个周六，我们从汉普郡一路来到伦敦，打算办完手续。当我们到达商店的时候，门口已经有三对夫妻在等候。门锁着，里面一片漆黑。那时是周六上午十点，距离贴着的开门时间已经过去三十分钟了。我们都轮流透过玻璃门向里面张望，好像我们中有人会发现其他人没发现的事情。从窗户外看不出任何商店关门的迹象。有智能手机的人们在网页上查找，报告说从商店网站也看不出任何头绪。一个人拨打了商店电话，我们能听到里面的电话铃声，但是很明显没有人接听。大约二十分钟后，我们都放弃了，走了。三天后，出于好奇心，想知道到底发生了什么，我打电话给商店要一个解释。

"哦，是啊，"一个有着优雅嗓音的年轻女子说，"我们五一放假，闭店。"

"但是周六不是五一假期啊。五一假期是周一。"

"是啊，我们整个周末都闭店。"

"但是你们也没有在橱窗上贴出告示或者在网站上发布通知。就那么让一群人像傻子一样等在门外。"

"嗯，是哦。"她说道，好像这是个什么有趣而无意义的观点，这时我意识到她肯定在给自己美甲或者在看邮件。

"你知道吗，你真是一个骄纵、无脑的大傻子。"我说。其实我没这么说。我只是这样想想。相反，我非常英国式地嘟囔了几句可悲的牢骚，然后挂断了电话。最终，你只能放弃，或者搬到其他国家。

我真的不明白英国人是怎么做到的。大不列颠是世界第六大经济体，但是据我观察，这里已经不再生产什么了。英国几乎没有什么工业企业了，所以《金融时报》，一份相当于美国《华尔街周刊》的报纸，不得不把"工业"这个词从"《金融时报》工业平均指数"中剔除，而这指数却是它衡量企业福利的主要标准。英国最大的公司中，只有五家还在英国生产产品。我小时候，英国生产了世界上四分之一的产品（当然，公平地说，我是不是孩子对这件事儿没什么影响），现在这个数字下降到了 2.9%，并且还在持续下降。如今，据我所知，英国也就生产劳斯莱斯的喷气式发动机和那些小罐果酱了。而留下来的公司几乎都是外资控股。哈姆雷斯玩具店、格兰杰威士忌、橙色移动电话、费森斯制药公司和国家主要公共事业之一的英国电网等被法国公司控制。另两个主要公共事业公司都归德国人所有；另一个是由西班牙公司所有。捷豹、蓝圈水泥、英国钢铁、哈罗德。巴斯啤酒厂、大部分主要机场、大量的顶级足球队和很多其他的企业都是外资企业。不到一半的英国公司甚至没有英国土生土长的董事长。

亨氏和爹地酱料在荷兰生产。斯马蒂斯巧克力豆在德国生产。兰令自行车在丹麦生产。 2010 年， RBS，这个破产的苏格兰国有银行，把钱贷给了美国大型食品集团卡夫，用以收购英国最受尊敬的巧克力制造商吉百利集团。作为收购的条件，卡夫集团承诺保留布里斯托尔附近的吉百利工厂，但这只是骗人的招数。收购一完成，卡夫集团就把工厂关了，将生产机器运到了波兰。

我觉得这些事儿是很重要的。过去人们以英国为世界做出的贡献而自豪，但是现在他们甚至都不能确定英国为自己做了什么。如果你把公司出卖给局外人，你就必须接受一个事实，那就是外国人会决定我们吃什么样的零食，用什么样的酱汁。

然而我们国家还在蓬勃发展，这真是一个奇迹。这是怎么做到的呢？我不知道。我只能说绝不是因为在火车上努力工作而来的。

———

我认为 HS2 火车很神奇。它的整个构想太疯狂了，你得抽身事外，从全局的角度去思考，然后才能明白。首先，有预计的成本。一开始可能在170 亿英镑左右，我上次再看的时候已经高达 420 亿了，但是我肯定现在会高得多，因为这些大项目的成本飞涨得比人打字的速度还快。唯一可以肯定的就是这些大型基础设施建设项目永远没个定数。英吉利海峡隧道的建设成本是预期的两倍，但吸引到的乘客数量却只有预期的一半。 HS2 火车是 HS1 的第二代，人们当初十分肯定地预期，到 2006 年，该列车能够累计运送两千五百万乘客。事实上，迄今为止，它的载客量还不到这个数字的一半。

不管 HS2 最终的建造成本是多少，就为了能快点到达伯明翰就投入这几百亿英镑，这笔钱能买到多少更有用的东西啊。另外，还有对乡村的各种破坏。高速铁路线实在是没什么魅力可言。会在很多经典的英国乡村美景上留下一个永久的、刺目的伤疤，而且几年间，整个建设过程会扰乱数十万人的生活，使其变得痛苦不堪。如果结果真的那么棒，那么付出这么大的代价也就罢了，但其实到伯明翰的高速列车根本算不上棒。最棒也就是一列到伯明翰的高速列车罢了。

神奇的是，这条新线路并不途经许多大家想去的地方。英国北部的乘客如果想要去希思罗机场的话，得拖着行李在一个名叫"旧橡树村"的地方换乘，最后那 12 英里还得换车。要想去盖特威克①的话，则更困难。如果想要搭乘去欧洲大陆的火车，则必须在伦敦的尤斯顿火车站下车，沿着尤斯顿路走半英里，到圣·潘克拉斯火车站。实际上，早已有人建议应该为这段路程安装自动人行道。你能想象在自动人行道上走完这半英里吗？告诉我是谁提的，等我去买个马鞭。

现在让我来说说我的想法。不用给列车提速，但要让列车变得舒适宜人，让人们永远不想下车，多好？他们可以用这些时间欣赏一下窗外的风景，那些流光溢彩的医院、学校、运动场和精心保存下来的乡村美景，这些才是那省下的几十亿英镑应该花的地方。或者，你也可以在火车前面放一个蒸汽车头，把所有的座位换成木制的，完全让志愿者驾驶。全国人民都会来乘坐的。

---

① 伦敦第二大机场。

无论哪种情况，如果还剩下一点钱，可以用来在火车上改装一下马桶，撤掉那种直接冲水到铁轨上的马桶，这样当我再坐在一个像剑桥或者牛津这样的站台上，一个人闷闷不乐地吃着史密斯三明治的时候，就不用看到一大群黑鸟争夺狼藉中的人类粪便和卫生纸了。让我们面对现实吧，这样吃史密斯三明治是一件很困难的事儿。

———

上次我去伯明翰的时候是 2008 年，当时英国农村保护委员会发起了一场名为"停止乱扔"的运动，旨在反对乱扔垃圾，并让我去三个主要政党的年度会议上争取支援。真是一次非常奇怪的经历。我先去了伯恩茅斯，和一小帮自由民主党的代表谈话。事实上，这是一个很小的团体，小到我们在酒店电梯里举行会议都行，电梯还能容纳下一辆三明治贩卖车。然后我又去了曼彻斯特，和工党党员共进早餐，却没有一个人到场——真的是一个都没有——所以这是一次彻头彻尾的失败，倒是拿了很多甜甜圈回家。

就剩下伯明翰的保守党了。他们在报告大厅给我们留了一个出席会议的席位，这本身是一件非常令人振奋的事情。我的机会来了。不仅可以向托利党的忠实信徒们发表演讲，还可以让整个国家在电视上听到我的讲话，所以我在演讲辞上下了很大的功夫。这一天终于来了，我来到了伯明翰的会议中心，脸上涂满了化妆品，在侧面就座。当他们介绍我出场后，在寥寥无几的掌声中，我大步走上舞台。整个礼堂中只有大约三十个人。六个人明显睡着了，剩下的我猜都不省人事了。我只想说："我是现在开始呢，还是等装尸体的袋子来呢？"我作了演讲，走了，没有打扰到那些还在呼吸的人。我后来了解到，这就是党会的开会方式。礼堂唯一坐满的时候就是领导人讲话的时候。后来，我走回车站，穿过维多利亚广场和新街，现在都变成温馨的步行街了。我不敢相信这城市变化这么大。当时我就想我真应该在哪天回来，好好看看。这一天终于来了。

———

我第一次来到伯明翰的时候，觉得从未见过哪个城市诚心把自己搞得这么丑的。我的家乡也有很多丑陋的地方，但都不是故意形成的。伯明翰的丑陋似乎是有意而为之。罪魁祸首是一个叫赫伯特·曼佐尼爵士的人，他从1935年到1963年担任城市设计师，他认为旧建筑"除了让人伤感，没什么价值"，决定建造一个全新的伯明翰。总之，就是他在整个城市铺满了内环车道、阴暗潮湿的人行隧道、巨大的交通枢纽站以及野兽派风格的摩天大楼，总之使伯明翰变成了一个没有灵魂，没有动力的平凡的地方。

伯明翰博物馆和艺术馆里有一个迷人的房间，专门展示曼佐尼对整个城市的规划。包括一个巨大的居民区规划模型，那风格可以叫做"堪培拉遇见纳粹纽伦堡"。对面墙上挂了一幅景观图，画得很漂亮，描绘了像公园一样的高速公路贯穿整个城市，两边的道路上建有高层居民楼，周边都是绿色植物。这幅画让人很憧憬，问题是大部分的远景规划都没有付诸实施，即使是建成的少数几个也没有光鲜多久。不到二十五年间，两百多栋国有的摩天大楼都出现了严重的结构性问题，其中大部分已经被拆除了。

在建造新伯明翰的过程中,曼佐尼拆除了许多该市最好的建筑物,但还好他有怜悯之心,放过了博物馆和美术馆。建于1885年的博物馆,迄今仍然是一座雄伟的建筑,拥有一间又一间的宝藏,其中包括全世界馆藏最多的前拉斐尔画派的作品。现在这里还收藏了最近发现的斯塔福德郡窖藏(Staffordshire Hoard),这是2009年在里奇菲尔德(Lichfield)附近的一个农场地下几英寸的地方发现的,是盎格鲁-撒克逊人的储藏室。博物馆还有世界上最好的、最有风格的咖啡馆。我在各画廊之间幸福地徜徉了两三个小时,然后走到大街上,继续走着,欣赏着,为这个城市的改进而感到惊讶。

伯明翰确实在恢复宜居性方面取得了巨大的进步,但是我担心这些日子要结束了。就在我游览之后,紧缩时期大举袭击了这个城市,因为市议会宣布了大幅度的削减开支。根据新计划,三分之二的城市雇员将被裁掉。新成立的价值1.89亿英镑的中心图书馆在2013年开业,其员工人数将减半,开放时间从每周的七十三小时减少到每周四十小时。全城的足球场和运动场将会关闭。监控摄像头将不会持续摄像。伯明翰没有成为更环保、更干净、更宜居的地方,相反它却成为一座更邋遢、更肮脏也更不安全的城市。我热爱那种有远见的城市。

所有这一切都是为了在四年内节省出3.38亿英镑。这笔节约听起来数额巨大,又很迫切,但实际上平均到每位市民只需每周节省大约1.4英镑。我想知道,伯明翰的那些幸运儿拿这每周流入他们口袋的1.4磅会干些什么。或许他们可以拿来享受高速火车之旅带来的那额外二十分钟。

II

　　我去了位于施洛普郡 (Shropshire) 的一个村庄——铁桥村 (Ironbridge)，因为以其著名的桥而自豪，所以用它命名。这确实是一座非常精良的桥，我必须这么说。它是全世界的第一座铁桥——第一个实实在在的铁建筑。这座桥和造桥的钢铁工业都是亚伯拉哈姆·达比家三代男人的杰作。第一代亚伯拉哈姆·达比是一位贵格会①商人，他在 1706 年来到了煤溪谷，那是铁桥村以前的名字，计划生产更好的烹饪锅具。他的儿子、孙子，亚伯拉哈姆·达比二世和三世拓展了业务，建造了几座宏伟的高炉，铸铁产量惊人，普遍被公认为英国工业革命的先驱。正是亚伯拉哈姆三世建造了铁桥，以展示公司实力和前途。所以达比一家不仅把全世界带进了钢铁时代，也给世人展示了现代营销手段。

　　为了设计这座桥，亚伯拉哈姆·达比三世选择了当地一位名叫托马斯·普里查德的人，这是一个很奇怪的选择。因为普里查德没有接受过任何工程和建筑方面的训练。他是一位木匠，尽管后期他也开始做一些概念性的作品，设计并建造了几座教堂，甚至一座桥，但相对较小，且是木制的。他从来没有设计过铸铁的宏大建筑，当然，谁也没有做过。事实证明，普里查德是被慧眼识中的英才——不仅如此，这座桥也是那个年代最好

---

① 贵格会 (Quaker)，基督教公谊会教派。

的建筑之一。既优雅，又华美，且完全符合实用主义。每一处设计都有其用意，造型也无比养眼。事实上，就我自身经验而言，你根本无法将眼睛移开。我认为，想要抵挡住走在上面的冲动几乎是不可能的。你禁不住要从各个角度去欣赏它。简言之，它是富有光彩的、独一无二的、引人注目的。可怜的普里查德还没来得及看一眼这座桥就过世了。在 1777 年圣诞节前两天，他死于一场突如其来却又未被记录在案的事故，此时大桥仅开始施工了一个月，四年后大桥竣工。

铁桥村是一个出乎意料宁静的美丽村庄，坐落在赛文河畔一个陡峭的、树木繁茂的峡谷旁。虽然现在这个村庄存在的意义就是为了游客而服务，但是它的风格却相当时尚。商店有趣又吸引人，咖啡馆和招待所看起来也很漂亮。我喝了一杯极其美味的咖啡（配了一小块免费饼干——真的很感谢），然后又在附近的商店逛了逛，看了看几个橱窗。要不是我夫人已经收藏了大量的沙发靠垫或者膝盖毯的话，我真想买一样呢。有时候，在我们家，如果你在一堆沙发垫子或者毛毯中不停往下翻找的话，说不定会在下面找到一个沙发或一张床，太让我吃惊了。在村尾，有一个酒馆，叫做怀特·哈特客栈，前面有一块招牌，写着"使用洗手间无需消费"——这句话如此友善、暖心且独一无二，立刻让它成为我在施洛普郡最爱的酒馆，铁桥村也成了我最喜欢的社区。

离开铁桥，沿着山谷走一英里左右就到了达比高炉的旧址——这是工业革命真正开始的地方。这个地区一度如地狱般火光冲天，日夜不息，现在是一个风景如画的古建筑群，主要是一个大型砖厂，现在已经被改为博物馆。门票为 9.25 英镑，但让我窃喜的是，由于我合乎老年人减价的要求，给我省了 1 英镑。我更高兴的是，这张门票还包含了"达比旧居"的门票，虽然我也不知道那到底是什么。这位售票员还建议我应该从那里开始，因为这个博物馆刚刚接待了三车的小学生，他们会在接下来的二三十分钟时间里到处乱跑，然后由可怜的老师将他们集合，领到一个特殊的区域吃自带的午餐。

　　我感谢他的细心建议，穿过这一片走到几百码外的达比旧居。原来是达比家建造的两幢 18 世纪的房子，用来照看窗外的工厂的。这些房子布置得很舒适，可以让人想象到早期居民的生活是怎么样的，只是没有了当年他们居住时工厂区的烟雾、粉尘及地动山摇。在客厅的一张桌子上，放着一本书，可供游客随意翻阅，书是亚瑟·雷斯特里克写的，叫做《科学界和工业界的贵格会》，我匆匆地看了几分钟，然后拿着它坐到了附近的一把椅子上，看了半个小时，没想到我完全被迷住了。之前不知道，达比时代的英国，贵格会竟然是被欺负压迫的少数派，根本无权参与政治、学术这样的传统领域，所以他们在工业和商业领域变得强大起来，尤其是在银行业和巧克力制造业。巴克莱银行①、劳埃德家族银行②和著名的巧克力生产商吉百利、佛雷斯和朗特利等都是贵格会的成员。他们和很多企业一起把英国变成一个更有活力、更富有的地方，完全是因为当年受到了不公正的

_____

① 巴克莱银行（The Barclays），财富 500 强公司之一，总部所在地英国，主要经营银行。
② 劳埃德家族银行（Lloyds），英国劳埃德集团，全球知名金融机构。

待遇。我从未想过要对贵格会的人不友善，但是如果这是让这个国家复苏的必要条件的话，我就得好好考虑一下了。

——

在达比旧居和博物馆之间，是著名的旧高炉，——这是工业革命迸发第一颗火花的地方。但是到了 20 世纪 50 年代，达比工厂的重要性被人们几乎忘光了。旧高炉被埋在了泥土和瓦砾下面几十年，必须用刷子和泥铲才能挖掘出来，像一栋罗马别墅一样。而今天一切大不一样了。这个炉子被一个现代风格的玻璃幕墙式建筑保护着，不受大自然的风吹雨打。而里面，一位导游正在为一个十几个人的团队做向导。虽然我不得不说，这个炉子看起来和其他的旧炉子没什么区别，但是它已经变成了一个珍贵的圣地。我表面上装得若无其事，却尽量靠近去偷听导游的讲解——我在他旁边，假装对他随手指的地方表现出浓厚的兴趣——但是这个讲解对我来说太专业了。

当我意识到，如果想更好地欣赏钢铁行业，我还需要更多的知识后，我又来到了博物馆区，在那里我学会了很多关于湿法搅炼、干法搅炼、熔炼和贝塞麦工艺等知识。这一切像水通过管道一样进入了我的脑海，然后又直接出去了。虽然从这次经历中我什么也没有记住，但奇怪的是我觉得我被净化了。该博物馆还收藏了大量的铸铁藏品，包括餐椅、花园家具、装饰桌、炉灶、厨房设备，甚至上菜的碗。大部分展品真的非常漂亮。我看得心满意足，就去了一趟洗手间，自己做了一次小型的"湿法搅炼"。然后走到汽车站，等待送我回去的公交车。

第十八章
太惬意啦！

I

林肯郡有一个地方叫斯凯格内斯（Skegness），英国人人都知道这个地方，也都知道它特别惬意！这种认知可以追溯到1908年插图画家约翰·哈索尔画的一幅海报，上面画着一个欢乐的胖渔民，沿着海滩蹦蹦跳跳，下面写着"斯凯格内斯，太惬意啦！"几个字。海报名为"快乐的渔民"，非常好看。不过我觉得最有意思的是，海报里却丝毫没有阳光、嬉戏的游泳者、骑驴活动、帆布躺椅或者任何传统的海边娱乐活动。这个渔民穿着应对恶劣天气的衣服，孤身一人，然而这一形象和简单的九个字却使斯凯格内斯在英国家喻户晓。事实上，也说服了成千上万的游客来到这里。哈索尔因为这部作品得到了12几尼（1几尼等于1英镑1先令）。原作就挂在斯凯格内斯的市政厅。我特别想去看一次，但可惜是周末，市政厅不开门。

这是个糟糕的阴雨天，完全不像夏季的天气。我从汉普郡开车前往斯凯格内斯，行驶在有些泥泞的道路上，听着轮胎发出嘎吱声，雨刷器不停地左右摇摆，像节拍器一样单调，烦躁到几乎要发狂了。我开始幻想奋力开车越过路边的沟渠，看看是否能够垂直地落在土豆田里。最坏的结果也不过是一死，这与继续开往斯凯格内斯相比也算不上什么。林肯郡前不着村后不着店，你往林肯郡里开，一直开才能到斯凯格内斯。

最后我终于到了，入住在一家民宿，扔下包就出去了。在噼噼啪啪的大雨中，我蜷起身子，四处张望了一下。在我看来，这不是斯凯格内斯的问题，就算把它向南挪个八百英里，这问题还是会照样出现。斯凯格内斯是我所见过最为传统的英国海滨胜地。这里有许多闪耀的霓虹灯和人声鼎沸的商场，还有一股子恶心的棉花糖味，连雨都压不住。这里有一座雄伟的钟塔，是海滨区的主要建筑，旁边是美丽的钟塔花园。所有人都躲到周围的门廊或者雨篷下避雨。几个人吃着炸鱼薯条，但大多数人只是站在那里凝视着阴冷、潮湿的世界。一点都不惬意。

我在商业主街拉姆利路上四处闲逛。一家名为阿利森的老式商店坐落在一头，你可以在这里买到祖父母那年代穿过的各式衣服，在另一边是一些二手义卖商店，售卖的是祖父母真正穿过的二手衣服。继续往前走是一家酒吧，名为"撞见酒馆"。酒吧外面的那个服务员看起来好像这几十年什么也没干，就在那儿招揽客人了。除了这条主街之外，斯凯格内斯的市中心只有两条街道，稀松平常地分布着几家廉价商店、手机修理店、赌马厅和咖啡馆。有一家名为水疗健康美容院的公司，打出的广告是一系列醒目的治疗方案，其中大多数我都不知道是否可取，甚至是否合法：皮肤焕白、毛细血管去除、肉毒素注射、真肤填充、结肠水疗，等等。斯凯格内斯显然是一个提供全面服务的社区。别怪我挑剔，不过即便我决定让别人清洗我的结肠，也不可能找一名斯凯格内斯的美容师。在这方面，还有生活中的很多方面，我似乎都属于少数人，因为和旁边的多家商店不同，这家公司显然生意红火。

到这儿，斯凯格内斯中心区也就逛完了。第一个勘察任务完成后，我沿着海滨向北前行，跟随指向巴特林假日营地的路标前进。自从多年前我来到英国的第一个夏天，就一直十分向往那个地方。这一切和几大箱《妇女世界》杂志息息相关。

我最初在霍洛威疗养院工作时负责图克病房，它位于主楼的顶楼，我就是在那里看到的之前提过的板球比赛。图克病房的病人是一群开心又听话的人，发疯时会有些激动。他们长期服用药物，一直都非常安静，不怎么需要监管。他们自己穿衣（基本能正确地穿上衣服），举止得体、恭敬顺从，吃饭从不会迟到。他们甚至能够勉强自己铺床。

每天早晨吃过早餐，一位名叫乔利先生的护士长会像一阵北风吹过病房，把病人从椅子上或者马桶上叫起来，然后分配给他们园艺任务，或者让他们做几个小时轻微的职业疗法。然后他会消失一阵子，不知哪去了，直到下午茶时间才会回来。"除非抬上担架，否则别让任何人回去躺着。"他离开时朝我喊话，留我一人负责接下来的六七个小时。

我之前从未在社会上负责过任何事情，因此开始认真地承担起责任，第一天早晨我在病房来回走动，就像是布莱船长在邦蒂号的甲板上巡逻一样。但是渐渐地我想明白了，负责四十个空床铺和一间公共厕所得不到太多威望和回报，所以我开始寻求一些消遣。图克病房的娱乐活动少得可怜。娱乐室有一些小游戏和拼图，不过那些拼图要么混杂在一起，要么就是明显缺几块，而且那些游戏都是二人游戏。这个病房里的储物柜数不胜数，却只堆着一些清洁用品、一把折叠梯、一棵缺枝少叶的人造圣诞树，除此之外什么都没有。不过我在一个储物柜里找到五六箱之前提到的《妇女世界》杂志。这本杂志是周刊，里面满是给予家庭主妇的乐观建议和启发，基本上囊括了1950年以来的所有期，我一次拉出来一箱，带回病房办公室。

我也由此开始对英国生活和文化有所了解。夏末到秋初那段漫长而安静的时间里，我就坐在乔利先生的椅子上，双脚架在拉开的抽屉上，时不时把手伸进装满《妇女世界》杂志的箱子里，拿杂志出来读，就好像伸进了一盒特别的巧克力里，以此了解英国的生活方式。我饶有兴趣地阅读着每一个字，而且大受裨益。我看到很多人物简介，都是我从未听说过的名人，有海蒂·雅克、亚当·费斯、道格拉斯·巴德、汤米·斯提尔和阿尔玛·柯冈，其中很多人我之后也从未听说过。我了解到玛格丽特公主微笑背后的眼泪，以及面对令人烦恼的新造小额货币，我们所有人如何不得不屈服。我了解到如何将切达奶酪做成令人惊艳的小食：把奶酪切成小块上面插上牙签。（我从随后几期中发现几乎所有的食物都可以因为插上了牙签而变得令人兴奋。）我学会了如何制作游泳救生衣，修建花园池塘。我知道了只要是可以吃的东西，英国人就能夹在烤土豆里。我明白了英国人即便能够征服全世界，却仍然只会带回家一瓶色拉调料。

对我而言，每一件事都很新鲜，每一篇章都让我耳目一新。我看到了三轮汽车！多棒啊！广告做的太糟了！有一个城镇的人们每年都搞从山丘上往下滚奶酪的活动。好吧，有什么不行！有一种可以吃的东西叫做牛奶冻，有一种可以玩的娱乐活动叫做莫里斯舞，有一种可以喝的饮料叫做大麦汤。我在这一个夏天学会的东西比我之前所有夏天学会的东西加起来还多。

就是当我徜徉在幻想的无垠大海中时，我才第一次听说斯凯格内斯和比利·巴特林的名字，以及英国假日营地的崛起。巴特林在加拿大长大，年轻的时候来到英国，做了碰碰车的欧洲代理商并发家致富。通过碰碰车的生意，他遇到了一位退役的陆军上尉哈利·华纳，华纳在汉普郡海岸的海灵岛（离博格诺里吉斯不远）有一所游乐场和一家餐馆。1928年，巴特林接管了这所游乐场的运营权，之后他想出假日营地的主意——人们可以前往海边一个巨大的院子里度过一周，价格实惠、一单全包。1936年，他在斯凯格内斯郊外一块旧萝卜田上开发了第一个巴特林假日营地。营地有六百个小木屋，美名其曰度假小屋，一开始就大获成功。不久后，巴特林在全国都开发了营地，众人纷纷效仿。教会组织、青年俱乐部和工会都开设了野营地。英国法西斯联盟有两个营地。巴特林的老伙计华纳上尉和一位名叫弗雷德·庞廷的商人也各自开设了几个营地。

我说不出来这让我多神往。对我而言，简直是离奇——几乎没法让人相信——会有人付钱去营地。野营者会被房间里的一个大喇叭惊醒（他们无法关闭或调小声音），通知他们前往公共食堂吃饭，倍受折磨地去参加丢脸的选美比赛之类的，晚上十一点就被赶回到度假小屋锁门睡觉。巴特林简直是造了个假日战俘营。这就是在英国，大家都很喜欢它。

度假屋很小，不过有地毯，有电灯，还有自来水和女佣服务。这些是大多数野营者之前从未享受过的奢侈品，即便是在他们自己的家里也没有。每四位野营者共用一个室外卫生间。全包价一周 3 英镑，包含野营者的一日三餐（十分丰盛）和晚间娱乐活动，这些活动多种多样，从交际舞到莎士比亚的戏剧应有尽有，还有像游泳、射箭、草地保龄球和骑马之类的活动。听起来虽然十分惬意，不过我却不能完全理解它的魅力所在。直到这次旅行之前，我读了桑德拉·特拉金·道森的《二十世纪英国的度假野营地》，她是北伊利诺伊大学的历史学家，我在这本书中了解到，假日营地的野营者得到最多的是性爱。"许多女服务员，"她写道，"是妓女"——从而赋予了"巴特林度假营地——在这里你会遇到你想见的那类人"这个口号新的意义。非营利性质的性交同样猖獗。雇员与其他雇员发生肉体关系，也尽可能多地与客人发生肉体关系。据道森记述，在一些野营地，雇员内部有秘密的评分制度：与女客人睡觉 5 分、与选美比赛冠军睡觉 10 分、与营地经理的妻子睡觉 15 分。无监护人陪伴的未成年人蜂拥来到营地纯粹是为了与其他的青少年做爱。

二战后的那些年是营地的黄金时代。在斯凯格内斯，巴特林有一条专属单轨铁路和自己的小型机场。到 20 世纪 60 年代初期，每年有 250 万的游客来到度假营地。海边传统的旅馆和民宿却只能绝望地看着自己的生意越来越少。一位名叫 J. E. 克拉克奈尔的旅馆老板决定孤注一掷，他想出自助旅馆的主意，没有雇员在旅馆提供服务，不过客人只要自己带了食物的话，就可以免费使用厨具。妈妈可以在旅馆厨房做晚餐，然后一路把饭菜端到餐厅，呈到等待的家人面前，饭后清洗餐具——不用支付额外费用。自助旅馆从来没有火起来，这点也不足为奇。个体旅馆的老板们想尽办法都不能奏效。

假日营地的火热状况似乎会永远持续下去。但是它刚达到顶峰，就开始出现崩塌的迹象。廉价旅游套餐的出现意味着人们可以前往阳光明媚的地中海，费用比在巴特林营地瑟瑟发抖地度过一周还要少。对于那些上了年纪和拖家带口的游客来说，青少年游客只会妨碍到他们，因为他们常常打架而且吐得到处都是。为了压低成本，度假营地削减了维护费，从而使营地每况愈下。在怀特岛的一个营地——不是巴特林营地，不得不说——状况极为糟糕，致使四百位度假游客群起反抗，拒绝付账。但是所有营地的确都极为破旧。多年前，我有一次出差，我妻子带着孩子前往普尔赫利（Pwllheli）的巴特林度假营地。他们原本打算住四个晚上，结果到第二天下午，孩子们就吵着要走，想要远离这些会粘在脸上的枕头，不想再被坏孩子挤到封闭滑梯的角落里抢糖果。我的一个孩子还声称如果你安静地坐在卫生间里，甚至能够听到霉菌生长的声音。

整个 70 年代和 80 年代，巴特林、华纳和庞廷三家主要度假公司几次三番被转卖给那些本以为自己能做好的公司。兰克公司、苏格兰纽卡斯尔啤酒集团、卡罗尔休闲公司和大都会酒店都购买了营地股份，以为自己能够扭转乾坤。不过，他们都失败了。大部分的营地都已关门大吉。就在所有的营地似乎都要在劫难逃的时候，一家名为伯恩娱乐公司的家族企业买下了所有的剩余股份，然后重新装修斯凯格内斯、博格诺里吉斯和迈恩黑德 (Minehead) 的三个营地，令它们更加现代化，一切似乎都进展得十分顺利。

我曾经了解到他们在斯凯格内斯还保留着一间 1936 年的原始度假小屋，以便让人们了解营地走过的历程，我迫不及待地想要看看那间小屋，所以沿着湿漉漉的海滨朝着巴特林营地出发。我走了很远一段路，但是除了大雨和一片空旷的沙地什么也没看见。我拦住一位骑自行车的青年，问他我离巴特林营地还有多远。"哦，好几英里呢。"他说，然后骑走了。后来我发现斯凯格内斯的巴特林营地根本就不在斯凯格内斯，而是在英戈尔德梅尔斯 (Ingoldmells)，沿着 A52 公路还要开差不多 4 英里。我透过车窗玻璃凝视黑夜，就像在蒸汽浴室里一样，玻璃都是朦朦胧胧的，决定早上再试一次。

我全身湿透，回到房间换了身干衣服。闲来无事，出于猎奇心理，我上网从英国旅游信息网站查了一些数据，英国旅游局现在风格大变，认为只要在标题中把两个字贴到一起就会使它看起来新潮和前卫，实际上却是有点恶劣，缺乏管理，这些都让我感到十分惊讶。事实证明，斯凯格内斯每年到访游客高达 537,000 人次，是英国第九大最受欢迎的旅游地。在所有的海滨胜地中，只有斯卡布罗 (Scarborough) 和布莱克浦 (Blackpool) 比它更受欢迎。按照消费计算，斯凯格内斯的游客比巴斯、伯明翰或者泰恩河畔（Tyne）纽卡斯尔（Newcastle）的游客花费更多。或许他们是过来做结肠水疗的。谁知道呢？

————

时间过了好久才慢慢到了傍晚，晚餐前我去了一家规模很大、毫无特色的大众酒吧喝了一杯，然后在一家叫做甘地①的印度餐馆吃了晚餐，那里环境清静，食物也很美味，不过甘地餐馆似乎客人不多。因为不愿意太早回到自己冷清的房间，我慢吞吞地吃着咖喱饭，又多喝了一大杯蛇王啤酒，喝得有点迷糊，不过心情不错。离开的时候，我花了很长时间还是没能套上夹克的右袖管，后来一位年轻的服务员走过来友好地帮我穿上了。

"谢谢。"我说，然后告诉他我的突发奇想，我觉得这个想法或许能让这个地方火起来。"你们应该把这个店装修成猫王主题餐馆，"我说，"你们可以叫它'温肉地爱我'②。"

告诉他那个想法后，我摇摇晃晃，略微跟跄地走进黑夜里。

II

第二天早上，我驱车北行，前往英戈尔德梅尔斯找到了巴特林营地。

———————————

① 甘地，全名莫罕达斯·卡拉姆昌德·甘地（Mohandas Karamchand Gandhi，1869—1948），尊称"圣雄甘地"（Mahatma Gandhi），印度民族解放运动的领导人、印度国民大会党领袖。

② 猫王，埃尔维斯·普莱斯利（Elvis Presley），美国 20 世纪 50—60 年代摇滚巨星，成名曲和同名电影《温柔地爱我》（*Love Me Tender*）。

地方并不难找，因为那是一片广阔的场地，就像一个战俘集中营。围栏上都有锋利的尖刺，看上去很有杀伤性，围绕着整个营地，给人一种要把营员永远关里面，把我们永远关外面的架势。前门设有路障和一个保安亭。我告诉保安我只是想看看那间最早的度假小屋，但是他十分抱歉地说他不能让我进去。我必须等售票处开门的时候才能买一张营地的日间参观票，可是还要再等两个小时。一张日票要 20 英镑。我俩一致认为只是看一间已经 80 年的度假小屋不值得这么多钱，说完，我就离开了。

我得说我曾经想过订一间野营地的度假屋入住，不过一想到一个男人独自在巴特林营地四处闲逛，就为了观察别人，就觉得有点诡异，连我都这么觉得。如果我被人攻击，或者更惨点，被人认出来了怎么办？想到这里，我要是被坏孩子欺负了怎么办？后果将不堪设想。（"有人看到布莱森在滑梯里给孩子分糖，之后被警方拘留。"）因此，我满心失望地回到车里，继续北行前往格里姆斯比（Grimsby）。

格里姆斯比在 20 世纪初是世界上最大的渔港。不是英国最大，北欧最大，而是世界最大。我曾经看过不少鲊鳕堆积成山的照片，堆得比格里姆斯比码头边站的男人还要高。 鲊鳕是一种大型鳕鱼，曾在英国水域中随处可见。每条鲊鳕大约有 6 英尺长。现在没有渔民见过那么大的鲊鳕。 1950年，格里姆斯比的捕鱼船队打捞上来 1,100 吨的鲊鳕。如今每年的收成却只有 8 吨。以前鲊鳕也只占全部收成的一小部分。鳕鱼、大比目鱼、黑线鳕、鳐鱼、狼鱼和一些大多数人从未听过的鱼类堆积在码头，惊人的数量终究难以持续。经过一代人的时间，拖船渔民把海底鱼类捕捞一空，整个北海底层变为一片海底沙漠。 1950 年，格里姆斯比捕获 100,000 吨的鳕鱼，如今却连 300 吨都捕不到。总之，格里姆斯比每年的鲜鱼捕获量从将近 200,000 吨降到只有 658 吨——据约克大学的海洋学家卡勒姆·罗伯茨所言，即便这么小的数量，荒芜的北海如今也无法提供。在一本令人着迷的名为《生命之海》的书中，罗伯茨指出每年欧洲的渔业部长们提出的指标平均比他们本国科学家建议的标准高 1/3。

但是与世界上许多国家相比，欧洲可算是一座启蒙的灯塔了。罗伯茨在书中提到很多令人震惊和担忧的事实，其中列出了一艘渔船在太平洋合法捕捞 211 条鲯鳅的过程中，由于误捕而导致意外死亡的水生生物一览表。经过单相扫描，发现拖到船上和死后扔回海里的海洋动物有：

488 只海龟

455 条黄貂鱼和蝠鲼

460 条鲨鱼

68 条旗鱼

34 条马林鱼

32 条金枪鱼

11 条刺鲅

8 条剑鱼

4 条大翻车鱼

根据国际协议，这属于合法行为。延绳钓的鱼钩被认定为"对乌龟无害"。所有这一切只是为了让 211 个人吃一顿鲯鳅晚餐。

———

　　格里姆斯比和我的预期完全不同。我曾经想象它是一个密集型城市，市中心遍布纵横交错的窄巷，以石墙围筑的港口为中心，就像是康沃尔郡的一个渔村，不过规模更宏大些而已。事实上，格里姆斯比的港口规模庞大、工业发达，而且远离城镇。市中心既不密集，也不迷人，根本不像小镇，更像是肮脏不堪的都市，繁忙的街道别想徒步走过去。市中心和港口之间是一片了无生气的商业区，没有一家店看起来生意红火。一家名为"家园"的大型家装商铺围着铁丝网眼栅栏，挂着一个喜庆的条幅，上面写着即将停业，看起来怪怪的。其他几家商铺已经搬走了，店门口堆满了吹来的垃圾和违法乱倒的垃圾袋，有脚踝那么深。我路过警察局，前面有一个非常漂亮的草坪，不过也到处是啤酒罐和碎石。这是一个怎样的社区，人们居然可以在警察局的草坪上乱扔垃圾还不受罚？又是什么样的警察部队才会不扫"门前雪"？

　　这里偶尔也会有几个好地方。约翰·佩蒂特父子店是一家老式肉铺，位于伯利恒街。根据指示牌来看，这家肉铺成立于 1892 年，都是回头客，忙碌得不得了，看上去很不错。祝它生意兴隆。我还很喜欢一家名为"卷染"的理发店。格里姆斯比的特色也就这些了。

　　维多利亚磨坊先前曾是一家面粉厂，现在只能称作大砖垛子，在商业区很显眼。这座建筑本身很漂亮。它要是在巴特西（Battersea），一定会成为时尚公寓。在这里它似乎已经无人打理。后来我了解到建筑有一半已经改造成公寓，看起来也很漂亮，不过另一半由一家公司买下，仍然废弃着，因为建筑的保护工程总是谈不拢。据《格里姆斯比电讯报》报道，因为这家公司未能采取必要的维护措施，当地法院于 2013 年 6 月对其罚款 5,000 英镑。这家公司没有出席听证会。能看到一丛高大的灌木从八层楼高的窗户生长出来。这不是一座精心打理的建筑该有的面貌。

附近，在码头区，有一座颇具现代风格的大型建筑可以俯瞰宽阔的弗雷什尼河，名为渔业遗产中心。实际上这是一座博物馆，惹人喜爱而且令人着迷，却不只是与渔业相关。博物馆的一楼再现了几个二三十年代的室内布景，包括一家当地小酒馆和一家炸鱼薯条店。我注意到一件特别有趣的事，格里姆斯比的居民常常会自己带鱼到餐馆去炸，只需 1 便士。最佳展厅是一艘船的厨房布景，定格在水花泼溅的一刹那，慌张的厨师拼命地尝试让一切得到控制。这才是博物馆应该具备的特点——充满乐趣、富有想象力、引人入胜、又极具教育意义。

其他地方还有很多鱼类和渔业方面的趣事。比如说，一只大菱鲆可以产出 1,400 万个卵。我知道这些无聊的琐事听起来有点莫名其妙，可是当时在读这个标签的我们三个人同时发出赞叹而又可笑的"噢——"声，而且是发自内心。各处展品的标签都是用心地仔细思考后书写的，标点也很正确，应该派人去把伦敦自然历史博物馆的人请过来，留在这里学习，把格里姆斯比博物馆的这些人才带回去。

我在礼品店花了一些时间看了一本有趣的书，名为《格里姆斯比：世界上最伟大渔港的故事》，讲述了这个一度辉煌的地方所有的兴衰沉浮。据我所知，格里姆斯比的问题大部分是自身原因造成的。一方面渔民捕光了几乎一切游动和栖息的生物，同时城镇官员也在拆毁格里姆斯比几乎所有最精致的建筑和历史遗迹。道蒂公园（Doughty Park）的墓地被清理，城中许多剧院和大酒店以及诸多精美的房屋也难逃一劫。 19 世纪的地标谷物交易所，外形就像一艘火箭船的原型，起初被改造成一间公共厕所，这是侮辱的开端，不久后被彻底拆毁。似乎格里姆斯比正在努力摧毁所有代表它过往辉煌的地标。它成功了。你一定会得出结论：今日的格里姆斯比就是在自食其果。

我反复思考着这一悲观的想法，随后取车开往一个更美好的地方：其他地方。

第十九章
峰区国家公园（The Peak District）

I

在我成长的岁月里，我经常在星期天下午步行去英格索尔（Ingersoll）电影院，那里距离我在得梅因的家 1 英里左右，我会买一张下午场的电影票。电影院只有一个荧幕（当时几乎所有的电影院都是如此），荧幕上放什么我就看什么。显而易见，英格索尔没有买到热映影片，放映的大多数片子都是小制作且不出名的影片，一般都是欧洲片。观众常常只有三两个人，包括我在内。结果就是我看了些可能连演员都不记得他们曾经演过的电影，我时不时地想起它们，还会感到很快乐。这些电影有肖恩·康纳利和吉娜·罗洛布里吉达主演的《美人局》、戴维·海明斯主演的惊悚片《乌曼，威特和泽格》、尼科尔·威廉森和性感的安娜·卡里娜主演的《黑暗中的笑声》。我曾经想过如果罗斯福高中有她这样的人，我们会有什么样的反应。

我既喜欢这些电影里的情节，又喜欢他们的场景——伦敦烟熏火燎的建筑、罗马混乱不堪的交通、地中海阳光明媚的度假别墅和蜿蜒曲折的沿海公路——但最真实的还要数《少女与吉卜赛人》。这部电影格调缓慢而明亮，根据 D. H. 劳伦斯的同名中篇小说改编，由乔安娜·辛库斯和弗兰科·内罗主演。这部作品很沉闷，穿插着许多穿过荒原的感伤镜头。其中有一个场景拍下了整个巨大的石坝和水库，大坝就坐落在长满树木、寂静无声的山丘和荒野上。大坝由巨大的石块堆积而成，像一座大山从绿水中崛起。两端各建有一个装饰性城堡式塔楼。至少可以说，这部电影的场景都美轮美奂，我不明白为什么不出名。它在艾奥瓦州一定会火，相信我。电影结束后，我走回家，再也没去想过它。

三十年后，我和我的朋友安德鲁和约翰在峰区散步，我们走到豪登荒野一个长满树木的斜坡，那部电影中的城堡水坝突然映入眼帘。我瞬间就认出来了。它比我预想的要小一点，除此之外，其他方面都和我印象中一样的壮观，一样的威严漂亮。它叫德文特大坝，始建于 20 世纪初期，用于向谢菲尔德、德比、切斯特菲尔德和一些与峰区接界的老工业城镇供水。在英国居住了这么长一段时间之后，我明白它为什么不出名了。英国的好东西太多了——城堡、豪华古宅、山丘堡垒、巨石阵、中世纪教堂、山坡上的巨大雕像，应有尽有——以至于很多都没有受到关注。在英国，这些辉煌建筑随处可见，一直令我感到震撼。如果德文特大坝在艾奥瓦州，它一定会出现在州车牌上。在那里或许会有一些营地，一个房车营地，很可能还有一家奥特莱斯折扣村。如今在这里它默默无名、被人遗忘，成为乡村漫步的一时消遣。

我来说几个数字。英国有 450,000 栋文物保护建筑物， 20,000 处计划要登记的古代遗址， 26 处世界遗址， 1,624 个列为文物保护的公园和花园（都是具有历史价值的公园和花园）， 600,000 处著名考古遗址（每天还在不断发现新的考古遗址）， 3,500 处具有历史意义的墓地， 70,000 个战争纪念碑， 4,000 处具有特别科学研究价值的遗址， 18,500 个中世纪教堂，以及 2,500 家博物馆，共计 1.7 亿件藏品。拥有如此丰富的遗产意味着有时人们会对此习以为常到令人惊愕的地步，但是这同样意味着你会经常发现一些相当完美的东西只属于你自己，就像现在我对德文特水库的感觉一样。

这座大坝由一家公共事业公司管理，名为塞文·特伦特水务公司，他们还修建了小型游客中心，中心有一个茶水间和一个小停车场，我到的时候，停车场几乎都是空位。一条美丽的步行路线沿着湖边，把附近的两个水库：豪登水库和莱迪鲍尔水库连在一起，两个水库都十分引人注目。

德文特大坝还因另一件事情而出名。第二次世界大战期间，英国工程师巴恩斯·沃利斯发明出著名的"弹跳炸弹"时，他们就是在这里为著名的"堤坝大爆破"突袭行动进行试验。炸弹设计成可以划过水面，就像打水漂的石头一样，直至撞上大坝，按照预先的设计爆炸会产生毁灭性的结果。事实上，这项计划并未真正成功。低空飞行的飞机很容易成为德国防空炮火的目标——第一次执行任务时整个飞行中队的 40％没能返回——许多炸弹爆炸剧烈，但不是在水中爆炸没造成伤害，就是直接弹过大坝，在周边爆炸了。只有一座大坝严重损坏，轰炸引发的决堤造成1,700人死亡，但大部分是被俘的盟军，所以实际上巴恩斯·沃利斯造成我方死亡的人数比德方死亡人数还要多。不过那不重要。它是战时发明的一项功绩，和雷达、密码机一同展现了英国人民不屈不挠的精神和智慧。1955年，弹跳炸弹的故事被拍摄成电影，深受那些白天在英国广播公司2频道上转播电影的人员钟爱，我不敢相信我当时竟然因为流感而没能观看《敌后大爆破》。

我开心地沿着德文特和豪登水库漫步，享受着阴凉宜人的树林，水面波光粼粼，感叹自己居然有幸独享如此壮丽的景色。在回停车场的路上，我路过一块令人难忘的石碑，纪念的是一只叫做迪普的牧羊犬，碑文上写道："在豪登荒原陪伴在主人约瑟夫·塔格先生尸体旁十五个星期。"那是很长的一段时间。请注意，塔格躺在那里，全仗着那狗了。实际上，我不知道到底发生了什么，但是我深刻知道就我个人而言，我更愿意给狗立碑，刻上"纪念迪普，在我需要帮助时你为我四处奔走"。

有意思的是，迪普的纪念碑比参加"堤坝大爆破"突袭行动的飞行员的纪念碑更加宏伟，不过随后我想起这里是英国，而迪普是一条狗。

——

峰区位于英国中部，有550平方英里的辽阔天空和壮美丘陵，这里也是英国中部和北部的交界。金德斯考特峰（Kinder Scout）是峰区的最高峰，海拔略低于2,100英尺，矗立在德文特山谷西边几英里处。金德斯考特峰是1932年著名的非暴力反抗的爆发地点，当时来自附近工业城镇的工人大胆地走过德文郡公爵的松鸡猎场。他们当天的行动对后续开放乡村给步行者产生巨大影响，所以我觉得我过来的时候应向他们表示敬意。我把车停在美丽的海菲尔德村（Hayfield），走了大约 1 英里后来到鲍登桥（Bowden Bridge）上那个游行擅闯的地点，为此感到高兴。我沿着这条路走，路过一栋联排别墅，别墅上挂着一块蓝色纪念牌匾，上面写着这里是著名演员亚瑟·罗维的出生地，他在电视剧《老爸上战场》中饰演梅因·沃林上校。这里能够完美地诠释徒步与开车相比的优点，因为如果我开车的话就不会注意到那块牌匾，这也证明了步行的人生活不仅更健康而且更丰富。

金德斯考特峰不是山峰，而是长满青草的高原，常常能从曼彻斯特和谢菲尔德看到它。这似乎是问题的根源。曼彻斯特和谢菲尔德的工人从他们尘土飞扬的社区出神地望着金德斯考特峰，认为那是他们的山峰，是他们能在周末呼吸新鲜空气、焕发精神的地方，多年来他们也一直都在周末时去那里。但是在 20 世纪 20 年代，德文郡公爵为了能够狩猎松鸡，不再向公众开放金德斯考特峰，自然引起了群众的不满。于是在 1932 年 4 月，500 名群众（大多数都是工人）聚集在鲍登桥，他们穿过公爵的领地举行了一次抗议游行。

暗中得到消息的猎场守卫们严阵以待，命令游行的人返回。结果是一场简短徒劳甚至有点搞笑的混战。一名守卫被打昏了，可能是出于偶然，但是没有其他人受伤，然后大家浩浩荡荡越过守卫，完成了前往山顶的游行。政府反应过激，逮捕了游行团体的头头，控告他们非法进入。五人被判入狱，刑期长达五个月，这是一次极不合理的量刑。结果就是愤怒和不满的浪潮席卷了整个德比郡，向四周蔓延。大规模擅闯行动（现在差不多都是这样称呼）成为阶级斗争和英国乡村历史上的标志性时刻。其他国家的人们都是为政治和宗教战斗。在英国，却是为了谁能在狂风呼啸的荒野中散步而战斗。我觉得真是非常不可思议。

这些游行者的努力没有白费。四年后，议会设立委员会，考虑在整个英国建立国家公园。之后第二次世界大战突然爆发，不过在1951年，峰区成为英国的第一个国家公园。尽管大规模擅闯行动具有重大象征意义，纪念碑却小到几乎看不到。那只不过是停车场后面的一个牌匾，挂在采石场墙上八或十英尺高的地方，有一半都被植物覆盖了。要不是知道要去寻找那块牌匾，我永远也不可能注意到它。上面简单地写着："前往金德斯考特峰的大规模擅闯行动从这个采石场出发， 1932年4月24日。"穿过公路，小河旁一条狭窄的小路引至金德斯考特峰步行路的起点。天气很好，乡村风景也很美，但是从这里到金德斯考特峰是个体力活，徒步需要三个小时。但我还要赶往位于峰区另一侧的巴克斯顿（Buxton），我在那里预定了一个房间，所以我朝金德斯考特峰只走了大约1英里，只能大略看一眼，然后不情愿地往回走，回到车上。回来时，我也一个人影都没有看见。

———

巴克斯顿是一个古老的温泉小镇，大部分是建造于18世纪的石头建筑。行宫花园（Pavilion Gardens）位于小镇中心区域，占地面积有23英亩，一定是英国最赏心悦目的城镇公园。巴克斯顿有一个漂亮的歌剧院，几家大酒店，还有一栋有壮观穹顶的宏大建筑，很有气势。这里曾经是一家医院，现在是德比大学的一个校区。行宫花园附近是一个新月形的建筑，让人不禁想起巴斯著名的皇家新月楼（Royal Crescent）。不同的是，由于发现这栋建筑存在结构问题，它已经被废弃多年了。有计划将其改造成一家酒店，不过在我参观的时候，它还是围着木板，周围布满工地围栏——对于一级保护建筑来说，这种遭遇着实令人痛心。（一级保护建筑指的是那些具有特殊建筑意义的建筑。）问题就是中东部地区发展署答应提供的500万资金还未划拨之前，发展署就在2012年被政府关闭了，因此这栋罕见的精致建筑原本应该拉动经济发展，如今却只能因为国家节约支出而静静地等待破落。现代生活的疯狂似乎永无止境。

闲来无事，我在小镇里到处散步，不时地看向橱窗。我尤其喜欢一家叫做波特的男装店，它年代久远而且口碑不错，自从1860年就存在于巴克斯顿了，看上去势头依然很强劲，这样的业绩如今看来虽然算不上奇迹，至少也是巨大的成就。橱窗里的几件衬衫马上吸引了我的注意力，完全是因为上面的名字：赛登斯蒂克·斯伯恩戴斯托。我知道我早就公开说过我无欲无求了，但是谁能抵抗得了这个名字呢？如果它的名字真的叫做斯伯恩戴斯托①的话，就算没有现货我也要买一件。这个名字太棒了，它可以自成词语，表示比最好还要好一级的意思。我甚至为这家公司想出一个标语："斯伯恩戴斯托——令最好也不够好。"

---

① Splendestos，词根是 splendid，意思是"辉煌的，灿烂的，极好的，杰出的"，在这里是个自造词。

我成长的年代，大家都非常重视好名字。在那个时代洗衣机有力士自动循环旋转，割草机有发动旋转启动钮，留声机有振冲声波扬声器。就连衣服的名字都很来劲。我爸爸曾经有一件叫做麦格雷戈格伦方格的两面服夹克，每次向别人（包括陌生人）展示时，他都会由衷地感到开心，告诉他们怎么翻过来，怎么就变成了另一件夹克。他会解释说"这也是它叫做两面服的原因"，就好像是在揭露一个宇宙奥秘。他从不会称它为"我的夹克"或者"那件夹克"。他总是说"我那件两面服夹克"。他很享受说出那个名字。我能理解他。

不过这一切都消失了。现在我们只有一些毫无意义的名字。看看星巴克和他们的杯型——特大杯、超大杯、大杯等等。世界各地巨头公司的名称意义全无，比如帝亚吉欧、朗讯、埃森哲和英杰华。我曾经在温莎人寿保险公司投了一份保单，但是现在这家公司叫做安心保险公司。如果他们家专做防大小便失禁的裤子，这名字倒还不错，不过对于一家保险公司而言却是个糟糕的名字。

我怀念生活中令人激动的产品名称，当我站在波特的橱窗外，看到人们能够进入如此古老漂亮的受保护建筑购物，我由衷地感到羡慕。我继续往前走，陷入一阵幻想，我看到自己时不时光顾波特商店，除了买东西，还有单纯的语言享受。

"下午好，"我在幻想中说，"一两个星期之前我特意订购了两件斯伯恩戴斯托衬衫，我想问衣服到了没。"

"我查下账本，布莱森先生，"经理说，然后翻开一个极大的皮面账册，手指沿着账册的一页往下滑，"衣服星期三到。"他告诉我。

"那我的劳埃德·艾特瑞 & 史密斯的棕色多尼戈尔式的粗花呢运动外套呢，肘部带有仿皮绒补丁的那件？"

"我看一下。有，也是星期三到。"

"太好了。星期三我再来。现在我就买斯洛琦品牌的这条宽松平角内裤吧，薄荷色蔓越莓滚边的这条。"

"好的。我给你包起来吧？"

"不用了，我现在穿上就行。"

傍晚，我穿着舒服的新斯洛琦内裤（"时髦到你想要穿在裤子外面"），漫步到一个酒吧喝了杯开胃酒，随后在行宫花园附近的一家小饭馆吃了晚餐。事实上，我现在就在吃，只不过我裤子外面没有穿那条斯洛琦牌的内裤罢了，有些遗憾。

晚上过得很开心。服务员过来清理餐盘时，她问我饭菜如何。

"哦，无与伦比。"我说，我是真心实意的。

———

第二天早晨阳光明媚，我满怀热情地醒过来，我打算走一走蒙萨尔铁路线，铁路线从巴克斯顿到贝克韦尔（Bakewell）大约有 8.5 英里，途经隧道、河谷，景色美不胜收。这条铁路线原本是英国米兰德铁路线从曼彻斯特到德比的一部分，但是这条线路在 1968 年停运了。由于它经过的都是人烟稀少的乡村地区，因此并没有带来太大的经济效益。这条铁路线上的一个重要停靠站哈索普（Hassop）或多或少是为德文郡公爵在查茨沃斯

(Chatsworth) 庄园①的私人用途而建的。如今，它被整修成一条宽阔平坦的骑行路线和步道，为更多的人带来了欢乐，比铁路运行时的人多得多。这次散步很愉快。

最了不起的时刻就是看到蒙萨尔山谷（Monsal Dale）中贯穿的墓石高架桥。蒙萨尔山谷已然是一个天然美丽的地方了，不过那座高架桥有三百英尺长，屹立在绿色的草地和怀依河的细流上方，将它衬托得更加高耸。这座桥建于 1863 年，当时的艺术评论家约翰·拉斯金曾有过一番著名的批判言论，他说无情地牺牲安宁美丽的环境仅仅是为了"让巴克斯顿和贝克韦尔两个地方的傻瓜半个小时就能抵达对面"。这句话经常被拿来举例，用来说明新事物出现时有多么遭人憎恨，时间久了又多么珍贵。嗯，确实，有时会发生这样的事情。但是这里有一点不同，因为墓石高架桥建造精良，从一开始便很美，和如今破坏景致的案例大为不同。你认为现在英国铁路网公司有多重视景致？根本不屑一顾？回答正确。

离蒙萨尔山谷不远有一处景色几乎与拉斯金的风景一样壮观，甚至更有历史价值。在那里火车道从漫长的隧道中出现，进入绿色的河谷。一栋乔治王朝时期的白色建筑在河谷源头占据居高临下的位置，第一眼看上去就像一座豪华古宅。实际上，那是 1779 年理查德·阿克莱特建立的科瑞斯布克纺纱厂（历经一场大火六年后重建）。它一定是你见过最大气雄伟的工

---

① 查茨沃斯庄园（Chatsworth House）是世袭德文郡公爵（Dukes of Devonshire）的豪宅，位于英格兰的北部峰区国家公园内，离谢菲尔德仅半个小时的车程，是峰区公园最有名的景点之一。

厂，很可能也是最重要的一家工厂，因为它改变了世界。这家工厂和距离马特洛克（Matlock）几英里的科罗姆福德纺纱厂是工厂制度的起源地。如今，世界上生产的一切产品都能追根溯源到这个德比郡乡下的宁静角落。阿克莱特在德比郡的狭窄山谷里建立自己的工厂是因为这里水源丰富，可以为机器提供动力，而且位置偏远，可以降低风险，避免由于新方法失业的纺纱工人一时愤怒，大举包围他的工厂。他也更容易剥削他的工人。科瑞斯布克工厂招收的大多是孤儿，生活悲惨。

半个世纪内，棉纺业就雇用了四十多万工人。之后几乎每一样让英国更强大的东西都以这里为基础，比如造船、金融、运河和铁路建设以及帝国的崛起。英国的繁盛竟然是建立在棉花这种产品上，而且英国本身又无法种植，只能从它的殖民地进口，而现在它已经失去了殖民帝国，无法管控了，一想到这儿我就觉得有意思。德比郡成为这一切的中心并没有持续太长时间。随着棉纺工业的发展，需要更大的工厂和河流，工厂开始搬迁到更加城镇化的地区如曼彻斯特和布拉德福德（Bradford）。德比郡沦为被人遗忘的小镇，却又风景如画了。如今科瑞斯布克工厂被改建成了一家高档公寓。

——

我这一天旅程的终点是阿什伯恩（Ashbourne），也是个非常惬意的小镇。那里有一些现在几乎都看不到的商店：一家奶酪店、一家糖果店、一家修鞋店、至少两家肉铺、一家蔬菜水果店、一家老式玩具店、几家酒吧和几家精致的古董店。小镇的一头是纪念花园，虽然赶不上巴克斯顿的行宫花园那么绚丽，倒也相当宜人。小镇另一头屹立着宏伟的圣·奥斯瓦尔德教堂，塔尖高耸优雅，令人以为是缩小版的索尔兹伯里大教堂。

我走进一家看起来还舒适的酒吧，注意到有一种苦啤酒来自灵伍德啤酒厂，就位于我在英国居住的那片地方。

"他们的窖藏啤酒很不错。"我和服务员说，只是闲聊而已。

"我们的窖藏啤酒也很不错。"他以一种辩护的口吻答道，好像我刚说他妻子很丑似的。

我一愣。"我不是想说你们的窖藏啤酒不好。我只是觉得你可能没听说过这种好酒。"

"我说过，我们已经有了很好的啤酒。"他冷淡地说道，然后把零钱递给我。

"还有你有点蠢。"我心想，一边拿着啤酒走到一个三角桌旁，头上是一张裱框的报纸照片，内容是一辆货车刹车失灵撞倒了酒吧的外墙。我对错过了那一幕感到有点遗憾。

就在我离家之前，我把一家出版社转发来的一捆读者信件扔进我的帆布背包里，现在我拿了出来。当你以写书为生的时候，你会慢慢意识到不是所有给作者写信的人都是怪人，但是怪人都会给作者写信。最近有一个住在哈德斯菲尔德（Huddersfield）的人写信告诉我他特别喜欢我的几本书，他有一个想法，我们俩可以交换住处几个星期，这样他能通过我的居住环境了解我，我可以帮他喂养热带鱼。"我还没告诉我的妻子，期待你的肯定答复。"他写道。还有一个人想要写一本书，名为《英国早餐》，但他不擅长写作，所以他提议跟我一起周游英国，他负责吃早餐然后向我描述味道，我负责把经历转化成文字。他提议收入七三分，他拿七成，因为这是他的主意，而且我已经很有钱了。另一个人写信说 1974 年他还是加拿大的一名丛林飞行员，曾经从纽芬兰省的鹅湾起飞，顺路送一位留有红色胡须的年轻人前往新斯科舍省的哈利法克斯。有一件事他记得特别清楚，就是那个年轻人穿着苏格兰短裙，他想知道我在纽芬兰旅行的时候是否穿过苏格兰短裙。

信件里偶尔会有一些惊喜，现在我就收到了一个。我从一个裹着泡泡纸的信封中取出一本快样书，书名是《地图控》，作者肯·詹宁斯，内容是关于一个男人对地理的热爱。看起来根本不是我喜欢的东西，但是我翻阅了一下就立刻着了迷。这本书表面上写的是对地理的热爱，但大部分是关于美国人对世界的无知。

詹宁斯讲述了一个故事，是关于迈阿密大学一位名叫大卫·海尔格林的助理教授，他给入学新生一张空白的世界地图，让他们找到三十个著名地点的位置。他预计答案会五花八门，结果却发现大部分学生连一个都确定不了。十一名来自迈阿密的学生竟然找不到迈阿密的位置。《迈阿密先驱报》报道了这个故事，之后演变成全国性的新闻。许多家报纸和摄制组采访了海尔格林。迈阿密大学对此事又作何反应呢？他们解雇了海尔格林。一位同事为海尔格林争辩，结果他也被解雇了。

其他调查结果表明 10％的大学生在地图上找不到加利福尼亚州和得克萨斯州，大约五分之一的美国人甚至在地图上找不到美国。你怎么能在地图上找不到自己的国家呢？美国青少年小姐比赛中的一位选手曾经被问到，为什么竟然有这么多美国人在地图上找不到自己的国家，詹宁斯引用了她的回答："我个人认为美国人在地图上找不到自己的国家是因为我们国家的一些人确实没有地图，我相信我们的教育跟比如南非，嗯，伊拉克这类地方差不多，我觉得他们应该，我们美国的教育应该帮助美国，哦，是帮助南非，帮助伊拉克和亚洲国家，这样我们才能为我们的孩子建设未来。"

好吧，谢天谢地，至少我们还没有丧失语言表达能力。我原本没打算再喝一杯啤酒，但是这本书看得我太开心了，所以我回到酒吧又点了一杯，因为这样我能多读一点，不过这次我学乖了，没有向服务员提及任何我喝过的其他啤酒，以免他往心里去。

我重新拿起那本书，了解到莎拉·佩林竟然认为非洲是个国家。今天晚上过得真不错。

II

英国人有时特别明智。1980 年，英国政府设立了国家遗产纪念基金会，拨款来拯救那些或许会消失的遗址，可是它并没有界定什么叫遗产。因此基金会的理事们想救什么就给谁拨款，只要钱够用就行，他们认为这些都统统属于遗产的大分类之下。没有比这更愚蠢和更容易滥用的制度了，然而它的成果却很辉煌。基金会抢救了各种遗产，从艺术品到濒危的鸟类，不一而足，但是我觉得基金花在保护卡尔克修道院上是最明智的，那里是我的下一站。

卡尔克修道院从来都不是修道院——拥有它的家族这样称呼它只是为了听起来有趣一些——不过它曾经是一片极大的产业，遍布德比郡南部大约 3 万英亩。四百年来，这里一直是哈珀·克鲁家族的住地，正如房屋的旅游指南上友好地写着，他们的主要特点是"天性孤僻"。在他们管理的一百五十年里，整个家族大多数成员几乎都没有离开过，也没有让任何外人进来过。 19 世纪的访客登记本里没有一次来访记录。直到 1949 年，才允许第一辆汽车进入， 1962 年才有了电。

第一次世界大战之前，卡尔克雇用了六十个用人，但是随后庄园不断衰败，最后一个用人也没有了。查尔斯·哈珀·克鲁于 1981 年去世，令人惊讶的是，他竟然还没有留下遗嘱，说他傻也不为过。他的弟弟亨利面临着高额的遗产税，单是利息每天就增长 1,500 英镑。亨利无力支付，只能把房子交给了英国国民信托组织。信托组织决定保留房屋原貌，这是英明之举。他们称它为"不豪华古宅"，这个名称太合适不过了。

庄园自从 19 世纪 40 年代初期就一直没有修缮或者大规模装修过。从第十任男爵梵西·哈珀·克鲁 1924 年去世之后，整个家族就搬到庄园的一个小角落。 1985 年国民信托组织到来的时候，打开了很多尘封五十多年的房门。整个宅子就像一个发霉的时空隧道。

我和另外十七个人一起参观，感觉好极了。这次参观时长为九十分钟，时间非常充裕，由一位女士带领。她谈吐文雅、性情温和，而且知识渊博，十分令人敬佩。国民信托组织工作做得超级棒，既防止了建筑继续破败，又丝毫没有损失掉原来的颓唐和败落气息。到处是脱落的油漆或者粗糙的墙皮。我在一处的墙上靠了一下，旅游团中的一位同伴暗自发笑，多次向我点头暗示，低声告诉我夹克的后面现在绝对是脏兮兮的。我脱下夹克看了看，他说的对，我俩重重地点了点头。庄园内除了有许多家具和大量的动物标本，还收藏了一批精美的考古文物，大多数都是由我们的老朋友萨顿胡遗址的发掘者巴兹尔·布朗发现的，我十分高兴得知这一信息。

这次参观令我非常高兴，因此决定不找国民信托组织的麻烦了，我直接走回售票处申请了会员卡。我没有意识到这件事情需要这么大张旗鼓——我必须提供两组指纹，做一次胸透，而且发誓保证买一辆沃尔沃和一件涂蜡夹克——不过我的卡尔克门票按照会员协议算是退回给我了，你可以想象到，我有多开心。

——

我走在前往拉特兰郡的路上，要去看望我的儿子一家，他们住在奥克姆（Oakham）附近。我孙子要过生日，我很少错过这类有蛋糕的家庭聚会。不过我应该在下午茶的时候到，于是我很高兴能在英国的温馨一角悠闲地度过一天。莱斯特郡、北安普顿郡（Northamptonshire）和诺丁汉郡交界的乡村地区葱郁起伏，别具魅力，郡外很少有人知道这个地方。

距离卡尔克修道院不远的地方是艾尔姆斯（Elms）的考顿村（Coton），它是英国离海洋最远的地方，我不禁被它吸引。这里唯一特殊的景点就是教堂弗莱茨农场，它距离最近海岸线的官方数据是 70.21 英里。某个行人把一卷旧地毯扔进树篱，表示到此一游。我把车停在农场车道边，走下车安静地站在那里，骄傲地成为了一名英国离海边最远的人。大约十五秒或者二十秒后，我意识到无论站在这里多久也得不到更好的感觉了，所以我回到车里继续前行，不过一直沉浸在满足感中，也急切地准备好喝下午茶了。

第二十章
威尔士

我要回美国做几场演讲。回美国总是能让我感觉不错。毕竟那是我的故乡。电视上放着棒球比赛，这里的人友好而乐观，不会整天抱怨天气，除非天气真的糟糕，喝饮料能随便加冰。最重要的是，回美国能让我以新的角度看待问题。

说说最近我遇到的两件小事，在我入住得州奥斯丁市中心旅店办理登记手续时，前台需要记录我的详细信息，于是很自然地问到了我的家庭住址。我们在美国的住所没有街道号码，只有一个名称，美国电脑对这种异常情况经常无法处理，于是我报出了在伦敦的地址。前台的女孩将街道名和楼牌号输入后，问道："哪个城市？"

我回答："伦敦。"

"哪两个字？"

我看着她，发现她不是在开玩笑。"伦理的伦，敦煌的敦。"我说。

"国家是？"

"英格兰。"

"哪几个字？"

我告诉她分别怎么写。

过了一会儿，她说："电脑不能识别英格兰。这是个国家名吗？"

我肯定地告诉她是。"试试不列颠。"我提议说。

我又告诉她具体是哪三个字——我说了两次（第一次她把"列"字打错了）——电脑仍然没能识别。于是我建议说试试"大不列颠"、"大不列颠联合王国"、"联合王国"、"英国"，但这些名称也都不能被识别。我实在想不出来其他别称了。

"电脑能识别法国。"一分钟后女孩说道。

"你说什么？"

"你可以写法国伦敦。"

"你是认真的吗？"

她点了点头。"嗯，也行啊。"

于是她输入了"法国，伦敦"，这下系统高兴了。我办完入住手续，提着行李，拿着塑料门卡朝几步远的一架电梯走去。电梯门打开时，里面已经有了一位年轻的女士，我觉得有些奇怪，因为电梯刚从上面下来，现在又要上行回去。电梯刚上行大概五秒钟，她突然神情紧张地问道："不好意思，刚才那个就是大厅吗？"

"你是说那个有前台还有对着大街的旋转门的大厅？是啊，就是大厅。"

"我去。"她这么说着，非常懊恼。

我说这些绝对不是要表示得州奥斯丁或者全美国的人都是这个样子。但这确实引发了我的思考，我们存在的问题远比我想的要严重。连普通的成年人都不知道英国伦敦而且找不到酒店大厅，我觉得是该关注一下这件事了。很显然这是一个全球问题，并且正在逐渐蔓延。我并不知道应该如何应对此类危机，但基于我们目前掌握的情况，我建议把得州隔离为好。

我想着这些事情，人已经来到了布里斯托尔附近的 M4 高速公路服务区，我满怀着期待，行驶在去往威尔士西部的路上，不过说真的，路途实在遥远，而且我现在饥肠辘辘，所以我想好好吃顿早餐。我兴高采烈地设想我在明亮的谷仓咖啡厅端着托盘漫步着，那里座椅分区，餐具闪亮，食物虽然称不上让人垂涎欲滴却也十分丰盛。但事实是所有的谷仓咖啡厅和其他的服务区餐厅都不见了。如今只能在快餐连锁店的美食街找点吃的。最后我只能吃点"杂明治"早餐，就是两块饼干之间夹着好像可以吃的明黄色夹心，配餐是一小包油腻的薯片和纸杯装的寡淡的咖啡。

我一边吃着杂明治，一边担心现代人思想退化，我从帆布包中掏出一份论文，题目是《无能与无知：对自身无能的认知困难如何导致无端自负》。这是纽约康奈尔大学戴维·邓宁和贾斯汀·克鲁格共同发起的一项著名研究，我们前几章提到过，这项研究引发了一门新科学，我们或许可以称之为"愚蠢学"。

作为一篇学术论文，里面自然涉及一些难以理解的术语——"元认知技巧"、"评分者关联分析"诸如此类的词语——但文章的基本观点似乎就是，如果你真的很愚蠢，那么你不仅会做蠢事，而且很有可能因为太过愚蠢而认识不到自己在做的事有多蠢。我不想装作自己全部理解，这篇论文讲的就是愚蠢的事，我却没看懂，真让人焦虑，不过其中一些内容太过专业。例如这句话："然而，有 1/4 的参与者并没有低估自己测试的原始得分，M = 16.9（感知的）；16.4（实际的），t（18）= 1.37，ns。"这句话及其上下文我读了没有十遍也有八遍，但我还是没有理解这句话的含义，最多看懂前三个字。但至少我意识到自己没能理解，我猜这表明我只是一般蠢，还没蠢到无可救药。

邓宁和克鲁格的研究无疑十分具有开创性，但这篇论文写于 1999 年，当时的人还远没有我们在得州遇到的人那么愚蠢。邓宁—克鲁格研究有一个明显的缺陷，就是没有给出评估一个人愚蠢程度的方法。这给我造成了很大的困扰，所以我返回公路继续开往威尔士时，本着服务大众的精神，我设置了一套检查清单，可以进行自我检查，看看自己是不是蠢到无可救药。虽然这个清单不全面，但是却可以帮助你判断自己的情况了。以下是一些自我检测的问题：

1. 你在泰国餐厅就餐时，发现盘子里面装饰着胡萝卜雕成的花，你是否会认为胡萝卜花只出现在自己的盘子上？

2. 你是否认为只要多拍几次钱包，丢失的物品就会重现？

3. 如果有人戴着防烫厚手套端着食物走到餐桌旁，并且说："小心盘子很烫！"你是否还会忍不住碰一碰盘子检查是否真的很烫？

4. 如果你去过日晒美黑店，你是否认为因为自己看不见眼皮上的肤色较浅，别人也看不见？

5. 如果你是男性，打算买条裤子穿去度假，买到一条比长裤短一点又比短裤长一点的裤子时，会不会光明正大地穿这条裤子上街？

6. 你在等待缓缓到达的电梯时，会不会疯狂按按钮，觉得这样电梯会加速？你住酒店时，知道自己的咖啡杯原来放在洗手池下方，是和洗洁精、洁厕剂放在一块吗？

7. 你有时会不会买一件 70 英镑的小马球运动衫，希望它能让你的性生活更满足？（卖你 70 英镑的运动衫卖家性生活才会更满足呢。）

8. 你是否认为一次性向自动售货机中投入七八个硬币，最后一枚就不会总被退币了？会不会把退出来的硬币反复再投进去？

9. 你觉得有可能边在繁忙的四车道高速公路上开车，边在腿上的笔记本上写问题清单，还能安全变线或跨越两道车道吗？

10. 你知道英国司机在超车时拼命向你挥手是什么意思吗？

这是我能想出来的所有问题，希望能有所帮助。到达腾比（Tenby）的时候，我们再继续讨论这个问题，但现在，让我们先避开 M4 高速路上怒气冲冲的司机们，行驶到安静蜿蜒的 A4066 路上，穿过塔夫河谷一路前行，去往山清水秀的拉恩村庄。

1949 年到 1953 年，诗人迪伦·托马斯[①]曾经居住在拉恩一间叫做"船

---

① 迪伦·托马斯，(Dylan Thomas, 1914—1953)，威尔士诗人，是 20 世纪 40 年代以来英国诗坛最有影响的诗人之一。

屋"的小木屋里，在这里完成了他最好也是最后一部作品。我把车停在庄严肃穆的拉恩城堡（Laugharne Castle）遗址附近，沿着准确的路标指引，路过塔夫河的河口，爬上树木茂盛的山丘。这里正是那间著名的小木屋，托马斯曾在其中写作，木屋坐落在悬崖边上。木屋已大门紧锁，但是可以透过窗子望进去。屋内陈设就好像托马斯刚刚离去，步行到村庄中的布朗酒店吃顿午餐，马上就会回来一样。屋内有几张木头椅子，散落着书稿的桌子、几架书，地板上有丢弃的纸团。木屋看起来并不十分舒适，但环境极佳。根据船屋网站的介绍，托马斯就是在这里写出了《牛奶树下》和《不要踏入静谧的良夜》（不过我实际上认为后者的创作时间要早一些）。

木屋再往前一点是同样美观的船屋，托马斯和太太凯特琳及子女曾居住在此，他朋友玛格丽特·泰勒（Margaret Taylor，历史学家 A. J. P. Taylor 的妻子）慷慨地资助他们，为两人买下此处。现在，这里成为了博物馆，收藏着许多与托马斯有关的有趣的遗物。船屋很小，但温暖舒适，氛围轻松。我原以为这里游人会很多——今年（2014 年）是托马斯诞辰一百周年——但是这里除了我之外只有两位游客。

楼上的墙壁上贴有一张《南威尔士阿格斯报》 1953 年 11 月 10 号的头版，报道了托马斯纵情饮酒后在纽约逝世的消息（实际上托马斯在一生中从未停止酗酒）。这份报纸的头条故事却是农场夫妇约翰和菲比·哈里的离奇失踪，他们就在彭甸街头 11 英亩的自家大房子中离奇失踪。大约一个星期后，他们的尸体被发现草草埋在附近。他们是受重击致死。后来证实凶手是年轻的远房亲戚罗纳德·哈里，在一年后的春天处以绞刑，他是在威尔士最后一批被处决的死刑犯之一。我觉得有趣的是，在《南威尔士阿格斯报》上，这件案子竟比醉死的诗人得到的版面更多。

——

距离拉恩 17 英里远的卡马森海湾（Carmarthen Bay）附近是旧景区腾比。虽然我听说过那里风景秀丽，但实际上简直是赏心悦目——很多色彩柔和的房子、风格甜美的旅店和客房、独具特色的酒吧和咖啡厅，还有宜人的沙滩和秀丽的景色。这才是海边度假区该有的样子。我怎么这么久都没发现这里？

腾比位于陡峭的悬崖上，俯视众多海滩，有蜿蜒的小径通向这里，十分引人注目。这里似乎四面环海，海滩长而宽阔，我来的时候海滩上没什么人。我本来并不是对海滩十分着迷的人，长期以来就这样，但是这里的海滩却连我都不忍离去。

艺术家奥古斯都·约翰出生于腾比，在悬崖边空地不远处的维多利亚街度过了悲惨的童年。约翰六岁时，母亲因风湿性痛风过世（我也患有痛风；但是没人和我说过痛风竟然致命），他在沉默忧郁的家庭氛围中由悲伤麻木的父亲抚养长大。据说少年时期的奥古斯都没有显露出任何的艺术天分，直到十七岁时，他从腾比的岩石上往下跳，摔破了头，由此诞生了这位"浴血的天才"。这个故事似乎有点扯——我撞过很多次头，但是没有一点改善——但无论怎样，他从那时起开始艺术生涯，绘画技巧十分娴熟，约翰·辛格尔·萨金特称他为文艺复兴以来最杰出的画家。

我几乎走遍了腾比的所有街道，路过的每栋房子都让我心情愉快。我

在海滩漫步，欣赏港口的船舶和离岸 2 英里远的卡尔代岛 (Caldey Island)
风光。

就在我来腾比后不久，很巧合地卡尔代岛难得上了一次报纸，我的两
位家乡人决定到岛上参观，按照租车上的卫星导航来到腾比。导航指引他
们来到海滩边的船用斜坡，越过沙滩，然后一直开向前面无垠的蓝色大
海，他们竟然坚定不移地一路跟随。我很想知道他们坐在车中驶向 2 英里
外的公海时都说了什么。最后，他们在越过海滩的半途中，汽车陷入沙
滩，没能成为历史上第一位开着汽车走水路到达卡尔代岛的人。他们只说
自己来自伊利诺伊州，但拒绝将名字透露给当地报纸。

我相信你明白我的意思。情况果然越来越糟糕，这种愚蠢病正向着得
州外蔓延。

———

早上，我开车去往圣戴维 (St. David's)，位于威尔士本土的最西端，
道路下方就是海浪翻滚、惊涛拍岸的圣柏瑞德斯海湾 (St. Brides Bay)。圣
戴维最值得一提的就是它是英国最小的城市，实际也就是说这里是有大教
堂的城市中最小的一个。换种说法，这里就是一个小村庄，但是这个村庄
很漂亮，坐落在近海陆地的一座小山上。这里十分美丽，也很繁荣，有一
家肉店、一家国民信托商店、一家小书店和几家咖啡馆。

小镇和大教堂以威尔士的守护神圣戴维命名，据说很久以前他在此居
住过。我对他一无所知，所以出发前在《牛津国家人物传记辞典》中查了
查。我敢说无论是谁，看词典上的圣戴维词条时，不过三分之一就都晕

了。这里有一个典型的句子："宣称戴维注定成圣也是为了证实圣徒传作者莱基法克的奥古斯丁修会的正统性，而且预示戴维反对贝拉基派异教邪说的事业将在布里非宗教大会（第二，7）达到顶峰。"我只看懂了圣戴维生活在6世纪，关于他唯一有趣的事是他喜欢浸泡在齐颈的冷水中，据说他活到了一百四十七岁。

大教堂既美丽又有趣。那里当时包括我在内只有两个人。让我吃惊的是地板倾斜得很夸张。如果你在圣坛周围放一颗玻璃球，它就会快速滚到西北角。我向这里的一位职员询问此事，他是一位温和友善又非常博学的绅士，名叫菲利普·布雷南。"是的，这里倾斜坡度很大，"他十分同意，"而且有趣的是，一定是故意这样建造的，因为所有的门楣、窗台之类的都始终保持水平。如果地面斜坡是来自地基下沉，那么门楣窗台也应该倾斜。所以，很幸运，斜坡不意味着存在结构上的问题。但是这确实是个奇怪的现象。没有人知道为什么要用倾斜的角度建造教堂。"

他带我参观了另一处奇怪的地方。教堂中殿两侧的圆顶，都是饱满的罗马式圆顶，整齐对称，可是走到尽头就会发现两侧最后的一对圆顶突然呈现出尖角，是不对称的哥特式形状。他还指出，仔细观察外墙会发现它有些向外倾斜。"所有这一切都是有意为之，但是没有人知道原因。"他说。

最有趣的地方在于大教堂建造的位置。大教堂位于一座陡峭小山的底部，在一个洼地里，所以除非你到达它的正上方，否则根本看不到。后来，村庄建在上边的山坡上。建筑师似乎不想让任何人找到这里。

在探索圣戴维和其所在的迷人半岛的旅行中，我度过了十分愉快的时光。几乎彭布罗克郡（Pembrokeshire）的所有边界都在圆形的悬崖边，就像是鲸鱼的脊背一样，那里有最动人心魄、令人难以忘怀的风景。那里有世界上最可爱的海滩。

当天下午，我开车前往菲什佳德（Fishguard），那是我最想去的地方。我对菲什佳德的印象非常不错，说来也奇怪，因为我只在四十年前在那里呆过八九个小时，而且大部分的时间都在睡觉。1973年的夏天，我搭顺风车环绕欧洲旅行，在去爱尔兰的途中，半夜有一位好心的卡车司机将我带到菲什佳德。我记得是在一个小公园旁边，对面是一排带有遮阳篷的商店。街灯投射出的微弱光线总能让人想起爱德华·霍珀①的一幅画。此处似乎是完美的角落。我在上城区走了走，但没有发现更好的去处，就返回了那个小公园，铺开睡袋，睡在带有露水的草地上。早上，我醒得很早，菲什佳德还沉睡着，我已经动身沿着陡峭弯曲的小路来到海港，搭乘第一班轮渡去了爱尔兰的罗斯莱尔（Rosslare）。

这就是我的全部经历，但是我现在很好奇，想要再一次看看，因此我将车停在主街，绕着小镇走了走，晚些再入住家庭旅馆休息。我不得不说菲什佳德很奇怪。中央广场的三家大酒吧都停业了——爱博葛温酒店、农民武装和皇家橡树——前边的船和锚酒吧也没开。几家商店卖场里空空如也，但菲什佳德还有一家书店、一家花店、一家手工艺品和咖啡店——当一座城

---

① 爱德华·霍珀（Edward Hopper，1882—1967），美国画家，擅长描绘寂寥的当代美国生活。

镇经营不善的时候，这里会是你首先想去的地方。经过一番波折，我找到了当年睡觉的地方。我记忆中的小公园，其实就是一小片草地。街对面的一排商店还在那里，但是没有任何特别之处。遮阳篷很早之前就没有了。

我住在庄园民宿，这是一家很有格调的旅店，所有的后窗都能看到壮丽的海景——算得上是我这趟旅途中住过最好的旅店了。旅店老板是一对友善的夫妇克里斯和海伦。我和克里斯聊了很长时间，主要是聊菲什佳德和西威尔士。西威尔士有很多经济问题——它的国内生产总值只有欧洲平均水平的三分之二，而所谓的欧洲平均水平其实也不高，因为有保加利亚和罗马尼亚这样的地方拉低了平均水平——但是这里是人气很高的旅游胜地，因为有美丽的彭布罗克郡海岸线。所以像腾比和圣戴维等地方就又富裕又美丽，而像米尔福德港和哈弗福韦斯特等地却是在勉强支撑，而像菲什佳德等一些地方就不知道自己究竟是哪个阵营的了。

克里斯告诉我，广场上的三家酒吧是最近才倒闭的，但是大约有六家酒吧之前就倒闭了。幸运的是，一家名叫"菲什佳德武装"的酒吧撑住了，它小巧精致，就在街对面。六点半左右，我走进那家酒吧，有五位当地人舒适地靠在酒吧前台。看到我这个陌生人走到他们中间，他们很意外，但还是亲切地向我点头致意。

我要了一杯啤酒，坐在角落的小桌子边。我坐在那里，看着欢快的金色泡沫在杯中升起，有一种奇怪的满足感，我忽然意识到酒吧里的一位男士看着我，目光没有恶意。

"你看起来像比尔·布莱森。"他说。

我不知道怎么回答。"像吗？"我傻傻地回答。

"两年前，我在海伊文学艺术节见过比尔·布莱森，你确实和他长得很像。"

可以看出我是多么不擅长给别人留下深刻印象。在文学节上，那个男人和我一起待了一个半小时，但他还是不确定我是不是布莱森。

结果是我暴露了，我不得不向他们解释为什么我会出现在他们的小镇上，这引起了他们不小的兴趣。我的新朋友们特别热情。从他们那里我得知了菲什佳德的所有历史——酒吧里的人总是什么都知道——甚至这里是英国最后一个被入侵的地方他们都知道。那是在 1797 年，法国大部队在一位七十岁的美国人威廉姆·塔特的带领下，来到海湾下面的港口上岸，期望威尔士人会跟他们一起造反。事实上，威尔士人不喜欢被入侵，于是向法国军队开火。塔特的军队成员都是罪犯和强制服役的男人——而且，坦白地说，他们是法国人，法国军队不会打仗——他们几乎立即投降了。当一个农妇用步枪指着他们时，二十个男人扔下武器双手投降。包括塔特在内的所有入侵者都被遣送回了法国，他们被警告以后不准再做这样的事，后来也确实没有再做过。

感受着菲什佳德和菲什佳德武装酒吧的热情，肚子里晃荡着多喝的一品脱酒，我向新朋友们道了别，摇摇晃晃地去找能够吃晚餐的地方。

———

第二天早上，我开车到轮渡码头，想去看一看。现在那里已不再繁华。 20 世纪 70 年代我在那里乘船的时候，菲什佳德轮渡码头每年的载客量接近 100 万。如今，载客量仅为 35 万人次，并且还在不断减少。现在每天只有两班渡轮去爱尔兰，其中一班在凌晨两点半出发，另一班在下午两点半出发。中间的这段时间，这个地方呈现出一片死寂。

我继续北行去往阿伯里斯特威斯（Aberystwyth），那里是这片海岸沿线的一座主要城镇，位于大海与普雷塞利山系（Preseli）中间的路上。群山高大而荒凉，这时刚好突然降雨，狂风呼号，瓢泼大雨就降落在光秃秃的山坡上，使这里更显荒凉。就在上边峭壁的某一处，地表露出的岩层就是巨石阵的青石的出处，在灰色的雨雾中什么也看不见。我真的想象不到索尔兹伯里平原的人们怎么会知道这些偏远山区里有这种石头，更不用说还带走了八十块石头回家。在远古世纪里，一切都令人吃惊。

在瓢泼大雨中，阿伯里斯特威斯坐落在新月形海湾里，阴冷灰暗。这里既是传统的海边度假胜地，也是一所大学城——是威尔士大学的几所分校之一——我以为这里会因此欣欣向荣，好天气时也许会吧，但在这样的下雨天，这里只给人一种悲惨的感觉。街上没有学生——事实上，街上几乎看不到人。我停在滨海区，沿着弯曲漫长、遍地水坑的海滨栈道散步。海滨栈道被前一年冬天的暴风雪破坏了，目前正在大规模重建，但是我没有看到工人，只有闲置的机器。栈道尽头有一座十分丑陋的码头。从照片可以看出来，这座码头之前十分好看，但现在被几块涂了油漆的胶合板围起来。这些人是怎么得到许可这么做的？走过码头就是一个海岬，那里有一座巨大的战争纪念碑，上面是一个女性雕像，散发着一种奇特的色情氛围。我在雨中观察了一会儿，雨水流进我的脖子里，我就走了，去喝咖啡。我在市中心胡乱逛了逛，假装对橱窗中的物品很好奇，后来我意识到自己是多么的可笑，所以我快速跑回到车上，开车上路。

我开车回到内陆，经过魔鬼桥（Devil's Bridge），景色宜人，我穿过两座引人入胜的古老的温泉浴场城镇，分别是兰德林多德韦尔斯（Llandrindod Wells）和比尔斯韦尔斯（Builth Wells），我时不时停下车，四处逛逛，不久就全身湿透了，最后在下午三点左右，进入了雷肯比肯斯（Brecon Beacons）。这一片群山林立，山谷葱郁，呈现出生机勃勃、欣欣向荣的美感，只是挥之不去的浓雾和飘散的大雨让我什么都看不见。总而言之，这一天过得真是让人难受。

收音机中一直播放着即将到来的苏格兰公民投票，在这次投票中，苏格兰人将决定他们是否想要继续留在英国，我闲来无事，想着为什么威尔士人那么镇定。他们和苏格兰是难兄难弟，一样被边缘化，但是由于它奇妙的辅音黏着，在路标、宅名和广播电视上的威尔士频道随处可见，因此更显孤立。你甚至可以经常听见人们说威尔士语，而苏格兰讲盖尔语的人却屈指可数。

不久之前，威尔士对英国的不满路人皆知。1979到1993年，威尔士发生了两百多起由政治原因引发的纵火案，专门针对英国人在威尔士的度假屋。只抓获了一名嫌疑犯锡安·罗伯茨，他在1993年被送进监狱，服刑七年，但他不可能是纵火案的主谋，因为发生第一起案件时，他只有七岁。罗伯茨入狱之后，纵火案件突然停止了，威尔士又回到了过去的美丽平静，和谐安定。

在我驱车穿过大峡谷前往最终目的地克里克豪威尔小镇 (Crickhowell)时，天气开始放晴。大雾渐渐稀薄并最终消散，天空中出现一团团松软的云朵，太阳将金光洒向山坡。西边不远的山顶闪出一道近乎完美的彩虹。威尔士真美啊。

克里克豪威尔称得上是个完美的地方，景色宜人、经济繁荣、设施完备，街上都是不错的商店和漂亮的村舍。我入住在大熊酒店，这是一家老酒店，办完手续后我就上街伸伸腿，享受干爽的感觉。小镇克里克豪威尔唯一的问题是交通拥堵。所有出镇的道路都通往繁忙的高速公路，难以通行，让人不悦，但最终我找到了去尤斯卡小河的路，并沿着北岸的一条小路穿过山谷。这里真是美极了。

我看了一下手里准确的陆地测量图，有些吃惊地发现我刚刚经过的就是罗达谷 (Rhondda Valley)，那里曾经是世界上煤矿最丰富的地方。也是1996 年悲惨的艾伯范塌方事故的发生地。我很清楚地记得，14 岁那年，我在 3,000 英里之外的厨房餐桌旁满心恐怖地读到了那些师生突然的死亡。那时我 14 岁，我想那是我整个青春期中，唯一一次打破对自己的时刻关注，想到了其他人。

艾伯范事件的很多细节我都想不起来了，于是回房间后我上网查了一下。事情的经过被描述得很简单：1966 年 10 月的一个早上，艾伯范的人听见了一声可怕的巨响，抬头就看见数万吨的开矿废料正朝他们砸下来。数年来的开矿废料就随意堆在山谷斜坡上，崩塌下来。这些废料掩埋了当地的学校及周边地区。有 116 名儿童和 28 名成年人死于非命。要是这场塌方事故早半个小时发生，学校就不会有什么人，几乎所有的人都能免于一死。要是这场塌方晚发生一天，学生也会开始放期中假，就不会有人受伤了。他们真是太不幸了。

英国煤矿局的头头儿罗本斯爵士在事故发生后没有立刻赶赴现场，而是去了萨里大学接受颁奖，这种行为真是冷酷无情。他拒绝接受因为这场灾难对他个人与煤矿局的任何批评。世界各地的人们集资帮助艾伯范重建，但是英国煤矿局只从灾难基金中拨款 500 英镑给事故中痛失孩子的每户家庭，而且这些家庭必须能证明他们和遇难的孩子是近亲才能收到钱。与此同时，英国煤矿局偷偷从灾难基金中挪用了 15 万英镑来清理他们渎职导致的烂摊子。随后的调查发现英国煤矿局应对塌方事件负全责，他们才将钱还回去。但还是没有人因为这么多伤亡而得到惩罚。

读完报道，这股悲伤的情绪一直萦绕在我心中，于是我回到酒店的酒吧，安安静静地喝了点餐前啤酒。

第二十一章
北部

我一踏上英国领土就注意到英国很安静。美国虽然有各种美德，却真的是到处很吵闹。美国很吵，美国人也很吵，到处人声鼎沸。如果你坐在美国喧闹的餐厅中，可以听到各桌的谈话内容。你可以听到离你 50 英尺远的男人得了痔疮，也许你还能听见他用的是哪种软膏，他是用两根手指还是三根手指涂抹患处。（我们美国人在医疗方面也很坦白。）

美国到处都是喧嚣声。女服务员对厨师喊出菜单。巴士司机对乘客大喊大叫。验票员大喊着："排队，下一位！"星巴克的咖啡师大喊："肯奇塔，你的咖啡好了！"（我不喜欢给他们我的真名。）大商场里总是广播着不要错过优惠商品的通知，或是用一下就能被识破的密码信息广播家居用品部有人心脏病发作。（"请注意：第 7 过道发生水平事件。"）滚梯一遍一遍地提醒你，你已经走到了终点，准备好自己走路。

相比之下，之前的英国十分安静。整个国家好像一座大图书馆。就连机场播报前都要加一阵轻柔的叮咚声，令人宽慰，接着是轻柔的女声提醒乘客，15：34 去往吉隆坡的飞机现在开始登机。语气还那么礼貌。英国的声音从不会命令你做什么事，而是请你去做。

现在所有这一切都过去了。今天的英国同样喧闹，主要是手机造成的。但奇怪的是英国人在面对面讲个秘密时会悄声低语，可要是你给他们一部手机、一个性病的消息、一个火车厢的座位，他们马上就会把这事弄得人尽皆知。有一次我在交通高峰时段乘坐从史云顿（Swindon）开往伦敦的火车，车厢里人很多，车厢尽头有个白痴开着免提通电话。整节车厢的人都能清清楚楚明明白白地听到电话里的每一个词。实际上这还挺有意思，我们很少能同时听到电话两边的整个谈话，尤其通话双方都是白痴。车厢里的那个男人很显然是和同事们坐在一起——他们好像刚开完某个地区会议回来——他在和另一位办公室里的同事打电话。他们无聊的笑话太折磨人了。我记不清通话的全部内容了，只记得那边的男人用精神饱满的声音说："你那个胖小老婆怎么样了？"突然间免提就关掉了，谈话也变得很小声。看起来办公室那边的男子不知道他开了免提。车厢里所有人都露出笑容，重新开始读报。英国人都喜欢围观白痴自取其辱。

我现在想起这件事是因为我正坐在伦敦开往利物浦的火车上，周围的人都在打电话。在我后面，一位虽然看不到但是应该离我很近的女士正和朋友打着电话，情绪很激动，没完没了，似乎每句话都要说上三遍："他是个蠢蛋。他整个就是个大蠢蛋。我告诉过你上万次了，安布尔，他就是个彻头彻尾的大蠢蛋……我告诉她了，但是她就是不听。她就没听过。她什么也听不进去……但这就是德里克，对吧？德里克就是这样啊。德里克永远不会改变的。他就是个蠢蛋……"

过道对面一位年轻的女士讲的话内容也差不多，但用的是斯拉夫语。曾经我只能无力地一直面对这群人的干扰，但是现在我有办法了。我在帆布包中翻找一通，找到一个带拉链的小包，里面装着我在剑桥的约翰·路易斯商场试用过的降噪耳机。我跟我太太夸奖过它，她就给我买了这副降噪耳机作结婚纪念日礼物。其实我更想要一台红色跑车，但是这个礼物也行。耳机真是太神奇了。戴上它就好像回到了我以前熟悉的英国。我没有听音乐或者其他录音。我就享受着单纯的宁静。这感觉真是令人愉悦——就好像在外太空漫游。

过道对面的女士还在大谈特谈，但现在我只能看见一双张张合合的嘴唇。我环顾四周时注意到，几乎周围所有人都戴着耳机。

我打开笔记本电脑，电脑显示"已安装更新 911 项，共 19,267 项"。

于是我闭上眼，任由自己漂浮在外太空，就像《地心引力》^① 中的桑德拉·布洛克，只是更加镇定。再睁开眼，我已经到了利物浦，我的安装更新也快完成了。

---

① 《地心引力》(Gravity)，由阿方索·卡隆执导，桑德拉·布洛克和乔治·克鲁尼主演。影片于 2014 年 3 月 3 日获得第 86 届奥斯卡最佳导演等七项大奖。影片讲述了在探索者号航天飞机上的两名男宇航员和一个女宇航员出舱进行哈勃望远镜维修时，遭遇太空碎片袭击导致飞船发生严重事故后在太空中发生的故事。

———

　　我去利物浦是为了看足球比赛：埃弗顿对阵曼城。坦白说我并不觉得这是件大事，或者表现的像许多球迷那样，但是这对我的女婿克里斯来说是大事件，他为埃弗顿而生，也愿意为埃弗顿去死。这有些奇怪，因为他在离埃弗顿 200 英里远的萨摩赛特长大。他成为埃弗顿的粉丝就只是因为他在电视上看的第一场比赛是埃弗顿（在这里我提一下，埃弗顿是利物浦的一部分）获胜了，而且因为他很喜欢埃弗顿的蓝色球衣（他当时十岁）。我觉得这理由真是让人哭笑不得。作为埃弗顿多年的球迷，女婿却从来没有看过埃弗顿的主场赛，所以他生日的时候，他亲爱的老婆，也就是我可爱的女儿买了四张票让他观看今天的比赛：给他、他的两个小儿子，还有我。这是一场男人的活动。我很激动。

　　克里斯和他的两个儿子——八岁的芬恩，六岁的杰西——前一天就从伦敦过来了，所以我们约在市中心见面吃午餐。我看见他们沿着教堂街朝我走过来，三个人都毫不害臊地穿着印了"埃弗顿"字样的衣服，就好像在参加"看你能穿多少件'埃弗顿'标志的衣服"的比赛一样。他们肯定能轻松获胜，因为他们是唯一在利物浦市中心穿着印有"埃弗顿"字样衣服的人。很快你就能发现，埃弗顿足球俱乐部即使在利物浦也无人知晓。

　　吃过午饭后，我们乘出租车去了球场，或者至少是离球场附近半英里远的地方，比赛日车能开到这儿已经是极限了。这里的上万人都穿戴着埃弗顿的球衣、围巾、帽子，以及其他周边产品——这一场景让我两个外孙很吃惊。两个男孩住在伦敦郊区，离利物浦有 200 多英里。他们所有的朋友都支持伦敦球队，例如切尔西或者阿森纳。在此之前他们从没见过其他埃弗顿的球迷，一下子见到了四万多个埃弗顿球迷。感觉就像是突然上天堂了一般，只是天堂里都是大腹便便、脖子上有刺青的人。

埃弗顿足球俱乐部实际上并不在埃弗顿，而是在邻近的沃尔顿（Walton），那里到处是用木板钉死的酒吧、狭小的联排房屋和堆着施工残渣的空地。如果你上网搜索"沃尔顿，利物浦"，会看到许多诸如"在沃尔顿刺伤人的两名男子被捕"、"无营业执照店铺成为飞车贼首选"、"沃尔顿入室抢劫犯入狱"的词条。我从来没有在英国亲身体验过这么野蛮的地区。我紧紧跟着克里斯。他是一名伦敦警察，更重要的是，他还是前大都会警察部队中量级拳击冠军。我和孩子们都抓着他的夹克。

埃弗顿的赛场在葛迪逊公园球场（Goodison Park），它不仅是英国，也是全世界最古老的球场。葛迪逊公园球场建于 1892 年，是世界上唯一幸存的最古老的专为足球比赛建立的场地。听起来还挺浪漫，因为它珍贵的历史价值，我们面带敬意走进体育场，却发现带有数字的小空格就是座椅。座椅十分狭窄，舒适度极差，我一次只能坐进去一半屁股，最后我的屁股都麻了，也就没什么不舒服的感觉了。

比赛开始了。我真的很喜欢现场比赛。我还带了小型双筒望远镜，差不多前半场，我一直在看那些电视直播看不到的外围事物。例如球在赛场另一边的时候，守门员在做什么（双手放在两侧站着，偶尔上下跳跳，然后晃晃脖子，继续站着之类的），或者球不在身边的时候球员们在做什么。我特别喜欢看边线裁判在边线上跑来跑去的样子，就好像在模仿长颈鹿一样。

我注意到自己是整个体育场唯一一个自得其乐的人，这在我看过的英国足球比赛中是常事。其他观看比赛的人，无论支持哪方球队都自始至终紧张兮兮、心惊胆战。我身后的男人就失望至极。

"他在干什么呢？"他这么说，"他在想什么？他为什么不传球？"

他的同伴好像对 18 世纪德国形而上学思想不太赞同，他一遍一遍地说："去他妈的康德①。"我不确定他是怎么将德国哲学和眼前的球赛联系在一起的，但是每一次埃弗顿处于下风他就管他们叫"一堆该死的康德"。

"哦，他们到底在干吗呢？"那个绝望的男人说。

"因为他们都是该死的康德。"他同伴怨恨地回答道。

半场结束，比分仍为 0：0。我很天真地对克里斯说，"你对这个局面还满意吧，"因为埃弗顿明显是弱队，他苦恼地回答说："你在开玩笑吗？我们错过了那么多机会。现在是一团乱。"。

在第二个半场，曼城球队进了一个球，我们的周围陷入一片死寂，但之后埃弗顿又回到了状态中，扳平了比分，气氛瞬间变成了狂欢节。当裁判最终宣布 1：1 结束比赛时，我以为球迷们的面子都被满足了，没想到他们还是很失望。

我往好的一面看。

_____

① 英国英语中，Kant（康德，德国形而上学哲学家）和 cunt（婊子，粗俗语）发音十分近似，作者在这里是利用谐音表示幽默。

"毕竟，这只是一场比赛。"我智慧地说道。

"该死的康德。"我身后的男人说，还是纠结着哲学的问题。

——

晚上，我与克里斯和男孩们在市中心散步，利物浦最近的重建让近期的游客，包括我们都头晕目眩。现在城市的中心是利物浦一号开发区——42英亩的地方，都是风格时尚的新公寓、餐厅、电影院、旅店、百货公司和商店。看上去就像一个新建的城市。我们在披萨连锁店吃的晚饭，然后尽情狂欢，四个男人一起在城里都这样，直到晚上八点半我们才返回旅店，结束了一天的行程。

第二天早上吃过早餐，我和克里斯、男孩们步行来到莱姆街车站，他们从那乘火车回伦敦。我在利物浦还要多看看，我走过圣公会教堂，来到一个叫威尔士街道区（the Welsh Streets）的地方。

约翰·普雷斯科特是一位健谈而神秘取得成功的政治家，曾任上届工党政府的副主席，当时他推行了一个疯狂的"探路者计划"要拆除四十万处住所，其中大多数是英格兰维多利亚时代和爱德华时代的联排房屋，普雷斯科特毫无依据地说这些房子供过于求，导致房价降低。不幸中的万幸是，普雷斯科特没有脑子，也没有那个毅力彻底执行整个计划，但他还是花了22亿英镑的公共资金，用推土机铲倒了三万所房子后才被叫停。可以这么说，在同一时间，政府的一部分在谈论需要建造数十万个新房子，同一政府的另一部分则试图拆掉更多的房子。还有比这更疯狂的吗？

普雷斯科特疯狂的野心在莫西塞德郡（Merseyside）得到了彻底的执

行，那里有将近四千五百栋房子被强制收购并铲平，那些是人们安居乐业、于人无害的房子。令人惊讶的是，当地议会并没有放弃，仍然在努力拆除更多房屋，主要是王子公园边缘的威尔士街道区（这样叫是因为街道都是威尔士语的名字）。这里环境舒适、整洁，这里的联排住宅如果放在伦敦的富勒姆或克拉帕姆，价格一定会暴涨。但是这里的房子却空无一人，门窗都被钉上金属板封死，正等待着一场没有意义的拆除。这一景象看上去太悲凉了。于是，我穿过大学区，回到了城里，至少这里的房屋令人愉快，有人欣赏，利物浦的管理者倒不像白痴。

———

我走回莱姆街车站，坐火车穿过梅尔塞去伯肯海德公园（Birkenhead Park）的火车。从出发时刻表上我没看懂怎么能坐到那里，所以我向服务台询问，那个年轻的服务员竟然是美国人，这让我很吃惊。我们最后聊起了芝加哥白袜队，我想这可能是英国铁路服务台第一次出现这样的谈话。他帮我指出了正确方向，二十分钟后，我来到了伯肯海德公园的正门。

这是一座典型的维多利亚式大城市公园，有操场和球场、林地、风景如画的湖泊、船屋和乡村式小桥。许多夫妇们散着步，狗和孩子们蹦蹦跳跳，穿着短裤的男人在足球场上踢球。一切都那么令人愉快，是完全传统的城市公园周日早晨的样子，但伯肯海德公园有一个特别之处：它是世界上最古老的城市公园。

伯肯海德公园的设计师是伟大的约瑟夫·帕克斯顿，他是原查茨沃斯首席园艺师，他仿照那豪华古宅设计了这个公园。公园建立在一处 125 英亩的荒地上， 1847 年正式对外开放。现在很难想象当时它是怎样的新奇事物。类似的公园也有，主要集中在伦敦，大部分都建在皇家领地上，比如肯辛顿花园和摄政公园，但只对那些上流社会的人开放，有的说得很委婉，有的甚至明说。但伯肯海德公园是为了能让所有人休闲娱乐而建立的，立即广受欢迎。

伯肯海德公园开放四年后，美国记者弗雷德里克·劳·奥姆斯特德在徒步游历英格兰北部时来到这里，在一家面包店歇脚时，老板强烈推荐他去看看他们的新公园。奥姆斯特德特别喜欢伯肯海德公园，回到美国后也成为了一名景观设计师。他设计了纽约的中央公园，然后又在北美设计了一百多座公园。伯肯海德可以说是所有其他公共公园仿效的模板，创意的确非凡。

——

回到莱姆街车站，我登上了开往曼彻斯特的火车。火车驶过一片毫无特色的地方，全是老旧农舍和破败的郊区。不会有人能想到（我这一天都在经历"永远想不到"的事），但这里也许是世界上最具历史意义的铁路线，这 33 英里的轨道正是第一批客运火车的路线，从利物浦到达曼彻斯特。

我来这里寻找一位被遗忘的 19 世纪政治家威廉·赫斯基森，他曾经广受推崇——甚至一度成为英国首相——但人们之所以记住他，主要是因为他是历史上第一位被火车撞死的人。这一重要的里程碑事件发生在 1830 年 9 月 15 日，利物浦和曼彻斯特铁路正式开通，也就是我所搭乘的这条线路。

时任英国首相的惠灵顿公爵率领欧洲八百位有头有脸的人物来到利物浦，打算感受人造交通工具的新速度。他们上了火车，兴奋交谈着，分坐在八列火车上。

差不多走了一半，抵达牛顿勒韦柳站（Newton-le-Willows）时，赫斯基森的火车停下来装水。大多数乘客下车活动活动，聊着天。当他们站在铁轨旁边时，"乔治·史蒂芬逊的火箭号"，也是当时最快最有名的火车，以每小时 20 英里的速度在平行铁轨上向他们飞驰而来。现在真需要点想象力才能理解一辆时速 20 英里的火车驶来能让人们不知所措，四散奔逃，毕竟当时他们从来没有见过这样一台大机器能动起来，他们一下子不知该往哪儿逃，尤其是赫斯基森。他慌不择路，朝相反的方向跑去，不知怎么就跑到铁轨中央，造成了可以预见的可怕结果。

赫斯基森被严重碾压后，大家把他抬到刚刚撞到他的火车上，飞快驶向最近的城镇埃克尔斯（Eccles）。"火箭号"列车飞驰着，如果赫斯基森有感觉的话，他应该非常满足，因为当时他和同伴们是有史以来移动速度最快的人——达到了时速 35 英里。赫斯基森被带到了埃克尔斯牧师的住所并请了一位当地医生抢救，但是他的伤势太重了，当天晚上不治身亡。

去曼彻斯特途中，从牛顿勒韦柳站再往前开上几百码，那里的小服务站墙上有一座赫斯基森纪念牌，那里就是他不幸被撞的地方。纪念牌只能从过往的火车上看到，而且需要留心观察。我想看看纪念碑上的文字——但速度太快几乎不可能读到——我可能是火车上唯一知道并关心这个历史事件的人，当然也是唯一一个没有在听音乐或对孩子大喊大叫的人。

当时利物浦有五万人列队为赫斯基森送葬，城市的商店和工厂关闭一天以示哀悼。在他去世十七年后，他的遗孀出资打造了一尊穿着罗马长袍的赫斯基森雕像，这行头有点不协调，捐赠给了伦敦的劳埃德保险公司。劳埃德并不真的想要接受，所以一等赫斯基森夫人寿终正寝，他们就把雕像捐给了伦敦郡议会，伦敦郡议会也不想要，但还是把雕像放在了皮姆利科花园里，这是伦敦最小、最不受欢迎的公园之一，在过去的一百年里，这雕像就成了鸽子拉屎撒尿的地方，根本没人注意。我认为，这也是它适合的归宿。

———

我在曼彻斯特皮卡迪利车站去男厕小便（这些天里我每到一个地方首先要做的就是这件事），发现在曼彻斯特上厕所要花 30 便士。更令人恼火的是，进入男厕的投币只接受 10 便士和 20 便士硬币，不找零。制造一台能给 50 便士找零 20 便士的机器有多困难？真的，到底有多难？

我叹息着去美食广场买了一杯咖啡，好兑换各种各样的小额硬币，当时我有些饿了，顺便买了一个三明治。我付了外卖的价格，但也只是把食物拿到 10 英尺远的座位上，比平时在店里吃走的路还短。按照是否走出店门来征税似乎有点奇怪。我不得不说，我从来没有理解过增值税的意义。就说我的三明治吧。增值在哪里？肯定没有增加给我。我每咬一口，三明治的价值就降低一点，直到最后三明治没了，价值也没了。显然，任何附加价值都是三明治供应商得到的。那我为什么要替他们纳税呢？你明白我为什么迷惑了吧？

我认为对在店内吃的食物征税，对外卖食物却不征税完全没有道理。这是在鼓励人们把包装袋带走，给世界制造出更多的垃圾，而对于在餐馆内吃饭的人，他们的盘子和银器可以轻松洗涤和再利用，却要对他们收取额外的费用。我觉得这件事整个搞反了。

　　总之，英国人每年在外卖上花费120亿英镑，要是收增值税的话可以征得24亿英镑。用这些钱可以建造很多学校和医院，最不济也能减轻清扫街道的负担。也许可以用来买一些垃圾箱。大不列颠可能是发达国家中垃圾桶最少——最少，重申一下——的国家，也是发达国家中街道垃圾最多——最多，重申一下——的国家。你能看出来其中的因果关系了吧？

　　外卖增值税是我认为应该收取的许多新税种中的第一个。我还建议男性珠宝税，愚蠢的马尾税，没下雨也撑伞税，边走边发短信税，耳机音乐漏音税，在闹市区走得太慢税，手指关节纹身税，人行道洒漆税，用"一根绳子有多长？"胡乱回答问题税，饲养易怒的小型犬税，自动售货机不设找零税。这些税加一起，我相信几个月内就能消除国家财政赤字。

　　我一边坐着吃三明治，一边看着人们走过30便士的厕所旋转门。三个厕所都在不断地开关。我估计每个旋转门每十秒钟就有一个人经过。一分钟5.4英镑，一天能赚到3,000英镑以上。如果保守地估计，厕所每天开放十小时，每周六天，只是为了让人们小便，一年大约收入100万英镑，这给了"收入流"一个全新的含义。我不想付这种税，但我支持这种做法。

————

　　我决定要离开曼彻斯特了。马上就是星期日，我不想在星期日晚上徘徊在一个死寂的市中心。我在《"小不列颠"札记》里花了相当长的篇幅描写曼彻斯特，之后我也去过很多次，我很高兴曼彻斯特从过去到现在状况大为改善。你应该去曼彻斯特看一看。但不要星期日去。

我还想去别的地方：阿尔德利埃奇（Alderley Edge）。我在《经济学人》上读到，阿尔德利埃奇是英国前十大富裕城镇之一，总人口四万六千人左右，有七百个高净值的人（这是百万富翁的另一种说法）。阿尔德利埃奇在距离曼彻斯特南部15英里，景色秀丽，因为是许多著名足球运动员的住处或曾经的住处而闻名。在那里居住或曾经居住的人有克里斯蒂亚诺·罗纳尔多、里奥·费迪南德、查理·特维斯、大卫·贝克汉姆、韦恩·鲁尼、亚历克斯·佛格森和马克·修斯。如果谷歌新闻搜索没问题的话，这些大明星的日常生活就是法拉利撞车，被超速罚款，或者做一些他们邻居讨厌的事。但他们中的许多人也安静地生活着。我曾经遇到过一个和贝克汉姆家同时期住在阿尔德利埃奇的人，她告诉我经常遇到贝克汉姆家在当地的超市或者大街上忙着自己的事。那时候，在这个世界上，大卫·贝克汉姆只要走出豪车就会立刻被围困，但是回到阿尔德利埃奇，他可以像一个普通人一样生活。我认为这样很棒。

我开心地发现阿尔德利埃奇是一个非常迷人的地方，有一条维护得很好的主街。这里没有书店，也没有像铁匠铺或肉铺这样的实体店，但咖啡馆、酒馆和酒吧却令人眼花缭乱。我以为这里会像比弗利山庄那样，到处都是带有高墙和自动门的豪宅，但情况完全不是这样。大多数住宅都很大，但没有炫耀的感觉，总体上看起来相当节制而有品位。很奇怪的感觉，这里既令人失望又让人舒心。

——

晚上我去特拉福德酒庄小坐，很高兴有一张桌子上放着几张周末报纸。我通常不读英国报纸，所以这也算是另一种意外惊喜。

几年前，我决定放弃读报，因为我在《时代周刊》上读了一则康沃尔学院新闻系学生的故事。这名学生跑去美国挑战所有本地众所周知的古怪法律。这篇文章"十分贴心"地列举出十三条有趣的法律：在南达科他州的奶酪工厂睡觉违法；在佐治亚州的亚琼斯伯勒说"哦，伙计"违法；在纽约的卡梅尔，穿不搭配的外套和裤子外出违法；在马里兰州巴尔的摩带狮子去看电影违法等等。《时代周刊》报道说，这个学生计划在美国各地旅行，屡屡因故意违反这些法律而被捕，然后回家把这些经历写成一本书。

碰巧在这个时候，一位伦敦城市大学的朋友邀请我参加一年一度的新闻实践演讲，于是我决定通过调查这篇文章来讨论英国媒体的准确性。我与《时代周刊》引用的十三个地方中的十二个进行了联系，想了解他们奇怪的法律。但是我却没有找到佐治亚州的亚琼斯伯勒，因为佐治亚州没有亚琼斯伯勒这个地方。我给其他几个地方的警察局长或市长打电话或写信，或者联系其他能给我答复的人。有两处没有给我任何回应。其他地方的当地官员都向我保证，没有这样的法律，而且从来没有过。巴尔的摩市长办公室的人解释说，要是你带一头狮子去电影院，的确会被逮捕，但是他们从来没有制定过这项犯罪的法令，理由很简单——没有必要。总之，所有提到的法律都是虚构的。

所以，如果我们重新思考一下这篇文章，就是一个年轻的新闻系学生，没有去美国，没有写过这本书，没有被逮捕，也没有证实他提到的任何案例，却让《时代周刊》报道了几乎一整版。我会给那个男孩评个优秀。至于《时代周刊》的新闻编辑，我想他们是应该检讨一下了。

我还没有肤浅到因为一篇愚蠢的文章就不再阅读报纸，但我确实不再每天都读了，而且很快发现，我也没有错过什么。有一段时间，我一周最享受的时刻是回家看《星期日泰晤士报》和《观察家报》，坐下来阅读克莱夫·詹姆士从远方发来的有趣报导，朱利安·巴恩斯的电视评论或者马丁·艾米斯的长篇散文。那时英国最有才华的文人都在给报纸写作。我不想把整整一代新闻人的努力一竿子打死，不过，哎，你就看看周末报纸吧。我随手拿起一本杂志。

"如果艾玛·克鲁尼穿黄色合适的话，那安娜·墨菲穿肯定也合适。"头版文章的第一句写道。我对这两个人都没有恶感，对她们一无所知，祝福她们的生活幸福美满。但如果讨论今年夏天她们穿什么颜色的衣服，我其实真的并不关心。

"我以前就知道永远不要穿黄色衣服，"墨菲女士在文章中表示，之后又坦率地称，"这恰恰证明我以前知道得太少。"这想法太过强大，我都没法理解，所以我又翻了一页，发现一篇文章写着十六种"拌"沙拉的方法。我想了想，如果我向我太太建议应该如何拌沙拉，她会说什么。接着翻到其他部分，我又读到如何选择面部精华液（显然价格超级昂贵）的指南，如何拥有性感的双唇，一份关于变性跨性别问题的严肃报告，其实就是个借口，好发布鲁斯·简宁变性后的新照片，其他文章内容也都差不多。到底是我老了还是三十岁以下的人都只有十岁的智力？我看了看周末杂志的其他版面，发现它们大同小异，于是我把杂志放到另一边，从包里拿出一本书读了起来。

我确实有一个关于大卫·贝克汉姆的故事可以讲讲。故事还涉及我的出版商，也是我的朋友拉里·芬利，在序篇里也提到他了，眼睛一直跳的那个。不久之前的一天，拉里去伦敦图书博览会，在回家途中停下来去梅达谷（Maida Vale）的一处酒吧喝一杯。他坐在桌边读着一份手稿，这时有个人说道："我们可以和你坐一块儿吗，拉里？"

拉里抬头看，发现是大卫·贝克汉姆和他的一位朋友。

"当然。"拉里惊喜地说，把手稿推开给他们腾地方。

"谢谢了，拉里。"贝克汉姆说道。

"你怎么知道我叫什么？"拉里问，既感到困惑又有点自得。

"因为你的姓名牌上写着'拉里'啊，拉里。"大卫·贝克汉姆轻快地说。

随后他们愉快地聊起天，拉里告诉我大卫·贝克汉姆人很好。我可以很真诚地告诉你，听到这件事我也特别特别高兴。

我边看书边喝着酒，一边想到这个开心的故事，我真希望也能有一位名人过来坐在我旁边喝点，后来我意识到，我很久不看报纸了，实际上也认不出他们来。

第二十二章
兰开夏郡

I

我坐火车去普雷斯顿（Preston），然后转车去另一个地方，一路上轰隆轰隆响个不停，沿途破败不堪，以至于我认为它或许是一个以煤矿起家的地方。

窗外，眼前飞逝而过的是永无止境的工业区，满眼都是破败不堪的景象，突然间，我们就驶进了一个小小的景色秀美的绿洲：利瑟姆（Lytham）。下车之后，我突然发现这个车站十分气派，令人愉快——实际上，这里过去是个车站，现在已经改建成了一个小酒馆，但是依然可以在这里下车。再往前走，城镇入口处有一座小公园。

利瑟姆是个遍布玫红色砖房的干净小城，欣欣向荣，整洁雅致，富有舒适的维多利亚风格。在小镇和里布尔河河口湾之间有一片宽阔的草坪，河口湾处还立着一个精美的白色黑桨叶风车。越过闪亮的滩涂，可以依稀看见位于向南大约 10 英里处的绍斯波特镇（Southport）。

　　我入住到俯瞰莱姆·格林的克利夫顿·帕克酒店，扔下包就立刻出发，步行去英格兰最负盛名的海滨胜地布莱克浦，这里的海岸线长达 8 英里。从酒店到海滨胜地的路程并不短，但风景迷人。沿着海滨区铺有一条海滨步道，一直延伸到另一个具有海湾风情的小前哨——圣安妮（St. Anne's）。天空灰暗阴沉，像一堆湿毛巾一样，但是，那天天气干爽，海风怡人，让我心情愉悦。

　　远处的布莱克浦塔高耸挺立，所以远远地就可以望见它。布莱克浦塔是兰开夏郡的埃菲尔铁塔（就照着它仿建的）。实际上，它只有埃菲尔铁塔一半高，但是看起来却好像一般大，同样让人肃然起敬。可能是因为它周围没有其他高大建筑，所以十分显眼。它建成于埃菲尔铁塔建成的五年后。

　　布莱克浦有一条崭新的海滨步道，近年来，小镇耗资 1 亿英镑翻新步道，主要是为了提高海防能力，但是，这项工程也让小镇拥有了一条 2 英里长、既宽阔又蜿蜒优美的步行道。在这里散步，与其说是在步行道上行走，不如说是在雕塑之上漫步。它沿海湾曲折伸展，道路高低起伏，中间有坡道和台阶连接，坡道非常适合滑板运动，台阶可以坐下休息。只要你凝望大海，不回头看后面正对着它的小镇，你会觉得它是世界上最迷人的步道。因为如今破败陈旧的布莱克浦镇实在是已经没什么好看的了。

　　我以前来英国时，每年有两千万人到布莱克浦镇旅游，相当于全英国人口数量的三分之一。而现在的游客数不及以前的一半。虽然布莱克浦镇一直以来就是针对低收入人群的，热热闹闹的，以前呈现的是一片祥和有趣的画面。如今，小镇萧条而毫无生气，几近半废弃状态，白天大街上空空如也，夜晚更是令人毛骨悚然。

据《布莱克浦公报》报道，市中心有一百多个营业场所已经停业，还有一百五十家宾馆都处于待售状态。2014 年 6 月，《卫报》报道称位于海边显著位置、面朝大海的新金铂利酒店已经沦落为英国最差酒店。酒店老板彼得·梅特卡夫被判入狱十八个月，原因是酒店有一系列安全严重不达标的问题，如没有火灾警报装置、钉死了消防通道、酒店的九十个房间中，有一半的房间不供水。此前，酒店还因为二十个食品卫生安全问题被定罪，还被吊销了酒类经营许可证。

布莱克浦的所有统计数据都令人失望。2004 至 2013 年间，这里就业机会减少了近 11％，成为继格洛斯特（Gloucester）和罗奇代尔（Rochdale）之后，全国最衰落的三座城镇之一。2013 年，这里被宣布为英国最不健康的城镇，酗酒死亡比例最高。布莱克浦的孕妇中，40％都有孕期吸烟行为。城镇中男性的平均寿命比英国其他地方小五岁。和其他滨海城镇一样，如今也到处都是缺衣少食的人。新金铂利酒店的客人都不是来度假的，真正想度假的很久以前就不来了。这里只有一些穷人和有家不能回的人，他们住在这肮脏危险的地方，因为这是他们唯一能住得起的。按照布莱克浦目前的发展情况来看，很快就会走到穷途末路了。

这真的让人感到遗憾，布莱克浦空气清新，景色迷人，海滩辽阔，本应是个令人身心愉悦的地方。布莱克浦塔仍然是英国最特别的建筑之一。

小镇有两个码头，有世界上最好的舞厅、历史悠久的游乐园，还有几家很好的剧院和许多维多利亚式的精美建筑。

布莱克浦的当务之急就是要恢复社会治安并改善卫生状况，使这里有值得人们消费的地方——比如高雅大方的商店、精彩有趣的表演，以及干净诱人的餐馆。就我个人而言，我建议都交给韦瑟斯庞餐厅打理吧，他们似乎懂得如何让工薪阶层获得完美的就餐体验，它们环境优雅，价格公道。为什么不让他们来管理布莱克浦？

我还有一个天真的想法。为什么不让当地政府介入呢？布莱克浦需要做一个宏大且有针对性的计划，包括政府拨款、激励政策和针对性的投资，实现更加现代化、创造就业机会、提高设施水平，吸引游客的到来。实际情况又怎样呢？唉，根据《卫报》的一篇报道，布莱克浦近期实施了一项重大的振兴计划，即改良的停车换乘计划，在主要停车场提供电车充电站。在我看来，这并不会带来什么大改变的。

如果要我负责管理布莱克浦（我不是说我想管理，这里第一大活动就是狂饮啤酒，第二大活动就是酒后呕吐，谁想管啊），我首先要做的就是重新举办传统海滨表演活动。这些表演活动早已衰落。沿着海滨道一路都是一些猫王或者皇后乐队模仿秀的节目广告，又或者是讽刺喜剧的广告，无名小卒扮演莫名其妙的角色。重要的东西已经不在了。

多年前，我为了完成《国家地理》的一个任务，在布莱克浦工作了一个月，期间我观看了当地所有的演出节目。记忆最深刻的是当时一个叫"小和大"的流行喜剧明星双人组合。节目非常出色。演员机智、讨喜，善于和观众打成一片，或和观众闲聊或寻观众开心，妙语调侃每个人的职业、家乡、配偶或穿衣风格。那是我在剧院最开心的一次经历。演出结束后，我在后台采访了他们，却惊讶地发现他们已经精疲力尽。现场表演确实是十分辛苦。埃迪·拉奇（不久之后做了心脏移植手术——难怪他看起来那么累）说他们的表演后继无人，他们实际上是音乐厅里最后的表演者。我当时不以为然，但是后来事实证明他是对的。

自那以后，我偶尔会带孩子们去看海边表演，总是觉得十分精彩。比如我们在伯恩茅斯的帕维利恩剧院看过一场名为《克兰基家族》① 的表演，为人们带来了欢声笑语。我不想表现得很懂门道。音乐很响很有感染力，玩笑内容丰富有趣，配角机敏熟练。整场表演的编排热闹活泼，润色细致入微。这些曾是英国登峰造极的表演，现在都没有了。我感到很遗憾。

我沿着海边走了很远，沿途经过了一个又一个快要倒闭的宾馆。就快到彩灯节了，北方各地的人们可以来这里欣赏绚丽彩灯，发出赞叹。但这种曾经单纯的娱乐活动与布莱克浦的新时尚——酗酒闹事——越来越不协调。我离开布莱克浦三天后，大约五百名青年聚集在镇中心肆意破坏公物。他们随手抄起些家伙，掷向警察。为什么会发生这种过激的行为，媒体并没有报道，但估计是头脑简单加上烈性啤酒产生的挥发性化学反应所致。奋战过程中，三名警察受伤，十二名年龄在十三岁到二十二岁之间的

---

① 《克兰基家族》(the Krankies)，苏格兰戏剧，是克兰基家的喜剧故事。20 世纪 70 年代在歌舞厅表演，80 年代开始拍成电视系列剧。

青年被捕。布莱克浦又向毁灭迈出了一步。

我又返回了利瑟姆。当我走到海滨步道尽头的时候，回头望了布莱克浦最后一眼。海滨娱乐场所的照明灯正在亮起。布莱克浦塔还高耸着立在镇上。从远处看去，布莱克浦还是很不错的。

———

当我拖着沉重的步伐回到利瑟姆的时候，天色已经很晚了，我特别累，但幸运的是，酒店后面有一家很棒的察普斯酒吧，喝点酒能让我精神一下。还有一家名叫莫希纳的印度餐馆（卫生条件五星，——为你们点赞），与酒吧隔一两个门，酒吧和餐馆的完美组合让我对利瑟姆和远方的世界心生温暖。晚饭过后，在小镇上散了一会儿步，而且惊讶地发现近距离观察利瑟姆时，它比我之前一瞥之下的印象要美很多。这里有古色古香的老式商店。我很喜欢乔治·雷普利品牌的男装店。这里汇集着另一个时代的华美——里面有卖横条纹和人字纹图案的羊毛开衫、有拉链口袋的针织套衫、带有类似香槟迷幻泡沫图案的领带以及尖领皮夹克，街头斗殴时可以用来充当武器。我是不会买这些衣服的——都知道我喜欢"无与伦比"牌的——但是，我很开心地发现世上明显还有人喜欢这些衣服。祝雷普利先生生意永远兴隆。

附近有一家"汤姆·托尔斯美味奶酪店，建于1949年"，我以为这已经算是一家老店了，直到我看到维兰炸鱼和薯条店，"建于1937年"。两家店面看起来都非常不错。镇上还有一家老式百货商店斯特林格和一家精美的书店——普拉基特和布斯。窗户上挂一张牌子，上面写着维多利亚·希斯洛普①即将上市，我非常希望她一切顺利。

所有的这些，让我觉得利瑟姆堪称英格兰北部最好的小镇，我赶在睡觉之前，满心欢喜地走进一个活泼美观的建筑——船与王室酒吧，小酌了一杯。

II

我对比利时印象最深的事情（当然是指能进入决赛名单的事项），就是火车的时刻表很可靠。你可以确信开往根特（Ghent）的火车不仅会在14:02准时发车，而且一定会从二号站台发车。每列车的站台号都印在时刻表上；就是这么可靠。

英国铁路运营部门的工作人员对待人们的出行会稍微放松一些。2003年，在我搬到诺福克不久之后，我记得有一天在伦敦国王十字火车站时，售票机无法出售去离我最近的温德姆站的票，于是，我排了很长的队向工作人员说明这事，结果这客服死气沉沉的，就是个混蛋。我估计当初英国铁路部门就是按照他这德行写的招聘广告。

"要坐车去怀蒙-德-汉姆，你必须去利物浦街，"他干脆地说，名字都

---

① 维多利亚·希斯洛普（Victoria Hislop, 1959— ），英国著名作家。早期在《星期日电讯报》《每日电讯报》《妇女与家庭》等开设专栏，以优美温婉的文笔和清新感人的故事享有盛誉，被称为"没有著作的著名作家"。代表作有《岛》、《回归》、《线》，每一部都登顶英国各大畅销书排行榜榜首。

念错了（正确发音是温德姆），"去怀蒙德汉姆镇的火车不经过这。"

"是吗，过去一个月我都是从这里坐车经过剑桥去温德姆的。"

"不行。"他说。

"你是说我做不到还是不让我坐呢？"

"都不行。"

"但是，我一直这样坐车啊。看，"说着我拿出了一张之前的火车票，上面清楚地写着，"始发站温德姆，经剑桥，终到伦敦站。"

他仔细看了看票，但不承认这能用作证据。

"你想怎么办吧？"他说，"大家都在排队等着呢。"

我叹了一口气说，给我一张去剑桥的票吧。

"你从那儿到不了温德姆。"他一脸严肃地说。

"我要试试。"我回答说，他耸了耸肩，给了我一张去剑桥的单程票。我在剑桥买了一张去温德姆的票，但没赶上转车，因为发车的时候我还在售票处排队。我写了一封投诉信，结果下次我就可以在国王十字火车站的售票机上买到去温德姆的票了。多亏了我，你们才可以从国王十字坐车去温德姆，不过我并不推荐你们去温德姆，那里屁都没有。这方面，它与比利时有一拼。

———

第二天发生的事又让我想起了刚刚讲的这一切。我兴高采烈地下了从利瑟姆到普雷斯顿的火车，打算再转乘 10:45 的火车去肯德尔（Kendal）。从我攥着的打印出来的指南来看，我的计划非常合理。但是，电视屏幕上或电子时刻表上都显示没有 10:45 开往肯德尔的火车。于是，我走到资讯台询问此事。

"啊，"他说得好像我刚说了一件超级有趣的事，"10:35 开往布莱克浦北部的火车实际上就是 10:45 开往肯德尔的那一班。"

我盯着他看了好久。脑袋里浮现出一个声音，"如果你正在等 10:45 去肯德尔的火车，但是别人却告诉你实际上它就是 10:35 去布莱克浦北部的那趟车，你肯定是中风了。"

"为什么啊？"我问。

"嗯，是这样，火车从这里分向出发。一半的列车 10:35 开往布莱克浦北，剩下的车 10:45 开往温德米尔，途经肯德尔。但是电视屏幕太小了，不能显示全部信息，所以我们就没显示这部分信息，以免给旅客造成困惑。"

"但是我还是困惑了。"

"问题就在这！"他激动地说，"本来是想避免给旅客造成困惑，结果却适得其反。差不多每天都有人问我 10:45 的那列火车哪去了。我带你去那个站台，好吗？"

"那太感谢了。"

他带我来到三站台，指出我应该具体站在哪里。"火车会在 10:28 到达。千万不要坐前四节车厢，否则就把你拉到布莱克浦了。"

"我刚从那来的。"

他凝重地点了点头。"一定。一定要往后面四节车厢坐。"

"所以我站在这就行了？"我说，指了指我的脚下，好像向左右挪动几寸就会招致惨祸一般。

"就站那，不要坐之后的一列和第二列车，要坐之后来的第三辆火车，"他看起来有些担心我，"明白了吗？"

我心虚地点了点头，然后站在那等着。对面站台上，有一小群铁路迷，手拿写字夹板和笔记本。他们看起来就连做爱都得藏着掖着似的。我试图想象，他们若只有这点娱乐的话，余生会是怎样的，但是想不出来。

有两辆火车进站了，滚动屏幕显示下一班是10:35开往布莱克浦北的火车，但是晚点了，预计会在10:37到达。站台的人越来越多了，大部分都是由车站工作人员陪同而来，并认真指示等车的确切地点。有辆火车出人意料地在10:29到达，站台上充斥的迷茫与慌张可想而知。这到底是10:35那列火车提前到达了，还是另一列火车？谁能告诉我？此时不见一名铁路工作人员。我不愿意离开我的位置，因为已经有人告诉我无论如何都不能离开，但是，我旁边的那个人主动去询问情况。他走了之后就没回来。几分钟后，我上了车，坐在桌旁的一对老夫妇不安地问我这是不是去温德米尔的火车。

"我觉得是，"我坐在他们对面说，"但是我们要做好随时通知下车的准备。"

他们点了点头，抓紧他们的东西，做好准备。

不一会儿，广播说这辆车确实开往温德米尔方向，准备去往布莱克浦北部的旅客请立刻下车，去另外四节车厢。听到这，车厢后面的一个男人立刻起身，匆忙离开。

这对我刚认识的老夫妇来自威德尼斯（Widnes），他们准备去温德米尔玩一天。他们带了一些野餐用品，都需要特别小心保护——带盖子的小瓶子、按特定顺序才能打开的特百惠保鲜盒、小果酱罐一打开就发出"嘭"的一声，这声音听着就让人满足。他们还带了两个煮鸡蛋，小心翼翼地剥壳，再小心翼翼地把剥下的鸡蛋壳用餐巾纸收集起来，手法堪比法医，好像待会儿还得重新拼起来一样。我想这就是他们打发时间的方式。

我们相处得十分愉快。他们给了我一块巧克力消化饼干，我向他们讲述上次去湖区（Lake District）时从温德姆坐火车到温德米尔，结果我的火车票上车站缩写写的是从"WDM"到"WMD"。我好惊奇，我是不是第一个遇到这种巧合的人。

"哦，我就不会感到惊奇。"这个女人羡慕地说。

"之后不久，我从迪斯到了利斯。"我又说道。

"噢。"这个女人依然一脸艳羡地说。

"我估计这种情况也很少会发生。"

"是啊。我也这么觉得。"

"那次我玩得很开心。"我说，之后我们都陷入了迷蒙的沉静中。

——

我在肯德尔告别了这对新朋友，已经订好了出租车，因为在湖区几乎没什么公共交通。铁路时代来临时，威廉·华兹华斯①和其他性情文雅浪漫的人强烈反对火车的隆隆声和浓烟，还有低俗的一日游游客入侵他们心爱的山谷，因此，铁路只修到英格兰湖区边缘。这意味着湖区里从未有过大型工厂和向城郊的扩建，但是，这也意味着现代游客除了驾车游览别无他选。

我打算到从西面靠海的边缘沿着湖区的外围进入湖区，这要比从温德米尔到安布尔赛德（Ambleside）的那条路安静很多，二十分钟后，我便开车沿着莫克姆湾（Morecambe Bay）北面向古老宜人的度假胜地格兰奇（Grange-over-Sands）出发了。我的孩子还小的时候，我们经常来格兰奇。在这里可以做一些简单的娱乐活动——打迷你高尔夫球、荡秋千、喂美丽小公园小湖里的小鸭子，还有一个我们钟爱的漂亮茶室。我已经好几年没来过格兰奇了，很开心看到它仍旧这么秀美，只是比我印象中人更少、更安静，空荡荡的商店比之前更多了。不过好消息是味道最棒的肉店和馅饼店希金森还在，还是那么门庭若市。我买了一小份猪肉馅饼，拿着它走到公园，坐在长凳上，边吃边欣赏隔湖相望的莫克姆风景。馅饼好吃极了。英国人无疑是世界上唯一以煮脆骨和肉汁为食品特色的人。

莫克姆湾可能是英国最美丽的海湾。受潮汐影响，它每天会退潮两次。站在沙滩上，几分钟以前这里还在 30 英尺深的水下，几分钟以后又是陆地了。你要担心的是几分钟以后的情形，因为潮水涨速很快，虽然不像

---

① 华兹华斯（William Wordsworth，1770—1850），英国浪漫主义诗人，曾当上桂冠诗人。

前进的步兵一样齐刷刷地冲来，但是在水较深的地方还是会轻易地形成包围攻势，打你个措手不及。人们有时在海滩上散步，不久就会发现自己正站在一个慢慢缩小的巨大沙洲上，这时已经来不及了。最严重的事件发生于 2004 年 2 月，当时至少有二十一名拾鸟蛤者——没人知道具体人数，因为他们都是无身份证明的非法移民——他们误判了或者根本不了解潮汐上涨时间，被困在海湾里淹死了。为了 9 便士每磅的鸟蛤葬送了性命。

———

几年前，我根据《"小不列颠"札记》拍摄了一部电视系列片，跟摄制组一起在英国各地周游了三两个月。一天，我们到了一个我不认识的地方。

"我们在哪？"我问。

"弗内斯的巴罗。"我的制片人朋友艾伦·舍温轻松愉快地回答说。在我们相处的几个星期里，我发现制片人的思维异于常人。

"我们为什么会在弗内斯的巴罗，艾伦？"我问。

"因为去不了博尔顿，伙计。"他说。

"什么意思？"

"我们没有拿到去博尔顿拍摄的许可。"

"所以你就选择了弗内斯的巴罗？"

他若有所思地皱起了眉头，然后掰着手指头列举了五个他选择这里的理由。"这是地处北方，是个工业小镇。经济不景气。以 B 开头。符合所有条件，不是吗？"

"我从没来过这里，你知道的。我在书里也没提过。"

"是的，但是他们让我们在这里拍，"他友好地捏了捏我的胳膊，耐心地解释，"你会有灵感的。肯定会很棒的。"

就这样，我们在弗内斯的巴罗拍摄了一天，对于那里的一切，我完全不记得了。现在既然到了附近，我想赶紧四处走走，看看能否唤回一些记忆。

巴罗大概是英国最孤立、最边缘的地点。它位于一座独立半岛上，离别的地方都有好几英里远，而且没有高速公路通到这里。这里曾经是一座工业城市——曾几何时，这里有世界上最大的钢铁厂，如今早就不见其踪影——但是，现在已日渐衰落、逐渐被人们淡忘了。一个阳光明媚的早晨，城市看起来并没有那么糟。我把车停在商业区边缘，下车逛了逛。街道宽阔整洁，两边是雄伟的红色砂岩建筑，不禁让人想起它曾经的辉煌时代。各个街角都有一个圆形环岛和一座被人们遗忘的名人雕像，不过隔着马路我实在看不到对面的题词，也不想冒险走进急行的车辆中间，只为了仔细看一看某座雕像，弄不好会发现就是猫洞还是扁平帽之类的发明者乔赛亚·古宾斯。不管怎样，巴罗的状况看起来还不错——和以前一样干净、繁荣、尊重历史。但是当我往中心区域走时，就变得越来越荒凉。

商业区的中心地带是一条狭长弯曲的步行街，人群聚集，却并没什么商业气息。一群几乎人人都有纹身的男人，面露凶相，三五成群地在街上闲晃，给人一种进了监狱大院的感觉。每隔一两栋楼就挂着出租的标识。一家名为"拯救者"的打折化妆品连锁店，黑漆漆的没开灯，在橱窗里挂着一张牌子，欢迎顾客光顾他们在莫克姆的最近的分店。当他们邀请你去莫克姆感受更好的购物体验时，你就知道这家店已经无力回天了。

我来到咖世家咖啡馆，突然惊奇地发现周围都是衣着整齐的体面人。我喝了一杯咖啡提提神，然后又返回了监狱大院，向步行街尽头走去，然后进入一片挂着"出租"牌子的大楼，走在牵着拴皮带的恶犬的男人中间，我得出的结论就是我在弗内斯的巴罗市中心基本上找不到令人赏心悦目的东西了。于是我回到了车上，前往更熟悉的坎布里亚郡（Cumbria），那里有羊、有绿水青山和真正的宠物狗，根本不用担心会被咬掉一只手。

第二十三章
湖区

1957 年，英国在许多方面都成绩显著，制造业产量占世界总量的五分之一，是世界上车辆、船舶、飞机速度的纪录保持者，现在又创造了 1 英里赛跑的世界纪录：德里克·伊博森在 7 月以 3′ 57″ 20 的成绩战胜澳大利亚的约翰·兰迪，夺回了金牌。

英国的航空业仅次于美国。费兰蒂公司研发的阿特拉斯计算机是世界上最强大的主机——比美国国际商用机器公司（IBM）生产的还要强大。英国刚刚研制出了氢弹——仅次于美国和苏联，其他国家绞尽脑汁也是望尘莫及。英国在坎布里亚海岸的塞拉菲尔德（Sellafield）的考尔德霍尔（Calder Hall）建立了世界上第一座成功运营的核电站。

直到在这次旅行前读了一点相关书籍，我才知道英国非凡的核成就。历史上， 1944 年，随着第二次世界大战接近尾声，温斯顿·丘吉尔和富兰克林·罗斯福签署了一项协议，承诺在战后共享核武器和能源发展信息。

但是，罗斯福去世两年后，美国国会通过了《麦克马洪法案》，规定了如果向任何第三方（包括英国在内）泄露任何核反应信息都将构成犯罪，可以处以极刑。所以，英国只好独立自主发展核工业、研制氢弹。它的快速成功是一项里程碑式的巨大成就。

因此，1957年的英国是世界上最强大的国家。但之后在塞拉菲尔德[后来被称为温斯克尔（Windscale）]拉开了衰落的序幕。1957年10月，在例行维护时，反应堆过热起火，但是所有人都束手无策。塞拉菲尔德核反应堆核心都是通过空气冷却的，应该可以保证不会过热。既然不会发生过热现象，人们也从未考虑过制定任何应急预案。现在注入空气冷却反应堆，只会火上浇油。唯一可行的办法就是向高温核反应堆浇水，但是没有人知道这会产生什么后果。他们担心用水浇核反应堆会引发重大爆炸事件（也就是核爆），导致放射性物质进入平流层，整个欧洲和北大西洋陷入一片混乱。至少也要疏散英格兰湖区的人，在几年甚至几十年内，人类都无法踏入坎布里亚郡方圆数百英里内。世界上最美丽的风景之一至少会在三十年内面目全非。这会极大地损害英国的声望，巨资赔偿和财物损失都将是无法估量的。

结果，浇水的方案成功了，没有发生任何大灾难。这里产的牛奶一桶一桶地倒掉，这里的羊倒是高兴了好几年，但毕竟是大难不死啊。不过这次灾难性的公关打击，意味着英国发展核能源再也不会像在法国那样得到信任或支持。

——

我必须要说的是几年前我在《纽约客》上读了一篇描述华盛顿州汉福

德大型工厂的文章。打那时开始,我就一点也不相信核工业了,汉福德厂可能是现代人最不负责任的工程。 1943 至 1980 年间,汉福德厂向哥伦比亚河盆地倾倒了数百万升含有锶、钚、铯等六十三种危险有毒物质的废水。有时是无意或者不小心倒进去,但大部分时间都是有意为之。汉福德厂的工程师居然还无耻地坚称哥伦比亚河的水质卫生又干净,并用鲑鱼做实验证实其水质的安全性,只有在每人每顿吃一百磅鲑鱼的情况下,体内堆积的物质才会产生辐射,达到可探测水平。他们闭口不谈鲑鱼在哥伦比亚河时并不进食。它们来这里只是为了产卵,而在产卵时不进食,它们根本不会有足够时间摄入大量辐射物质。然而,科学家们心知肚明却不会公之于众的是,其他水生生物(如甲壳动物、浮游生物、海藻和这里的鱼)体内放射性物质的平均浓度比正常水平高十万倍。这群人是真够可爱的!

我读到这一切时,既痛心又惊讶——老实说,我不知道美国人会对同胞如此狡诈——同时希望英国能好一些。事实上并没有,或者说没好到哪儿去。英国的核专家或许不那么冷血,但同样虚伪。 1972 年,英国同世界上的其它核大国签署了《伦敦公约》,内容规定禁止从船上向海里倾倒高放射性废物。但其中并未提及管道,因此,英国不知道通过管道倾倒了多少吨废料,不知道或者根本也不在乎后果如何。到 20 世纪 80 年代末,据俄勒冈州立大学的环境科学家雅各伯·D. 汉布林所说,经营塞拉菲尔德工厂的公司使整个欧洲受到的核辐射比"所有核电站、核武试验、切尔诺贝利核泄漏事故以及打包的核固体废物的总和"还要多,同时竟还声称是《伦敦公约》的忠实拥护者。

塞拉菲尔德还有许多其他有毒物质，包括世界上最大的钚储备（28吨），但是由于相关记录不足，没人知道周围还有些什么。据《观察家》报道，塞拉菲尔德的 B30 号大楼是欧洲最危险的建筑。这栋大楼旁边就是世界上第二大危险的建筑。两栋楼里都堆满了一点点腐烂掉的燃料棒、受污染的大量旧金属和器械。

2014 年 6 月，名字听起来很不吉利的英国核退役管理局宣布清理塞拉菲尔德工厂的核废物的花费是 791 亿英镑。该部门的最高管理者约翰·克拉克对《金融时报》说，"现在我们必须弄清楚这些设施里到底有什么，以及如何把那些东西弄出来。"

这一点上我可以告诉你，克拉克先生。这里存放的是半个世纪的杀伤性辐射性物质，当初储存时就应该做记录的。克拉克说即将进行的清理工程仿佛是"一场发现之旅"，而对于核清理行动来说，这并不是一个大家愿意听到的态度。

重点是，塞拉菲尔德核电厂在其相对短暂的运营里也许给英国带来了益处，但经济成本却要高得多，这还不算我们要面对的一堆堆致命的污染材料，在几百年内都会对人类造成危害。我不是专家，但是从表面看来，人类确实还不够成熟到可以使用核燃料的程度。

20 世纪 90 年代末，拍电视系列片《"小不列颠"札记》时，我们一起去了塞拉菲尔德的游客中心。那是一座时尚、高科技的博物馆，自信地宣扬原子能既安全可靠，又令人鼓舞。我记得当时觉得相当有趣，宣传得有点过。这或许是世界上唯一一个可以把钚描绘得如此可爱的地方。我去的时候，塞拉菲尔德每年接待的游客数量是二百万，但是，接下来几年的游客数量明显逐年减少。我把车开到塞拉菲尔德的大门时，希望自己可以重温原子能的奇妙，门房里的人却告诉我游客中心在 2012 年就关闭了。

陷入窘境的我只好开车去圣比斯（St. Bees）了。

———

圣比斯是一个村庄，也是一所私立学校，学校很宽敞，教学楼也很漂亮。我不知道这所学校是好是坏，只能说知名校友名单上除了罗温·阿特金森①就不知道其他人了。我一直幻想着圣比斯是戴着面纱，天性善良的养蜂人——受到众多蜜蜂的爱慕，是蜂蜜的守护神——但事实上，它是一位爱尔兰公主的名字，为逃避被迫嫁给北欧海盗（维京人）的命运，逃到了坎布里亚郡这个偏远的地方。她真名叫贝加，和蜜蜂扯不上一点儿关系。随着时间的流逝被以讹传讹成这样了。一些学者认为这位公主实际上根本不存在。

圣比斯村位于著名海滨步道的西端，这条长途步行道横跨英国北部，从爱尔兰海到北海，所以这里总会有一些徒步旅行者，他们有的精力充沛、热情洋溢，有的筋疲力尽、濒于休克，这取决于他们是刚开始徒步还是快结束了。我唯一一次去过圣比斯是在 2010 年参加由我朋友乔恩·戴维森组织的慈善徒步活动。乔恩是杜伦大学的地质学教授，但绝不是那种十分无聊的人。（好吧，实际上，他发现一种新奇的片岩之类的东西时，就有

————————————

① 罗温·阿特金森（Rowan Atkinson），英国喜剧演员，曾出演当地电视剧《黑爵士》及《憨豆先生》，并以其"憨豆先生"形象深入民心。

点让人觉得无聊了。） 2006 年，乔恩四岁的儿子马克斯得了白血病（他是世界上我最崇拜的英雄），不久后，乔恩也得了白血病。乔恩并不是从马克斯身上或者其他什么地方感染的白血病——他得的是一种完全不同类型的白血病——这是一种极其不幸的巧合。到底有多不幸呢？幸运而又奇妙地，父子二人都康复了，从 2010 年开始，乔恩发起了马克斯徒步活动，以此来为白血病和淋巴瘤的研究募集资金。他们的想法是乔恩和他的老朋友克莱格·威尔逊走完横跨东西、长达 190 英里的徒步路程，其他亲朋好友可以选择坚持走完全程或中途停下。我只能坚持走完前三天，这段路程刚好从圣比斯开始，横穿湖区走到帕特代尔（Patterdale）——也走了 42.4 英里呢。这徒步简直要了我的命，但是天气晴好，我是一边揪着心脏，祈求上苍饶了我，一边在天高气爽中欣赏着此生从未见过的连绵不断的美景。

现在，我又来到了海边的出发点，故地重游，凉风习习，沿着海岬向古老的灯塔走去。天色已晚，我也饿了，于是我返回宾馆洗了澡，然后休整一下，去昆斯酒吧找点吃的。因为是工作日晚上，酒吧里的安静让人感到惬意。一对夫妇坐在摆满餐具的桌子旁，明显是在等食物，两个男人坐在吧台那儿，这就是酒吧所有的客人了。我点了一瓶啤酒，然后又问可不可以再点些吃的。坐在吧台后面的男人一脸严肃。"至少要等一个小时。今晚我们有些忙。"

"但这里明明没人啊。"我略显急切地说。

酒吧服务员严肃地向厨房点头示意。"只有一位厨师。"他说的好像大厨正在敌人的炮火中匍匐前进一样。又有人进来，也想点些吃的，都被打发走了。最近酒吧都不供应食物了？我把啤酒喝了，然后去了马路对面的庄园酒店，这里生意很好，看上去没有位置了。所以我又走到了村里，里面还有一家叫露露的小酒馆，我在那吃了饭。我不知道该怎么形容，只能说菜单做得很漂亮。

吃完饭后，我不想回宾馆，就又去散步了。与白天相比，晚上的圣比斯更加迷人。每一间小屋都透过窗帘散发出温暖的光。唯一打破和谐的地方是村里商店的门上和窗户上都安着沉重的安全卷帘，好像抵御隆美尔[①]的坦克部队攻击一样。在伦敦或者利物浦的街头看到它已经非常不舒服了，在乡村小镇就更不应出现了，就是不应该有。

———

第二天早晨，我又回到俯瞰爱尔兰海的海滨路。来湖区的游客很少有人愿意去海边，但这里其实很有趣。一边是无际的海面；另一边是陡峭的湖区荒野，辽阔壮美（又名北方的山丘，是北欧海盗的说法）；在湖区和大海中间还有你见过的分布最散乱、人烟最稀少的村庄——像是弗内斯的巴罗的碎片陆地，不知怎么就漂走了，被冲上了岸。问题是这里与世隔绝。除了塞拉菲尔德已经关门大吉之外，这里的工作机会寥寥无几。但好的方面是，虽然前途无望，不过至少还有眼前这些令人赞叹的美景。

我经由克科茅斯（Cockermouth）前往凯西克（Keswick）时看到了去洛斯河的路标。我自认为非常熟悉湖区，但居然还有一个从来都没听说过的

———————————

① 埃尔温·隆美尔（Erwin Rommel，1891—1944），纳粹德国陆军元帅，二次世界大战时任北非战场德军司令官，后图谋推翻希特勒，被逼自杀。

湖，因此，我急转弯回去打算一探究竟。这条小路平缓狭窄，但景色令人叹为观止。湖区天气好的时候——通常天气都很好——它的美景绝对是世间仅有，是我见过最美的地方之一。这里只有我一个人，除了几间农舍之外，似乎多年来没人踏足这里。小路非常狭窄，我需要时刻小心注意，以免刮到两边的干燥石墙。因此我也经常停车驻足，只为欣赏这美景。最后，我索性下了车，在洛斯河和克拉莫克河河谷之间走了半英里（就在洛斯河的旁边），穿过景色壮丽的山谷，沐浴在阳光下。这里一个人都没有。我甚至可以把车停在路中间。

我现在位于湖区国家公园的中心位置。在一个美国人看来，英国国家公园很奇怪，因为它根本不是一个公园，只是一个很特别的地方，这里赏心悦目，还能为英国主要三大乡村活动（徒步、骑行、坐在停放的车上打盹儿）提供有利条件。美国国家公园是自然保护区，不允许人居住的（除了几个护园者）。而英国国家公园就是普通的乡下地方，有农场、村庄和集镇，只不过增加了大量游客——与英格兰湖区的正常接待水平相比，游客的数量就过大了。

1994 年，我为《国家地理》写了一篇有关湖区的文章。随后，湖区每年接待游客的数量达到了一千两百万，现在已经达到了一千六百万。这里的主要城镇安布尔赛德（Ambleside）当年每天最多有一万一千辆车进入。如今，这数字可能超过了一万九千辆。所有这些人都挤进了这个小地方。湖区国家公园从上到下最长才 39 英里长，最宽处有 33 英里。换句话说，英格兰湖区的游客数量是美国黄石国家公园的四倍，而面积却只有其四分之一。最忙的时候，一天就能接待二十五万人。

但是，总的来说，它应对得相当不错。大多数游客都只去几个地方——基本上就是安布尔赛德、格拉斯米尔（Grasmere）和鲍内斯（Bowness）。如果你沿着山坡走几百码，就会很轻松地发现整个山坡就只有你了，这就是我现在做的事情。过了巴特米（Buttermere）不远，我来到一个路面粗糙的停车场，里面就只有两辆车（其中一辆车里有一对夫妇在睡午觉），我决定把车停在那，然后去散散步。这里的风景看上去十分眼熟，看了地图才反应过来，这是 2010 年我和乔恩·戴维森以及他的朋友曾经走过的海斯达克（Haystacks）下坡。从山底往上看，它真的很巍峨。湖区的山并不是很高——距离我所站之处大约一英里就是最高的斯科费尔峰（Scafell Pike），也才 3,200 英尺多高（约合 975 米）——但是看起来既雄伟又陡峭。如果你爬过一座湖区的山，就知道了。

一个古老的谜语问英格兰湖区到底有多少个湖泊？答案是只有一个，因为只有巴森斯韦特湖的英文里带一个"湖"字。所有其他水体都被称作米尔湖（例如温德米尔湖和巴特米尔湖），或者河（例如克拉莫克河和科尼斯顿河）或者潭（明白了吧）。这里有成百上千个湖，有的比水坑大不了多少。所以，答案是十六个湖泊和数百个池塘。很难说哪个湖泊的风景最迷人，但是，我清楚地记得有一次从斯基多山（Skiddaw）崎岖的那一面俯瞰德文特河的感觉，天堂也就是这个样子了。我从未近距离欣赏这座湖，现在决定弥补这个缺憾。

凯西克是德文特河附近的主要居住区，个人认为也是湖区最宜人的小镇。上次过来时，主街道已经改成了步行街，这次来看到很多改进。我很高兴看到布莱森茶室（建于 1947 年）依然生意红火。我向下走，然后绕湖边转了转。这里真的非常漂亮，清澈的湖水，波光粼粼的水面，后面山石耸立，绿草依依。离岸几百码处是树木繁茂的德文特岛，岛上有一座大房子。国民信托组织的信息板上写着， 18 世纪时这座房子的主人是一个名叫约瑟夫·波克林顿的怪胎，他每年都会举行划船比赛"向凯西克人发起挑战，看他们敢不敢进攻岛屿，然后再用大炮轰击他们"。看起来他们真的知道如何享受，在湖区度过快乐时光。即便没有大炮，我也想看看这座岛，但是，它不向公众开放，所以我在湖边漫步了一个小时，以此来安慰自己。

我喜欢凯西克的部分原因是那里有很多户外用品商铺。这里对永远买不够防水科技产品的人来说，简直是个天堂。我走进一家名叫乔治·费舍的专门店，特别喜欢里面的一系列背包、水瓶和雨衣，很想买点什么。我拿起一个时尚金属夹，可以用来把两个东西夹到一起——比如，可以把一个水瓶夹在一个背包上——虽然我也没什么要夹在一起的东西，那也没关系。也许有一天我会需要它，但那一天到来之前，我要做好准备。柜台前的人向我尊敬地点了点头，好像我是他兄弟会的成员，但很明显我俩完全不是一个世界的人。

"在散步吗？"他问。

"去拉斯角。"我一脸严肃地回答。

"够远的。"他一脸佩服地说。

"是的。"我表示赞同，但仍然一脸严肃，希望他能认出我，然后接下来的一整天他会跟别人说"比尔·布莱森今天来这里了。他要去拉斯角"，然后其他人会说，"天啊。他太勇敢了。我得去买几本他的书。"可是他没有，幻想破灭了。柜台上有一本名叫《彼得·利夫西：攀岩传奇故事》的书。我认识彼得·利夫西。上个世纪八九十年代，我住在北约克郡的马哈姆谷地（Malhamdale）时，他住在距离我们1英里左右的地方。我知道他热衷攀岩，但是我不知道他是个传奇人物——不过，他是一个非常谦虚的人。我买下了这本书，带着这本书来到了商店后面一家小咖啡馆的楼上，我坐在那点了一份三明治，然后开始阅读，利夫西的技巧和勇气让我非常钦佩。我并不知道他在我们离开马哈姆谷地一年后就死于胰腺癌。终年五十四岁，真是一个可怜人。

咖啡馆里还有另外一群顾客，看起来像是两对提前退休的夫妇在度假。他们穿着很得体。听口音是南方人，很有修养。他们每人都点了咖啡和蛋糕，所以他们的花销应该有20英镑。当我起来付钱的时候，他们中的一位女士就在收款台。她收到了零钱，并向小费碗里投了一点小费。这个碗对于她来说有点高，她很难看清里面到底有多少小费，但是我猜想她应该觉得里面装满了硬币，她的钱会被淹没在里面，可当我走过去的时候，看到碗里面只有一个孤零零的10分硬币。

是我错了？还是说英国人都已经变成了这样？——我的意思是在没有人看到的时候，偷偷地做些不大体面的事？我并不是说这种现象只是英国独有，或者说所有英国人都这样。我只是说它过去很少见，但是现在却非常普遍。以前的英国人行为准则是，不管别人看没看见，大多数情况下都会做正确的事。所以你不会乱扔垃圾或把剩下的油漆倒在路边，让狗在人行道上大小便，或者故意占用两个停车位之类的。你可能不会给小费——毕竟，你是英国人啊——但是你也不必装出一副给了很多小费的样子，实际上却只是扔进去一个硬币。狡猾不是英国的文化。你从来没想过要当个混蛋。现在，很多人并不在乎是非对错，而却在乎是否有人监视。良心只有在有人看着时才起作用。这种想法是怎么产生的？当穿着巴塔哥尼亚夹克的漂亮女士们都这样做时，你会作何反应呢？

———

我继续驱车前行，来到了湖区的主要城镇和旅游观光中心，温德米尔的鲍内斯。人们总是用"热闹非凡"来形容这里，实际上却是人满为患。这里永远挤满了游客，大多数都是白发老人，步履蹒跚，参观橱窗，喝着一壶又一壶的茶消磨时间，等着到点回家。和我二十年前为了给《国家地理》写文章时来过的湖区相比，这里的日平均游客数量增加了一万一千人次，大多数人来鲍内斯，却并不清楚他们为什么来这。

不得不说，鲍内斯的湖畔真的很美。温德米尔湖是湖区最大的湖泊，但这并不能说明太多问题。它的长度只有 10 英里，最宽的地方不到半英里，水深通常只有几英尺。它是世界上被研究得最为深入的湖泊之一，主要是因为淡水生物协会的总部设在温德米尔。自 1929 年以来，该组织就开始将网和烧杯浸入湖中，使其成为世界上监测距离最长的淡水系统。

现在你可能已经看出来了，英国人是世界上最热衷于研究自然的人。

只要有呼吸或者抽搐的东西，甚至是什么都不做的安静苔藓，他们都会去研究。英国有苔藓植物协会、多足类和等足类动物研究组、藻类学会、蚋科研究组、伦敦软体动物学会、贝类学会、摇蚊研究组和英国地衣学会等几十个学会，他们全部致力于收集、保存和研究我们大多数人都不太知道的微小生物。

我所说的研究，是真的进行研究。1976 到 2012 年间，英国蝴蝶监测计划的志愿者走了 53.6 万公里的路，开展"蝴蝶行动"，也就是走到农村任意一块方地，记录全国蝴蝶的状况。其他研究会的人一样悉心研究树蛾、蝙蝠、青蛙、石蛾、蜻蜓、真菌蚊蚋和淡水扁虫。各项研究都进行得很顺利，他们甚至还有一种黏菌记录方案，我很高兴地告诉你，负责人就住在莫尔德。这些人确实发现了一些东西，比你想象得更有趣。有一种千足虫是在诺福克的一个住宅庭院发现的，在地球上的其他地方从未看到过。有一种只在加利福尼亚斯坦福大学校园里记录在案的苔藓也在康沃尔的道路旁被发现了。这种苔藓为什么会出现在两个完全不同的地方，没有人能回答，但可以肯定他们在苔藓会议的鸡尾酒会上热烈讨论的就是这些事情。

在给《国家地理》写文章时，我和一位淡水生物协会的年轻科学家在湖上呆了一上午，一点也听不懂她说的事。前几天我在档案里发现了我的笔记，笔记里面写着："生物评估——二分法？轮虫类、介形类、春丰年虫科难以测量。前景不乐观。双翅蛹情况告急！"

最终我停止记笔记，也不听了，在她喋喋不休地把容器浸在水中时也只是欣赏风景。为我们开船的是一名公园管理员，名叫斯蒂夫·塔特洛克，他告诉我，旺季时，你可以在温德米尔湖上看见一千六百艘机动船，就这个湖泊的大小来说，这个数量十分惊人。许多船还拉着滑水的人，他们在帆船、划艇、独木舟、充气筏子，甚至健壮的游泳者之间穿行，使整个湖面噪声不断，危险不断，水花四溅。

塔特洛克问我想不想体验一下水上冲浪的速度与激情，我当然想了。他让科学家把她的器材收好，然后猛踩油门，接着我们就以一种通常只能在动画片里才有的速度飞出去了。我们在水面上弹跳，几乎碰不到水面。这似乎是非常鲁莽的行为，不计后果，但这至少是在安静的早晨，我们可以独自享用这几英亩的水域。"想象一下，一千六百艘船同时这样，"塔特洛克喊道，"全速向四面八方前进。那真是要疯了。"

2005 年，在经过长达三十年的争论之后，温德米尔湖实行限速每小时 10 英里，对于那些喜欢安静的人来说，湖面状况大有改善了。对于水中和附近的生物来说，情况并不乐观。藻类大量繁殖，鱼类数量连年稳步下降。从更广阔的自然世界来看，情况也不乐观。 2013 年，野生动物组织联合发布的一份报告称，他们发现英国三分之二的物种，包括植物和动物，情况都很危急。自 20 世纪 60 年代末以来，种禽的数量下降了四千四百万。从更长的时间来看，有十四种苔藓和地钱已经从英国的自然环境中消失了，还有二十三种蜜蜂和黄蜂也已消失。事实证明，英国人擅长统计本国所有物种，却不善于保持物种。

不过，我必须要说，我去的那天景色十分动人，情况不错。岸边的水很清澈，不远处那些飞在近水面的昆虫似乎也很高兴，这是我的判断，很明显没什么价值。我沿着水边走到去索里（Sawrey）的渡船停靠点，隔着湖面凝望对面的边缘。水面上漂浮着一个空烟盒。我把它捞了出来，甩了甩，环顾四周想寻找一个垃圾桶，但一个都没有，我叹了口气，只能尽量把它挤干，放在夹克口袋里。感觉自己并不能为改善温德米尔湖的自然生态做什么，或者解决其他困扰着这个星球的许多问题，我回到了车上，继续向前开。

第二十四章
约克郡

当天，我在柯比朗斯代尔（Kirkby Lonsdale）过夜，这里是月亮谷（Lune Valley）的非官方首府。这是个美丽的地方，几乎没有人知道，不过这一带很多地方都是如此。英格兰湖区和约克郡山谷国家公园如此让人神往，以至于这个地区的其他地方都被人们忽略了，这是好事。去博兰德森林（the Forest of Bowland）或伊甸山谷（Eden Valley）转转，整片景色都是你一个人的。月亮谷和湖区一样优美（只是没有湖，必须要说明一下），邻近的山谷也值得一看，然而又有谁听说过月亮谷呢？

柯比朗斯代尔是一个美丽的小镇，地方不大，欣欣向荣。这里过去出售用当地羊毛制成的毛衣、小工艺品之类的东西。现在，大部分都不见了，反而多了几家餐馆和咖啡厅，我想这是如今全世界的人都需要的。

早上，我开车去塞德伯（Sedbergh），这里现在是坎布里亚郡县的一个魅力小镇，而历史上则隶属于约克郡，被称为西部骑马场。塞德伯因一所古老的公立学校而闻名，这所学校也被称为塞德伯，建于 15 世纪。不过近年来，它一直在努力发展成为"英国书城"，因为它有一家大型的优质书店，主要出售二手书，还有几家小书店。这里有一个很好的登山用品店、质优五金店、几家咖啡屋和熟食店——总之，比你预想的偏远地区的东西更多。小镇只有一栋建筑丑陋不堪：英国电信大楼。我想知道，有没有一家公司的建筑比它更丑，更令人厌恶？我需要有人跟我解释，为什么我在汉普郡的房间里从一头走到另一头就是收不到宽带信号，但是如果你打电话投诉，他们马上就把你接通到印度班加罗尔的某个脾气暴躁的家伙那里去。不过这也是另外一件事了。

我走进街上的一家咖啡馆喝杯咖啡。这家咖啡馆显然把"书城"的名头当真了，因为它有各种书籍供顾客边喝咖啡边看书。有一本书瞬间吸引了我的眼球，是由英国第一女神凯蒂·普莱斯写的《你只活一次》。正如普莱斯女士洞察到的那样（我发现存在主义问题都逃不过她的眼睛），你只能活一次，但显然并不妨碍她把这事一遍一遍地写。我很惊讶地得知，这是她的第五部自传——她还只有二十五岁，相当了不起了（虽然她的某些部位可能更成熟）。除了这些诱人的自传作品外，普莱斯女士还写了五部小说，同时她还经营一个国际商业帝国，拖着每个至少三十公斤重的乳房生活。

《你只活一次》只涉及了普莱斯女士丰富多彩生活的一部分，但是已包括了两段婚姻、几个孩子和一些其他男女关系。第一章标题为"爱了太多"，似乎就已说明了一切。第六章标题更有趣："我的小马面红耳赤"。（我没看懂，我可刚吃过早饭。）整本书主要是关于她和阿里克斯·瑞德的婚姻。我相信，他们是在参加《付钱就吃虫子》的真人秀电视节目时在某澳洲丛林里认识的。（我根据照片猜测的。）他们于 2010 年 2 月结婚，十一个月之后离婚。我长过的青春痘存在的时间都比这长。

我看了看是哪家出版商出版了这本高水准的回忆录，结果是我自己的出版商——兰登书屋集团公司。我和凯蒂·普莱斯居然是一家人。我们因公司而有了联系。但是他们邀请我去发布派对了吗？真是不爽。

——

那就去约克郡吧。我爱约克郡和约克郡人，我喜欢他们的直率。正如我在《"小不列颠"札记》所说，如果你想知道自己的缺点，在哪里你都找不到比约克郡人更爱帮忙的了。我在马哈姆谷地住了八年，距离我现在的地方不远，没有一天不会有执拗的谷地山民过来帮我指出我的一个或几个不足之处。

我热爱并想念着马哈姆谷地，但这次为了猎奇，我决定游览那些我不熟悉的山谷。所以，我出发前往登特谷地（Dentdale）。登特谷地最著名的一点就是人们都知道它是"赛特尔—卡莱尔"铁路线的大站之一，这可能是英国历史上最美丽，但也最没用的铁路线路。它是在 19 世纪 60 年代由米德兰铁路公司的总经理杰姆斯·奥尔波特构想出来的，他想要设计一条去苏格兰的路线。已经有了东海岸和西海岸路线，所以奥尔波特决定从中间走。唯一可能的途径是穿过最荒芜空旷的奔宁山脉（the Pennine Hills），穿过 72 英里崎岖褶皱的地貌，这成了工程师的噩梦。这个项目需要建造十四条隧道，其中有一条位于布雷荒原（Blea Moor），长约 1.5 英里，还需要二十一座高架桥，其中一些工程相当巨大。这些都不可能有什么使用价值。事实上，当奥尔波特和他的同事们终于明白这是一个多么疯狂的计划时，他们向议会申请了一项废弃法案，希望批准放弃这个项目——但是议会却残忍地拒绝了。

奥尔波特任命一个年轻的工程师查尔斯·夏兰德完成这个工程。关于夏兰德，大家只知道他来自塔斯马尼亚岛，二十出头，其他一无所知。夏兰德面对的任务无比艰巨，难以想象，要在野外艰苦的环境下艰难地完成。他睡在一辆货车里，经常在大雨滂沱或者狂风暴雪中赶工。更让人佩服的是，他忍受急性肺结核的痛苦，带病完成了这一切。在工程即将结束的时候，肺结核发了病。他在二十五岁这一年退休，回到了托基（Torquay），不久之后就去世了，没能看见一列火车在他监督建造的线路上奔驰。我在托基的时候本想去看看他的住所，但是他似乎太默默无闻了，没有人注意过他住的地方在哪里。但至少我可以看一眼他建的铁路。

铁路于 1876 年 5 月 1 日开通，建造之初就成了个华美的闹剧。从实际的效用上讲，它本来要服务当地社区的，结果却远离任何地方。柯比斯蒂芬（Kirkby Stephen）站距离柯比斯蒂芬村有 1.5 英里。登特站距离登特村 4 英里，中间还有 600 英尺的陡坡。

我坐过几次这条线路的火车，山谷朴素的地貌令人感动，但是坐车时你看不到火车工程本身。为此，你必须下车在旁边看。此刻，我在登特高架桥上停车，想下车看看。高架桥长 199 码，有十个拱门，距离谷底 100 英尺。这听起来并不能感觉到多么壮观，但是当你真真切切地见到它时，它是令人瞠目的。我不得不向后仰头才能看到全貌，结果失去平衡，差点摔下去。

英国铁路公司花了几年时间想关闭这条铁路线，也成功将运营成本减少到零。登特站关闭了十六年，其他很多站也几乎无人问津。然而，近年来，该条线路成了智能管理和营销成功的典范。现在每天有七辆火车通往四面八方，乘客数量从 1983 年的九万人激增到 2013 年的一百二十万。

瑞波海德高架桥（Ribblehead Viaduct）是"赛特尔—卡莱尔"铁路线上的标志性建筑，长达 0.25 英里，横跨里瑞波河山谷。桥上有二十四个拱门，最高点要比周围环境高出 106 英尺。多年来，考虑到成本问题，英国铁路公司希望关闭这座高架桥，并在旁边修建一座现代化的钢桥。这当然会毁掉约克郡的一个经典景观。幸运的是理智占了上风，约克郡最终筹到了钱，修复了高架桥，这才是一切的关键。如果你想保留有价值的旧东西，就要舍得花钱。反之，舍不得花钱就留不住它。我觉得我只是在描述现代英国的情况。

我继续开车行驶在宁静的小路上，穿过美丽的乡村。渐渐地，路越来越高，风景越来越暗淡，景色也越来越荒凉，石头越来越多，但依旧很美。绿色的山谷里有成群的奶牛曼妙地点缀在绿色的草地上，与荒凉的高地形成对比，这样的景色始终散发着迷人的气息。

盖尔斯达尔赫德（Garsdale Head）偏远幽静，距离哪儿都有几英里远，我从这经过了著名的莫考克客栈（我觉得应该叫慕男狂旅馆，我一直都那么叫它），继续向下走，到了繁忙、被游客挤得水泄不通的霍斯

（Hawes）村，我是有史以来第一个开车经过，却没有停下来逛上一个小时的人。为什么人们都要去那儿呢，那里什么都没有啊，这就是个谜团，令我感到费解。我开车去了两个美丽的山谷斯韦尔代尔（Swaledale）和温斯利代尔（Wensleydale）。然后我把车停在斯韦特（Thwaite），走到缪克（Muker）村再返回，小路旁有很多奶牛，谢天谢地没有骚扰我。我又开车去了阿斯克里格（Askrigg），这里曾经有很多游客和旅游巴士，因为这是《万物生灵》中描写的达罗比（Darrowby）村，但它现在看起来很安静，如果不卖纪念品、茶和许愿牌一类的纪念品，就会更加宜居。

离阿斯克里格 5 英里的地方是著名的艾斯加斯瀑布风景区（Aysgarth Falls）。它和尼亚加拉瀑布不同，是一连串小瀑布，乌尔河河水流经石灰岩台地，虽然不够壮观，却也清秀有余，经常能看到几个傻子试着踩着裸露的岩石过河却掉到水里，这也是一番乐趣。我到那里的时候，正有几个小傻子在玩水嬉戏，让在场的看客乐不可支。

最后，我来到了繁华的集镇莱本（Leyburn），到处都是车。我在广场上彭利餐馆旁的空地停了下来，点了一道辛辣的卡真卷饼，想想三十年前你怎么会想到约克郡乡村小镇的人会喜欢吃辛辣的卡真卷饼。

——

莱本不是景色最迷人的地方，但却是一场奇妙神秘之旅的起点。在市场西边的商店后面，是被称为"莱本披肩"的悬崖，比温斯利代尔高了大概 2 英里，景色壮观。据传说，它的名称跟玛丽女王有关。1568 年，苏格兰女王玛丽被囚禁在博尔顿城堡（Bolton Castle）长达六个月，她试图逃离的时候把披肩掉在那里。这个故事的问题是"披肩"一词直到 1622 年才记录到英文中，那个时候玛丽也没有可以围披肩的脖子了。《牛津英语词典》并没有列出"披肩"可以用来描述景观特征，真奇怪，居然疏忽了，但问题就在这儿。生活有时就是会让人失望透顶。

披肩再远的地方——事实证明是相当的远——是痕下普雷斯顿 (Preston-under-Scar) 村，然后是博尔顿城堡，孤单而醒目地矗立在那里，像是被遗忘在山坡上的巨大棋子。不知道为什么，城堡叫博尔顿城堡，旁边的村子叫城堡博尔顿村。博尔顿城堡的历史可以追溯到 14 世纪末，样貌简朴而宏伟。参观城堡的门票是 8.5 英镑，我最多愿意花 2 英镑进去看看。另外，我来得也晚了。我花了将近两个小时才到达那里，这意味着我要在下午五点以后才能回到车上，之后我还要开一个小时的车。这趟简短的旅程，虽然有趣，却让我损失了一个小时的快乐时光。所以我大踏步急走着，跟博尔顿城堡、城堡博尔顿告别，飞奔回莱本和在那里租来的可靠的汽车上。

———

我在巴纳德城堡 (Barnard Castle) 过了一夜，那是个令人愉悦的市镇，位于达拉谟郡 (County Durham) 蒂斯河旁。我到那时已经很晚了，来不及去著名的鲍尔斯博物馆，我感到很失望。所以，我在夜色下的小镇上走了走，感觉十分惬意。我看到一栋房子上挂着"C. 诺斯科特·帕金森，出生于加尔盖特 45 号"的牌匾，特别有意思。没有谁能像他一样一语成名。他的那句名言是"你有多少时间，完成工作就需要多少时间"，被誉为帕金森定律。 1955 年，他还是新加坡马来亚大学的一名教授时，在为《经济学人》写的一篇漫画文章中首次提出了这个说法。帕金森后来把这句话写成了一本名叫《帕金森定律》的小册子，这本书后来畅销全球，让他名利双收。和其他任何人相比，提出这个明摆着的观点哪应该受到如此的瞩目。他被哈佛和加州大学伯克利分校聘为客座教授，并进行了多场收益丰厚的巡回演讲。他也写了几本其他的著作，甚至还有几本小说，但是都没有《帕金森定律》这么受欢迎。不过他赚的钱太多了，还要去英属格恩西岛避税。他在 1993 年去世了，终年八十三岁，最后三十五年里没做任何有意思的事情。即便如此，《牛津英国名人词典》还是用了大约一千五百个单词的篇幅介绍他，而对人们早已遗忘的可怜虫，塞特尔—卡莱尔线的铁路之父查尔斯·夏兰德，却只字未提。想想看吧。

巴纳德城堡有很多酒馆，大部分看上去都很红火。我必须说我在老威尔旅馆点的那杯餐前酒很合我的口味。在我的桌子旁边是一本最近期的《酒馆和酒吧》商业杂志，我饶有兴趣地翻了翻，肃然起敬，没想到写得还不错，内容不仅吸引人，还富有文化内涵——如今能有多少机会用到这个词？我特别喜欢一篇关于酒馆的文章，讲的是一家叫"白色路标"的店，位于多塞特和萨默塞特（Somerset）边境的林普顿山上。酒馆正好穿过两个郡的边界，过去多塞特和萨默塞特的饮酒许可证制度不同，人们不得不在晚上十点的时候从屋子的一边挪到另一边，才能合法饮酒到晚上十点半。我不知道为什么，但这让我很怀念过去的生活。

后来，我又去了一家印度餐馆，点了一份咖喱，接下来的十个小时都有另一种不一样的情感。我不觉得自己是神志不清，但我做了些奇怪的梦。有一会儿，我醒来了，真觉得自己有了一个精彩而独创的想法，赶紧记在床头柜的记事本上，然后就丢到一边去了。

第二天早晨，当我收拾行李时，我找到了它。上面写着："从好的一面讲，吉米·萨维尔将永不复生了。"

这想法还有什么不好的一面吗？恐怕我没记下来。

第二十五章
杜伦（Durham）与东北部地区

I

伦敦的格洛斯特路地铁站（Gloucester Road）外有一片露天空地，空地的中央曾有一个大花槽，里面种的都是些耐寒灌木植被。花槽的外围是一圈矮墙，人们可以坐在上面吃块三明治或等朋友。这里的景观虽不震撼人心，但很讨人喜欢。

然后有一天，地方议会将花槽移走了，空地变成了光秃秃的广场。不久后，我经过这里，看到有几名身穿亮黄色背心的议会官员站在新建的旷地上，正在写字板上做着记录。我问他们为什么要移走花槽，他们告诉我这个行政区再也没有经费养得起花槽了。我不由想到：我们长期生活的这个狗屁年代，已经变得如此萎靡，到了什么都要精打细算的地步吗？——连花槽里的几株灌木都养不起了？

现在先不要想这个，咱们快点向北走，去美轮美奂的杜伦古城，到杜伦大教堂那座宏伟的石头建筑外面站一站。教堂的建筑师克里斯托弗·唐斯曾带着我四处参观了一个上午，我很开心。坦白讲，听说这么宏伟又古老的教堂现在还需要有专职的建筑师，我感到有些惊讶，但情况确实如此。古旧建筑往往容易出现坍塌，为了以防万一，这里需要有人时刻注意。一方面是石头并非像我们想象中那样恒久坚固。再坚硬的石头，经历几百年的风吹雨打后也会裂开、破碎。克里斯托弗告诉我，每当这时，泥瓦匠就会小心翼翼地把旧石头切下并取出，然后再塞进新的石头。这令我感到困惑。我问为什么要这样做，怎么不直接把石头拔出来换一面塞回去？

他看了看我，对我在建筑学上的无知感到惊讶。"因为这些石头只有 6 到 9 英寸厚。"他解释道。正如我总是依稀猜测的那样，原来杜伦大教堂的墙并不是实心石头砌成的，外墙是由 6 到 9 英寸厚的石头砌成，内墙的石头也差不多厚度，内外墙中间有 5.5 英尺宽的空隙。建造者用碎石垫着碎砖将空隙填满，再注入类似于水泥的胶状砂浆固定。

所以杜伦大教堂和其它伟大古建筑一样，实际上只是由一大堆碎石堆积而成，再用两层薄石墙固定住了而已。但是，其非凡之处就在于胶状的砂浆夹在两面不透气的防水外墙之间，因此很长时间之后——准确地说是过了四十年——砂浆才干透。砂浆干透后，整个建筑结构也就慢慢地固定了，这也意味着教堂的泥瓦匠在建造门边框、门楣时要稍微倾斜呈锐角，这样过了一段时间，它们自己会逐渐恢复水平状态，实际情况正是如此。四十年来，教堂结构不断缓慢下垂，逐渐达到完全水平的状态，最后也就永久固定下来。对我来说，这非常神奇——当时的人们会有如此的远见和敬业的态度，可以保证建筑的完美形态，自己此生却永远无法见到。

虽然我并不了解建筑，但我肯定我们比 11 世纪的时候要富裕得多，然而那时的人们可以找到资源建造像杜伦教堂这样宏伟壮观、永垂不朽的建筑，如今的我们却养不起花槽里的六片灌木。在我看来，这个问题的确很严重。

———

我是有偏见的，但我认为杜伦可能是这个世界上最美的小城。这里的人们很友好、充满智慧，这里的一切保存完好，环境也很优美。我在《"小不列颠"札记》中写了些关于杜伦的溢美之词，于是杜伦大学授予了我荣誉学位。我来接受学位时，讲了更多赞美的话，然后我就被任命为该校的名誉校长。这里真是我的福地。

除了英国学术界的人之外，应该没人了解名誉校长这个职位。2005年，我的朋友（同时也是偶像）肯尼斯·卡尔曼爵士是杜伦大学的副校长，他邀请我担任名誉校长时，我首先就问他："名誉校长是做什么的？"

"哦，"他用一种和善而又智慧的口吻说道，"名誉校长就像是一个浴盆。每个人都想要一个，但是却没人知道怎么用。"

从名义上讲，名誉校长就是一所大学的负责人，但实际上无权无势，也不发挥特定的作用。副校长才真正管理大学的所有工作。"你的工作，"肯尼斯告诉我说，"就是要表现得人畜无害、亲切和蔼，每年主持两次毕业典礼。"这就是我六年来所做的工作，我也很喜欢。我发现，名誉校长有点像皇太后加圣诞老人。

英国人有许多辉煌的成就，但自己却都没有意识到，对高等教育的投入就是个绝好的例子，拿美国的大学情况做个对比就知道了。众所周知，美国的大学富得流油。哈佛大学每年接受的捐款是320亿美元——这比大多数国家的国内生产总值还高，耶鲁大学接受的捐款是200亿美元，普林斯顿和斯坦福大学都是180亿美元，其它许多学校也不遑多让。

我的家乡艾奥瓦州有一个声誉良好的文科学校格林内尔学院，但在美国中西部地区以外，人们就少有耳闻。格林内尔学院有一千六百八十名学生，每年有15亿美元的捐款——这比英国全部大学的总和还多（牛津和剑桥除外）。美国的八十一所大学接受捐款额总计达10亿美元以上。

这仅仅是捐款，还不包含通过学费、体育赛事和其它收入获得的巨额资金。要知道，俄亥俄州立大学每年在体育项目中获利1.15亿美元，尴尬的是，其中的4,000万美元是通过捐赠方式获得的。的确如此，人们每年向俄亥俄州立大学足球队捐助4,000万美元，从而吸引更优秀球员的加入——还用这个资金吸引出色的啦啦队队长。4,000万美元相当于给英国埃克塞特大学全部的捐赠金。英国只有二十六所大学接受的捐款额高于俄亥俄州立大学足球队。

有一次我和弗吉尼亚大学的一位筹资人共进晚餐时，他说他们正在开展为期五年筹集3亿美元的活动，就好像这是再自然不过的事似的，于是我就开始关注这件事。为了实现这个目标，弗吉尼亚大学招募了一个有二百五十人的团队专门负责资金筹集工作。部门主任的年薪是50万美元——这在大学里仅次于足球教练。简言之，弗吉尼亚大学已经把自己变成了大型筹款机。

最后，弗吉尼亚大学实现了目标，这一成就相当辉煌，但还有个情况。根据《泰晤士报》2014 年世界高校排行榜（这一排名是公认最客观的），弗吉尼亚大学在全世界排在第 130 位。有十八所英国大学排名要比它高，获得的捐款数额却非常一般。根据排行榜的结果可知，弗吉尼亚大学与英国兰彻斯特大学水平相当，但是后者获得的捐款只是前者的千分之一，这真是太不可思议了。

更不可思议的是，你想想，英国大学虽然捐助额一直不高，但世界顶尖学府前十中就有三所，前一百所中有十一所来自英国。换句话说，英国人口数虽然仅占世界总数的 1％，但最顶尖大学却占据全世界的 11％，学术引文量占全世界约 12％，最常引用研究占 16％。

我估计，英国没有任何人类事业能比高等教育投入更少，产出的世界级效益却更多的了。这可能是当代英国最杰出的成就。

———

我曾在杜伦古老而高贵的埃尔维特桥（Elvet Bridge）上有过一次最怪诞的经历，之前我都快忘记了，但现在去教堂的路上，我又回忆起来。埃尔维特桥建于 12 世纪，由于桥身窄小、年代久远，机动车辆禁行。我参加杜伦大学的毕业典礼时（是指毕业周）经常走埃尔维特桥，因为它就在我住的旅馆和举行毕业典礼的教堂中间。毕业典礼的气氛总是欢乐而隆重。

一天早上，我急着赶去教堂参加第一场典礼。我有种奇怪的冲动，想往桥下看看，也不知是怎么了。就在桥下面正对着我大概三四十英尺的地方，两位年轻的母亲推着婴儿车，在威尔河边聊天。因为下雨，河流水位上涨、流速很快，一位母亲还带着刚学会走路的孩子。就在我往下看时，那个蹒跚学步的小孩趁人不注意，一步迈上了旁边的船用斜坡。由于步子迈得太大，超出了掌控的范围，那个小孩身子失衡，一下子跌进了水里。他整个人都沉了下去，然后仰面浮了出来，身子都浸在水里，满脸惊恐的表情。我正好出现在他的视线范围中，就这样对视了一下——在这个意外的时刻。小孩处在斜坡旁的漩涡中，一开始还能保持平衡，但随即就开始慢慢打转，朝河中心漂去，好像在被水流拖动向前。

所有这些都发生在一瞬间，但对于我和那个小孩来说，一切都像慢动作一样，让人动弹不得，寂静无声。我眼睁睁地看着一个小男孩走向死亡的边缘，我也将是他生前最后见到的那张脸。如果这成了今生挥之不去的画面，你会作何感想？

然后，时间又突然奇迹般地切换过来，整个世界再次变得喧闹。我大喊，他妈妈同一时刻也看了过来，然后一声尖叫，朝水边跑了过去，就在小孩被水冲走前一把他从水里拽了上去。那位母亲和她朋友在小孩身边忙乱着，但我觉得他没有大碍。过了一会儿，她朋友抬起头，给我一个一切都好和表示感谢的手势。我也帮不上什么了，加上自己也要迟到了，就向她挥了挥手，继续往前走了。

我并不迷信，但必须要说，我偏偏在那天早晨，在那个巧合的时刻望向桥下，这确实有点神奇。吃午饭的时候，我跟教堂里的一个朋友讲了这件事，他虔诚地点点头，伸出手指指向天空，仿佛在说："当然是上帝了。"

我点了点头，什么也没说，心里想："那上帝把孩子推到河里干吗呢？"

———

过了埃尔维特桥，有一条名叫"贝利"的鹅卵石小路通向绿色宫殿，一个巨大的草坪广场，广场一侧高耸入云的是造型独特的石头大教堂，另一侧是杜伦城堡，现在是杜伦大学的一部分。我穿过硕大的橡木门走进教堂，即使来过几百回了，依然震撼于它的宏伟。毫无疑问，这是世界上最壮观、最让人感到自身渺小的建筑。

杜伦大教堂的东侧是九祭坛教堂（the Chapel of the Nine Altars），它有周长 90 英尺的巨型玫瑰窗，精美绝伦，彩绘玻璃呈现万花筒状，好似被固定在精致的石头纹路中的彩色液体。教堂里的一位工作人员告诉我，几年前，在进行维护工程时，维护人员对每一面玻璃都进行了仔细的测量，之后把数据传给一家工程公司，用超级电脑对这些数据进行处理。三个星期后对方发来急电："建什么都行，就是不能建那扇窗子！"

我见到建筑师克里斯托弗·唐斯时提到这个故事，他善解人意地笑了笑，说那是个谣传，但实质上也的确如此。现在没人敢建这种窗子了。他说，这些窗子达到了工程许可的极限。"虽然当时没有计算机或其它先进的工具，人们却能精确地把握极限，"他对我说，"这真是个奇迹。"

我又绕着教堂欣赏了一阵，然后在秀美的教堂周围散步，这里就是大学区，又沿着贝利街经过一条林间小道，来到了另一个地标式建筑牧俸桥

(Prebends' Bridge)。毫无疑问，那是英格兰最美丽的景点之一，桥上耸立的是大教堂，桥下流淌的是安静清澈的河流。 1817 年，英国著名画家特纳描绘了这里的美景，自此，这种景致似乎就没变过。

来自五湖四海的游客都对教堂的建筑表示惊叹，欣赏这里的景色时，却完全没有意识到，这美景一点也没有得到维护。牧俸桥隶属于大教堂产业。几年前，牧俸桥做了一次建筑损毁的评估。杜伦大学院长迈克尔·斯德格罗夫告诉我，光是搭建脚手架就需要 10 万英镑。我问他游客们捐了多少钱，他说平均 40 便士，但一多半游客根本不会捐款。

———

我必须马上前去参加纽卡斯尔的晚宴，之后还要参加北方癌症研究所的徒步筹款活动，我是从老朋友乔恩·戴维森那里第一次听说了这个组织的英勇事迹， 2010 年他曾拉着我穿越英格兰湖区，这也是他英国全境慈善徒步行动的一部分。 H. 约瑟夫·沃米尔是该研究所的主管，他的另一重身份是纽卡斯尔大学儿童健康方面的詹姆斯·史宾斯爵士教授，是英国儿童癌症领域最知名的专家。

此时我想到约瑟夫，是因为在开车驶往纽卡斯尔的路上，收音机第四频道播放了一则首相大卫·卡梅伦的新闻，他再次承诺要减少英国的移民数量。

一听到这种信息，我的耳朵就竖了起来，可能因为我自己也是个移民吧。约瑟夫也一样是移民，他是德国人，他的妻子布雷塔也是德国人。她比约瑟夫还可爱。她是一名全科医生。我希望她是我的全科医生，因为她聪明善良。所以这种消息总会让我抓狂。

如果约瑟夫和布雷塔明天就回德国，政府会把这记录为国家的成就。英国的移民数量减少两名，英国又向完美理念进了一步。我认识的人里，最聪明的要数杜伦大学的卡洛斯·弗伦克。他是全世界最重要的一名宇宙学家，吸引了最有潜力的人才来到自己的门下。卡洛斯是墨西哥人，他出身于一个非常富有的家庭；他没有住在英国，因为那样他就更富有了。他本可以在哈佛或加州理工学院教书，但是他更喜欢杜伦大学。如果他明天走了，英国同样会记录下是国家的净增长。难道还有比这更蠢的吗？

我并不是说英国不应该控制人口数量。我只是想说在制定政策的时候不应该只关注人口数量。乔恩·戴维森的妻子唐娜也来自美国，她很可爱也很聪明。她在一家美国公司工作，为世界各地设计并建造游客中心，因此她为英国赚了很多美元。此外，她还经常在空闲时间为北方癌症研究所筹集资金。有许多人的情况都和我们相像——我们来英国是因为喜欢这里，或是和英国人结了婚。如果你能对政府的决策说不，你是更加国际化的，也可能更有活力、更有创造力，甚至更值得尊重，令人愉悦，因为我们都支持你。如果你认为只有本民族血统的人才能住在自己的国家，那你真是白痴。

顺便提一句，我们每个人都往教堂的募集箱里投了超过 40 便士的钱。

———

那天晚上我参加了北方癌症研究所举办的筹款晚宴，整个活动十分圆满。巴伯服饰家族的一位可爱的女士慷慨捐赠了大笔资金，因此我约了大家改天一起去买几件巴伯衣物。第二天我又去了布拉格登庄园（Blagdon Hall estate），也就是慈善远足活动的举办地。这是里德利子爵的祖传家产，现任子爵是个作家，宽容善良，就是著名的马特·里德利。我认识马特已经好几年了，但一直以来也不知道他是子爵。直到我第一次去他家，看见他站在和我高中学校一般大的豪宅前等我时，我才知道他的背景不一般。

马特年轻的时候当过《经济学人》的记者，一度外派到美国。他说过有一次为了政治活动，他去了艾奥瓦州。在汽车旅馆登记时，他发现迎宾柜台后面的墙上挂着一幅18世纪英国乡村庄园画的复制本。马特感到图像非常熟悉，因为画的就是布拉格登。原作就挂在他家，马特对那位年轻的前台服务员说，"不管你信不信，这幅画画的就是我家。"她朝那幅画瞥了一眼，再看着马特，眼神像是马特刚才说他住在迪士尼乐园的精灵城堡一样。她默默办完登记手续，没做任何评论。

马特的妻子阿尼亚也很可爱，而且学识渊博，像超级电脑一样。她是纽卡斯尔大学重要的神经科学专家，也是美国人。儿子马修在剑桥大学读书，是去年大学挑战赛的冠军队成员。显然，马修也绝顶聪明，和可爱的姐姐艾瑞斯一样聪明。孩子们是英国籍，但是他们有一半的头脑是美国基因，坦白讲，得有四分之三的长相都随美国。

这就是我对此的论证。

——

这次慈善徒步一如既往地非常成功，乐趣非凡，最重要的是非常感人，因为几乎每一个参与者都与儿童癌症息息相关，他们或许是病患父母、兄弟姐妹或者病患本人。我应该不用跟你形容慈善徒步活动的内容，肯定你们也都多多少少参加过这类活动。英国哪有人没参加过？不过，你可能不知道，慈善徒步在别的地方是多么另类的事。我在1995年搬到美国新罕布什尔时，有位邻居正打算参加波士顿马拉松，我对她说，"哇，我可以赞助你。"她当时的表情特别惊恐。她以为我说的是阿迪达斯或耐克企业之类的商业赞助，作为商业合作，她得背着广告牌，上面写着："快买比尔·布莱森的书！"美国人根本没有为了慈善募捐而奔跑的概念。

这件小事，和吸收一大批快乐优秀的移民，使英国与众不同。

对了，还有一件事：一个名叫诺森伯兰的巨型雕塑。是由艺术家查尔斯·詹克斯创作的，里德利家族将雕塑捐了出来，还分担了部分经费。上次徒步结束后，马特带我来参观。马特对诺森伯兰感到很骄傲，也不是没有原因的，这是最伟大的创作。诺森伯兰是一座巨型女性卧像，长约四分之一英里，高100英尺，用里德利地产上煤矿挖出的土建成，周边布满小径，上边还种了草。

雕像的规模十分壮观，令人惊叹。马特对我说，"这是世界上体积最大的女性雕像。"欣赏雕像是件美事，在上边走走也十分愉悦。道路通向她的头顶、胸部的两个乳峰、沿着双臂下行到遍布绿茵的大腿。这是我近年来见过的最宏伟的雕像。

我很想在诺森伯兰上再攀登几个小时，但还要去其它地方。该去苏格兰了，我的英格兰之旅就要结束了。

II

我在纽卡斯尔以北 90 英里处的北贝里克（North Berwick）过了夜，这里已属于苏格兰地区。我打算早晨开车去爱丁堡，然后向北穿过凯恩戈姆（Cairngorm）去因弗内斯（Inverness），之后再到阿勒浦（Ullapool）和拉斯角。拉斯角的最佳旅游季节临近尾声，我没有多少时间逗留了。我最期待的是开车穿越苏格兰高地。奇怪的是，没有人可以确切地说出苏格兰高地的边界范围。但是在某一瞬间，你会感觉到空气清新闪亮，山脉紫气环绕，绚烂辉煌，你就知道你到了。这正是我向往的旅行。

有时人们会混淆北贝里克和特威德河畔北里克区（Berwick-upon-Tweed），那是个完全不一样的地方，沿着福斯湾（Firth of Forth）向北再走 40 英里。我对这里一无所知，来到这里只是因为要去爱丁堡路过。不过这里很漂亮，是座繁荣、迷人的沿海城市，海滨的高尔夫球场与圣安德鲁斯（St. Andrew's）极为相似，我非常喜欢。

我把行李丢到旅店后就去小镇上闲逛。我进了轮船客栈，这里看起来很不错，我拿起桌子上放着的昨天的《东洛锡安新闻》。上面有一则有趣的报道，讲的是最近一个名叫"福斯湾沿海垃圾运动"的组织在海边清理垃圾。他们不仅工作勤奋、一丝不苟，而且还数出垃圾数量。在这次清理工作中，他们一共拾到了五万份垃圾，其中包括五十五个晚会烟花、二十三个路锥、十二支牙刷、四十三只医用手术手套以及十五个结肠手术袋。这些造瘘袋的问题让我想了很久。这该如何解释？究竟是某人分十五次丢弃了造瘘袋还是有一群造瘘袋使用者一年一度地聚会集体丢了十五个？如果是后者，也许就可以解释这些晚会烟花的由来了吧？遗憾的是，报纸上并未对此做具体说明。

报纸新闻版面上大多都是关于酒吧斗殴的报道，一页报纸上有五则关于本地区的报道，而其它都是关于花展、募捐长跑以及为慈善事业剃光头的新闻。我还没见过哪个地方可以让善举和暴力并存。当我喝第二大杯啤酒时，我转过身发现有个家伙正站在我身后，等着坐我在吧台的位置。我们俩左让右让，像跳舞一样，总是不小心就挡了对方的路。我无可奈何地笑了笑，正常的反应，而他看我的样子就好像要把我的头砸进墙里似的。我觉得这就是苏格兰的恐怖之处。你永远不知道下一个遇到的苏格兰人是会给你捐脊髓，还是会用头来撞你。

之后我在大街上的一家泰式餐馆吃了饭，又去海边看了看海上的几座小岛。其中的一座岛叫费德拉（Fidra），据说那正是罗伯特·路易斯·史蒂文森的作品《金银岛》的灵感来源。显然，史蒂文森小时候在这个小镇上住了很久。这里的景色非常美，没看到任何造瘘袋。

我站在那看海景时，突然手机响了，着实吓了我一跳。电话是我妻子打来的，告诉我家里出事了。我不能说是什么事，我在美国卷进了一桩诉讼案——我已经采取了行动来对付这人，虽然案子后来解决了，但作为解决方案的一部分，我承诺不再提及此事。可是出了大问题，我得回国。去苏格兰高地的安排要向后推了。

第二十六章
拉斯角之旅（及更广阔天地）

I

从英格兰南部出发前往拉斯角必须克服两个难题。第一，从南英格兰到拉斯角的路程很长——根据谷歌地图显示，从我家后门出发足足要走 700 英里的路——至少要坐一趟火车、开车、从偏僻的达尼斯凯尔海湾（Kyle of Durness）坐船，还要坐小巴士穿过罕无人迹的荒野，所以需要花点功夫做行程规划。

第二，也是更令人感到不安的，就是你根本不确定能否成功抵达。拉斯角网站上的信息显示，渡轮渡海会受到潮汐和天气的异常因素的影响，苏格兰这块地方的天气既有破坏性，还比较极端。有时，由于英国国防部在这里拥有 25,000 英亩的土地，专门用于练习射击和爆破，整个拉斯角半岛时常在外界不知道的情况下进入封闭状态。最重要的是，渡船和小型巴士一年中有半年都处于停运状态。如果你错过了秋季的最后一班渡轮，那么就要等上六个月，乘坐来年春天的航班了。

为了稳妥起见，我的妻子打电话为我订船票。

"我们不接受预订。"对方告诉她。

"但他是远道而来的。"她说。

"每个人都是远道而来的。"那个人说道。

"好吧，那如果他到了再买票，能坐上船吗？"

"哦，那应该可以，"他说，"现在人不多，大多数时候人都不多，只是偶尔人比较多。"

"我有些不太明白。"

"如果他早点来，应该能赶得上。"

"要多早呢？"

"越早越好，"他说，"再见。"他挂了电话。

我就这样在一个星期天的雨夜，心怀忐忑地在伦敦尤思顿火车站登上了长度惊人的著名的喀尔多尼亚卧铺列车，完全不知道自己能否到达目的地。我找到了自己所在的 K 号车厢，狭小的卧铺就是我今夜的归宿，它会将我带到遥远的苏格兰北方。

必须承认的是，这列车有点年久失修了。如果真要我说实话，它已经不只是有点年久失修，而是破败不堪了。但是车厢很干净，也很舒服，工作人员也很友好。我翻阅了一下床边的传单，上面写着：2018 年该公司要购进七十五节新卧铺车厢，同时做小规模修缮。传单上特地自豪地声明，这些床单都"清爽"了，我不懂这是什么意思，"清爽"听起来比"清洗过"要完全差了一层，不过也许我理解错了。

我去了餐车，打算喝点东西。这里已经有了几个人。我看了看桌子上的小菜单，菜单上的所有餐品都是明显的苏格兰风味，实在不符合艾奥瓦州人的口味（我觉得所有艾奥瓦州人都会同意的）。晚餐可以选肉馅羊肚、白萝卜泥、土豆，零食包括图诺克的茶点饼干、羊肚味的薯条以及蒂莉夫人的苏格兰软糖，这些听起来不像是晚餐，更像是可以丢进温水拿来泡脚缓解疼痛的东西。我可以想象它发出的嘶嘶声响，水里冒出一连串的气泡，让人感觉痒痒的。这里的饮品也都是苏格兰风格的，甚至包括矿泉水。我点了一份泰妮啤酒。

我知道仅凭车厢里的零食菜单就判断一个民族的性格和意志或许有些冒险，但我禁不住会想，现如今苏格兰的民族主义倾向是不是过于严重了。我是说，这些可怜的人排斥奇巧巧克力或康沃尔馅饼这些简单的美味，而选择吃白萝卜泥和泡脚药以表现爱国情怀，似乎大可不必这样。

几年前，我记得大约是 80 年代早期，当时我正在苏格兰佩思郡（Perthshire）的艾博菲尔迪（Aberfeldy）一家旅店酒吧观看英国和意大利的足球比赛。在比赛开始阶段，英格兰队差点进球，整个酒吧里只有我在振臂高呼。几分钟后，意大利队得分了，酒吧里所有人都非常兴奋，大口喝酒庆贺。记得我那时在想："这些人怎么会不支持英国队？"这让我很不开心，觉得大家应该为自己的同胞加油。我一直会为苏格兰、威尔士甚至爱尔兰共和国的球队加油，至少基本上算是同宗吧。就是现在，我还在为苏格兰队奋力加油，尽管老实说，我心里也会偷偷地想："去他妈的，我希望他们要费点劲才能打败马耳他队。"我非常兴奋，因为我的愿望都会实现。

不管怎样，苏格兰的公投结果是留在英国，当时我很开心。我喜欢苏格兰人，只希望他们不要总是做出一副要把我的头砸进墙里的表情。

——

我早早上床，睡得像个婴儿一样，直到乘务员来敲门送早餐时才醒来。我没想到还有早餐服务，真的充满感激。

"火车晚点两个小时。"他高兴地告诉我。

"哦。"我说。

我"哧"地一声拉开窗帘，火车现已到达苏格兰高地——山脉、峡谷还有黑色的狭窄公路像是在一旁追赶我搭乘的火车。一觉醒来发现自己在一个新的国度，这是多么令人兴奋啊。最后，我们终于到了金尤西车站，车在此停了下来。停的时间太久，我以为要永远停在那了。火车上十分安静，你可以清晰听到车上的声响，比如其它车厢的说话声和窗子上一只苍蝇垂死挣扎的声音。我向外望去，看到昨晚餐车里遇到的那三个人在站台上吸烟。我走了出去，看到许多人就在那儿干站着。乘务员走过来告诉我，前面有一列火车出了故障，我们的火车头正前往支援。我觉得自己好像生活在《小火车托马斯和他的朋友》的故事里。

我不记得在金尤西待了多久，只知道到达因弗内斯时，车程长达十五个小时，晚点了好几个小时。我从车站走出来，看到方圆 1 英里左右的轻工业区，我去租车公司提了车，开心地朝西北方向前往阿勒浦。

阿勒浦是个干净整洁的村庄，位于布鲁姆湖岸边，景色优美，距离因弗内斯大约 60 英里。我在旅馆办好手续后就立刻出去逛逛，开心地活动活动双腿。阿勒浦中心有很多观光客，看起来清一色的悠闲愉悦。阿勒浦是一个令人惬意的地方——繁荣、友好，还很干净。港口就一个渡轮总站，开往刘易斯岛（Lewis）的斯托诺韦（Stornoway），码头充满使命感和进取精神，还有有趣的商店和画廊可以转转，我喜欢这里。

　　我突然觉得，如果整个英国都能有这番景象——如果布莱克浦和格里姆斯比等地也能像这里一样舒适又秩序井然，繁华而低调——那么这个国家将近乎完美。让我告诉你我对这里的期待。我希望政府能够提倡："我们要停止盲目追求经济增长而不惜任何代价，经济发展的巨大成就也不能提高国民的幸福感。只会产生（主张脱离英国的）北爱尔兰共和党和瑞士这样的金融中心。所以我们不要再努力建设强国，而是关注如何建设一个亲切友好、愉悦进步的国度。我们会建设最好的学校和医院，最舒适的公共交通，最充满活力的艺术，最有价值和藏书丰富的图书馆，最宏伟的公园，最干净的街道以及最开明的社会政策。简言之，我们会像瑞典一样，但鲱鱼少一些，幽默感多一些。"这难道不是很好吗？当然这是不可能做到的。

———

　　我晚上睡得很早，第二天早上五点钟就醒了，要开两个小时的车去拉斯角。那天天气非常好，我特别兴奋。这里空气清新，预示着完美的一天。当我开着这辆 A835 小型车往北出发时，整个世界还都在睡梦中。刚升起的太阳将山巅染上红霞，就像电炉的发热棒一样。这里的景色十分壮观——一望无际的山川、峡湾、大海、奔腾的河流和巨大的峡谷。景观变幻莫测，大自然的鬼斧神工，卓越绝伦，这并非像我想的那么荒凉。路边有农民的小农舍、零散分布的河边旅店，偶尔还能见到小型社区。在斯考里（Scourie）的村庄，我看到路标上面写着："斯考里海滩与墓园，"这个组合很奇特。（"明天我们要把祖母埋葬，别忘了带上你的泳衣。"）想到这里我就觉得很有意思。

七点半刚过，我就到了渡船码头，当时只有我一个人在水边等待。周遭的环境令人惊艳——一派宏伟的山峦俯瞰着美妙的达尼斯凯尔峡湾（Kyle of Durness）。阴冷的拉斯角半岛位于距离海峡另一端尽头半英尺远的地方，向世人发出召唤。小鸟会猛冲向低空的水面。在远处的沙洲上，有一根原木动了起来——原来是只海豹！——它越过海滩，缓缓进入水中。

大约八点二十分时，我看到对面有两辆小型公交车开进站，一次有一辆停到那边的栈桥上，之后一大群人忽然蜂拥而下站到我身边。一分钟后，一个看起来很有威信的人走了过来，人们在船台顶端把他围住，离我大约20英尺远。大家把钱交给他，他把车票发给那些人，完全没有人注意我，我也只好挤了过去。

"不好意思，我是第一个到的。"我对那个收费的人抗议。

"他们已经订了票。"他回答道。

现在让我们来一起想一下。我早上五点起床，开了两个小时的车到这，又站了一个小时。另外我现在需要喝上三大杯咖啡才能克制我的情绪，可能正处于咖啡因兴奋症的不稳定状态。现在可不是测试我是否平静的好时机。

"但我试过预订的，"我说，"我妻子打过电话，你们告诉她不能订票的。"

"你应该预订的。"他又说了一遍，然后继续向另一位顾客收钱。

我死盯着他的后脑勺。"我试过了，你这个皮克特白痴！（对皮克特人的蔑称。）"我在脑海中某个别人听不到的地方悲叹着，那是我专门自我感叹的地方。但是表面上我更加冷静地说道："我试过订票的。接电话的那个人告诉我你们不能预订。"

"啊，你肯定是跟奥格斯说的吧。"他说。我不记得他到底叫什么。但他似乎觉得这就算是合理的解释了，可我一路从汉普郡开车来到这遥远的苏格兰，就像没头苍蝇一样。我生气地看着他带着这些人冲下斜坡，上了敞篷小船。

"我可是走了七百英里啊。"我哀怨道。

"我从卡尔加里来的呢。"一位身材丰满，穿着黄色雨衣的肥婆大声说道。把我比下去她很开心。

"啊，走开。"我在脑海里撵她走。

"还有一个空座。"渡船夫对我说。

"你说什么？"

"如果不介意，你就坐那个座位。"

他指了一下那个空座。

我虽困惑，却又狂喜地爬上了船，故意用我的包轻轻地撞了一下那位卡尔加里妇女的后脑勺，坐了下来。我付了渡船夫6.5英镑，拿到票就出发了。

整个船程只有五分钟。船靠岸时，我坐上了一辆在那等客的小巴士，又付了司机12英镑。几分钟后车上满员了，我们沿着一条陡峭且颠簸的路前进。拉斯角距离半岛边缘只有11英里。我终于要到了，我又一次感到很开心。

——

拉斯角的名字并不是源自这里恶劣的环境。"拉斯"是一个古挪威词，表示调头处。当时维京船曾经过这里，掉头转弯准备返航。不过这里的环境确实恶劣，据说冬天时，这里的风速每小时可达140英里。而苏格兰北部，即北海和大西洋交汇处的海浪更是全世界最剧烈的。 19世纪时，一次暴风雨席卷了拉斯角的东海岸，一个巨浪砸在距离海平面约200英尺高的灯塔顶部，硬是把一扇大门从合页上扯了下来。这天气得多暴虐啊！

我们的司机名叫雷哲，是个非常欢乐的人。他一边在这坑坑洼洼的路面上闪躲、穿越着，一边还叨叨咕咕讲个不停。通往拉斯角的U70公路是一条高速公路， 1956年才最终铺成，路上的坑洼比沥青还多。我们穿过一片空旷的荒野，发现沿途散落着一些旧的军用卡车和半履带车，俨然成了这里的地标。

我们开车走了一个小时，行驶11英里来到拉斯角。迎面看到的是黑白混色的巨大灯塔，矗立在高处的悬崖上，脚下就是波涛汹涌的海浪。灯塔由罗伯特·史蒂文森于 1828 年建成，他是罗伯特·路易斯·史蒂文森的祖父。现在灯塔已经自动化运行，无需人工操作。灯塔的看护人是约翰·乌尔，他用附属建筑开了一家咖啡店招待游客，我当然很喜欢来这里。乌尔是半岛上唯一的常住居民，他大半生都在这里度过，可能是英国最与世隔绝的人了。

拉斯角半岛上没什么可玩的。灯塔不对游客开放，所以大家只能围着灯塔四处闲逛，欣赏景色或者去咖啡店。我站在一个草丘上，目光凝视着这崎岖而美丽的海崖，它一直延伸到远处的邓尼特角。在向东远处的海岸有一大片土地，那应该就是奥克尼群岛（Orkney Islands）的最南端霍伊（Hoy）。后来我查了一下，霍伊离拉斯角有 80 英里远。肉眼真的能看到那么远吗？

我围着灯塔走了一圈，之后站在了前方的岩崖峭壁上，小心地向崖边张望。下方 300 英尺处是尖利的岩石和汹涌的浪花，这里就是英国的尽头了。我的面前只有汹涌的海水，流向极地的冰盖，流进左侧同样空旷的纽芬兰（Newfoundland）。我在那里站了几分钟，内心有种神秘的骄傲，我是站到了大不列颠最西北点的人了。一个人一辈子能说几次这样的话？

来到了拉斯角，我非常期待能有一种终结感和成就感突然降临。当然，我知道我并没有把自己逼到身体的极限才到达这里，到目前为止，我在苏格兰旅行中的大部分时间是在深度睡眠中度过的。即使如此，这个时刻也还是有着里程碑式的意义。也许我不是历史上第一个达到"布莱森旅游线路"两端的人，但是我肯定自己是第一个有意识完成这个旅游计划的人，知道自己已经做到了。

于是我站在这里，双手扣在背后，凝视着风，耐心等待着，却并没有特别的感觉。最后，我放弃了这个想法，索性绕着悬崖顶端再走一会儿，之后去了咖啡馆，希望乌尔先生能满足我对咖啡因的强烈需要。高兴的是，我喝到了咖啡。

II

接下来几天，我在高原上旅行。我去了因弗内斯，参观了克登洛（Culloden）战场，这里曾有两千人在与英国人的战争中牺牲。之后我又去了格伦科（Glencoe），那里曾发生过臭名昭著的坎贝尔家族疯狂屠杀麦克唐纳家族事件，所以死的人更多。我心情沮丧地想，苏格兰高地的历史，就是五百年的血腥和屠杀，再加两百年风笛音乐的蹂躏。我花了一天时间从阿平港（Port Appin）乘坐轮渡来到林尼湖中央的利斯莫尔岛（Lismore），又在那里逛了一阵。岛上虽然多雨，但景象十分壮观。我最喜欢的地方还是格莱内尔格（Glenelg），从一个小海湾眺望欣赏斯凯岛（Isle of Skye）的美景。在格莱内尔格之外的空地上，还矗立着两座最不寻常的建筑，那里人迹罕至，十分静谧，在别处根本看不到。它们就是苏格兰月圜，是苏格兰独有的建筑。

月圜是史前建造的石塔，高度约30英尺，基座周长约60英尺，形状类似于核电站的冷却塔，由石头精心堆砌，紧密设计建造而成，它有两层外墙和中空夹层。石塔内没有砂浆材料。但尽管如此，其质地依旧精良。2500年过去了，它们仍然完好无损。格莱内尔格这两个月圈被称为苏格兰内陆上最精致的石塔，简约、安静且优雅。但我尤其喜欢它们的神秘感，没有人知道建造它们的目的是什么。

它们不会是住所或某种会场，因为上面没有窗子，里面一片漆黑。也没有迹象表明这里有人进去过。有人认为这曾是防御性的堡垒，但人们如果挤进石塔内，那就相当于自我囚禁在这片漆黑的塔里，而入侵者们也可以尽情掠夺他们的庄稼和家畜了，这似乎不太合理。这里也可能是瞭望塔，但从它们所在的地点看，实在没有什么可瞭望的。它们通常单独矗立在那里，偶尔会有像在格莱内尔格这样成对出现的。月圈的构造显示内部是多层结构，却又往往选在缺乏木材铺地板的地方。总之，建筑的每一部分都令人感到困惑。

我就站在那，突然想到了喜欢英国的理由：那就是它的不可知性。这里有太多的未知事物，没有任何人能够真正理解或完全知晓它的特殊之处，没有人可以确切说出那里有多少未知事物，这不是很奇妙吗？一次我偶然看到了《当代考古学》上的一篇文章，说的是一个名叫奥拉夫·斯沃布里克的兽医，他一生中大部分时间都在追寻英国境内留下的古代立石，似乎之前从没有人做过这件事。斯沃布里克在一千零六十八个地方记录了一千零五百零二块立石，这听起来好像没有那么多。但如果你打算一周参观一块立石，那么把它们全部看一遍就要用二十年时间。

英国的历史遗迹皆是如此。如果你想把英格兰中世纪所有教堂都看一遍（仅指英格兰部分），按每周参观一座教堂的进度，你要用三百零八年才能完成。如果想把历史留下的公墓、古宅、城堡、青铜时代的高山堡垒、刻在山坡上的巨型人像及其它各类型建筑都参观一遍，需要的时间更是长得惊人。只是观赏全部月圜就要用上十年。而英国全部已知的考古遗迹将要花上至少一万一千五百年的时间才能看完。

你明白我的意思了吧，英国无穷无尽。这么小的地方，竟能有这么多景观，这在全世界也是绝无仅有的吧。在漫长的历史中，人们还从未记载过这么多生动有趣而意义非凡的造物，它们真的水平颇高。也难怪我总感觉旅行意犹未尽，因为我没法将它们都看个遍。

——

带着这个想法我回了家，又回到美国，继续开始工作了。拉斯角的旅行之后没过多久，有一天我去了印第安纳波利斯的一家百货商店消磨时间，那里很安静，一位女售货员铁了心要成为我的新好友和精神导师，跟着我在男装区一步不离，我摸的每一件衣服她都要给我一顿介绍。

"这些是领带，"她说，"这边桌子上还有一些。"

我说了声谢谢，她回答说，"嗯。"她看起来有九十八岁。后来她对我的口音产生了兴趣。我告诉她，我是在美国艾奥瓦州长大的，但在英格兰也住了好多年。

"英格兰？"她毫不掩饰自己的惊讶说，"你为什么要住在英格兰呢？"

"因为那里要比印第安纳波利斯好多了。"这是我内心第一个也是最真实的想法，我当然不能那么讲。我就模棱两可地说我娶了一个英国女孩，也喜欢那里。

"啊哦，"她说，"这是我们家的鞋子。"

后来，我在附近的美食广场休息时（我要充分享受在印第安纳波利斯的生活），忽然觉得她提的问题合情合理。为什么我不住在美国这个世界上最成功的国家呢，这里税收又低，房间温暖，食物充裕，轻轻松松就可以过得很满足，而我却偏偏要住在那个于寒冷而又灰蒙蒙的大海中漂泊的多雨岛国？

就像生活中大多数我们认为理所当然的事一样，我真不知要如何回答，甚至也没考虑过。如果有人问，"请列举你喜欢英国的五个理由？"我还真就需要些时间想想了。我决定列一张清单，写出我留在英国的五个理由（先澄清，不包括我的家庭和朋友）。正是参观了格莱内尔格的月圈使我想出了第一个理由：英国一直不断地吸引着我，使我乐此不疲。但是我不确定另外四个理由都是什么。

我坐在美食广场，拿出了笔记本，随意开始写下我能想到的所有英国的趣事，有：

节礼日

乡村酒馆

说"你是狗蛋"来表达爱慕和赞美

果酱奶油布丁

地形测绘图

《对不起，我毫无线索》[1]

英式奶茶

航运预测

20 便士的硬币

六月的夜晚，大约 8 点钟

未见大海，先闻其味。

村庄名字很可笑，如：浅内脏、幽冥冲击

当我停下来回顾清单上的内容时，我发现自己写下的都是英国特色。这就是当一个外国人的好处——除了自己天生就有的文化依恋之外，你还可以穷其一生来感受一种全新的文化魅力。在我看来，能生活在外国的人都是非常幸运的，特别是这个国家十分有趣、充满活力且丰富多彩——如果有奶茶、贵族历史、圣诞能多放假一天——那真的是"太狗蛋"了。不管怎样，这就是我的第二个理由：英国让我接触到以前不可能知道的许许多多好事。

———

第三条，从根本上讲，英国还是很理智的，这是我欣赏它的一点。很遗憾，我不得不说这一点是我在自己的祖国旅行时想到的。我必须要说，美国是个出色的国家。试想，如果美国没介入二战，也没有领导战后重建，今天的世界会是什么样子。美国让我们拥有一个更美好的现代世界，

———————————————

[1] 一个知名的滑稽广播节目。

但没有谁对美国表示过感谢。可是不知道为什么，现在的美国明显已经成了愚蠢的代言人。

最近我在巴尔的摩一家旅馆的咖啡店用餐时，忽然想到了这个问题。当时我正在读当地的《太阳报》，上面的一则新闻提到国会已出台立法，禁止美国卫生和公共事业部为那些会直接或间接导致枪支管制的研究提供资金。

换句话说，美国政府禁止学者们利用政府资金进行枪支暴力问题的研究，即便这样可以找到降低或预防枪支暴力的办法。还有比这更蠢的吗？你就是把福克斯新闻的那些名嘴们全都召集到一个房间，恐怕都想不出比这更白痴的办法，更何况别人了。

谢天谢地，英国不是这样的。针对枪支管制、堕胎、死刑、学校里是否应该讲授进化论、是否要利用干细胞展开研究、怎样挥舞国旗才能体现自己的爱国情怀等一系列棘手且敏感的问题，英国会冷静、慎重、成熟地进行思考，我认为这很重要。

———

生活品质是我喜欢英国的第四点理由。英国人生活的节奏和质量——总的来说，就是点滴快乐，心存感恩，这是一种对贪欲的节制——让生活变得美妙和谐。在全世界来看，恐怕只有英国人能因一杯热饮、一片饼干而发自内心地快乐起来。

与世界其它各国的生活质量相比，英国总是很出色。有些国家快乐，有些国家富裕，却没有哪个国家既快乐又富裕。在一个名叫"生活满意度"的排名列表上，英国几乎总是名列前茅，我必须要说，这令我感到吃惊。四十年来，我对这个国家了如指掌，却好像没遇到一个称得上对生活满意的英国人。后来我想，奥秘就在于不满足吧。

要知道，英国人总是在该开心的时候就开心——比如在阳光明媚的一天，手上刚好有杯饮料之类的，就会很开心——但是当别人敛去笑容时，他们却依然能保持快乐。比如说，当他们在乡村散步时突然下起雨来，他们就会穿上雨衣，这样的情况大家都习以为常了。生活在英国的气候环境里，人们学会了耐心和坚忍，对此我很是钦佩。

英国真正的与众不同之处在于，当情况非常糟糕，糟到非大发牢骚不可的程度时，往往也是他们表现得最快乐。如果英国军人一脚踩到了雷区，一条腿被炸飞时，嘴里还能说着"我早就说过这里有雷"，那么他一定是一个真正快乐的人。我很喜欢这样的人。

———

我的第五个理由是我一开始就想好的。把它写在最后是因为这一点对我最重要。若我告诉你是乡村美景，你肯定不会惊讶。天啊，这里真是太漂亮了。

当我从美国回到英国的家后，终于有机会往这本书里再加一个一直没去的古老景点：古老的阿芬顿白马（Uffington）。这是一匹雕刻在牛津郡山坡上的白垩岩巨型白马，长约400英尺，风格独特。非常的现代化，你会觉得是毕加索的作品，也非常漂亮。它矗立于历史更为久远的里奇韦步道（Ridgeway）下方。

这里是英国最古老的地方，里奇韦作为主干道至少有一万年的历史。长期以来，没有人知道在山腰间奔腾的白马的历史有多久远。但现如今可以用一种叫光释光测年法①的手段测量，得出的结论是白马已有三千年历史，这比英国的历史还要久远，比英语还古老。许多世纪以来，白马一直受到人们的呵护。如果人们没有爬上山腰，对其定期护理，杂草就会长出来覆盖白垩岩，白马就会消失。白马是一个非常伟大的作品，但是三千年来，人类对它的保护和从未间断的维修也许更加伟大。

　　事实上，在里奇韦步道是看不到白马的，你必须要从山上下来才能看到。但即便如此，由于白马的整体尺寸十分庞大，你也不能看出来那是不是白马。即便在白马山上看不到白马，你也可以看到周围方圆几英里的村庄的美景，令人心旷神怡。我此前说过很多次，但是还想再说一遍：英国村庄的景色，其艺术性、观赏性和舒适度从全世界范围来看都是无与伦比的。这是全世界最大的公园，也是最完美的天然花园，我觉得这也许是英国最辉煌的成就了。

　　英国所要做的就是护理好它。我希望这个要求并不过分。

---

① 在热释光基础上发展起来的测年技术。石英等矿物晶体里存在着"光敏陷阱"，当矿物受到电离辐射而产生的激发态电子被其捕获时就成了"光敏陷获电子"，它们可以再次被光激发逃逸出"光敏陷阱"，重新与发光中心结合再发射出光，这种光就是光释光信号；利用这种信号进行测年的技术即光释光法。测年范围介于数百年到一百万年。

后记和致谢

在这本书的撰写和出版过程期间，英国发生了许多事。 2014 年 9 月 18 日公投结果揭晓，苏格兰人民以 55.3∶44.7 的结果决定留在英国，几乎与此同时，苏格兰人又开始讨论脱离英国了。 2014 年 11 月，比尔·布莱森加入英国籍，在温彻斯特举办了一个小型仪式。

2015 年 5 月，大卫·卡梅伦领导的保守党赢得大选，此结果被解读为民众对永久性紧缩战略的支持。

2015 年 7 月初，在霍华德·戴维斯爵士领导下的机场委员会提议，在希思罗机场，而非盖特威克机场，建一条新的跑道。这本书出版前，我们无法知道政府的最终决定。别的不重要，重要的是，斯坦斯荒原和雷斯伯里那片美丽的砾石池塘似乎可以幸免于难了。最重要的是，我的女儿费莉西蒂（出现在第四章时，她已经快临盆了）终于生下了宝宝——美丽的达芙妮，谢谢你们。

我还要提一下，在本书的序章中讲到的我在法国自动停车场的惨痛遭遇（绝对是真实的故事，顺便说一句）最初是写在一份慈善募捐倡议书里边的，一个旨在帮助伦敦大奥尔芒街儿童医院心脏科的"爱心"倡议，由英国有声书公司（audible. co. uk）爱心承办。我非常感激有声书公司和它商务部的领导萨丽·佩奇，感谢她们慷慨支持这个无上崇高的事业。

对那些在这本书的筹备过程中给我支持和指导建议的人，我一如既往地感激不尽。特别要感谢如圣人般耐心的编辑和出版商拉里·芬利、玛丽安·威尔曼斯、格里·霍华德、克里斯汀·柯克伦，和他们的同事佐伊·威利斯、卡特里娜·沃恩、苏珊娜·布里森、黛博拉·亚当斯以及负责封面设计、插图和地图的既多才多艺又能干的尼尔·高尔。还要感谢我那些一起运动的善良朋友们，奥萨夫·阿夫扎勒、约翰·弗林、安德鲁·奥姆、丹尼尔·怀尔斯、马特、安雅·里德利、约瑟夫、布丽塔·弗摩尔和戴维森一家人——乔恩、唐娜、马克斯和黛西。

更要感谢南草丘国家公园董事长玛格丽特·帕伦，和她的同事尼克·赫斯曼、克里斯·曼宁和妮娜·威廉斯；英国遗产委员会的贝斯·麦克哈迪；英国巨石阵的凯特·戴维斯和露西·巴克；纽约市戴维斯·莱特·特里梅因有限公司的爱德华·J. 戴维斯，感谢你们的付出。

同时也要感谢我的家人，特别要感谢我的女儿凯瑟琳给予我精心的文案支持，我儿子山姆为我拍摄作者照片。最重要的是，永远感谢我最亲爱、最有耐心的妻子辛西娅。

译后记

2009 年，偶然读到上海译文出版社出版的《"小不列颠"札记》，这本书完全颠覆了我对英国以及游记的概念。那些妙趣横生的细节一下子把我带进了只有英国人才能领会到、他们却往往会忽略的英国文化中，而作者局外人的眼光又总能犀利地捕捉到英国文化的奇异和可爱。就这样，比尔·布莱森走进了我的心里。十年后，有幸得到了本书的翻译工作，对我来说是何等的欣喜，可想而知。

十年后的英国已经发生了很大的变化，一样睿智的语言和敏锐的观察，一样幽默戏谑的文风，多了些许的遗憾和略微的感伤。正如书名 "little dribbling" 所示：布莱森笔下的各色小镇如同涓涓细流，汇成了一个奇异的魅力之旅，而随着英国人文景观的步步构建，布莱森那满是冷幽默、有点小心机的豁达"老大爷"形象也越来越丰满。

这是一次喜悦的文化游历，收笔之时，意犹未尽。翻译是一个遗憾的工作，但求我拙劣的译笔未能掩住原作的光芒。

感谢译文出版社给了我这个"深度阅读"的机会，也感谢大连外国语大学给予本书翻译工作和出版的资助。